NIEMAND ZEGGEN

M.J. Arlidge bij Boekerij:

Met Helen Grace:
Iene miene mutte
Piep zei de muis
Pluk een roos
Klikspaan
Naar bed, naar bed
Wie niet weg is
Klein klein kleutertje
In de maneschijn
Nog lange niet
Niemand zeggen

Met Adam Brandt:
Kom je spelen?

E-booknovelles:
Schuitje varen
Alles in de wind

boekerij.nl

M.J. Arlidge

NIEMAND ZEGGEN

Hij was de enige die
de moorden kon stoppen

BOEKERIJ

ISBN 978-90-225-9120-8
ISBN 978-94-023-1702-2 (e-book)
ISBN 978-90-528-6396-2 (audio)
NUR 330

Oorspronkelijke titel: *Truth or Dare*
Vertaling: Harmien Robroch
Omslagontwerp: Wil Immink Design
Omslagbeeld: © iStock / Tim Immink
Zetwerk: Mat-Zet bv, Huizen

DAG 1

1

Hij wilde niet, maar wist dat hij wel moest. Hij was te ver gekomen, had te veel op het spel gezet om nu terug te krabbelen. Hij sloop verder en bekeek het donkere terrein. Als er iets bewoog, als er ook maar een kleine kans was dat hij ontdekt werd, zou hij zich direct omdraaien en wegrennen. Maar hij zag niets, geen teken van leven, en dus ging hij verder.

De keet lag recht voor hem, eenzaam en verlaten in de duisternis. Een vaag schijnsel kwam onder de jaloezieën door, het enige teken dat hij bewoond was. Een toevallige passant zou dat gemakkelijk over het hoofd zien. Dit was een plek waar dingen belandden om weg te rotten en te sterven; een stortplaats voor afgedankte auto's en huishoudelijke troep. Nieuwsgierigheid werd niet aangemoedigd, het toegangshek had dichtgezeten, en hoewel hij het hangslot moeiteloos had doorgeknipt, was hij er zeker van dat niemand eerder geneigd was geweest dat te proberen. Hier kwam je niet als dat niet nodig was, en niemand zou vermoeden dat er achter de vlekkerige deur van de keet een schat aan geheimen lag.

Het terrein lag bezaaid met roestige uitlaatpijpen, lege transportkisten en gedumpt witgoed. Als hij niet uitkeek, kon hij gemakkelijk over iets struikelen en zijn slachtoffer waarschuwen, dus sloop hij behoedzaam tussen het puin door. In de verte klonk een sirene en een geschrokken vogel vloog luid krijsend op, maar hij negeerde hem, volledig gericht op wat hij van plan was.

Bij de keet bleef hij even met zijn rug tegen de smerige wand staan en keek om een hoekje door het raam. De ruit was vies, zat onder de vogelpoep en ander vuil, maar toch kon hij de figuur binnen zien: dik, languit, met een fles Jack Daniel's stevig in zijn hand. Declan McManus lag op een oude bank te slapen. Hij leek compleet van de wereld, vredig, wat bijzonder vreemd leek, gezien het serieuze gevaar waarin hij verkeerde. Zo ontspannen zou hij er vast niet bij hebben gelegen als hij wist dat zijn schuilplaats was ontdekt, dat iemand zijn geheim kende.

In stilte telde hij tot tien, hij wilde er zeker van zijn dat McManus sliep, waarna hij naar de deur liep. Nog steeds was binnen alles stil en dus stak hij zijn hand uit en duwde de klink naar beneden. Zijn hart bonsde en zijn hand trilde. Dit was het gevaarlijkste moment, waarop hij gemakkelijk ontdekt kon worden, maar de klink ging soepel naar beneden. Voorzichtig gaf hij de deur een duwtje en wilde naar binnen, maar op hetzelfde moment begon het oude scharnier luid te kraken. Ontzet en vertwijfeld verstijfde de indringer, waarna hij intuïtief de deur verder openzwaaide. Het scharnier knarste nog even en was toen stil. Hij stapte naar binnen en wierp een snelle blik op de slapende man. McManus had zich niet verroerd. De bijna lege fles whisky had zijn werk gedaan.

Hij deed de deur achter zich dicht en de geluiden van de nacht stierven weg. Nu waren ze alleen, afgeschermd op deze treurige plek. Het was er nog onaangenamer en stonk er nog erger dan hij had verwacht, een passende omgeving voor de ranzige figuur die voor hem lag. Dit was de plek waar McManus zijn buit had verborgen, louche zaken had gedaan, jonge meisjes naartoe had gebracht. Hij huiverde toen hij dacht aan wat zich binnen deze vier muren had afgespeeld, maar hij had geen tijd om stil te staan bij oude misdrijven, hij moest aan de slag. Hij moest doen wat nódig was. Veel levens waren door deze man verwoest, maar misschien zou hij na vanavond geen kwaad meer doen.

Hij deed een stap naar voren en keek naar de bewusteloze man. Deels verwachtte hij dat McManus elk moment overeind kon schieten en zijn zweterige handen om zijn nek zou klemmen... maar hij bleef stil liggen, onverstoord en nietsvermoedend. Niets kon de man nog tegenhouden, er was geen direct gevaar, geen kans om ontdekt te worden. Dit was het moment.

Het was tijd om te doden.

2

Het bleke gezicht staarde vredig maar levenloos naar haar op. Inspecteur Helen Grace had al veel lijken gezien in het mortuarium van Jim Grieves, maar dit lichaam bezorgde haar een brok in haar keel. Dat deden ze altijd als ze jong waren.

Het meisje, dat half verborgen onder het helderwitte laken lag, was nog maar zestien. Eve Sutcliffe, een getalenteerde leerlinge aan de prestigieuze Milton Downs Ladies' Academy, was in afwachting van haar eindexamenuitslag geweest. Lang, kastanjebruin haar omlijstte haar mooie gezicht, dat niettemin was aangedaan door tienerhormonen en pukkeltjes op haar linkerwang vertoonde. Maar de schoonheid in haar gelaatstrekken en haar serene blik verborgen de wreedheid van haar gewelddadige dood.

'Stomp trauma,' bromde Jim Grieves. 'Aan de vorm en impact te zien, zou ik een hamer zeggen. Is er op de plaats delict iets gevonden?'

Hoofdschuddend leunde Helen naar voren, terwijl Jim Grieves de overledene omdraaide om een bloederige wond op haar achterhoofd te laten zien. Het halfnaakte lichaam van het jonge meisje was vijf dagen geleden in de bosjes in Lakeside Country Park gevonden. Er was geen wapen aangetroffen, er hadden zich geen getuigen gemeld en er waren geen verdachten. Helen had gehoopt dat Jim Grieves iets voor haar had waar ze wat mee kon, maar die hoop boorde hij snel de grond in.

'Ik kan je niet veel vertellen, helaas. Ze is acht, mogelijk negen keer geslagen, met behoorlijk wat kracht. De schedel is gebroken, wat tot een grote inwendige bloeding heeft geleid. Waarschijnlijk heeft ze na de tweede klap het bewustzijn al verloren, maar toch...'

'Geen haren? Zweet? Bloed?'

Grieves schudde zijn hoofd. 'Niets onder haar nagels, geen sporen van een worsteling. Ik vermoed dat ze van achteren is benaderd en is uitgeschakeld voordat ze de kans had zich te verdedigen.'

'En sperma? Op het lichaam, op de kleren?'

'Als het om haar kleding gaat, moet je bij Meredith zijn, maar op en in het lichaam heb ik niets aangetroffen. Sterker nog, er zijn geen sporen van seksueel geweld, geen schrammen of kneuzingen rond de geslachtsdelen. Ze was wel seksueel actief, maar niet in de dagen, mogelijk weken, voorafgaand aan haar dood.'

Helen dacht na. Had ze een vriend gehad? Een relatie die net was verbroken? Iemand die boos was, zich afgewezen voelde? Of was dit willekeurig geweld, een jong meisje dat het slachtoffer was geworden van een wrede, seksueel gemotiveerde vreemde?

'Wat denk je, wilde haar aanvaller haar aanranden, maar durfde hij niet meer? Schrok hij ergens van?'

'Zeg jij het maar, jij bent de rechercheur,' was Grieves' weerwoord, uitgesproken met somber genoegen.

Helen accepteerde de plagerige steek, maar moest heimelijk bekennen dat die functie nog nooit zo als een molensteen om haar nek had gehangen. Er was de laatste tijd zo veel bloedvergieten, zo veel verdriet, maar zo weinig om mee te werken. Helen had het gevoel dat ze met één hand op haar rug vastgebonden aan het zwemmen was en verzoop in het wassende water van geweld en wreedheden.

'Ik moet nog een paar dingen onderzoeken,' ging Grieves verzoenend verder. 'Als ik iets vind, zal ik het je laten weten. Ik wilde je alleen mijn voorlopige bevindingen vast laten weten.'

'Dank je wel, Jim. Dat stel ik op prijs.'

En dat was ook zo. Het hielp haar alleen niet. De herinnering aan het verdriet van Eves ouders – hun wanhoop, hun pijn – lag Helen nog vers in het geheugen. Dit was een zaak die opgelost móést worden, niet alleen omwille van Eve, maar omwille van anderen die mogelijk nog gevaar liepen door deze gewelddadige misdadiger. Helaas stonden ze tot nu toe met lege handen. Helen staarde naar het onschuldige gezicht van het meisje, vervuld van schuldgevoel en verdriet om alles wat Eve had kunnen zijn, alles wat ze had kunnen worden.

Om een jong leven dat zo wreed was gedoofd.

3

De aansteker in zijn hand vonkte, maar vlamde niet. Hij kon het wel uitschreeuwen, wilde zijn woede en vrees uitspuwen, maar dat was onmogelijk; zijn slachtoffer lag een paar meter verderop, stil, maar gevaarlijk. Als McManus nu wakker werd, als hij zijn aanvaller te lijf ging, zou er maar één winnaar zijn.

Hij probeerde het opnieuw, maar de aansteker klikte een hopeloos ritme. Nog steeds geen vlam, en de aansteker lag levenloos in zijn hand. Hij begreep het niet, hij had hem gisteren gekocht, hij was vol. Hij had hem onderweg nog gebruikt, een laatste sigaret, en het ding had het prima gedaan. Wat was dan het probleem? Goed, zijn hand trilde en het ging wat onhandig met handschoenen aan, maar toch niet zo erg dat het ding het niet meer deed?

Hij probeerde het opnieuw, nijdig, aanhoudend. Hij vonkte, iets meer deze keer, en de vlam brandde kort en doofde toen. McManus bewoog, snoof en wreef over zijn neus, verstoord door het klikken van de aansteker. Hij verschoof zijn dikke lijf op de sjofele, nepleren bank die luidkeels protesteerde en hem nog meer verstoorde. Een frons, een kuch en een stevige klap toen hij de whiskyfles op de grond liet vallen. Zijn lichaam rilde, alsof hij schokkend bij bewustzijn kwam. De man kon elk moment wakker worden.

De indringer maande zichzelf tot rust en staarde naar de aansteker. Hij legde zijn duim tegen het metalen wieltje en rolde het stevig omlaag. Eén keer, twee keer, drie keer en eindelijk – wonder boven wonder – schoot er een vlam omhoog. Een stevige, gelijkmatige vlam. Sissend blies hij zijn adem uit, de spanning stroomde uit zijn lijf. Hij aarzelde geen moment en bracht de vlam naar de melkfles in zijn linkerhand. De vieze lap hing er zwaar en vochtig uit en vroeg erom om aangestoken te worden. Voorzichtig bracht hij hem naar de vlam en keek opgewonden hoe de zelfgemaakte lont vlam vatte. Het vuur baande zich een weg door de natte lap in de richting van de benzine in de fles.

Hij deed een stap naar achteren en keek naar de man voor zich. Diens oogleden trilden, hij was bijna wakker en dus bracht hij zijn arm omhoog en smeet de fles neer. Hij spatte op de harde vloer uiteen en een vuurbal schoot omhoog die zich gretig voedde aan de gemorste whisky, de oude bank, de kleren van de man. De felheid, de hitte was veel intenser dan hij had verwacht en hij liep struikelend naar achteren, weg bij de vuurzee, opeens bevreesd voor zijn eigen veiligheid.

Dankbaar pakte hij de deurkruk vast en rukte de deur open. Hij wilde wegrennen, zo snel hij maar kon, maar bleef staan. Er kwam een gevoel van rust over hem heen, een restant van zijn planning. Hij weigerde achterom te kijken naar het gruweltafereel, vermande zich en haalde de sleutel uit de binnenkant van de deur. Daarna bewoog hij snel en geruisloos, liep naar buiten, trok de deur achter zich dicht en deed hem op slot.

In de koele avondlucht haastte hij zich het trapje af en wist niet hoe snel hij deze afschuwelijke plek moest verlaten. Maar bij het horen van een geluid uit de brandende keet bleef hij abrupt staan.

Een enkele hartverscheurende kreet.

4

Hij haastte zich enthousiast door de steeg, op jacht naar zijn prijs. Een oplettende agent had hem een half uur eerder gesignaleerd, en brigadier Joseph Hudson had onmiddellijk gereageerd. Hij was naar de parkeerplaats gerend en was op zijn motor de stad door gescheurd, vastbesloten om resultaat te boeken.

Nu zag hij de agent die bij de verlaten BMW stond. Hudson was er zeker van geweest dat de gestolen auto wel gestript en gedumpt zou zijn, en nu bleek hij gelijk te hebben. Hier stond het luxe voertuig dat hij had gezocht, het fiere statussymbool waarvoor iemand bereid was geweest een moord te plegen.

'Ik heb er niet aan gezeten,' zei de agent snel, toen Hudson dichterbij kwam. 'Ik zag het nummerbord en toen heb ik het direct gemeld.'

'Dank je, agent...'

'Atkins.'

'Goed gedaan, Atkins,' zei Hudson, en hij gaf hem een stevige klap op zijn schouder. 'Goed werk, ik neem het van je over...'

De agent knikte, blij met het compliment, en vertrok. Hudson keek hem na, tevreden dat hij weer iemand voor zijn karretje had weten te spannen, en richtte zijn aandacht vervolgens op het verlaten voertuig.

De auto zat niet op slot, dat had hij ook niet verwacht. Sterker nog, het bestuurdersportier stond op een kier. Hudson deed een paar handschoenen aan, trok het portier verder open, hurkte en keek naar binnen. Het was een BMW uit de 5 Serie, vier jaar oud, maar topklasse, en voordat hij werd gestolen, had hij het modernste entertainment- en navigatiesysteem gehad, passend bij het handgestikte lederen interieur. Nu was het een bende. Vanbuiten zag hij er nog steeds indrukwekkend uit met de metallic lak en getinte ramen, maar de binnenkant was een heel ander verhaal. Hij was volledig leeggeroofd: het scherm was weggerukt en er staken alleen nog wat draden uit, de armleuning was verwijderd, zelfs de handvatten van chroom waren verdwenen. Tot zijn verbazing was de leren bekleding nog intact, maar misschien was de dief een amateur die snel geld wilde verdienen. In dat geval hoopte Hudson dat hij er goed voor was betaald, want de prijs was hoog geweest en de afrekening zou zwaar zijn.

Hudsons blik gleed naar de donkere vlekken bij de pedalen en toen naar de roestkleurige strepen op het raam. Tien dagen geleden was dit luxe voertuig nog eigendom van Alison Burris, financieel medewerker van het Southampton Children's Hospital. Het was een extravagant cadeau van haar verliefde man geweest ter ere van hun trouwdag, en de auto was haar grote trots. Ze zette hem altijd op een discrete parkeerplaats op een paar straten afstand van het ziekenhuis, en daar was ze op een woensdagavond het slachtoffer geworden van een carjacking.

Het was misschien niet verstandig geweest om zo laat nog in haar eentje op de parkeerplaats te staan, maar er was geen reden geweest waarom ze zich niet veilig had mogen voelen. Hoe dan ook, ze was het slachtoffer geworden van een carjacker op het moment dat ze naar huis wilde rijden. Toen Burris de dief wilde tegenhouden, was er een worsteling ontstaan, haar kleding was gescheurd, een pluk haar was uit haar hoofd gerukt. Het was een foute beslissing gebleken en de jonge vrouw was twee keer in het hart gestoken, waarna haar aanvaller er met haar auto vandoor was gegaan.

Alison Burris was kort na middernacht door een zakenman gevonden, maar toen was ze al lang dood. Hudson was de onderzoeksleider op de plaats delict geweest en hij wilde de zaak snel oplossen. Er werden de laatste tijd veel luxe auto's gestolen in Southampton, een nieuw probleem in hun strijd tegen het toenemende aantal misdrijven in de stad, maar weinige waren zo gewelddadig geweest als deze. Toen Hudson boven het lichaam van de arme vrouw had gestaan, was zijn aandacht getrokken naar de kleine cilindrische wonden in haar lijf. Hij was nog steeds in afwachting van het sectierapport – Jim Grieves had het enorm druk – maar Hudson had een aardig goed idee waar Burris aan was overleden. Ze was geveld door een geslepen schroevendraaier die van dichtbij in haar hart was gestoken. Het was een gruwelijke manier om te sterven, en waarvoor? In Southampton werd op de zwarte markt levendig gehandeld in gestolen auto-onderdelen, helemaal sinds de coronacrisis, maar toch... wat zou de dief voor de onderdelen hebben gekregen? Vijfduizend pond? Zes? Het leek een schamel bedrag, maar in deze moeilijke tijd klopte dat wel ongeveer. Hij keek naar het gesloopte interieur van de auto, de bloedvlekken op het raam en bedacht dat één ding de afgelopen tijd overduidelijk was geworden.

Het leven was niet veel waard.

5

Zijn blik was aan de keet gekluisterd, hij was gebiologeerd door wat hij voor zich zag. Door de smalle jaloezieën zag hij hoe de vlammen naar het plafond reikten, in hun wanhoop hun verlangen naar verwoesting te bevredigen. En boven het kraken van hout, spaanplaat en kunststof hoorde hij het geschreeuw.

Hij had nog nooit een man horen krijsen. Dat was niet iets wat hij tegenkwam in zijn werk. En hij had een man al helemaal nooit zó horen krijsen. Het klonk onmenselijk, het was zo schril, zo aanhoudend, vanuit het diepst van zijn wezen. Het was gruwelijk en prachtig tegelijk.

Hij zou de enige getuige zijn van de laatste momenten van McManus, het einde van zijn leven. Ja, hij had direct weg moeten gaan, door het hek moeten kruipen en in de nacht moeten verdwijnen. Dat zou verstandig zijn geweest. Maar hij kon niet anders dan blijven, om te zien dat de klus was geklaard. Er stond te veel op het spel om dit aan het toeval over te laten. En dus bleef hij staan, op een hoek van het terrein, keek hij en wachtte hij tot het gekrijs voorbij was en de vlammen in de nacht flikkerden.

Zodra dat was gebeurd, ging hij weg. Zodra hij daarvan overtuigd was, zou hij maken dat hij deze afschuwelijke plek zo ver mogelijk achter zich liet. En dan zou hij het vieren, blij dat hij zijn zenuwen in bedwang had weten te houden, dat hij in staat was geweest te doen wat nodig was. Misschien zou hij er ooit spijt van krijgen, maar voorlopig niet. Voorlopig zou hij genieten van zijn succes.

Hij maakte zijn ogen los van het tafereel en keek op zijn horloge. De glimmende Omega liet zien dat het iets voor elf uur was – er was nog genoeg tijd om zijn bestemming te bereiken zonder argwaan te wekken. Dat was het voordeel van een plan, van voorzorgsmaatregelen, van iets goed doen...

Hij keek op toen hij een hard geluid hoorde. Het klonk nog een keer, een zwaar, zich herhalend gebons. En hij merkte ook iets anders op. Het leek wel of de keet schudde. Wat gebeurde er, verdomme? Versplinterde het verlopen kantoortje onder de gewelddadige aanval van de vlammen? Opeens en heel onverwachts kreeg hij zijn antwoord: het slot brak open en de onmiskenbare vorm van Declan McManus stortte in de modder.

Even kon hij niet geloven wat hij zag. Hij had niet verwacht dat zijn slachtoffer de eerste vlammenzee zou overleven, laat staan dat hij genoeg kracht zou hebben om uit de keet te ontsnappen. Maar daar lag hij levensgroot op de grond in brandende kleren. Onmiddellijk gleed de blik van zijn aanvaller naar een weggegooid stuk gereedschap, een roestige moersleutel die naast het wrak van een Ford Mondeo lag. Moest hij hem oprapen? Naar de man toe rennen en hem de hersens inslaan? Hij maakte aanstalten, maar zijn aandacht ging weer naar zijn slachtoffer. En wat hij zag, deed zijn bloed stollen.

McManus was overeind gekomen. Hij strompelde, ging tekeer, schreeuwde, maar hij stond. Hij liep struikelend verder, botste tegen oude onderstellen, klampte zich vast aan kisten. Zigzaggend van obstakel naar obstakel liet hij een brandend spoor achter zich van weggegooide dozen en verpakkingsmateriaal die vlam vatten terwijl hij passeerde. Het was een verbijsterende, gruwelijke gang, maar dat was toch zeker van korte duur? De man stond in brand, nota bene, zou vast snel bezwijken aan zijn verwondingen… en toch ging hij maar door, liet hij de keet wankelend achter zich, op zoek naar verlossing.

De toeschouwer keek vol afschuw, gebiologeerd, maar het werd nog erger. McManus was in de richting van de uitgang gestrompeld, maar veranderde nu opeens van richting. Tijdens zijn martelgang had de brandende man om zich heen gekeken op zoek naar hulp, redding van wat voor soort dan ook, en nu zag hij hém staan, in de schaduw aan de andere kant van het terrein waar hij rustig naar het lijden stond te kijken. McManus kwam nu recht op hem af, versnelde, en sleepte zich slingerend naar zijn potentiële redder.

De brandstichter sperde zijn ogen en voelde braaksel in zijn keel opkomen. In zijn ergste nachtmerries had hij zich dit niet kunnen voorstellen. McManus bleef vaart maken, rende op hem af, stak zijn brandende armen uit, terwijl het vuur zijn haar, zijn ledematen, zijn huid verteerde. Hij wist dat hij zich moest omdraaien en hier weg moest, een man moest ontvluchten die hij ernstig had onderschat, maar om de een of andere reden bleef hij als aan de grond genageld staan. McManus was nog maar zes meter bij hem vandaan, toen vier, toen drie. Elk moment kon hij zich op zijn aanvaller storten, hem in een pijnigende omhelzing klemmen. Waarom wilden zijn voeten hem dan niet gehoorzamen? Waarom bleef hij daar maar staan, geduldig wachtend op vergetelheid?

Tranen prikten in zijn ogen en hij kneep ze dicht, maakte zich op voor de klap. Even later voelde hij een windvlaag, gevolgd door een doffe dreun, en toen hij zijn ogen een klein stukje opendeed, zag hij dat de gezette man opeens ineen was gestort en nu voor hem lag. Opluchting overspoelde hem en er ontsnapte een hoge lach aan zijn keel toen hij naar het stuiptrekkende lichaam van de man keek. Hij kon het niet geloven: McManus had de andere kant van het terrein weten te bereiken om vlak voor zijn voeten in elkaar te storten.

Het was echt onvoorstelbaar, maar het brandende spoor van vernieling over het terrein was het bewijs van zijn verbazingwekkende tocht. En terwijl hij naar het spoor keek, de brandende dozen en kisten in zich opnam, zag hij hoe het dak van de keet instortte en er een enorme vonkenregen opspatte.

Iemand zou zo wel alarm slaan. Het hele terrein begon vlam te vatten en dunne rookpluimen dwarrelden omhoog. Hij moest niet treuzelen en dus draaide hij zich om, liep naar een gat in het hek, kroop erdoorheen en rende weg.

6

Ze rukte de deur open en haastte zich naar binnen. De recherchekamer lag er verlaten bij, precies wat Helen had gehoopt. Ze had tijd nodig om haar gedachten op een rijtje te krijgen na haar bezoek aan het mortuarium.

Ze liep de ruimte door, niet naar haar kamer, maar naar het schrijfbord. Daarop hingen altijd foto's van slachtoffers en verdachten, omgeven door een warboel aan aannames, lijntjes die verbanden legden met individuen, aanwijzingen en theorieën. Meestal gaf haar dat energie – als het bord steeds voller raakte, de verschillende puzzelstukjes van de waarheid elkaar onvermurwbaar vonden – maar vanavond bleef ze staan met het gevoel dat ze een klap in haar gezicht had gekregen.

Southampton was een levendige stad die de nodige criminaliteit kende en het was dus heel gebruikelijk dat ze twee of drie serieuze zaken tegelijk hadden. Op dit moment hadden ze er vier; vier moorden waar ze nog niet heel ver mee waren. Een dodelijke straatroof in Ocean Village, drie weken geleden, kort daarna een inbraak met geweld in Upper Shirley, een carjacking in het centrum en natuurlijk de recente moord op Eve Sutcliffe. Al die zaken hadden op verschillende manieren de krantenkoppen gehaald. Het slachtoffer van de straatroof was een moeder van twee kinderen, de man van middelbare leeftijd die een inbreker had willen tegenhouden, was een selfmade miljonair, het slachtoffer van de carjacking was een jonge ziekenhuismedewerker en Eve... tja, zij was een geschenk voor broodschrijvers en bloedzuigers zoals Emilia Garanita, de plaatselijke journaliste die haar columns gebruikte om stil te staan bij Eves schoonheid, haar talent, haar jonge leeftijd. Met elke nieuwe zaak, met elke nieuwe krantenkop, werd de druk hoger en kwamen Helen en haar team meer onder een vergrootglas te liggen.

Het schrijfbord van het team was nog nooit zo vol geweest, maar tegelijkertijd nog nooit zo leeg – iets wat korpschef Alan Peters zeer duidelijk had gemaakt tijdens zijn laatste bezoek aan de recherchekamer. Helen kon zich niet herinneren wanneer de stad voor het laatst zo koortsig, zo gevaarlijk had aangevoeld, en het was heel duidelijk waarom: meerdere lokale bedrijven waren op de fles gegaan sinds corona, de werkeloosheid was scherp toegenomen, evenals het aantal scheidingen, gevallen van huiselijk geweld, kindermishandeling en talloze andere ernstige misdrijven. Er hing een algeheel gevoel van angst, boosheid, zelfs wanhoop in de stad, maar het was de laatste reeks moorden die de situatie op de grimmigste wijze had blootgelegd.

De straatroof, de inbraak, de carjacking... het waren misdrijven voor geldelijk gewin, gekleurd door geweld, gepleegd door mensen die dachten dat er in de schaduw, op de zwarte markt, meer te halen viel dan in de wereld van de werkende mens. Zelfs de aanval op Eve Sutcliffe was een bewijs van verstrekkende invloed van de economische neergang: de aantallen zedendelicten en misdaden tegen vrouwen waren ook omhooggeschoten. Wanhopige figuren die hun woede, wrok en wanhoop op kwetsbare mensen afreageerden.

‘Geen fraai gezicht, hè?’

Helen draaide zich om en voelde hoe haar lichaam zich spande. Joseph Hudson was ongemerkt binnengekomen en stond nu vlak bij haar. 'Sorry?' vroeg ze geërgerd.

Hudson keek Helen even aan, genoot van haar ongemak, en richtte zijn aandacht toen op de verschillende foto's op het schrijfbord. 'Al die pijn, al dat lijden. En waarvoor? Wat contant geld, een ogenblik van plezier...' Hij schudde zijn hoofd meewarig, maar er lag een zweem van een glimlach rond zijn lippen. 'Het is alsof de oude waarden niet meer gelden,' ging hij verder. 'Fatsoen, respect, menselijkheid. Het is eten of gegeten worden. Ieder voor zich.'

Hoewel hij haar niet aankeek, was zijn boodschap niet te missen. Een aantal maanden geleden had Helen een punt achter hun relatie gezet en ze had laten doorschemeren dat het een goed idee zou zijn als Hudson het hoofdbureau van politie in Southampton zou verlaten. Haar voormalige minnaar had haar dit voorstel niet in dank afgenomen en had meerdere malen duidelijk gemaakt dat hij niet van plan was te vertrekken.

'Heb je iets te melden, brigadier Hudson?' vroeg Helen. 'Of ben je hier alleen om...'

'We hebben de BMW van Alison Burris gevonden,' onderbrak Hudson haar, terwijl hij dichter naar het bord liep. 'In een steeg bij St. Mary's. Gestolen, gestript en gedumpt, zoals ik al had voorspeld. Ik heb de technische recherche gevraagd ernaar te kijken.' Hij pakte een stift en schreef de details op het bord, waarna hij een rechte lijn trok tussen deze ontwikkeling en de onfortuinlijke Burris. 'Dan boekt ten minste één van ons vooruitgang, nietwaar?' Hij legde de stift terug, keek Helen met een brede glimlach aan en liep toen naar de deur. 'Maak het niet te laat, Helen. Alleen maar werken en niet spelen...'

Helen keek Hudson na en weerstond de neiging hem uit te

kafferen. Onder normale omstandigheden zou ze hem ter plekke hebben afgestraft, maar dit waren geen normale omstandigheden. Brigadier Charlie Brooks was nog met zwangerschapsverlof, wat betekende dat Joseph Hudson haar enige ervaren rechercheur was. Gezien de situatie, gezien de misdaadgolf die de stad overspoelde, móést Helen hem vertrouwen, ook al maakte ze zich steeds meer zorgen over zijn 'bijdrage'. Hij was vaak recalcitrant, zelfs vijandig – iets wat de rest van het team helaas ook had opgemerkt – en, erger nog, hij leek te genieten van haar dilemma.

De laatste tijd vroeg ze zich af of Hudson haar actief tegenwerkte, genoot van de lege schrijfborden, de akelige krantenkoppen, de toenemende druk. Het leek een belachelijke gedachte, dat haar eigen brigadier hun onderzoek dwarsboomde om haar een hak te zetten, maar toch kon ze het gevoel niet van zich afschudden. Op sombere momenten vroeg ze zich zelfs af of Hudson soms onder één hoedje speelde met Emilia Garanita, de stekelige journaliste die de laatste tijd wel erg goed geïnformeerd was.

De waarheid was dat Helen zich nog nooit zo alleen en kwetsbaar had gevoeld. Elke dag leek nieuwe problemen in plaats van oplossingen met zich mee te brengen. Het team keek naar haar voor inspiratie en leiderschap, maar voor het eerst wist ze niet goed wat ze moest doen. Niets leek te werken, de beproefde basisprincipes van het moderne politiewerk voldeden niet, terwijl haar overbelaste team vocht tegen een toenemende wetteloosheid in de stad.

Zoals altijd wanneer Helen voor het schrijfbord stond, verlangde ze ernaar patronen, aanwijzingen en onderzoeksrichtingen te zien, een duidelijk pad naar gerechtigheid. Maar vanavond zag ze alleen de gezichten van de doden die haar aanstaarden.

7

Ze trok de sjaal over haar mond en neus en gaf een stevige ruk aan het koord van haar hoody. Voorzichtig liet ze haar vingers langs de rand van de stof glijden om er zeker van te zijn dat ze goed vermomd was, en toen ze ervan overtuigd was dat haar eigen moeder haar niet zou herkennen, kwam ze uit de schaduw tevoorschijn.

Ze had bijna twee uur in het souterrain staan wachten op het juiste moment om haar stelling te verlaten. Ze was een paar keer de trap op gelopen naar de straat, maar steeds weer was er iets geweest wat haar had tegengehouden: een blaffende hond, een deur die werd dichtgeslagen en, het meest verontrustende, een stel dat langsliep. Een vrolijk stel – dronken, lachend, verliefd – maar haar hart was tekeergegaan toen ze hen opeens had gezien.

Gelukkig was het gevaar geweken, het stel was verder gelopen, ze hadden niets doorgehad, maar ze wilde het lot niet verder tarten. Zenuwachtig keek ze of de kust veilig was, liep het trottoir op, rende de straat over en verborg zich aan de overkant tussen geparkeerde auto's. Opnieuw aarzelde ze, ervan overtuigd dat er elk moment iets mis kon gaan – een nieuwsgierige buurman die haar zag, een wijkagent die langskwam – maar het was doodstil in Ashley Road.

Ze wierp een blik op haar horloge – half een – en keek toen naar het huis voor zich. Vanaf het moment dat ze hier was gearriveerd, had ze haar blik op nummer 21 gericht, had ze gekeken naar de activiteiten binnen – bewegende figuren achter gesloten gordijnen, lichten die aan en uit gingen, voordat het huis uiteindelijk in een genoeglijke duisternis werd gehuld. Al meer dan drie kwartier was het er nu doodstil. Met een beetje geluk lagen de bewoners rustig te slapen, zich niet bewust van het venijn en de haat die buiten loerden.

Weer een snelle blik langs de bovenste ramen van de buren en vervolgens kwam ze tussen de geparkeerde auto's vandaan, liep het trottoir op en haastte zich het trapje op naar de voordeur. Lilah en Martin Hill hadden geen hond, alarminstallatie of beveiligingscamera's, maar toch was dit een heel gevaarlijk moment. Wie kon garanderen dat ze níét op hun hoede zouden zijn, na alles wat er de laatste tijd was gebeurd? Dat de deur niet opeens opengerukt zou worden? Dat ze niet op heterdaad betrapt werd?

Maar alles was stil binnen en dus stak ze haar hand in haar zak en haalde de spuitbus tevoorschijn. Ze schudde hem, hield hem voor de deur en drukte hard op het ventiel. Onmiddellijk spoot er een straal zwarte verf uit die de moderne grijze deur besmeurde. Ze schrok ervan, maar vermande zich, en begon aan de eerste lijn. Het was nauwelijks een zorgvuldige prestatie te noemen, het zag er slordig uit, maar de bedoeling was in elk geval duidelijk en dus ging ze verder met de tweede lijn die ze met één snelle armbeweging maakte.

Ze begon de slag te pakken te krijgen, werd steeds zelfverzekerder en bewoog snel en soepel. Ze was bij de rand van de deur en richtte de verf op de witte muur en daarna op het raam van de woonkamer waar ze het verachtelijke symbool vervolgde. Het was nu bijna af, ze ging nog één keer terug en voltooide haar handwerk met een meedogenloze zwier.

De hele operatie had niet meer dan een minuut geduurd, maar toch stond ze ademloos voor haar werk en de adrenaline stroomde door haar lijf. Ze had bereikt wat ze wilde, had het mooie rijtjeshuis ontsierd, maar kon ze hier wegkomen zonder ontdekt te worden of, erger nog, aangehouden te worden? Ze duwde de spuitbus in haar zak, sprong het trapje af en rende de straat door.

Ze durfde niet achterom te kijken, kon niet zien of Lilah of Martin nu de voordeur opendeed en de achtervolging inzette. Ze had nog nooit zoiets gedaan, was ervan overtuigd dat ze het zou verpesten... maar met elke stap die ze zette, was ze dichter bij een veilige plek. Ze had bijna vijftig meter afgelegd, misschien meer. Zelfs als ze nu werd aangesproken, konden ze er dan zeker van zijn dat zij de dader was? Alleen als ze haar fouilleerden... nóg een goede reden om de spuitbus die haar zou verraden zo snel mogelijk te dumpen.

Ze kwam bij het einde van de straat. Als ze weer op de hoofdweg liep en in het overige verkeer opging, zou ze zich beter voelen. De laatste meters legde ze binnen een paar seconden af, waarna ze de hoek om ging en nog een laatste sprint naar de vrijheid wilde trekken. Maar op hetzelfde moment deed een oorverdovend gejank haar plotseling stoppen.

Sirenes. Ze hoorde sirenes, dichtbij en aanhoudend. Het was haast niet mogelijk – hoe konden ze hier zo snel zijn? Had iemand haar toch gezien? Had iemand heimelijk vanachter de gordijnen de politie gebeld bij het zien van haar moedwillige vandalisme? Ze was nog wel zo voorzichtig geweest. Zou het nu allemaal mislukken nog voordat het goed en wel was begonnen?

De sirenes klonken luider, maar ze bleef als aan de grond genageld staan. Verlamd door onzekerheid, niet wetende wat ze nu moest doen. De naderende voertuigen moesten er nu bijna zijn, hun genadeloze gejank werd met elke seconde luider. Haar instinct nam het nu over, ze trok zich terug in de schaduw en hield haar arm voor haar gezicht op het moment dat een paar brandweerwagens langsraasden.

Als ze niet zo bang was geweest, had ze hardop kunnen lachen. Zwaar hijgend keek ze hoe de brandweerwagens langzaam steeds kleiner werden en in de verte verdwenen. Toen pas kwam ze uit de schaduw tevoorschijn, draaide ze zich om en sprintte weg alsof haar leven ervan afhing.

8

Helen liep over de gladde houten vloer en genoot van de doodse stilte in de ruimte. Ze was niet blijven dralen na haar gesprek met Joseph Hudson, te boos en gestrest om nog iets zinnigs te doen, en dus was ze snel naar huis gegaan.

Joseph Hudson was hier vaak geweest tijdens hun korte romance – in haar keuken, haar woonkamer, haar bed. Relaties tussen collega's werden afgekeurd en dus hadden ze hun verhouding geheimgehouden, voornamelijk tussen deze vier muren. Maar Hudsons impact op haar flat en, om heel eerlijk te zijn, op haar hart, was minimaal geweest en ze had met succes elk spoor van hem uitgewist, wat betekende dat haar flat nog steeds de enige plek was waar ze zich kon ontspannen, waar ze echt rust kon vinden.

Maar vanavond begon haar telefoon te rinkelen zodra ze op de bank zat. Ze wierp de afstandsbediening, die nutteloos in haar hand lag en zinloos naar het lege scherm wees, opzij en pakte in plaats daarvan haar mobiel. Tot haar opluchting was het haar directe baas, hoofdinspecteur Grace Simmons.

'Je bent nog laat op, chef.'

'Kan niet slapen. En schei uit met dat ge-"chef", we kennen elkaar al zo lang.'

'Sorry.'

'Te lang, ik voel me stokoud...' grapte Simmons buiten adem, voordat ze over iets anders begon. 'Maar goed, hoe gaat het met je? Sorry dat ik er vandaag niet kon zijn, maar ik wilde even weten hoe het ermee staat.'

'Het gaat langzaam maar het gaat...' Helen had dolgraag beter nieuws voor haar vriendin en mentor gehad, maar het had geen zin om valse hoop te geven. De waarheid was dat ze sinds die ochtend niets waren opgeschoten, en toch was Helen blij met het telefoontje. Grace Simmons was de laatste tijd niet vaak meer op het hoofdbureau, maar ze bleef een vriendin en bondgenoot.

'We hebben op het moment zo veel onderzoeken dat we eerlijk gezegd wat onderbezet zijn. Ik blijf hopen dat Charlie genoeg krijgt van het luiers verschonen en zich weer in de strijd wil mengen...'

'Ik ben bezig om versterking voor je te regelen, maar je weet hoe Peters is, die draait elk dubbeltje drie keer om.'

'We redden het wel,' stelde Helen haar gerust. 'We hebben alleen een doorbraak nodig, iets waar we weer verder mee kunnen.'

Dat was maar deels waar. Helen zou haar baas veel meer kunnen vertellen – over haar problemen met Hudson, de toenemende ontevredenheid binnen het team – maar ze was er nog niet aan toe om deze dingen te bekennen.

'Als je maar weet dat ik alle vertrouwen in je heb,' antwoordde Simmons hartelijk. 'Als iemand het kan, dan ben jij het.'

De hoofdinspecteur rondde het gesprek even later af en Helen bleef alleen achter met haar gedachten. Hun korte gesprek had haar opgevrolijkt, maar ze wist dat ze zich nog niet kon ontspannen en dat knagende angsten en zorgen haar bleven belagen. Ze liet de tv voor wat hij was en ging naar de keuken om een glas water te pakken, waarna ze naar haar kleine terras liep.

Haar flat lag op de bovenste verdieping en bood een prachtig uitzicht over de stad. Hier eindigde ze haar avonden vaak om zich te laten troosten door de warme bries en te luisteren naar de gedempte geluiden van de scheepvaart in de Solent. Southampton was een bruisende stad, maar avonden als deze konden heel stil zijn, vertroostend zelfs, een verzachtend middel na een zware werkdag.

Helen pakte de reling vast en keek uit over de stad die er griezelig mooi bij lag in het schijnsel van de volle maan. Er stond een stevige wind, de hete lucht omhulde haar en normaal gesproken zou ze de warmte vertroostend vinden, maar de bries van vanavond bracht een verontrustende toon met zich mee, het geluid van sirenes. Ze luisterde ingespannen, probeerde te bepalen waar het vandaan kwam en bewoog haar hoofd langzaam met het geluid mee. En toen zag ze het. Niet zoals ze had verwacht een verzameling zwaailichten die op hoge snelheid door de straten ging, maar iets veel verontrustenders. Want zelfs op dit late tijdstip kon Helen in het zilverachtige schemerlicht een enorme rookwolk zien die in de avondlucht opsteeg.

DAG 2

9

De ochtendzon stroomde door de ramen en verlichtte de keuken. De Miele-apparaten glommen, het natuurstenen aanrecht fonkelde en zelfs de Quooker deed mee en weerkaatste zonnestralen door de ruime keuken. Het was een indrukwekkend gezicht – een heldere, welkome modernisering van een aantrekkelijke oude keuken – maar over het algemeen werd Robert Downing somber van deze aanblik, vooral als er helemaal niemand was.

Vroeger was dit het hart van het huis geweest, en Alexia, hij en de jongens hadden hier veel gelukkige uren doorgebracht, pannenkoeken gebakken, zeepbellen geblazen en zondagse braadstukken gegeten. Toen was het huwelijk stukgelopen, met als gevolg dat hij alleen was achtergebleven met de jongens en zo nu en dan echt alleen was, zoals vannacht, omdat de tweeling bij hun moeder was. Meestal raakte Robert hiervan in de put, werd hij gegrepen door een onderhuids gevoel van woede en ontevredenheid, en dat duurde vaak de hele dag. Vandaag leek het nog erger dan anders, alsof de overvloedige, holle ruimte de toekomst weerspiegelde, hem een kijkje bood op zijn leven als de aanstaande rechtszaak over het ouderlijk gezag verkeerd voor hem zou uitpakken. Hij moest er niet aan denken; de rust en stilte in de grote keuken waren verpletterend.

Met een klap zette hij de percolator op het fornuis, deed de pit aan en wierp een blik op zijn horloge, waarna hij de radio aanzette om zichzelf af te leiden van deze negatieve gedachten. Het was nog steeds onbegrijpelijk dat zijn leven zo snel, zo totaal was ontwricht. Vaak bleef hij onwillekeurig stilstaan bij de details, de barsten die hij had moeten zien, de dingen die niet uitgesproken waren. Ja, hij had wel een idee gehad dat Alexia niet gelukkig was, maar hij had nooit vermoed dat ze ergens anders op zoek zou gaan naar liefde en dat het niet lang zou duren voordat die hufter van een Graham papa van zíjn jongens zou spelen. Zelfs nu maakte die gedachte hem woedend...

Opeens was Robert niet langer de dynamische, succesvolle strafpleiter met de aantrekkelijke vrouw, de schattige zoons en het prachtige huis, maar een eenzame vrijgezel die moest bakkeleien over het huis en het ouderlijk gezag over de tweeling, terwijl hij zijn best deed een goede vader te zijn voor twee jongens die heel erg in de war waren. Hij was nu zo'n man met wie vrouwen medelijden hadden, die ze met eten, troost en bakken vol advies overlaadden. Het leek allemaal zo verkeerd, maar op de een of andere manier was dit de bittere realiteit – een man die alleen was met zijn gedachten en in de afgrond keek.

De percolator begon te borrelen, terwijl de plaatselijke weerman eentonig zijn praatje afwerkte en bevestigde dat het vandaag in de stad opnieuw een bloedhete dag zou worden. Dat kon hij er echt niet bij hebben, weer een geestdodende dag in een bedompte rechtszaal, al had hij vandaag in elk geval één lichtpuntje. Straks zou hij de jongens ophalen. Hoelang dat nog zou kunnen was de vraag, maar hij was vast van plan ervoor te zorgen dat ze het vanavond geweldig hadden. Als ze hun huiswerk af hadden, zou hij ze straal verwennen: cookie dough-ijs, een gezinsverpakking zuurtjes en alles wat ze op Netflix wilden zien. Dat deed zijn neerslachtige hart goed.

Het weerbericht was voorbij en was vervangen door de sombere toon van de nieuwslezer die Robert eraan herinnerde dat hij moest opschieten, hij moest om tien uur in de rechtszaal zijn. Hij pakte het dossier en deed het in zijn koffer. Daarna liep hij naar het aanrecht om zijn mobiel van de lader te halen, maar op hetzelfde moment werd zijn aandacht getrokken door de woorden van de nieuwslezer die tot hem doordrongen.

'... uitgerukt naar een grote brand in de omgeving van Locks Heath.'

Hij bleef staan.

'De vlammenzee, die ontstond bij een schroothandel en enkele uren duurde, waardoor omwonenden moesten worden geëvacueerd, is inmiddels onder controle. De politie van Hampshire heeft bevestigd dat er één slachtoffer is, de tweeënveertigjarige Declan McManus...'

Robert dook op de radio af en zette hem harder.

'Hij is opgenomen op de brandwondenafdeling van het South Hants Hospital en hoewel er officieel geen nieuws is vrijgegeven, heeft ziekenhuispersoneel bevestigd dat zijn toestand kritiek is...'

Hij bleef stokstijf staan, wist niet of hij bezorgd of blij moest zijn. Hij had nog nooit iemand kwaad toegewenst, maar maakte een uitzondering voor McManus, een bloedzuigende parasiet. En nu balanceerde de man op het randje van de dood, vechtend tegen levensbedreigende verwondingen. De nieuwslezer ging verder, schetste het optreden van de politie en mogelijke theorieën over de oorzaak van de brand die zich voornamelijk leken te richten op brandstichting. Robert stond nog steeds op dezelfde plek, nam de details in zich op, terwijl de percolator op de achtergrond luidruchtig rammelde en borrelde, en zijn kleverige, kokende inhoud op het smetteloze fornuis morste. De keuken, zijn ontbijt en zelfs de rechtszaak waar hij bij moest zijn interesseerden hem niet meer. Er spookte maar één vraag door zijn hoofd: zou Declan McManus blijven leven of sterven?

10

Ze nam het tafereel in zich op en kon amper geloven wat ze zag. Het was een aanblik van pure verwoesting.

Zodra Helen de vuurzee had gespot, had ze het hoofdbureau van politie gebeld, en de getergde baliemedewerker had bevestigd dat er een grote brand in Locks Heath was. Helen had gehoopt dat het incident alleen interessant zou zijn voor het brandweerkorps van Hampshire, maar toen de identiteit van het slachtoffer bekend was geworden, was direct duidelijk geweest dat haar team het onderzoek zou moeten leiden. Declan McManus was een voormalige politieagent bij de Londense politie, die na een langdurig corruptieonderzoek het korps uit gewerkt was en naar Southampton was verhuisd, waar hij als privédetective werkte. Helen had de afgelopen jaren wel eens met hem te maken gehad, maar had nooit geweten waar hij kantoor hield. Tot nu.

Ze had brigadier Hudson naar de geschokte vriendin van McManus gestuurd om haar te ondervragen en was zelf naar de plaats delict gegaan. Het terrein, dat tot twee jaar geleden eigendom was geweest van een schroothandelaar, lag bezaaid met de brokstukken van een grote brand. Ze baande zich een weg door de verkoolde resten, hield een sjaal voor haar gezicht om haar longen te beschermen tegen de bijtende lucht en liep behoedzaam naar de keet om te zien of iets was overgebleven van McManus' zenuwcentrum. Maar toen ze in de deuropening de smeulende as zag, wist ze dat ze teleurgesteld zou worden.

'Tja, smaken verschillen, maar het is goedkoop en met een likje verf...'

Helen keek op en zag het hoofd van het forensisch laboratorium dichterbij komen. Zoals altijd droeg Meredith een steriel pak, handschoenen en een mondmasker.

'Denk je dat er iets te redden valt?' vroeg Helen met een glimlach.

'Dat kan ik niet met zekerheid zeggen. We hebben nog geen detailonderzoek kunnen doen, maar zo te zien was hier echt niets wat brandvertragend was.'

Helen keek naar het verkoolde bureau en de bank waar vrijwel niets meer van over was. 'Zijn er sporen van dossiers? Computers? Harde schijven?'

'Ik heb nergens bewijs van een dossierkast gezien. Zul je net zien dat die man zijn dossiers in kartonnen dozen bewaarde. Computers en harde schijven zouden een brand van deze omvang niet hebben overleefd... dus kunnen we alleen hopen dat er ergens onder deze puinhoop een kluis staat waarin hij zijn papieren bewaarde...'

Helen knikte, maar wist dat Meredith haar best moest doen om haar nog iets positiefs te melden.

'Is de keet de haard van de brand?' vroeg Helen, en ze snoof de geur op.

'Ja. Er zijn restanten glas gevonden en er hangt een sterke benzinelucht. Ik vermoed dat het brandstichting is, al zal ik nog wat meer onderzoek moeten doen om er zeker van te zijn.'

'In dat geval,' zei Helen, en ze nam het geblakerde interieur in zich op, 'is de keet als een luciferdoosje de lucht in gegaan.'

'Met meneer McManus erbij.'

Helen knikte, maar zei niets. Ze had eerder gevallen van brandstichting meegemaakt en ze brachten haar altijd van haar stuk. Het was zo'n harteloze, laffe daad. 'En de rest van het terrein? Is dat in brand gestoken toen de dader vertrok?'

'Ik denk het niet,' antwoordde Meredith, en ze wenkte Helen.

De twee vrouwen lieten de keet achter zich en liepen tussen de verbrande resten door.

'Het team heeft buiten de keet geen sporen van benzine gevonden, maar op verschillende plaatsen waar de kartonnen dozen en pakkisten zijn verbrand en secundaire brandhaarden zijn ontstaan, zijn wel stukken verbrande kleding aangetroffen. Verbrande spijkerstof, om precies te zijn.'

'Dus, ervan uitgaande dat de brandstichter niet ongelooflijk stom bezig was bij zijn vertrek,' voegde Helen eraan toe, 'kunnen we ervan uitgaan dat die kledingresten van McManus zijn.'

'Daar lijkt het op. De man staat in brand, lijdt pijn, is wanhopig. In zijn poging aan de vuurzee te ontsnappen, botst hij tegen verschillende voorwerpen...'

'... en zet op die manier de rest van het terrein in brand.'

'Daar komt het min of meer op neer,' bevestigde Meredith. 'Je kunt zelfs een heel goed beeld van zijn route krijgen, door naar het pad van het vuur te kijken, om nog maar te zwijgen van de kledingresten.'

Helen volgde Merediths blik en zag de bewijsmarkeringen die inderdaad de grillige route van de gewonde man vanaf de keet leken aan te duiden. Op hetzelfde moment bedacht ze iets. 'Het hek was toch open toen de agenten in uniform arriveerden?' vroeg ze, en ze wendde zich weer tot Meredith.

'Ja, het hangslot was doorgeknipt.'

'Waarom liep McManus daar dan niet direct naartoe? Dat zou de snelste kans op hulp zijn geweest, de straat...'

Meredith volgde Helens blik en besefte dat McManus wel in de richting van het hek was gelopen, maar plotseling naar links was uitgeweken, naar de andere kant van het terrein. 'Misschien had hij daar de energie niet meer voor, kon hij zich niet meer concentreren... Zijn verwondingen waren vreselijk, als ik op de verhalen moet afgaan...'

'Of misschien zag hij iets wat zijn aandacht trok...'

Helen liep in de richting van het hek aan de oostkant van het terrein en volgde McManus' bizarre dans. Algauw had ze de plek bereikt waar McManus, in brandende kleren en levensgevaarlijk gewond, voorover tegen de vlakte was gegaan. Het ambulancepersoneel had hem bewusteloos en met zijn gezicht in de modder aangetroffen, zijn huid rauw en vol blaren. Het was ongelooflijk, bijna onmogelijk dat McManus nog leefde en voor zijn leven vocht in het South Hants Hospital. De ex-politieman was duidelijk een vechter, hoewel de vooruitzichten somber voor hem waren, zelfs als hij het wonder boven wonder zou overleven.

Helen hurkte in de modder en onderzocht de grond, terwijl ze zich voorstelde hoe het lichaam van McManus erbij had gelegen. 'Wat zocht je, Declan?' Zich ervan bewust dat Meredith naar haar stond te kijken, liep ze een stukje verder en bestudeerde de grond. Daar zag ze iets. Het weer was de laatste tijd intens warm geweest – een ware zomerse hittegolf – maar twee nachten geleden had er een hevige storm gewoed, zo een die maar zelden voorkwam in het Verenigd Koninkrijk. Striemende regens hadden de stad geteisterd en besmeurd; op dit droge, stoffige terrein waren nog restanten van de storm te zien. Vlak bij de plek waar McManus had gelegen, lag een kleine modderige plas, met aan de rand iets wat leek op een deel van een schoenafdruk.

'Kijk.'

Meredith kwam kijken en bukte zich. 'Een gymschoen, zou ik zeggen. Maat tweeënveertig, drieënveertig?' Ze wenkte al een fotograaf om bij hen te komen. 'Denk je dat hij van de brandstichter is?'

'Lijkt me logisch. Hij sticht de brand, trekt zich terug op een veilige plek om naar de vuurzee te kijken en tegen alle verwachtingen in weet McManus te ontsnappen. Misschien loopt hij in de richting van het hek en verandert dan van richting op het moment dat hij iemand ziet staan. Misschien denkt hij dat die persoon hem zal helpen. Of hij weet dat deze persoon hem dood wil en wil de confrontatie met hem aangaan...'

'Dat moet me een aanblik zijn geweest, iemand die met brandende kleren en haren op je afkomt.'

'Precies,' mompelde Helen, die al op zoek was naar verdere sporen. Ze liep langs de plas en staarde naar de grond. Het terrein was hier harder en liep iets omhoog in de richting van het hek, maar toch was de loop van de vluchtende brandstichter duidelijk te zien aan het omgewoelde stoffige zand en de gedeeltelijke afdrukken van die gymschoen die zijn vluchtroute markeerden.

'Nu moeten we alleen zien te ontdekken hoe hij hier is weggekomen...' Helens stem stierf weg omdat ze het antwoord op haar vraag al had gevonden. De schoenafdrukken leidden regelrecht naar het gazen hekwerk waar een gat in zat. Ze gingen er op hun hurken bij zitten en tuurden naar het doorgeknipte gaas en de grond daarachter, in de hoop dat ze bewijs zouden vinden voor de verdere route van de brandstichter. Uiteindelijk was het Meredith die het als eerste zag.

'Daar.'

Helen volgde de lijn van haar wijzende vinger. Eerst zag ze niet wat Meredith bedoelde, maar opeens viel het haar ook op. Aan het ruwe uiteinde van een van de doorgeknipte draden zat een donkerblauw draadje.

11

Sandra Keaton had haar breekpunt bereikt.

De jeugdige vriendin van McManus nam een stevige trek van een kingsize sigaret en staarde met tranen in haar roodomrande ogen naar rechercheur Joseph Hudson.

Voor zover Hudson had kunnen vaststellen, hadden die twee op z'n best een knipperlichtrelatie gehad, maar het nieuws over de aanval op hem kwam niettemin hard aan en ze was niet in staat het beeld van zich af te schudden van haar minnaar die de nacht had opgelicht met zijn brandende huid en knetterende haar.

'Wanneer was je voor het laatst samen met Declan?' ging Hudson voorzichtig verder, in een poging het gesprek weer op het onderwerp in kwestie te richten.

De jonge vrouw snifte en veegde verwoed met haar hand langs haar neus, terwijl ze over haar antwoord nadacht. 'Een paar dagen geleden, maar hij bleef niet slapen, of zo. Hij was strontchagrijnig...'

'Waarom?'

'Niks met mij te maken,' antwoordde ze afwerend. 'Hij had wat problemen met z'n werk, meer niet. Hoort erbij, denk ik...'

'Wat voor problemen?'

'Iemand probeerde hem te pakken.'

'Wie?' vroeg Hudson, en hij leunde naar voren.

'Dat was het 'm juist, dat wist hij niet…' Ze nam nog een trek van haar sigaret en haalde haar hand door haar lange, slappe haar.

Ze vormden een merkwaardig stel, dat was een feit. Ze was zeker twintig jaar jonger en een stuk aantrekkelijker dan McManus. Maar ze had schandalig weinig zelfvertrouwen en was misschien onder de indruk geweest van Declans carrière als politieagent en in de ban van de mysterieuze aantrekkingskracht van zijn huidige verschijning als privédetective.

'Wat was er precies gebeurd?'

'Niks bijzonders. Een week geleden probeerde iemand bij hem in te breken. Hij heeft een flat in Thornhill…'

'Dat weten we.'

'Nou ja, iemand had dus geprobeerd het raam te forceren toen hij niet thuis was. Had er een behoorlijke bende van gemaakt ook, schijnt. Het moet nog steeds vervangen worden…'

Haar stem stierf weg, misschien vroeg ze zich af of Declan ooit in staat zou zijn de reparatie zelf te regelen, of dat zij dat misschien moest doen.

'Wat zochten ze?'

'Zijn laptop. Daar bewaart hij al zijn dossiers op.'

'Hoe weet je zo zeker dat het daar om ging?'

'Omdat ze hem twee dagen geleden te pakken hebben gekregen.'

'Ze?'

'Hij, zij, het…'

'Hoe?'

'De kofferbak van zijn auto was geforceerd. Daar had hij hem neergelegd toen hij bij mij langskwam.'

Kennelijk was McManus niet lang bij Sandra gebleven, en Hudson vroeg zich af wat voor relatie ze hadden, maar hij wist dat hij zich niet moest laten afleiden. 'Iemand heeft zijn laptop gestolen?'

'Al zijn werk, zijn gegevens, zomaar weg…' zei ze met een veelbetekenende blik, alsof ze een groot stuk van de puzzel aandroeg. 'Hij bewaarde ook nog wat papieren ergens anders, maar dat waren voornamelijk oude onderzoeken.'

'Je weet er veel van.'

'Hij vertelde me wel eens wat.'

'Details van zijn onderzoeken?'

'Geen namen of zo, dat vond hij niet "professioneel".' Het woord kwam haar mond uit alsof het iets exotisch was.

'Dus je had geen idee voor wie hij werkte… de laatste tijd, bedoel ik?'

'Hij deed allerlei klussen, als het maar geld opleverde, eigenlijk. Bedrijven, verzekeringsmaatschappijen, particulieren, vrouwen die dachten dat hun man het niet zo nauw nam, werkgevers die werden bestolen door hun personeel. Hij deed niet moeilijk.'

Dat wilde Hudson wel geloven. 'En Declan had geen idee wie zijn laptop had gestolen?'

'Dat maakte hem juist zo kwaad. Hij had de laatste jaren veel vijanden gemaakt. Mensen die hij had ontmaskerd, wiens zaken hij had bedreigd, die door hem waren gearresteerd, zelfs. Er zijn echt tientallen mensen die hem wel iets zouden willen aandoen…' Haar stem stierf weg toen ze weer aan haar gewonde minnaar dacht. Er rolde een traan over haar wang, terwijl ze de nicotine in haar longen zoog en probeerde zichzelf tot kalmte te manen.

Hudson hield een opgewekte, professionele blik op zijn gezicht, maar vanbinnen wist hij precies hoe ze zich voelde. Sandra dacht duidelijk dat de zaak hopeloos was, dat het nagenoeg onmogelijk zou zijn om het aantal mogelijke verdachten terug te brengen, en Hudson kon het daar niet mee oneens zijn. Declan McManus was een gore opportunist, met weinig scrupules, die bereid was om iedereen te verraden voor wat snel geld. Hij had zich met dingen bemoeid die hem niets aangingen en misschien was het geen verrassing dat iemand had geprobeerd hem voorgoed het zwijgen op te leggen. Of dit was om een lopend onderzoek te dwarsbomen of een oude rekening te vereffenen was niet helder, maar terwijl Hudson het gesprek afrondde, was hem wel duidelijk dat ze op zoek moesten naar een speld in een hooiberg, tenzij McManus op wonderbaarlijke wijze herstelde.

12

Diep in gedachten verzonken kroop Helen door het gat in het hek en liet het terrein van de voormalige schroothandel een stukje achter zich. Haar tijd met Meredith was vruchtbaar geweest, ze had een duidelijk idee van wat er was gebeurd en had misschien zelfs waardevol forensisch bewijsmateriaal gevonden, maar het motief van dit misdrijf was nog altijd een raadsel en dat zou het voorlopig blijven, tenzij ze geloofwaardige informatie konden opduiken over McManus' recente werkzaamheden. Het doel was geweest om de man te vermoorden, dus het feit dat McManus op dit moment vocht voor zijn leven, zou in hun voordeel kunnen werken. Hij zou de komende dagen, mogelijk zelfs weken, waarschijnlijk niet ondervraagd kunnen worden, maar het feit dat hij nog leefde zou zijn aanvaller er misschien toe zetten iets overhaasts te doen. Zou hij contact opnemen met het ziekenhuis? Er misschien zelfs naartoe gaan om te kijken hoe het met de arme privédetective ging? Helen wist dat de kans klein was. Rechercheur McAndrew was op dit moment in de flat van McManus in Thornhill en Hudson was in gesprek met de vriendin – misschien kwamen zij iets te weten, maar het idee dat ze op één duidelijke verdachte zouden stuiten, leek ijdele hoop, gezien het chaotische leven van McManus en zijn uiteenlopende onderzoeken.

Het was om depressief van te worden. Wat zou het fijn zijn om één uitgemaakte zaak te hebben om het team te motiveren en de hoge omes te laten zien dat ze goed waren in hun werk. Maar meevallers waren de laatste tijd dun gezaaid, zo leek het.

Ze sjokte in de richting van haar motor en toen ze er bijna was, werd haar humeur nog slechter. Want voor haar stond Emilia Garanita leunend op háár Kawasaki.

'Ga eraf!' blafte Helen, woest dat de journaliste het in haar hoofd haalde zo provocerend aan haar motor te zitten.

'Ook een goeiemorgen, Helen,' kweelde Emilia, en ze liet haar hand over het leren zadel glijden voordat ze onwillig rechtop ging staan. 'Hoe staat het ermee?' Terwijl ze het zei, trok er een ondeugende glimlach aan haar mondhoeken en ging haar blik naar de smeulende ravage verderop. 'Ik heb nog wat brandende vragen voor je.'

'Reuzegrappig,' mompelde Helen, en ze liep langs haar heen naar de motor.

'Dat hoor ik vaker. Maar goed, erg lachwekkend is het niet.' Emilia gebaarde naar de plaats delict. 'Brandstichting, poging tot moord, vernieling van eigendommen,' ging de journaliste verder. 'Enig idee wie het op McManus gemunt had?'

Zoals altijd was ze ergerlijk goed op de hoogte.

'We houden later vandaag een persconferentie, Emilia. Mocht het je interesseren...'

'O, dat weet ik,' was de geringschattende reactie van de journaliste. 'Ik vroeg me alleen af of jíj een verdachte op het oog hebt. Was hij echt het doelwit? Of was het een willekeurige aanval? Moeten mensen zich zorgen maken?'

'Nee, iedereen is veilig.'

Helen stapte op haar motor en startte hem, waarmee ze aangaf dat het gesprek was afgelopen. Maar Garanita was nog niet klaar.

'Echt? Want dat gevoel krijg ik helemaal niet. Straatroven, inbraken, carjackings, branden, noem maar op. En hoeveel zaken hebben jullie opgelost? Niet één. Voor zover ik kan zien, lijkt het erop dat de situatie in de stad uit de hand loopt, dat we aan de verliezende hand zijn, midden in een ongekende misdaadgolf…'

Bij hoge uitzondering was Helen geneigd het met haar eens te zijn. Op het moment leek het inderdaad alsof de situatie uit de hand liep. Maar ze was niet van plan dat toe te geven. 'Het was weer gezellig, Emilia. Nu moet ik er echt…'

'Heb je ooit het gevoel dat je dit werk al te lang doet? Dat je misschien niets meer in de tank hebt?'

De directheid van de vraag overviel Helen. Ze had zich eerder deze week precies hetzelfde afgevraagd, totdat hoofdinspecteur Grace Simmons een einde aan haar vertrouwenscrisis had gemaakt door haar aan haar vele successen te herinneren. Maar de vragen, de twijfels bleven. Emilia Garanita leek dit aan te voelen en wachtte met een brede glimlach op Helens reactie, maar Helen was niet van plan haar spelletje mee te spelen – vandaag niet, in elk geval. Ze deed in plaats daarvan haar vizier omlaag en scheurde vol gas weg, waardoor Garanita een stofwolk over zich heen kreeg.

Snel vervolgde ze haar weg, maar haar blik gleed naar haar zijspiegel. Daar stond de journaliste, volkomen onverstoord door haar wilde aftocht. Sterker nog, Garanita leek ervan te genieten en had een brede grijns op haar gezicht. Het was een beeld waar Helen niet goed van werd. Het kwam niet alleen door Emilia's kennis, haar zelfvertrouwen en het feit dat ze genoot van hun huidige moeilijke situatie, maar ook door het feit dat ze hier was. Garanita was altijd een luis in haar pels geweest, maar het leek er steeds meer op dat ze Helen echt achtervolgde. Ze was hen steeds een stap voor, zat hen voortdurend op de hielen. Sterker nog, als

Helen onder vuur lag, als het haar duizelde van nog meer bloedvergieten en tragedie, kon ze er zeker van zijn dat ze maar hoefde op te kijken of Emilia Garanita stond er met een glimlach op haar gezicht bij, klaar om het nog wat erger te maken.

13

Misselijk en bang staarde ze naar de graffiti.

Lilah Martin was laat opgestaan, had haar ontbijt haastig naar binnen gewerkt, waarna ze haar helm had gepakt en snel door de gang was gerend om niet te laat op haar werk te komen. Maar eenmaal bij de voordeur had ze door de ruit gezien dat er iets niet klopte, dat iemand hun huisje had ontsierd. Boos en geschrokken had ze de deur opengerukt om te zien wat de schade was, om zich ervan te verzekeren dat het maar kinderen waren geweest die hadden lopen rotzooien. Maar diep vanbinnen had Lilah vermoed dat de schennis een onheilspellender oorzaak had, en eenmaal buiten was dat alleen maar bevestigd. Op de voordeur en het raam ernaast was een groot, zwart hakenkruis gekalkt.

Haar adem stokte. Een symbool dat zo veel haat, onverdraagzaamheid en minachting omvatte. Als jong, zwart stel hadden zij en Martin eerder geweld en vooroordelen meegemaakt, maar nog nooit zo gericht of persoonlijk, nooit in hun eigen huis, en het maakte haar verward en angstig.

Ze bleef een minuut zo staan, misschien wel twee, haar armen om zich heen geslagen, voordat ze zich ervan bewust werd dat anderen de aanval op hun huis ook hadden gezien. Een groepje buren had zich op straat verzameld, ze stonden te praten en te kijken, terwijl schoolkinderen langsliepen en even bleven staan om naar het afschuwelijke beeld te kijken. Vreemd genoeg, belachelijk genoeg, schaamde Lilah zich, alsof deze moedwillige daad van vandalisme op de een of andere manier háár schuld was. Ze waren het enige zwarte stel in de straat, een feit dat haar altijd een ongemakkelijk gevoel gaf, en deze aanval maakte haar onrust een stuk erger.

'Martin!'

Haar stem klonk zwak en gebroken, maar kennelijk was haar schrik en verdriet overgekomen, want even later verscheen haar man in de deuropening. Hij kwam naar buiten en draaide zich om.

'Moet je zien wat ze gedaan hebben,' fluisterde Lilah, met trillende stem.

Martin bekeek het hakenkruis met een ondoorgrondelijke blik.

'Dat moeten ze hebben gedaan toen wij lagen te slapen...' ging Lilah verder, terwijl er tranen in haar ogen prikten. Het was een akelige gedachte, het idee dat iemand bij hun voordeur had rondgehangen terwijl zij in bed lagen. Ze had verwacht dat Martin boos zou worden, zou gaan vloeken en tieren. Maar tot haar verbazing schudde hij zijn hoofd alleen en liep weer naar binnen.

'Martin? Waar ga je naartoe?' Ze klonk zielig, wanhopig, maar zo voelde ze zich ook.

Omdat ze besefte dat ze zichzelf te kijk zette, probeerde ze haar emoties te beheersen en tot bedaren te komen. Ze deed een paar stappen naar achteren, bracht haar mobiel omhoog en begon foto's te maken van de ontsierde buitenkant. Op hetzelfde moment kwam Martin naar buiten en verpestte haar beeld. Tot haar stomme verbazing had hij een emmer sop en een spons bij zich.

'Wat doe je? Je kunt het niet wegvegen!' riep ze uit, en ze rende naar hem toe.

'Wil je het zo laten?'

'Nee, natuurlijk niet. Maar ik moet foto's maken. Bovendien moet de politie dit zien.'

'Ga je de politie bellen?'

Ze wist niet of hij het sarcastisch bedoelde of dat hij oprecht verbaasd was.

'Natuurlijk ga ik de politie bellen. We moeten aangifte doen.'

'Alsof dat zin heeft.'

'We kunnen dit niet zomaar over ons heen laten komen.'

'Nou, als jij ze wilt bellen dan ga je je gang maar, maar dan moet je het in je eentje schoonmaken.' Hij zette de emmer met een klap op de grond en maakte aanstalten om weg te gaan.

Dat was het moment waarop Lilah het smetteloos witte overhemd en de nette blauwe broek zag. 'Je sollicitatiegesprek...' zei ze, en ze kon zich wel voor haar hoofd slaan.

'En je wilt toch niet dat ik dat misloop, of wel? Jij bent degene die heeft lopen drammen dat ik een baan moet zoeken.'

'Natuurlijk niet.'

'Mooi, want ik laat me door niemand tegenhouden.' Hij keek naar de graffiti, terwijl hij het zei. 'Vooral niet door dit soort hersenloze idioten. Wens je me nog succes?'

Dat deed ze en ze gaf hem een hartelijke zoen op zijn wang, maar haar gevoel zei iets anders. Natuurlijk moest Martin gaan, hij mocht zich niet laten intimideren, maar ging hij haar nu echt hier alleen laten?

'Stel nou dat ze terugkomen.'

'Dat doen ze niet, het zijn lafaards,' stelde hij haar gerust.

'Ze hadden gisteravond wel ik weet niet wat kunnen doen. Benzine door de brievenbus gieten of...'

'Daar hebben ze de ballen niet voor. Die zien we niet meer terug, echt niet.'

Martin draaide zich om en vertrok, terwijl hij op zijn mobiel keek alsof er niets aan de hand was. Overstuur draaide Lilah zich om en keek nogmaals naar het huis. De aanblik was als een stomp in haar maag en deze keer gleed er een traan over haar wang. Ze had opeens het gevoel alsof ze niets meer in de hand had, alsof ze niet wist wát er aan de hand was en wie ze nog kon vertrouwen.

'Jezus, moet je zien...'

De gemompelde kreet van een schooljongen wekte haar uit haar gedachten. Ze vermande zich, veegde haar tranen weg en belde het alarmnummer. Ondanks Martins afkeur, zou ze doen wat juist was. Maar terwijl ze wachtte tot er werd opgenomen en haar blik naar de emmer en spons gleed, besefte ze dat ze hier helemaal geen zin in had – de aandacht, het gedoe, de stilzwijgende veroordelingen. Nee, eigenlijk wilde ze dat het allemaal zou verdwijnen.

14

Lee Moffat gooide zijn hoofd naar achteren en lachte, een diepe valse bulderlach die de kamer vulde. Dit was nog veel beter dan hij had gehoopt.

'Wat staat er?' vroeg hij, toen hij uiteindelijk was uitgelachen en zich tot zijn maat richtte.

'Dat McManus op de intensive care ligt, dat zijn verwondingen mogelijk levensbedreigend zijn, met andere woorden, dat hij krokant gebakken is,' antwoordde Darren met zijn dikke Schotse accent. 'Het is op de radio, internet, overal.'

'En ze hebben hem met naam genoemd?'

'Ja. "Declan McManus, een plaatselijke privédetective, voormalige politieagent bij de Londense politie..."'

'Laat eens zien.'

Lee gebaarde dat hij de telefoon wilde. Zijn maat gaf hem, al ging het wat onwillig. Darrens nieuwe iPhone, die hij had 'gevonden' in de Porsche die ze drie dagen geleden hadden gestolen, was zijn grote trots.

Snel scrolde Lee door de nieuwsfeeds, staarde naar foto's van de brand en grinnikte bij de aanblik van de foto van McManus wiens dikke, stuurse hoofd hem aanstaarde. 'Hoeveel zou je kunnen verdienen met wedden dat hij het overleeft?' vroeg hij zich mompelend af.

'Ik zou het wedkantoor maar bellen,' grapte Darren zelfverzekerd, terwijl de gemompelde woorden wegstierven.

Lee negeerde hem en ging op in zijn eigen gedachten. Misschien ging McManus echt dood aan zijn verwondingen en hield hij voorgoed z'n kop. En anders overleefde hij het, geruïneerd, voor het leven getekend en veel te bezorgd om zijn eigen hachje om zich nog te bemoeien met dingen waar hij zich buiten moest houden. En tot Lee's grote vreugde maakte het hem echt niet uit welke van de twee mogelijkheden werkelijkheid zou worden.

Hoe dan ook, zijn leven was zojuist een stuk aangenamer geworden.

15

'Ik weet dat we echt geen nieuwe zaak kunnen gebruiken, maar dit zijn de feiten tot nu toe.'

Het team had zich in de recherchekamer van het hoofdbureau van politie in Southampton verzameld en keek toe hoe Helen een foto van Declan McManus op het schrijfbord hing.

'Declan McManus, tweeënveertig jaar oud. Geboren in Belfast, werkte het grootste deel van zijn carrière in Londen als brigadier bij de financiële recherche, ontslagen wegens vervalsing, boekhoudfraude, het aannemen van steekpenningen en het belemmeren van de rechtsgang.'

Achteraan werd spottend geklapt, een van de jongeren die de spanning wilde doorbreken.

Helen glimlachte even en ging verder. 'Hij woont inmiddels twee jaar in Southampton en werkt als privédetective. Gisteravond heeft iemand de keet in Locks Heath die hij als kantoor gebruikte in brand gestoken, waarbij hij het slachtoffer is geworden. Hij wordt momenteel in een kunstmatige coma gehouden in het South Hants Hospital – in kritieke toestand maar stabiel, zeggen ze – dus voorlopig behandelen we dit als een poging tot moord.'

'Wie wist dat hij daar werkte?' vroeg rechercheur Malik, die zoals altijd vooraan stond.

'Niet veel mensen, aldus zijn vriendin,' zei Joseph Hudson. 'Sandra Keaton, een paar mensen die hij bij ingewikkelder zaken als informant gebruikte, maar verder...'

'Wat weten we over deze informanten?' vroeg Helen.

Hudson keek niet op, maar scrolde door de aantekeningen op zijn iPhone. 'Lauren Jackson en Samuel Taylor. We hebben adressen en sporen ze op.'

Helen knikte en ging verder. 'Het was een hevige brand, zoals jullie hebben kunnen zien in de uitgebreide verslaggeving door de pers. Dit zijn ónze foto's van de plaats delict...'

Ze hing een serie zorgvuldig genomen foto's op die de verwoesting schetsten. 'Vrijwel niets is gespaard gebleven. Mogelijk zijn er fragmenten van dossiers die we kunnen vinden, maar ik zou er niet op rekenen. Hebben we iets in zijn flat in Thornhill gevonden?'

Rechercheur McAndrew schudde haar hoofd. 'Vuile kleren, lege afhaalbakjes en een stapel kranten. De man had niet veel nodig...'

'Spit die kranten door. Kijk of er een zaak, persoon of incident was waarin hij geïnteresseerd was. Iets wat hij heeft omcirkeld, artikelen die hij eruit heeft gescheurd. Had de vriendin nog iets interessants te melden?'

Deze keer keek Hudson Helen aan. Eventuele vijandschap of trots na hun confrontatie van de vorige avond was goed verborgen toen zijn ogen de hare ontmoetten en hij professioneel en weldoordacht antwoordde. 'Ze was behoorlijk kapot van het nieuws, en eerlijk gezegd wist ze niet veel. Het was een knipperlichtrelatie, niet serieus.'

Hij keek haar strak aan en er kwam een veelbetekenende blik in zijn ogen. Helen verbrak het oogcontact snel en richtte zich weer tot de groep.

'Goed, bij gebrek aan duidelijke aanwijzingen, zullen we terug moeten naar de basis. Met wie had McManus afspraken? Met wie praatte hij? Waar kwam hij zoal? We hebben inmiddels zijn belgeschiedenis van de telefoonmaatschappij.'

Helen hield een stapel papieren omhoog met daarop telefoonnummers gevolgd door de duur van elk gesprek. 'Dat geeft ons enig idee met wie McManus de laatste tijd contact had, al weten we natuurlijk niet wat de inhoud van de gesprekken was. We zullen met iedereen op deze lijst moeten praten, maar we moeten ook een buurtonderzoek doen in de omgeving van de oude schroothandel. Hebben ze iemand zien rondhangen bij zijn flat, zijn auto, de keet? Had hij in de dagen voorafgaand aan de brand ruzie met iemand? Laten we ook de beveiligingscamera's in de omgeving niet vergeten – het treinstation, de Westquay, de ziekenhuizen. Volgde hij iemand? Hij heeft geen directe familie in de buurt – zijn ex-vrouwen wonen in Belfast en Durham en hebben geen contact meer met hem – dus laten we ons in eerste instantie op zijn werk storten. We weten dat iemand een week geleden heeft geprobeerd in te breken in zijn flat, dat zijn laptop eergisteren uit zijn auto is gestolen en dat vrijwel al zijn dossiers in vlammen zijn opgegaan. De aard van de aanslag duidt erop dat deze niet impulsief was, maar juist een zorgvuldige poging om hem van het leven te beroven, dus ga ik er voorlopig van uit dat het met zijn werk te maken heeft. Waar zette hij kwaad bloed mee? Wat wilde de dader tegenhouden?'

'Met wat voor zaken hield hij zich bezig?' wilde rechercheur Osbourne weten.

'Alles. Financiële misdrijven, bedrijfsfraude, verzekeringsfraude, overspel, bigamie, testamentgeschillen. Hij werkte zo nu en dan ook voor advocatenkantoren…'

'Het zal wel om geld gaan,' onderbrak Hudson haar ruw. 'Een

lopende zaak, een of andere hufter die zijn zwendel of onderneming bedreigd zag.'

'Dat hoeft niet,' was Helens weerwoord. 'Misschien is hem het zwijgen opgelegd om iemands huwelijk, familie of middelen van bestaan te beschermen...'

'Of uit wraak om iets wat hij tijdens een eerdere klus had gedaan,' opperde rechercheur Bentham. 'Iemand die een oude rekening wilde vereffenen, iemand wiens leven al verpest was door McManus...'

'Daar geloof ik niet in,' kwam Hudson er weer tussen. 'Dan moet je wel goed boos zijn, wil je zo ver gaan voor een oude rekening. Ik denk dat de dader wanhopig was, met zijn rug tegen de muur stond, een persoon of organisatie die wilde laten weten wat er gebeurt als je je met hun zaken bemoeid.'

'Denk je dan dat het een bende was? Georganiseerde misdaad?' vroeg Helen rustig, vastbesloten om zich niet op stang te laten jagen door Hudsons vijandige toon.

'Ik denk dat het met géld te maken heeft,' antwoordde Hudson resoluut. 'Kijk maar naar het bord. Bij vrijwel alle grote lopende zaken ligt er een financieel motief aan ten grondslag. Of het nu om iPhones, laptops of luxe auto's gaat, mensen zijn allemaal uit op snel geld. De arbeidsmarkt ligt op z'n gat, spaarcenten raken op, de verzekeringsmaatschappijen betalen niet uit, dus gaan mensen de zwarte markt op. De enigen die op dit moment iets verdienen zijn mensen die de markt kunnen voorzien van gestolen goederen, auto-onderdelen, wat dan ook. We weten dat McManus contracten had met grote verzekeringsmaatschappijen, daar kwam het grootste deel van zijn werk vandaan. Ik wil alleen maar zeggen dat het me heel logisch lijkt dat iemand die een goeie zwendel had en door McManus ontmaskerd dreigde te worden, hem zou willen stoppen, hem voorgoed zou willen uitschakelen.'

'En misschien is het zo gegaan. Maar ik wil dat we in dit vroege stadium van het onderzoek alle opties openhouden.' Helen wendde zich halverwege de zin van Hudson af en richtte haar blik op de rest van de groep. 'Dus doen we de saaie dingen, de voor de hand liggende dingen. Een misdrijf zo wreed als dit komt niet uit de lucht vallen. Er is iets gebeurd – een dreigement, een verkeerd woord, een stukgelopen relatie – en daar heeft Declan McManus gisteravond voor moeten boeten. Misschien hebben we geluk met de camerabeelden of een getuige, maar ik vermoed dat de dader iemand is die McManus kende.' Ze hield nogmaals de belgeschiedenis van het slachtoffer omhoog. 'Laten we iedereen opsporen met wie hij contact had en achterhalen wat ze wilden, want de kans is groot dat een van hen een motief had om hem te doden.'

16

Ze had het gevoel dat de hele wereld naar haar keek, maar toen ze zich omdraaide, zag ze dat niemand haar een blik waardig keurde. Ze liep volkomen onopgemerkt door het woonwarenhuis en dat was precies wat ze wilde.

Ze trok haar honkbalpet over haar ogen en vervolgde haar weg. Iets sneller liep ze langs het behang, de verlichting en de piramide van verfblikken, tot ze op de keukenafdeling kwam. Ze kende deze winkel niet goed, vond de indeling frustrerend en verwarrend, en het kostte haar een paar minuten om zich te oriënteren. Ze zag stapels pannen en blenders die in de aanbieding waren, geflankeerd door goedkoop bestek en kleurige vergieten. Ze slenterde door de gangpaden alsof ze op zoek was naar een koopje, maar richtte haar aandacht gaandeweg op het keukengerei: bakspanen, gardes, tangen, tongspatels en tot slot, messen.

Even liet ze haar blik langs de bekende merken glijden: Sabatier in het hoogste segment, het huismerk in het laagste. De meeste duurdere spullen hadden een antidiefstalalarm en dus liep ze in de richting van de uitverkoopjes. Hier bleef ze staan, keek naar de mogelijkheden en liet haar blik uiteindelijk vallen op een keukenmes van twintig centimeter.

Ze was geneigd het direct te pakken, maar hield zich in en

maande zichzelf even tot rust. Ze dacht aan de manier waarop ze het geoefend had, keek op haar horloge en liep verder door het gangpad alsof ze op zoek was naar een partner die laat was. Rechts was niemand, dus ging ze naar links in de hoop daar ook niemand aan te treffen, maar tot haar afschuw stond er een beveiliger aan het eind van het gangpad naar haar te kijken.

Had hij iets aan haar gedrag opgemerkt? Wíst hij dat ze iets kwaads in de zin had? Ze glimlachte naar hem, ondanks het feit dat ze vanbinnen beefde. Tot haar grote opluchting glimlachte hij terug en liep toen verder. Weer wilde ze het mes het liefst meegrissen en wegrennen, maar ze weerhield zich ervan en keek omhoog naar het plafond om te zien waar de camera's hingen. Er waren geen camera's in de directe omgeving, alleen een algemene surveillance-eenheid in een transparante zuil, een kleine tien meter verderop. Gerustgesteld bestudeerde ze een spatel op een hogere plank, terwijl ze haar lichaam naar de camera draaide, zodat de goedkopere keukenmessen verborgen bleven. Met haar rechterhand legde ze de spatel terug, pakte met haar linker het keukenmes en liet het soepel in haar handtas glijden. Theatraal hoofdschuddend liet ze de spatel liggen en liep weg, terwijl ze haar tas dichtritste.

In alle opzichten leek het alsof ze gewoon aan het winkelen was. In werkelijkheid was dat natuurlijk allesbehalve zo. Toen ze de winkel was binnengegaan, had ze doodsangsten uitgestaan, ervan overtuigd dat ze dit kleine vergrijp zou verpesten, maar nu was ze giechelig en opgewonden, glimlachte ze naar het meisje achter de kassa, ervan overtuigd dat niemand iets doorhad.

Toen ze de warme buitenlucht op haar huid voelde, werd de opwinding nog groter. Adrenaline en opluchting kolkten door haar lijf toen ze het parkeerterrein overstak. Opnieuw wilde ze rennen, over het asfalt sprinten, het warenhuis zo snel mogelijk achter zich laten, maar ook nu hadden voorzichtigheid en bedachtzaamheid de overhand en liep ze heel rustig en met een glimlach op haar gezicht verder en deed ze haar best om er niet verdacht uit te zien.

17

Samen liepen ze in een stevig tempo over het trottoir, hun voeten keurig synchroon.

'Vanwaar dit onverwachte genoegen?'

Helen liep naast de spreker en kon niet zien of Robert Downing zijn opgewekte begroeting echt meende. Hij keek strak voor zich uit, droeg zijn toga en pruik onder zijn arm en liet de rechtbank van Southampton met grote stappen achter zich.

'Ik neem aan dat je hebt gehoord dat er gisteravond een brand heeft gewoed in Locks Heath?'

'Natuurlijk, dat was op de radio. Een schroothandel, toch?'

'Een voormalige schroothandel. Recent fungeerde het terrein als schuilplaats en kantoor van Declan McManus, een plaatselijke privédetective.'

'Ah.' Zijn toon klonk geforceerd nietszeggend.

'Maar goed,' ging Helen verder, 'we gaan zijn gangen van de afgelopen weken na, zoeken uit met wie hij contact had. Zodoende kwamen we jouw nummer tegen.'

Ze keek of hij een reactie toonde, een blijk van herkenning, schuld, schrik misschien, maar niets. Downings gezicht bleef een masker van beroepsmatige desinteresse. Dat verbaasde Helen niet, ze kende de strafpleiter goed van zijn werk in de rechtbank en wist dat hij altijd vriendelijk, beleefd en onverstoorbaar was. Heimelijk vroeg ze zich af of zijn concentratie ooit verslapte.

'De naam zegt me niets,' antwoordde hij uiteindelijk. 'Kun je hem beschrijven?'

'Klein, dik, met dun rood haar en een Noord-Iers accent. Werkte vroeger voor de Londense politie...'

'O... ik geloof dat ik weet wie je bedoelt,' onderbrak Downing haar. 'Een heel zwaar accent, volgens mij. Je kon bijna niet verstaan wat hij zei...'

'Wat was de aard van zijn contact met jou?'

'Hij belde me mobiel,' ging Downing verder. 'Geen idee hoe hij aan mijn nummer kwam.'

'En?'

'Tja, het moet een dag of tien geleden zijn geweest. Ik was thuis met de jongens, dus wilde eigenlijk niet opnemen, maar je weet nooit wie het kan zijn, dus ik deed het toch maar.'

'Wat wilde hij?' Helen voerde de druk iets op, omdat ze het gevoel had dat Downing opzettelijk tijdrekte, en het was nog ongeveer dertig meter tot zijn auto.

Downing besefte dat ze het meende en keek haar voor het eerst aan. 'Hij was op zoek naar werk.'

'Wat voor werk?'

'Nou, hij vertelde me wat over zijn cliëntenbestand. Je zult dit ongetwijfeld al weten, maar naast zijn werk voor verzekeringsmaatschappijen klust hij zo nu en dan bij voor advocatenkantoren. Surveillancewerk, achtergrondonderzoeken, langs de deuren gaan, dat soort dingen. Vaststellen of mensen die grote organisaties aanklagen ook werkelijk gewond, depressief of benadeeld zijn zoals ze beweren, of de kinderen voor wie ze uitkeringen ontvangen ook echt bestaan. Waar het op neerkomt is dat je iemand zoals McManus inhuurt wanneer iets op de normale, legale manier niet lukt en je wilt weten of er een ándere manier is...'

'Was dit de eerste keer dat hij contact met je opnam?'

'De enige keer,' verduidelijkte Downing.

'Wat heb je hem gezegd?'

'Niet veel. Na zijn verkooppraatje heb ik hem bedankt en opgehangen. Ik had geen zin om mijn zaterdag te verspillen aan iemand die op zoek was naar werk.'

'En daar is het bij gebleven? Geen vervolgtelefoontjes? Op je vaste lijn, naar je kantoor?'

'Nee, niets,' bevestigde Downing. 'Ik was ook niet erg enthousiast, dus ik denk dat hij de boodschap wel begreep.'

Ze waren bij zijn auto en Downing keek nogmaals naar Helen. 'Wilde je nog meer weten of...'

'Vooralsnog niet.'

Ze zou verder kunnen aandringen, maar zijn verhaal leek te kloppen. In McManus' belgeschiedenis stond maar één gesprek met Downings nummer, en het gesprek had minder dan een minuut geduurd.

'Tja, dan moet ik er echt vandoor,' besloot Downing. 'Maar het was me een waar genoegen, Helen. Pas goed op jezelf.' Hij gaf haar een hartelijk knikje, draaide zich om en trok het autoportier open.

Helen deed een stap naar achteren en keek hoe hij wegreed. Onwillekeurig was ze onder de indruk. Anderen zouden geschrokken zijn door haar komst, maar Downing was er niet langzamer om gaan lopen en was het hele gesprek beleefd, behulpzaam en efficiënt geweest. Hij had de indruk gewekt dat hij graag wilde helpen, had haar vragen vlot en zonder aarzelen beantwoord en had eventuele misverstanden over de 'aard' van zijn relatie met McManus uit de weg willen ruimen. Maar of Helen zou kunnen inschatten of hij haar moedwillig om te tuin leidde, was twijfelachtig. Dit was een man die loog voor de kost.

Ze dacht nog steeds over hun gesprek na toen haar mobiel trilde. Haar nieuwsgierigheid werd gewekt toen ze zag dat het Meredith Walker was.

'Goeiemorgen, Meredith. Wat kan ik voor je doen?'

'Het gaat er meer om wat ik voor jóú kan doen,' antwoordde het hoofd van het forensisch laboratorium opgewekt. 'Ben je in de gelegenheid om naar het lab te komen?'

Helen liep al met snelle passen naar haar motor. De ervaring had haar geleerd dat er haast geboden was als Meredith belde.

18

Ze dwong zichzelf te glimlachen, maar kon haar ergernis niet verbergen toen ze rechercheur Joseph Hudson door het café naar zich toe zag lopen. Emilia Garanita had haar lunch een half uur geleden al op en wilde weg uit het drukke bouwvakkerscafé. Ze werd niet goed van de geur van bruine saus en spek.

'Je bent laat,' zei ze nijdig, toen hij tegenover haar ging zitten, en ze wierp een snelle blik om zich heen om te zien of ze niet in de gaten gehouden werden.

'Ook leuk om jou weer te zien, Emilia,' antwoordde hij, en hij keek haar aan. 'Sorry dat ik je ophoud, maar we hebben het nogal druk op het moment.'

'Ben je met McManus bezig?'

Hij knikte. 'Helen heeft het hele team op de contacten van McManus gezet. Nogal zinloos, aangezien hij vooral achter tienermeisjes aanzat die hem geen blik waardig keurden.'

'Is het zo erg?' vroeg Emilia verrast. 'Ik dacht dat er bij iemand als McManus wel een duidelijke verdachte zou zijn, een zaak die hij op het punt stond op te lossen, iemand die hij wilde ontmaskeren...'

'Er is niks duidelijks aan. Al zijn dossiers zijn vernietigd, zijn computer is gestolen. We hebben wel wat informatie van zijn telefoon, maar hij wisselde regelmatig van simkaart en toestel voor het geval hij gehackt werd, dus veel levert het niet op...'

'Zijn er beveiligingsbeelden? Getuigen?'

'In dat deel van de stad hangen niet veel camera's en het is geen plek waar je 's avonds laat wilt rondlopen, dus...'

'Dus óf hij ontwaakt uit zijn coma en kan de schuldige aanwijzen, óf jullie zitten met je handen in het haar.'

'Zoiets,' antwoordde Hudson droogjes. 'Jezus, kan een mens hier nog bediend worden of hoe zit dat?'

Hij draaide zich om op zoek naar een serveerster, maar Emilia had geen tijd om zich te laten afleiden. 'Dus als ik het gebrek aan aanwijzingen benadruk, en de vele potentiële verdachten, de weinige middelen die jullie hebben en het algehele gebrek aan focus, dan zit ik aardig goed?'

'Daar komt het wel op neer,' antwoordde Hudson, en hij richtte zijn aandacht weer op haar.

'Ik wil namelijk niet verrast worden door een konijn uit de hoge hoed,' ging Emilia verder.

'Gebeurt ook niet.'

'Mooi,' zei ze, en ze kwam overeind. 'Bel maar als er nieuwe ontwikkelingen zijn.'

Hudson knikte en hervatte zijn jacht op een kop thee, maar Emilia bleef niet rondhangen en liep het café door in de richting van de deur. Ze was blij dat ze weg kon – de zon was al krachtig, wat het café onaangenaam bedompt maakte – en trouwens, ze moest aan het werk. Ze had zich in geen tijden zo enthousiast en energiek gevoeld. Sinds de crisis was misdaad de enige groeisector in Southampton – voor zowel daders als journalisten. Ze had het nog nooit zo druk gehad; alle moorden, verkrachtingen en overvallen leverden een eindeloze hoeveelheid angst en ellende voor haar lezers op. Haar productie was omhooggegaan, de oplages ook, en de *Southampton Evening News* behaalde nu een mooie winst door meer advertenties voor beveiligingsapparatuur in huis, persoonlijke alarmsystemen en peperspray, om nog maar te zwijgen van reclame voor scheidingsadvocaten, werkgelegenheidsdeskundigen en kredietverstrekkers.

Achter de wolken scheen de zon, en dat was nog niet eens het mooiste. Het sappigste moest nog komen. Dat was niet iets waar ze over kon opscheppen, het zou nog jaren geheim moeten blijven, maar in zekere zin maakte het dat nog leuker. Sinds het moordonderzoek op Justin Lanning zes maanden geleden, had Emilia rechercheur Joseph Hudson in haar macht. Sindsdien had hij regelmatig informatie aan haar gelekt en ze had zelfs tijdens een heimelijk gesprek gedurende het Lanning-onderzoek een geluidsopname gemaakt waarop hij haar dat beloofde. Ze had hem in de tang, maar ambitieus als hij was, had hij besloten om er zijn voordeel mee te doen en van zijn veroveraar een bondgenoot te maken.

Hudson was vast van plan om Helen Grace ten val te brengen en was bereid om Emilia allerlei belastend materiaal over zijn baas toe te spelen, inclusief regelmatige, gedetailleerde verslagen over lopende onderzoeken. Niet alleen had Emilia een voorsprong op haar collega's als het ging om de publicatie van het laatste nieuws over moord en verkrachting voor haar trouwe lezers, ook had ze inspecteur Helen Grace nu in het vizier.

Sinds de recent gestegen misdaadcijfers stond Emilia klaar om Helen Grace de grond in te boren. Iedereen had behoefte aan een zondebok en de belaagde inspecteur was het perfecte slachtoffer voor Emilia. Grace werkte al jaren op het hoofdbureau van politie in Southampton en had veel spectaculaire successen geboekt, maar op dit moment kwamen de zeges niet vanzelf. Voor het eerst leek Grace haar grip op de stad kwijt te zijn en het kostte haar moeite om het gevecht tegen de vijand, onder wie Joseph Hudson, aan te voeren. Wist ze dat hij op haar baan uit was? Dat hij van plan was haar reputatie onherstelbaar te vernietigen om daarna toe te slaan? Het deed er niet toe. Helen Grace liep achter de feiten aan. Joseph Hudson had er zijn levenswerk van gemaakt om haar plaats in te nemen, haar als aangeschoten wild de jungle in te sturen en te vervangen als het nieuwe hoofd van het team Zware Misdrijven van Southampton.

En Emilia ging hem daarbij helpen.

19

'Wat hebben we?' vroeg Helen, nog buiten adem van haar sprint de trap op.

'Iets heel onverwachts,' antwoordde Meredith, en ze glimlachte bij het zien van Helens zichtbare opwinding. Ze wees naar het blauwe draadje dat onder de microscoop voor haar lag. 'Ik ging ervan uit dat het een draadje stof van een jas of een hoody was, iets van katoen dat aan het gaas was blijven hangen toen de brandstichter de plaats delict ontvluchtte.'

'Ja...'

'En dat is het in feite ook, alleen is het geen katoen. Het is kasjmier.'

Helen knikte, maar kon haar verbazing niet verhullen. Kasjmier was voorbehouden aan de rijken, het was niet het kloffie van een schimmige brandstichter in een slechte wijk van de stad.

'Nieuw, zo te zien. We hebben er goed naar gekeken en het materiaal is nog niet gewassen. Er zit ook geen vuil of stof in.'

'Het komt zo uit het rek?'

'Daar lijkt het op, en dat is nog niet eens het interessantste,' ging de forensisch wetenschapper verder. 'Wat me intrigeerde was de kleur.'

'Ga door,' zei Helen nog nieuwsgieriger.

'In eerste instantie lijkt het op donkerblauwe draad.'

'Ja.'

'Maar we hebben naar de verfstof gekeken en dat is een ongebruikelijk mengsel. In feite is het kobaltblauw, maar dan met sporen van jade en zilver die het een luxueuze glans geven. Het is behoorlijk verfijnd en ik vermoed ook duur, dus ik denk dat je richting haute couture moet gaan. Prada, Gucci, Stella McCartney, Fendi of misschien nog exclusiever, iets wat je niet in de winkelstraat aantreft. De persoon aan wie dit toebehoort, is zeer goed gekleed. Ik zou je graag willen vertellen waar het is gekocht, maar zoals je weet ben ik meer het H&M-type.'

'Dat zou je niet zeggen,' zei Helen lachend, en ze nam de uitgeprinte analyse van Meredith aan.

'We hebben ook een succesje geboekt met de schoenafdruk, de details daarover staan hier,' ging Meredith verder, en ze wees naar een andere alinea op het papier, 'maar iets anders hebben we op dit moment niet. Als we meer ontdekken, laat ik je dat natuurlijk weten.'

Helen bedankte haar en vertrok snel weer. Onderweg belde ze met de recherchekamer. Nu ze iets hadden om mee te werken, wilde ze dat het hele team ermee aan de slag ging. Hoe eerder ze een aanwijzing hadden over de identiteit van de brandstichter, hoe groter de kans dat ze hem konden pakken en voor de rechter konden brengen.

Terwijl ze de details aan rechercheur Malik doorgaf, bleef ze aan deze verrassende ontwikkeling denken. Ze had wel verwacht dat de draad een aanwijzing zou vormen – helemáál als ze op beveiligingsbeelden iemand in een donkerblauwe jas of hoody zouden zien wegvluchten – maar de informatie van Meredith was verrassend en gedetailleerd. Ze had zich de aanvaller van McManus voorgesteld als een onderkruipsel in versleten kleren en afgetrapte gympen, iemand die mogelijk was ingehuurd voor deze akelige, laffe daad. Maar het bewijsmateriaal dat ze hadden vergaard wees op iets heel anders: de gedeeltelijke schoenafdruk leek te zijn gemaakt met een Philipp Plein-gymschoen, die minstens vierhonderd pond kostte, en de jas of trui kostte waarschijnlijk een veelvoud daarvan.

Het leek zo onwaarschijnlijk, maar het bewijs was onweerlegbaar. De dader van de wrede en laffe aanval op McManus was geen sjofele moordenaar of wanhopige ingehuurde kracht. Nee, hij was iemand die er graag piekfijn uitzag, trots was op hoe hij zichzelf presenteerde.

Iemand die daar een moord voor deed.

20

'We denken dat de vezels afkomstig zijn van een Rick Owens-hoody voor heren.'

Rechercheur Malik presenteerde haar bevindingen zonder op-hef en op haar gebruikelijke nuchtere toon, iets wat Helen waardeerde. Voor Malik was het eindresultaat belangrijk, niet de persoonlijke glorie. Het team was de hele dag bezig geweest met het opsporen van de contacten van McManus, en iedereen was bij elkaar gekomen voor een laatste evaluatie. Aangemoedigd door Helen had Malik zich voornamelijk op Merediths aanwijzing geconcentreerd en haar graafwerk had iets opgeleverd.

'We wachten nog op een telefonische bevestiging van het bedrijf zelf, maar we zijn er redelijk zeker van. Hun hoody's zijn van honderd procent kasjmier en deze producent is de enige die deze specifieke kleursamenstelling gebruikt. Ze noemen de kleur Midnight Silk omdat het donkerblauw wordt verrijkt met tinten groen en "argent", wat een chic woord voor zilver is.'

'En waar kun je die hoody's kopen?' wilde Helen weten.

'Die zijn alleen online te bestellen, ze kosten ongeveer duizend pond per stuk.'

Achter in de ruimte werd gefloten; dit soort kledingstukken kon een agent zich bij lange na niet veroorloven.

Onverschrokken ging Malik verder. 'Het bedrijf heeft ons een lijst gestuurd met de namen van alle inwoners van Southampton die in de afgelopen twee jaar zo'n hoody hebben gekocht.'

Helen keek naar de uitdraai. Er stonden maar vijftien personen op en snel liep ze ze langs. Downing stond er niet op, maar vijftien anderen wel, mannen die de sleutel konden zijn tot het oplossen van dit verbijsterende misdrijf.

'Lee Moffat.'

Helen keek op en zag dat Joseph Hudson had gesproken.

'Die moeten we aan de tand voelen.' Hij leek opeens opgewonden, alsof hij iets had ontdekt.

'Waarom?'

'Omdat het een gewelddadig, verdorven stuk tuig is dat McManus zonder aarzelen in de fik zou zetten als die zich met zijn zaken bemoeide. Moffat en zijn ploeg hebben het aardig voor elkaar met het stelen en strippen van luxe auto's en het doorverkopen van onderdelen aan carrosseriewerkplaatsen, garages en particulieren. Misschien deed McManus onderzoek naar hem, wist hij iets belastends over hem, én het houdt misschien verband met de moord op Alison Burris. Haar BMW is gestolen door iemand die geen greintje fatsoen had of respect voor het leven, en die bereid was te moorden voor wat snel geld. Dat is Lee Moffat in een notendop.'

Helen kon niet ontkennen dat het intrigerend klonk, dus hoe afschuwelijk ze het ook vond dat Hudson de leiding nam, antwoordde ze: 'Akkoord, ga daarmee aan de slag. Kijk maar of je hem kunt uitroken.'

'Ik zou willen voorstellen dat rechercheurs McAndrew, Edwards en Reid me assisteren,' antwoordde Hudson. 'Moffat heeft verschillende adressen, meerdere aliassen...'

'Je kunt één rechercheur meekrijgen,' antwoordde Helen. 'We

moeten nog veel namen natrekken en ik wil dat we vandaag met allemaal contact hebben gehad.'

'Maar deze vent heeft een strafblad,' hield Hudson geïrriteerd vol. 'Als we hem in verband kunnen brengen met twee lopende onderzoeken...'

'Dan zou dat geweldig zijn, maar op dit moment is dat pure speculatie. De mooiste uitkomst is niet altijd de juiste, dus moeten we al deze mensen nalopen om te zien of een van hen een motief of een zwak alibi heeft, of ze een link met McManus hebben, íéts waar we wat mee kunnen. Akkoord?'

Hudson staarde haar aan, zei niets en was duidelijk niet blij. De overige teamleden die de vijandige sfeer tussen de hoofdinspecteur en de brigadier bespeurden, bleven hangen, alsof ze niet wisten wie ze moesten volgen.

'Nou, waar wachten jullie nog op? Aan het werk,' zei Helen scherp, vastbesloten hun duidelijk te maken wie de leiding had.

De rechercheurs kwamen nu in beweging en liepen haastig naar hun werkplekken. Ook Helen kwam in actie, omdat ze een confrontatie met Hudson wilde vermijden en het beste wilde maken van hun nieuwe aanwijzing. Ze kon niet wachten om het handjevol mensen dat Malik had gevonden te ondervragen, maar terwijl ze naar haar kantoor liep, kwam rechercheur Osbourne op haar af.

'Sorry dat ik stoor, chef, maar korpschef Peters belde. Hij wil u zo snel mogelijk spreken.'

'Met andere woorden, nu meteen.' Helen grimaste.

Osbourne haalde meesmuilend haar schouders op en kon dit niet ontkennen. Op het matje geroepen worden was nooit goed nieuws. Sterker nog, het betekende maar één ding.

Problemen.

21

'Kun je me vertellen wat er verdómme aan de hand is?' Korpschef Alan Peters was woedend en kwam direct ter zake. 'Als een buitenaards wezen vandaag in Southampton was geland en een blik in de krant had geworpen, zou hij denken dat hij in Gotham City terecht was gekomen.' Hij wees naar de *Southampton Evening News* die opengeslagen op zijn bureau lag. 'De brand van gisteravond staat uitgebreid beschreven op bladzijde drie. De moord op Eve Sutcliffe wordt opnieuw uitgekauwd op bladzijde vijf, het doodsteken van Alison Burris op bladzijde zes... Zal ik verdergaan?'

Hij keek op en zijn frustratie en boosheid waren zichtbaar. Helen werd geflankeerd door haar directe leidinggevende hoofdinspecteur Grace Simmons en de nieuwe perswoordvoerder Abigail Miller, die allebei een stoel aangeboden hadden gekregen. Zij niet, en dus stond ze als het stoute kind tussen hen in.

'Ik weet dat de berichtgeving in de kranten erg uitgebreid is geweest, chef...'

'Uitgebreid? Het houdt niet op. Het is het enige waar nog over geschreven wordt. Zelfs het redactionele commentaar gaat over ons, een nogal scherpe aanval op onze methodes, motivatie en op het aantal succesvol opgeloste zaken. Houterig geschreven, maar de strekking van het betoog is niet te missen. En de situatie lijkt ook eerder slechter te worden dan beter. Daar kun je misschien kranten mee verkopen, maar het doet niet veel voor het vertrouwen in de politie. Ik had de hoofdcommissaris daarstraks aan de lijn en die zei precies hetzelfde.'

Helen staarde verrast en bezorgd naar Peters. Ze had haar bureauchef zelden zo van slag gezien.

'We hebben ontwikkelingen nodig, inspecteur Grace. Resultaten. Hoe zit het met die brand?'

'Het is nog vroeg, chef. We hebben wat voorzichtige aanwijzingen en die volgen we op...'

'Namen?'

Hij staarde haar aan alsof ze het niet moest wagen hem teleur te stellen. Het was verleidelijk om hem te geven waar hij om vroeg. Ze kon Lee Moffat noemen, maar dat weigerde ze, omdat ze nog steeds niet hadden vastgesteld of de jonge crimineel bij dit misdrijf betrokken was.

'Nog niet, maar we werken hard...'

'En het slachtoffer? Bestaat er een kans dat hij weer bij bewustzijn komt? Dat hij zijn aanvaller kan identificeren, misschien?'

'Dat is zeker een mogelijkheid,' antwoordde Helen behoedzaam. 'Ik heb daarstraks met het ziekenhuis gesproken. Ze zeggen dat hij goed reageert op de behandeling, dat de antibiotica effect lijken te hebben... maar gezien de ernst van zijn verwondingen is het uiteraard een langzaam proces, vandaar dat hij in een kunstmatig coma wordt gehouden...'

'Wat? Dus Emilia Garanita heeft gelijk? We hebben níéts...'

'Dat begrijp ik niet, chef...'

'Ik kreeg vanmorgen een telefoontje van Garanita,' zei Abigail Miller, waarmee ze het stokje van de korpschef overnam, 'met het verzoek of ik wilde bevestigen dat de politie van Hampshire "voor een raadsel staat" als het gaat om de moordaanslag op McManus en "geen tastbare aanwijzingen" heeft. Ze wist de identiteit van het slachtoffer én kende details van het incident, waardoor ik me afvraag of ze alleen maar blufte...'

'Of dat ze een directe informatiebron heeft,' voegde Peters eraan toe.

'Hoe bedoelt u?'

'Doe niet zo dom, inspecteur Grace. Hebben we een lek?'

'Het lijkt me zeer onwaarschijnlijk dat iemand binnen het team Zware Misdrijven bereid is zich in te laten met Garanita,' mengde hoofdinspecteur Simmons zich in het gesprek. 'Inspecteur Grace en ik hebben het hier al eerder over gehad en...'

'Misschien wil zij dan zo goed zijn haar gedachten daarover met míj te delen,' snauwde Peters. 'Garanita lijkt opvallend goed op de hoogte als het gaat om onze lopende onderzoeken.'

Helen aarzelde voordat ze antwoord gaf, want er raasden allerlei tegenstrijdige overwegingen door haar hoofd. Zij had namelijk hetzelfde gedacht en ze had zich afgevraagd of Joseph Hudson in de verleiding was gekomen om informatie aan Garanita te lekken. Of dat een van de jongere, onervarener rechercheurs was omgekocht of onder druk gezet om vertrouwelijke informatie te delen. Eerder had Helen het idee verworpen, omdat diegene op die manier zijn carrière om zeep zou helpen, maar voor het eerst begon ze nu te twijfelen.

'Nou?' blafte Peters.

'Ik begrijp dat het daarop lijkt, maar ik denk dat het hoogst onwaarschijnlijk is,' herhaalde Helen, en ze klonk een stuk zelfverzekerder dan ze zich voelde.

'Hoe verklaar jij het dan?' vroeg Miller aanvallend.

'Garanita is een zeer ervaren, manipulatieve journalist,' antwoordde Simmons, maar ze werd opnieuw onderbroken.

‘Ik vroeg het aan inspecteur Grace,’ zei Miller.

Helen verwonderde zich over het lef van Miller om hoofdinspecteur Simmons zo af te kappen. Dat zou ze alleen doen als ze daar toestemming voor had gekregen van korpschef Peters, een gevaarlijk precedent.

‘Hoofdinspecteur Simmons heeft gelijk,’ antwoordde Helen. ‘Garanita heeft jaren ervaring in het schrijven van verhalen die de politie van Hampshire in een kwaad daglicht stellen. Ze weet ook elke bron van informatie uit te buiten. In het verleden heeft ze agenten, data-analisten, zelfs medewerkers van de perswoordvoerder benaderd...’ Ze keek Miller indringend aan. ‘... en er is niets wat erop wijst dat iemand uit mijn team haar helpt, of dat er een lek is. Ik stel voor dat we ons niet op Garanita richten, maar onze inspanningen verdubbelen om de lopende zaken op te lossen.’

‘Kun je ons dan persoonlijk garanderen dat het team naar behoren functioneert? Dat alle neuzen dezelfde kant op staan?’

Iets in Peters’ toon zei haar dat hij een hinderlaag voor haar legde, dat hij bereid was haar op te offeren, mocht dat nodig zijn.

‘Absoluut,’ antwoordde ze resoluut.

‘Dan zullen we jullie niet langer ophouden.’

Peters kwam overeind en wees Helen en Simmons de deur. Het was even erg als Helen had verwacht, maar goddank was hun afstraffing nu voorbij.

‘Dank u, chef.’

Ze knikte naar de korpschef en draaide zich om. Abigail Miller keek haar verwachtingsvol aan, hoopte op een groet, erkenning van haar rol en kaliber, maar dat gunde Helen haar absoluut niet. En dus liep ze met grote stappen de deur uit zonder haar nog een blik waardig te keuren.

22

'Sorry, dat was kinderachtig van me. Ik zou beter moeten weten...'

Helen bood Grace Simmons haar excuses aan toen ze buiten gehoorsafstand waren en door de lege gang liepen.

'Maak je niet druk,' antwoordde Simmons, en ze schudde boos met haar hoofd. 'Ik had zelf ook de neiging tegen haar uit te vallen.'

Onwillekeurig moest Helen lachen. Haar oude mentor wist haar op de een of andere manier altijd weer op te vrolijken.

'Ik bedoel, serieus...' ging Simmons verder. 'Waar haalt ze het lef vandaan om zo uit de hoogte tegen je te doen? En dan mij niet laten uitpraten, nota bene...' Ze schudde nog een keer met haar hoofd, maar deze keer lag er een ondeugende glimlach rond haar lippen. 'Omdat ze een paar prestigieuze baantjes heeft gehad, veilige baantjes in het bedrijfsleven, denkt ze opeens dat ze een expert op het gebied van politiewerk is? Daar word ik toch zo boos om. En waarom Peters haar daarmee laat wegkomen, zou ik echt niet weten...'

Ze trok suggestief een wenkbrauw op, maar Helen negeerde dit. Daar wilde ze niet tussen gaan zitten. 'Ik ben het helemaal met je eens,' zei ze, 'maar desalniettemin zal ik mijn best doen om in de toekomst aardig te doen. Ik heb niet nog meer gevechten nodig, geloof me...'

De glimlach op Simmons' gezicht vervaagde. Even dacht Helen dat haar baas zou doorvragen, haar ongemakkelijke vragen zou stellen over de status van het onderzoek en de stemming binnen het team, maar in plaats daarvan bleef ze staan en legde ze een troostende hand op Helens arm.

'Doe wat jij het beste vindt. Maar onthou: mijn steun heb je. En als een omhooggevallen tutje met een opleiding "Mediarelaties" ruzie met je wil, dan zal ze eerst langs mij moeten.' Ze glimlachte weer en hervatte kordaat haar weg naar haar kamer.

Helen keek haar na, getroost door haar steun, maar toch ongerust vanwege de ontwikkelingen van die middag. Ze had sterk de indruk dat Miller erop uit was om de vijandige plannen van de korpschef verder uit te werken – ongeacht of dat ten koste ging van het moraal binnen het team of hun vermogen om de huidige misdaadgolf een halt toe te roepen. Helen hoopte maar dat Miller tot andere inzichten zou komen onder invloed van Helens merkbare boosheid over haar gedachtegang en haar volharding dat de zorgen van de perswoordvoerder ongegrond waren. Maar toen ze terugliep naar de recherchekamer vroeg ze zich af hoe effectief haar ontkenningen waren geweest. Het was moeilijk om overtuigend te klinken als je zelf verre van overtuigd was. Helen kon de sfeer van argwaan en ongerustheid die ze had achtergelaten nog voelen. Ze had zich kranig geweerd en Simmons had haar gesteund, maar ze had het akelige gevoel dat dit slechts het eerste gevecht in een lange strijd was, dat de aasgieren zouden blijven cirkelen.

En zouden toekijken en wachten tot ze toe konden slaan.

23

Haar handen trilden toen ze het slot opende en haar fiets tegen het hek vastzette. Het was enkele uren geleden dat Lilah bij een vriendelijke agente aangifte had gedaan van de schending van hun huis. Daarna was ze naar haar werk gegaan en had ze aan twee reclamepitches meegewerkt, maar de tijd had weinig gedaan om haar gevoelens van onrust, paranoia en angst weg te nemen. Eigenlijk waren ze zelfs erger geworden. Op weg naar huis had ze voortdurend over haar schouder gekeken, bang dat iemand haar volgde.

Ze liet haar fiets staan, liep snel het trapje naar de voordeur op en bleef heel bewust naar de grond kijken om het bezoedelde metselwerk en de besmeurde deur maar niet te zien. Ze had die ochtend heel erg haar best gedaan de graffiti weg te krijgen, had met zeep en een spons geboend tot haar vingers pijn deden, maar de contouren van het hakenkruis bleven zichtbaar. Martin en zij waren nog steeds gebrandmerkt door de haat van een ander.

Ze stak de sleutel in het slot en ging snel naar binnen. Ze had vandaag veel appjes gekregen van vrienden die vroegen hoe het met haar en Martin ging. Eerst had ze zich geschaamd, vervolgens was ze boos geworden om het ongemak als gevolg van iets dat niet haar schuld was, en daarna hadden angst en somberheid overheerst. Ze kon hun vrienden laten weten hoe ze zich voelde, dat deed ze met alle plezier, maar ze kon niet voor Martin spreken die niets meer van zich had laten horen sinds hij naar zijn sollicitatiegesprek was gegaan.

‘Hallo?’ Lilah haastte zich door de gang. Ze wilde net de keuken in wippen toen ze bleef staan en Martins vertrouwde postuur op de bank in de woonkamer zag. ‘Daar ben je,’ zei ze, en ze liep de gezellige kamer binnen. ‘Ik heb je de hele middag geprobeerd te bereiken. Hoe ging je gesprek?’

Martin Hill lag in zijn joggingbroek naar de tv te staren, maar toen Lilah binnenkwam, keek hij op. ‘Zoals je zou verwachten.’

Zijn gelaten toon was ontmoedigend, maar opgewekt ging ze verder. ‘Mooi. Wanneer hoor je iets?’

‘Einde van de week.’

‘Geweldig. Nou, ik weet zeker dat je net zo veel kans maakt als ieder ander. En iemand moet die baan toch krijgen, nietwaar?’ Ze schoof zijn benen van de bank en ging naast hem zitten, terwijl ze haar handtas op de grond zette.

‘En hoe was jóúw dag?’

Er lag een spottende toon in Martins stem, alsof ze alleen maar deden alsof ze een gelukkig stel waren, alsof dit een of ander spelletje was.

‘Wel goed,’ loog ze. ‘Ik was waanzinnig laat op mijn werk, maar toen ik het had uitgelegd, deden ze niet moeilijk.’

‘En hoe was de politie?’

Ze had gehoopt dat hij er niet over zou beginnen, maar nu kon ze er niet omheen. ‘Wel… goed. Ze kwamen snel, leken heel betrokken…’

‘En?’

‘Nou ja, ze hebben een verklaring opgenomen, nog wat foto’s gemaakt. Ze gaan met de buren praten, beveiligingsbeelden bekijken…’

'We worden het gesprek van de stad.'

'Zo is het niet...'

'Verder nog iets? Nog aanwijzingen?'

Lilah bleef opgewekt kijken, maar voelde zich opeens gespannen worden. 'Nou ja, ze... ze vroegen wel naar dat opstootje.'

Martin knikte, maar zei niets.

'Het staat natuurlijk in hun dossiers, dus vragen ze zich af of die twee dingen met elkaar verband houden.' Lilah zei het voorzichtig, maar in haar gedachten hadden de twee gebeurtenissen zeker met elkaar te maken. Een maand geleden had ze bij een café in de stad racistische opmerkingen naar haar hoofd geslingerd gekregen door een groepje jonge neonazi's. Martin had zich erin gemengd, er was een gevecht ontstaan en iedereen behalve Lilah was afgevoerd naar het politiebureau. De tieners hadden een waarschuwing gekregen en waren vrijgelaten, net als Martin, maar hij had het nog steeds moeilijk met de manier waarop de politie hem had behandeld.

'Dus ze denken dat dit míjn schuld is,' zei hij, en hij gebaarde naar de voorkant van het huis.

'Nee, natuurlijk niet.'

'Omdat ík jou wilde beschermen, omdat ik wilde voorkomen dat mijn vriendin werd aangevallen, is het op de een of andere manier míjn schuld?'

'Je verdraait mijn woorden. Ik zeg alleen maar – en dat zegt de politie ook – dat de twee gebeurtenissen mogelijk verband houden, dat die lui erachter zijn gekomen waar we wonen en het nu op ons gemunt hebben.'

'Op mij, bedoel je.'

'Nee, op óns. We doen dit samen, dat weet je.'

'Is dat zo?'

'Ja, natuurlijk.'

‘Dat is gek, want de laatste tijd geef je me een heel ander gevoel. Je ontloopt me, werkt veel over, gaat vroeg naar bed, doet wat je kunt om maar niet bij me te zijn…’

Hij zei het heel weloverwogen en rustig, maar zijn woorden waren als een klap in haar gezicht.

‘Schei uit, Marty. Dat is niet waar, en dat weet je.’

‘Echt?’

‘Echt. Ik vind het heerlijk om bij je te zijn.’

‘En ik bij jou.’ Hij liet zijn hand in de hare glijden en streelde haar vingers. ‘Maar je moet toegeven dat je erg afstandelijk bent geweest.’

‘Een beetje in beslag genomen door mijn werk, dat is alles.’

‘Het is meer dan dat. Sinds die ruzie in de stad is het alsof je niet meer met mij gezien wilt worden. Je houdt nooit meer mijn hand vast als we ergens zijn…’

‘Je maakt er meer van dan het is…’

‘Ben je bang? Is dat het?’

Ze staarde hem verward aan.

‘Maakt dit je bang?’ ging hij op dringende toon verder, en hij gebaarde naar het raam.

‘Natuurlijk. Iemand heeft het op ons gemunt.’

‘Om wat ik heb gedaan, omdat ik voor jou opkwam.’

‘Niet waar.’

‘Denk je dat je beter af bent zonder mij?’

‘Natuurlijk niet.’

‘Denk je dat je gelukkiger zou zijn als ik niet bij je was?’

Terwijl hij het zei, maakte hij zijn vingers uit de hare los en sloeg ze om haar pols alsof hij haar aan zich wilde binden.

‘Heb ik ooit zoiets gezegd?’ protesteerde ze.

‘Nee, maar je hebt het wel gedacht, dat weet ik…’

De druk van zijn greep nam toe, zijn vingers boorden zich in haar huid.

'Dat is niet waar. Ik hou van je, van deze plek, dit is ons thuis...'

'Geef toe, je wilt weg. Je wilt bij me weg, vindt dit het niet meer waard...'

'Nee, nee. Alsjeblieft, Martin, je doet me pijn...'

De pijn werd erger, hij duwde zijn nagels in haar huid.

'Geef het dan toe.'

'Nee, dat doe ik niet. Want het is niet wáár.' Ze was vastbesloten niet toe te geven, zijn spel niet mee te spelen. 'Ik hou van je. Ik zal nooit bij je weggaan.'

Zonder waarschuwing verdween de druk, Martin liet haar pols los en glimlachte opgelucht. 'Ik hou ook van jou. Dat zal nooit veranderen.' Hij leunde opzij en gaf haar een zoen op haar voorhoofd. 'En let maar niet op mij. Ik denk dat dit hele gedoe me meer heeft geraakt dan ik dacht...'

Lilah knikte maar zei niets, en ze legde haar hand om haar pijnlijke pols.

'Zullen we pizza bestellen? Ik verga van de honger...' Zonder op antwoord te wachten, liep hij naar de gang. Even later vroeg hij wat zij wilde hebben.

Lilah antwoordde werktuiglijk, maar eigenlijk kon het haar niet schelen wat hij bestelde. Ze was op van de zenuwen en zat in de put, ze had helemaal geen zin in eten.

'Goeieavond, ik wil graag een bestelling doorgeven.'

Martin stond in de hal, uit het zicht, met Domino's te bellen. Lilah bleef even zitten, in gevecht met zichzelf, waarna ze vooroverleunde en haar handtas openmaakte. Van onderuit haalde ze een flesje wodka tevoorschijn en draaide met een geoefende beweging de dop eraf. Ze wist dat het niet verstandig was – roekeloos, dom en zwak – maar het was waar ze op dit moment behoefte aan had. Dus slikte ze haar verdriet weg, zette de fles tegen haar lippen en begon te drinken.

24

Zijn blik lag strak op de weg, terwijl hij op het gaspedaal trapte en auto's uit de weg dwong. Het was laat, maar er waren nog altijd wat treuzelaars op de weg, forenzen die op weg waren naar huis. Joseph Hudson wilde het liefst zijn sirene aanzetten, iedereen opzij jagen, maar hij durfde hun komst niet aan te kondigen, niet nu succes binnen handbereik lag. In plaats daarvan moest hij vertrouwen op het blauwe zwaailicht en enkele brutale inhaalmanoeuvres.

'Hoelang nog?' wilde hij weten, zonder zijn bijrijder aan te kijken.

'Twee minuten,' antwoordde Reid, met zijn blik op Google Maps. 'Zo dadelijk wordt het verkeer rustiger.'

'Waar zijn de anderen?'

'McAndrew en Edwards zitten vlak achter ons. Op ongeveer een minuut...'

Hudson wierp een blik in zijn achteruitkijkspiegel en zag in de verte een klein blauw licht. 'Mooi. Nog iets van het hoofdbureau?'

'Nog niet. Zal ik...'

'Nee, dit kunnen we zelf wel.'

'Tuurlijk.'

Hudson keek snel opzij om te zien of hij sporen van terughoudendheid zag. Maar in tegenstelling tot Malik, altijd een lastpak, leek rechercheur Reid zich niet druk te maken. Sterker nog, hij leek het wel spannend te vinden. Hudson was blij dat hij zo veel tijd had uitgetrokken om hem voor zich te winnen. Reid had talent en was ambitieus, keek naar de toekomst en zou mettertijd een waardevolle bondgenoot kunnen worden.

Hudson richtte zich weer op de weg en gaf nog meer gas. De weg lag er nu verlaten bij en hij was vastbesloten daar zijn voordeel mee te doen. Net als Reid had hij er zin in. Sinds ze een mogelijk adres van Lee Moffat hadden gevonden, was hij opgewonden en geconcentreerd, zag hij al voor zich hoe ze de jonge crimineel in de kraag zouden vatten. Met een beetje geluk was hij gearresteerd en zat hij veilig en wel in de verhoorkamer voordat Helen Grace er erg in had. Hoe minder zij te maken had met dit succesvolle resultaat, hoe beter.

Ze naderden de kruising en nadat hij zijn richtingaanwijzer had aangezet, sloeg hij links af en verliet de hoofdweg. Niet al dit soort operaties waren even leuk – hij had een half jaar geleden een wilde achtervolging meegemaakt die vreselijk fout was gelopen – maar als je de wind in de rug had, was er weinig wat ertegenop kon. Vanavond had hij het gevoel dat hij alles in de hand had, de situatie meester was, alsof hij de hele wereld naar zijn hand kon zetten.

'Het is de volgende straat rechts. Misschien moet je...'

Hudson was hem een stap voor en zette het zwaailicht uit. Hij aarzelde geen moment toen er een gat ontstond in het verkeer op de andere baan en maakte een ruime, rustige bocht de smalle straat in.

Ze reden nu door Woolston, geen aantrekkelijk deel van de stad en in het donker nog minder. Ocean View lag aan de overkant van het water, maar de chique havenappartementen en restaurants leken ver verwijderd van de vervallen woningen en pakhuizen aan deze kant van de Solent. Dit was geen plek waar je kwam om gezien te worden. Dit was een plek om je te verbergen.

'Welke is het?'

'Even wachten...' Reid tuurde langs de donkere portieken en probeerde huisnummers te ontdekken. 'Iets verder, ga door. Daar, dat is het...'

Hudson haalde zijn voet van het gas, bracht de auto tot stilstand en zette de motor uit. Hij keek uit het raam en nam het troosteloze pand aan de overkant in zich op. Ooit was dit misschien een levendig, lawaaierig onderkomen voor havenarbeiders geweest, maar nu stond het er treurig en vergeten bij. De ramen waren dichtgetimmerd en er zat een stalen rolluik voor de deur. Het leek volkomen verlaten, maar de informatie die ze hadden was heel duidelijk: Lee Moffat had hier recent met verschillende eigenaars van carrosseriebedrijven afgesproken om handel te drijven, en een van hen had onder dwang verteld dat Moffat hier ook woonde. Deze getuige had hem hier nog geen twee dagen geleden gezien en beweerde dat Moffat hier meestal aan het begin van de avond was om high te worden. En dat kwam Joseph prima uit.

Hij keek op toen hij iets hoorde en zag dat McAndrew en Edwards waren gearriveerd. Hij knikte naar Reid, waarop ze uitstapten en in de richting van hun collega's liepen.

'Zet je telefoon op stil.'

Reid begon aan zijn telefoon te frunniken.

Hudson maakte van de gelegenheid gebruik om nog snel een appje te sturen, waarna ook hij het geluid van zijn telefoon uitzette. Tevreden richtte hij zich tot de versterking die gespannen maar geconcentreerd dichterbij kwam. Zonder verder nog iets te zeggen, ging hij hen voor naar de voordeur. Het verbaasde hem niet dat het hangslot doorgeknipt was. Voorzichtig legde hij zijn vingers om de metalen klink, trok de zware deur behoedzaam open en zorgde ervoor dat deze niet over de harde grond schraapte.

Nu konden ze naar binnen kijken, waar het pikkedonker en niet uitnodigend was.

Met een glimlach wendde Hudson zich tot zijn collega's en fluisterde: 'Klaar?'

Ze knikten alle drie en dus draaide Hudson zich weer om, haalde zijn wapenstok van zijn riem en liep de duisternis in.

25

Helen liep de kamer in en bleef stilstaan. De recherchekamer, waar het nu zou moeten gonzen van de activiteit, was vrijwel leeg. Drie eenzame gezichten zaten afgezonderd en ingespannen achter hun beeldscherm. Ze waren de enige aanwezige rechercheurs.

'Waar is iedereen?' vroeg Helen, en ze liep op rechercheur Malik af.

'Chef?'

'De rest van het team? Waar zijn ze? Ik kan me niet herinneren dat ik iemand toestemming heb gegeven om naar huis te gaan.'

'O, maar ze zijn niet naar huis,' zei Malik, ter verdediging van haar collega's.

'Waar zijn ze dan?'

'Ze volgen een aanwijzing op, chef.'

'Wat voor aanwijzing?'

Malik aarzelde nu en wist kennelijk niet goed hoe ze verder moest. 'Nou... rechercheur Hudson, hij... hij en rechercheur Reid hebben een mogelijk adres van Lee Moffat, dus zijn ze ernaartoe gegaan om hem op te pakken.'

'Dat verklaart nog niet waar de rest is.'

'Rechercheurs Edwards en McAndrew assisteren hen...'

'En de anderen?'

'Die onderzoeken twee andere mogelijke adressen van Moffat, in Portswood en Freemantle...'

Helen wist niet wat ze moest zeggen, ze kon haar oren niet geloven. Rechercheur Hudson, haar rechterhand, had zo ongeveer het hele team bijeengebracht om zíjn aanwijzing op te volgen, zonder met haar te overleggen. Waarschijnlijk zou hij het hele team hebben meegenomen als hij de kans had gehad, maar hij wist dat hij bij rechercheur Malik niet te ver moest gaan, zij was geen fan van hem. Dat was misschien ook niet zo gek, aangezien hij haar een half jaar geleden tijdens een wilde achtervolging bijna van het leven had beroofd. Helen draaide zich onmiddellijk om en pakte haar telefoon, maar op het moment dat ze Joseph Hudsons nummer wilde intoetsen, hoorde ze dat Malik haar keel schraapte. 'Ja?' vroeg ze, met haar vinger boven de knop.

'Er is nog iets anders, iets wat ik je wilde laten zien...'

Malik zei het aarzelend maar volhardend en Helen wist dat ze deze onderbreking serieus moest nemen. Ze stopte haar telefoon weg en ging weer bij het bureau staan.

'Wat heb je gevonden?'

'Tot nu toe hebben we zeven van de vijftien mensen die zo'n Rick Owens-hoody hebben gekocht gevonden. Vijf zijn oké, die hebben waterdichte alibi's, maar er zijn er een paar die beter bekeken moeten worden, denk ik. Zo hebben we bijvoorbeeld Sam Becker, die niet reageert op onze telefoontjes, en deze figuur...' Ze gaf Helen een vel papier met daarop een glanzende profielfoto van een aantrekkelijke man van middelbare leeftijd, met een keurig verzorgde baard en een feloranje tulband.

'Amar Goj,' las Helen op, en ze bekeek de informatie over hem. 'Geboren en getogen in Southampton, bekende persoon binnen de Sikh-gemeenschap. Zeer actief in de tempel en bij enkele plaatselijke liefdadigheidsinstellingen. Wordt veel genoemd in goednieuws-artikelen in de *Evening News*… Lijkt me geen voor de hand liggende brandstichter.'

'Nee, maar hij heeft wel ongeveer drie maanden geleden zo'n hoody gekocht, en dit is het gekke… hij werkt als inkoopmanager voor het Southampton Children's Hospital…'

'Werkte het slachtoffer van die steekpartij daar niet ook?' vroeg Helen, en haar blik schoot naar het schrijfbord. 'Alison Burris werkte op dezelfde afdeling, volgens mij.'

'Sterker nog,' antwoordde Malik, 'Amar Goj was het afgelopen jaar haar directe leidinggevende.'

Helen keek opnieuw naar Gojs zelfverzekerde glimlach. De aantrekkelijke professional zag er beslist niet uit als een huurmoordenaar, maar de link tussen hem en het recente moordslachtoffer was te intrigerend om te negeren.

'Goed werk, Malik. Ga jij nu maar naar huis.'

Helen draaide zich om, liep snel naar de deur en griste haar helm en sleutels mee. Hudson kon zijn eigen aanwijzing opvolgen, zij ging die van háár opvolgen.

Het was tijd om eens kennis te maken met Amar Goj.

26

Hij was hier ergens. De vraag was alleen waar.

Hudson sloop over de oneffen vloer en liet zijn zaklamp rustig van links naar rechts zwaaien. De straal was krachtig en creëerde enorme, onheilspellende schaduwen, schetste contouren van verschillende machines, autostoelen en zelfs van een compleet chassis op de muren. Eerst leek het wel een sloperij, maar bij nader inzien was het eerder een soort showroom. Hudsons zaklamp gleed langs de emblemen van BMW, Mercedes, Audi, zelfs Porsche. Het was een soort tovergrot vol gestripte auto-onderdelen en accessoires. Geen wonder dat zwarthandelaren en monteurs de deur hier platliepen.

De vier politieagenten verspreidden zich, hielden hetzelfde tempo aan en bleven op hun hoede. Moffat en zijn bende waren niet bang voor de politie, ze waren van jongs af aan al draaideurcriminelen, en zoals de gebeurtenissen van de laatste tijd hadden aangetoond, hadden ze er ook geen moeite mee om extreem geweld te gebruiken. Ze waren alleen bang om gepakt te worden, om niet langer te kunnen genieten van hun onrechtmatig verkregen winsten – dat was het enige wat telde – en ze zouden zich met hand en tand verdedigen. Dus moesten ze uiterst voorzichtig zijn.

Hudson staarde door de enorme ruimte voor zich. Het was een oud havenpakhuis, dat bezaaid lag met auto-onderdelen en chassis, die stuk voor stuk een schuilplaats konden vormen voor iemand die niet gevonden wilde worden. Hield Moffat zich hier op dit moment schuil, klaar om te vluchten of juist toe te slaan? Hudsons hart ging tekeer, hij kon de overwinning al voelen, maar had geen zin om een schroevendraaier tussen z'n ribben te krijgen, en dus naderde hij elk obstakel behoedzaam om er zeker van te zijn dat het veilig was om door te gaan. De kleinste vergissing kon hem of een van zijn collega's duur komen te staan.

Hij liep verder langs het chassis van een BMW-sedan die compleet was gestript. Het luxe voertuig was niet meer dan een skelet en Hudson kreeg er de rillingen van. Op de een of andere manier leek het in het licht van de krachtige zaklamp een aankondiging van verval, zelfs de dood. Uit angst voor een hinderlaag keek hij nu snel naar het pad voor zich.

Ze waren bijna bij het einde van de ruimte. Als Moffat bij hun binnenkomst was gevlucht, zou hij daar zijn laatste verzet bieden. Opnieuw vroeg Hudson zich af of hij gewapende ondersteuning had moeten regelen, maar hij duwde die gedachte weg. Dat had hij onmogelijk kunnen doen zonder dat Helen Grace het te weten zou komen, dus moesten ze het alleen oplossen. Toch voelde hij zich kwetsbaar met alleen zijn wapenstok ter bescherming, toen hij naar de donkere hoek van de ruimte sloop.

Helemaal achterin stond een nieuw voertuig naast dubbele deuren die gesloten waren. Een zwarte Lexus, ogenschijnlijk ongeschonden. Omdat hij er niet doorheen kon kijken, bleef Hudson even staan en vroeg zich af of Moffat zich gewapend achter de kofferbak verborgen hield. Hij gebaarde naar McAndrew, Reid en Edwards, en keek hoe ze zich verspreidden en het voertuig in een brede driehoeksformatie naderden. Als hun prooi zich hier bevond, was dit het moment waarop hij ervandoor zou gaan. Toch verroerde hij zich nog steeds niet.

Hudson knikte naar de anderen, stak drie vingers op en telde in stilte af. Drie, twee... Reid schoot naar voren, overvallen door zenuwen. Hudson kwam direct in actie, gevolgd door Edwards en McAndrew. Ze renden om de auto heen. Adrenaline pompte door Hudsons lijf en hij had zijn wapenstok geheven. Toen hij een hard geluid hoorde, draaide hij zich in een flits om, maar het was vals alarm en McAndrew keek verontschuldigend op omdat ze net op een leeg colablikje had getrapt.

Boos en afgeleid richtte Hudson zijn aandacht weer op de schemerige ruimte achter de auto, maar er was niemand. Alleen zij stonden hijgend en gefrustreerd met z'n vieren bijeen, terwijl de echo van het vertrapte blikje nog door de grote ruimte klonk, indringend en dreigend.

Hudson vloekte in stilte. Ze waren het verrassingselement kwijt, dus nu was snelheid geboden. Het gebouw had verschillende verdiepingen en uitgangen en Hudson koos een gammele trap waar hij naartoe rende. Soepel nam hij twee treden tegelijk en bereikte weer een enorme opslagruimte. Ook deze lag vol auto-onderdelen. Hoe groot was Moffats operatie wel niet? In de hoek leidde nog een trap naar een volgende verdieping.

Hudson begon somber te worden. Mogelijk zat Moffat op deze verdieping, maar misschien wel op de volgende, of op nóg een hogere. Of hij was via een van de oude laadperrons naar buiten geglipt en ervandoor gegaan. Hij moest er niet aan denken... dat hij met lege handen terug moest naar het bureau om daar verantwoording af te leggen tegenover Helen. Ontgoocheld staarde hij naar de inktzwarte duisternis, maar terwijl hij zijn nederlaag begon te accepteren, kreeg hij een idee. Simpel maar effectief, iets waar hij meteen aan had moeten denken.

Hij haalde zijn telefoon uit zijn zak en scrolde snel door zijn e-mails, tot hij bij degene kwam waar Lee Moffats recentste telefoonnummer in stond. Hij klikte erop. De telefoon ging over, maar in het gebouw was dat niet hoorbaar, sterker nog, er was niets wat de doodse stilte in het pakhuis verstoorde. Maar aan de andere kant, in de hoek waar het heel donker was, scheen opeens een felgeel licht dat een lange, magere figuur verlichtte.

'Hallo, Lee.'

27

Het was alsof ze in een andere wereld was gestapt, een wereld waarin alleen liefde, geluk en vrolijkheid waren toegestaan.

Helen Grace bleef op de drempel staan en verwonderde zich over wat ze zag. Ze had Amar Goj niet thuis getroffen, was daarom bij zijn buren langsgegaan en had op die manier te horen gekregen dat Amar en ongeveer de hele plaatselijke Sikh-gemeenschap op een evenementenlocatie in St. Mary's Stadium waren, de zeer geliefde thuisbasis van de Saints. Eenmaal daar ontdekte Helen tot haar verrassing dat Amar Goj niet alleen aanwezig was, maar als gastheer van de gelegenheid optrad: een overdadig feest om de verloving te vieren van zijn oudste dochter Kaya met plaatselijke zakenman Chirjot Bajwa.

Feesten in St. Mary's waren over het algemeen sobere, zakelijke aangelegenheden, maar dit niet. De hele zaal was een zee van bonte kleuren, tientallen felrode en oranje tulbanden die volmaakt pasten bij de elegante salwar kameez' van de dames. Iedereen zag er schitterend uit, en toch was niet moeilijk te zien wie van de aanwezigen Helen precies zocht. Amar Goj, iets gezetter dan op zijn profielfoto, stond midden in de ruimte omgeven door mensen die hem gelukwensten. Zijn dochter en haar verloofde waren alleen in naam de sterren van de show, want Goj was het middelpunt van de belangstelling en werd door iedereen gefeliciteerd. Hij leek in alle opzichten de gelukkige pater familias en plaatselijke hoogwaardigheidsbekleder, zelfverzekerd, gerespecteerd en geliefd.

Een jong stel liep langs en keek Helen bevreemd aan. Ze had haar motorkleding uitgetrokken, maar realiseerde zich dat ze hier niet paste in haar donkerblauwe broekpak. Deze ruimte vol muziek, vrolijkheid en gelach was een gelukkige plek waar geen plaats was voor het kwaad in de wereld, en ze besefte heel goed dat niemand haar haar inbreuk hierop in dank zou afnemen. Maar toen dacht ze aan de gruwelijk verwonde Declan McManus, aan het levenloze lichaam van Alison Burris en aan het feit dat ze niet bij de politie was gegaan om vrienden te maken.

Ze liep de zaal door, ontweek een serveerster die haar een gevlinderde garnaal aanbood, en dook de menigte in. Hij leek op en neer te golven, een regenboog aan felle kleuren die een beschermende zee rond de gastheer van het feest vormde. Maar uiteindelijk zag Helen Goj diep in gesprek staan terwijl hij werd omgeven door anderen die geduldig stonden te wachten.

'Neem me niet kwalijk.'

De muziek was zo luid dat niemand ook maar reageerde.

'NEEM ME NIET KWALIJK.'

Een paar mensen draaiden hun hoofd om, keken eerst vragend, waarna tot hen doordrong dat ze hier niet voor haar plezier was. Helen maakte hier gebruik van en begaf zich verder naar voren. Op hetzelfde moment draaide Amar Goj zich naar haar toe. Hij verwachtte ongetwijfeld meer lof, schouderklopjes, meer líéfde en het was bijzonder om te zien hoe de goedmoedige neerbuigendheid in zijn blik plaatsmaakte voor verwarring. Hij had geen idee wie deze vrouw was of wat ze hier deed. Zeker was dat ze níét op de gastenlijst stond.

‘Inspecteur Grace van het hoofdbureau van politie. Zou ik u even kunnen spreken?’

‘Pardon?’

‘Inspecteur Grace,’ herhaalde ze, en ze liet hem discreet haar penning zien. ‘Ik vroeg me af of ik even vijf minuten met u zou kunnen praten.’

‘Nu?’ Hij was niet in staat zijn ongeloof te verbergen.

‘Het duurt niet lang, dat kan ik u verzekeren.’

‘Inspecteur Grade…’

‘Grace.’

‘Een andere keer zou ik u uiteraard graag helpen, maar zoals u kunt zien…’

‘Ik ben bang dat het niet kan wachten.’

Goj aarzelde nu, zich ervan bewust dat het geroezemoes was weggeëbd en mensen naar hen stonden te kijken.

‘Akkoord. Mag ik voorstellen dat we elkaar morgenochtend om negen uur spreken? Dan kan ik u ongetwijfeld helpen bij deze onbelangrijke politiekwestie…’

Maar Helen was hier niet om in de zeik genomen te worden. ‘Dit betreft een moordonderzoek, meneer Goj,’ onderbrak ze hem. ‘En ik wil u nú spreken.’

28

Ze staarden elkaar aan, een donkere kloof tussen hen in. Hudson richtte zijn zaklamp op Lee Moffat en verlichtte zijn smalle, gluiperige gelaatstrekken. Moffat kneep zijn ogen samen, gehinderd door het felle licht, en zag eruit als een dier in het nauw.

'Leuk je te zien, Lee.'

'Van hetzelfde,' gromde hij terug.

'Ik ben trouwens rechercheur Hudson. Ik heb verschillende keren geprobeerd je te bellen, maar misschien had je het druk...'

'Je weet hoe het gaat...' Zijn antwoord klonk lauw en afwezig.

Zelfs op afstand kon Hudson Lee's kleine, donkere ogen zien die heen en weer schoten, op zoek naar een vluchtroute. Hudson hoorde hoe McAndrew, Reid en Edwards achter hem de trap op kwamen en gebaarde dat ze door moesten lopen.

'Ik heb een paar vragen voor je, Lee.'

'Waarover?'

'Over Alison Burris. Ze was tot voor kort in het bezit van een BMW.'

'Die ken ik niet.'

'En Declan McManus. Misschien heb je gehoord dat hij een akelig ongeluk heeft gehad, bij een brand...'

'Zegt me niks.'

'Misschien wil je dan met ons mee naar het hoofdbureau van politie, zodat we dit allemaal kunnen uitzoeken. Als je niets te verbergen hebt, zullen we je vast niet in hechtenis nemen...'

Het woord 'hechtenis' leek Moffat stof tot nadenken te geven. De jongeman deed een stap naar achteren, alsof hij schrok van het woord. Hudson daarentegen deed een stap naar voren om een einde aan de dans te maken. Hij hield zijn blik op Moffat gericht, zich bewust van het gevaar van een verborgen wapen of een plotselinge beweging. Maar Moffat dook verder naar achteren. Hudson begreep het niet, de man zette zichzelf in een hoek klem, alsof hij zich wilde overgeven... Maar opeens had hij het door. Hun verdachte zorgde alleen voor meer mogelijkheden, trok zich terug langs een berg autostoelen die zijn weg versperde. En nu sloeg hij toe, hij dook opzij en rende door de ruimte.

Het ging razendsnel en overviel Hudson en zijn collega's. Moffat was al halverwege en sprintte naar de andere kant. Geschrokken zette Hudson de achtervolging in, maar was te langzaam om Moffat voor de trap rechtsachter in te halen. Moffat rende naar boven, steeds hoger en hoger, steeds verder van hen vandaan.

Hudson voerde zijn snelheid op, kwam slippend tot stilstand bij de trap en racete naar boven. Hij begon er zin in te krijgen, begon Moffat in te halen, maar op hetzelfde moment zakte zijn voet door een van de treden, een rotte houten plank die in tweeën brak. Hudsons knie klapte tegen de trede erboven, terwijl zijn andere been hulpeloos in de lucht bungelde. Hij greep de leuning vast, hees zich met een grimas van pijn overeind en liep voorzichtig verder omhoog.

Toen hij op de tweede verdieping van het gebouw aankwam, zag hij Moffat in een hoek achterin staan, waar hij wanhopig probeerde een dichtgetimmerd raam open te krijgen. Hij rukte uit alle macht aan het spaanplaat en Hudson zag zijn kans. Snel dook hij op hem af, maakte zich klaar voor de klap, vastbesloten om de vluchteling tegen de grond te krijgen. Maar Moffat was een straatrat met een goedgetraind overlevingsinstinct en toen hij zag dat het hopeloos was, wachtte hij tot Hudson bijna bij hem was en schoot er toen weer vandoor. Hudson was niet in staat tijdig te blijven staan, vloog langs hem heen en sloeg tegen het dichtgetimmerde raam. Hij klapte terug, draaide zich hijgend om en zag tot zijn schande Moffat wegvluchten.

Was er een andere vluchtroute? Ergens op het dak, misschien? Hudson duwde zich van de muur af en zette de achtervolging weer in, maar het kostte hem moeite, zijn longen brandden en zijn borst ging zwoegend op en neer. Moffat liep nu behoorlijk uit, er zeker van dat hij zou ontsnappen... maar opeens ging hij hard neer. Rechercheur McAndrew kwam uit de schaduw tevoorschijn na een perfect getimede rugbytackle die de vluchtende verdachte hard tegen de grond had gebracht.

Verrast en verrukt hobbelde Hudson hun kant op en zag dat Moffat op de vieze vloer lag te kronkelen terwijl McAndrew hem in de boeien sloeg. Ze hees hem overeind en wees hem snel en vakkundig op zijn rechten. Moffat leek het niet te kunnen bevatten, verbijsterd door wat hem zojuist was overkomen.

'Zo, chef,' zei McAndrew, met een besmeurd gezicht. 'Zullen we hem naar het hoofdbureau brengen?'

'Zeker weten, maar laat mij maar,' antwoordde Hudson, en hij wilde de gevangene van haar overnemen.

'Het is al goed, chef, ik heb hem.'

'Nee, nee, ik sta erop. Jij hebt genoeg gedaan.'

McAndrew leek haar zuurverdiende prijs niet zo gemakkelijk op te willen geven, maar Hudsons toon duldde geen tegenspraak.

'En goed gedaan, ik zal ervoor zorgen dat jouw naam in het

officiële rapport komt te staan,' ging Hudson hartelijk verder, terwijl hij zijn hand rond de geboeide polsen van de man sloeg en hem in de richting van de trap duwde.

De operatie was hier en daar lastig geweest, maar hij was in een overwinning geëindigd. Op een pijnlijke knie na had Hudson precies gekregen wat hij wilde: een verdachte in hechtenis, zijn naam in het arrestatierapport en, ervan uitgaande dat Emilia Garanita op de afgesproken plek stond, zíjn foto in de kranten van morgen.

29

'Ik begrijp gewoon niet wat dat met míj te maken heeft. Ik heb nog nooit van die man gehoord...'

Amar Goj stond er duidelijk erg ongemakkelijk bij, maar was zijn verontwaardiging oprecht? Hij wist er een mooie show van te maken – de ontstemde gastheer die tijdens het verlovingsfeest van zijn dochter wordt weggesleept – maar Helen wist niet of ze hem wel geloofde. Onder soortgelijke omstandigheden, wanneer onschuldige feesten werden verstoord om mensen te ondervragen, was er echte boosheid te zien. Terwijl Helen haar gesprekspartner bekeek, had ze het gevoel dat Goj zijn best deed om dat uit te stralen, maar er op de een of andere manier alleen maar in slaagde defensief en zenuwachtig over te komen.

'Hoe was zijn naam, zei u? McKenzie?'

'McManus, Declan McManus. Hij is privédetective.'

'Nou, ik ken hem niet. Wat zou ik met een privédetective moeten? Ik ben de directeur Inkoop van het Southampton Children's Hospital...'

'Ja, dat zei u al.'

'Ik wil levens redden, mensen helpen. Niet ze bespioneren.'

'Kunt u me dan vertellen waar u gisteravond was? Tussen tien en twaalf uur 's avonds?'

'Natuurlijk,' zei Goj stellig, zonder verder uit te weiden.

'En... was u thuis? In het ziekenhuis?'

'Geen van beide,' was zijn korte antwoord. 'Ik was met wat laatste boodschappen voor het feest bezig.'

'Aha...'

'Kaya wilde de gasten een aandenken meegeven, suikergoed en zo. Het was nogal kort dag, maar ik ken een winkel in Hedge End die nog laat open is, dus daar ben ik naartoe gegaan.'

Helen schreef het op, zonder haar blik van hem af te halen. 'En daar zullen ze dat bevestigen?'

'Dat zult u hun moeten vragen. Maar het is er altijd erg druk. Het is een populaire plek onder taxichauffeurs en uitgaansmensen, dus één man van middelbare leeftijd met een tulband tussen al die mensen valt waarschijnlijk niet op...'

Helen knikte en vroeg zich af waarom hij zijn eigen alibi direct ongedaan maakte, maar ze drong niet aan. Het had geen zin om het hem moeilijk te maken als daar nog geen reden voor was. 'Bent u met de auto gegaan?'

'Ja, met de Jaguar. Controleer de verkeerscamera's maar, dan zult u zien waar ik was.'

Hij keek haar met een glimlach aan, deed zijn best om ontspannen en zelfverzekerd over te komen, maar zijn ogen verraadden zijn spanning.

'Als dat alles is, wil ik graag terug naar mijn gasten.'

'Natuurlijk.' Helen deed een stap opzij, zodat hij erlangs kon. Hij had een paar stappen in de richting van de deur gedaan, toen ze zei: 'Nog één ding...'

Goj bleef staan en draaide zich langzaam om. Helen zag verrast dat hij hevig transpireerde en er zweet op zijn onverzettelijke voorhoofd stond.

'Bent u in het bezit van een kasjmier hoody van Rick Owens?'

Het bleef lang stil, terwijl hij haar aanstaarde. Hij leek volkomen sprakeloos door deze vraag.

'Zie ik eruit als iemand die hoody's draagt?' vroeg hij uiteindelijk gekscherend.

'Volgens hun gegevens hebt u er namelijk drie maanden geleden een gekocht. U hebt er met uw Visa-card voor betaald. Ik heb het nummer hier ergens...'

'Het zou heel goed kunnen,' gaf hij toe. 'Ik heb veel kleding, mode is een hobby van me.'

'En een paar Philipp Plein-gymschoenen?'

'Opnieuw, het zou heel goed kunnen. Ik draag vaak gymschoenen, designer gymschoenen...'

'En u hebt...' ging Helen verder, en ze liet haar ogen naar zijn lakleren schoenen glijden. 'Maat tweeënveertig? Drieënveertig?'

'Tweeënveertig,' antwoordde Amar bedeesd, en hij leek nog verwarder en zenuwachtiger.

'Prima, dank u. Dat is erg nuttig. Ik wens u een prettige avond, maar blijft u de komende dagen in de stad, misschien willen we u nog spreken.'

Goj knikte ongemakkelijk, draaide zich toen om en liep snel weg.

Helen keek hem na, zag tot haar vermaak dat hij steeds harder liep, alsof hij niet wist hoe snel hij uit haar zicht wilde zijn. Dat was niet ongewoon, dat effect had ze vaker op mensen, maar op de een of andere manier was het verlangen van deze ziekenhuismanager om te vluchten veelzeggend. Zijn hele houding was veelzeggend geweest: een kunstmatig vertoon van zelfvertrouwen, uitbundigheid en onschuld om haar op het verkeerde been te zetten. Maar het kwam gemaakt en niet overtuigend over, en door de snelheid van zijn aftocht ontkrachtte Goj zijn bezweringen. Hij was duidelijk van slag, geschrokken van Helens onverwachte komst. Zelfs nu kon de ziekenhuismanager de aandrang niet weerstaan om zenuwachtig over zijn schouder te kijken voordat hij in het rumoer en de kleuren van de feestzaal verdween en de deur stevig achter zich dichttrok.

30

'Je bent te vroeg.' Alexia stond met haar armen over elkaar in de deuropening en weigerde hem binnen te laten. 'Acht uur hadden we afgesproken, de jongens zijn nog aan het eten. Graham is nog maar net thuis...'

'Hé jongens, papa is er!' riep Robert over haar schouder, en hij negeerde haar.

Achter haar hoorde Alexia stoelen over de vloer schrapen toen de tweeling van tafel rende. Een paar seconden later raceten ze door de gang naar hen toe. Alexia was inwendig ziedend, ervan overtuigd dat Robert expres te vroeg was om moeilijk te doen, maar ze slikte haar boosheid in omdat ze weigerde ruzie te maken waar de jongens bij waren.

'Papa!'

Ze wierpen zich in zijn uitgestrekte armen. Onwillekeurig voelde Alexia een steek van verdriet. Ze wilde niet terug naar het verleden, ze wilde geen mevrouw Downing meer zijn, maar heimelijk verlangde ze naar de tijd dat het leven eenvoudiger was, overzichtelijker.

'Wat héérlijk om jullie weer te zien. Hebben jullie me gemist?'

Robert legde het er dik op, woelde door hun haar en zoende hen herhaaldelijk, maar Alexia bleef rustig. Ook al deed hij dit voor haar, hij hield wel echt van ze, en dus liet ze het gaan. Trouwens, als het bedoeld was om haar op stang te jagen, of misschien zelfs te paaien, dan was het verspilde moeite. Zíj wist wat het beste voor de kinderen was, en terugkrabbelen was geen optie.

'Als jullie nou eens je spullen pakken, dan kunnen we gaan.'

Freddie en Joshua keken haar smekend aan.

'Jullie hebben je toetje nog niet eens gehad, jongens...'

'Dat kunnen ze bij mij ook krijgen, geen probleem,' onderbrak Robert haar. 'Ik heb Cookie Dough én Caramel Chew Chew...'

De woorden echoden door de gang en de hongerige jongens waren verrukt.

'Toe mam, mag het?'

Ze wist dat ze nee zou moeten zeggen, dat Graham wel boos zou worden, maar ze had geleerd welke gevechten ze moest aangaan. 'Vooruit dan maar.'

Ze renden weg en duwden elkaar opzij om maar als eerste de trap op te sprinten.

'Jullie tassen staan klaar, je moet alleen nog even je tandenborstel inpakken,' riep ze hen na, voordat ze zich tot haar man wendde. 'Voor een volwassen, intelligente man is dit wel een klein beetje kinderachtig...'

'Dat ik mijn zoons wil zien?'

'Dat je puntjes wilt scoren, hun liefde wilt kopen, onze afspraken niet nakomt...'

'O, en jij bent de deskundige op dat gebied, mijn lief. Want weet je, toen ík trouwde, was dat voor het leven...' Hij stak zijn linkerhand op, waar de trouwring nog steeds om zijn ringvinger zat.

'Serieus? Wil je daar weer over beginnen?'

'Waarom niet? Ik vind het zo leuk om jou voor slet uit te maken.'

Voordat ze er zelf erg in had, had ze een stap naar voren gezet. Schok en woede kolkten door haar lijf. Hij had nog nooit zoiets tegen haar gezegd en ze kon dit nu niet over zich heen laten komen. Ze hief haar hand op, wilde hem in zijn gezicht slaan, maar op hetzelfde moment hoorde ze de jongens over de overloop naar de trap rennen. Ze liet haar hand vallen, deed een stap naar achteren en siste van woede. 'Zeg wat je wilt, Robert. Doe waar je zin in hebt. Het zal allemaal niets uitmaken.'

'Dat zullen we nog wel zien.'

'Dit is een gevecht dat je niet zult winnen.'

'Hou jij jezelf dat maar voor, Alexia...'

'Ik meen het, Robert. Ga niet te ver.'

Haar ex vertrok geen spier, leek merkwaardig kalm, zelfs triomfantelijk. De jongens kwamen haastig naar beneden en voegde zich bij hem, kusten hun moeder afwezig en renden naar de Mercedes. Alexia keek Robert wantrouwig en opeens gealarmeerd aan. Er was vanavond iets veranderd. Ze had ruzies altijd weten te winnen, was altijd in het voordeel geweest, maar nu leek hij bereid in de aanval te gaan, het gevecht naar haar toe te brengen. En alsof hij dat nog eens wilde onderstrepen, leunde hij naar voren, streek met zijn lippen bijna langs haar oor en fluisterde: 'Ik zie je wel in de rechtszaal, Alexia.'

31

‘Hoe laat is hij binnengebracht?’

Helen zou normaal gesproken niet zo’n scherpe toon aanslaan tegen een arrestantenverzorger en ze had er direct spijt van. Anthony Parks was een sympathieke aanwezigheid op het hoofdbureau, een vriendelijke man met wie ze vaak een grapje maakte, maar haar gevoel voor humor liet haar vanavond in de steek. Op de terugweg naar het bureau had ze gehoord dat rechercheur Hudson Lee Moffat had gearresteerd, zijn eigen plannen erdoor had gedrukt en haar uitdrukkelijke instructies had genegeerd.

‘Een half uur geleden ongeveer,’ antwoordde Parks behoedzaam. ‘Ik heb hem zelf in de cel gezet. Rechercheur Hudson was van plan hem een nachtje te laten zweten en hem morgenochtend te ondervragen, maar ik wil hem met alle plezier boven brengen, als u dat wilt?’

Helen dacht even na. Moffat was wel iemand die ze wilden spreken in het kader van het onderzoek en misschien was het verstandig om zijn ondervraging over te nemen. Maar dan zou ze het onderzoek van een collega inpikken én het zou haar afleiden van andere belangrijke aanwijzingen. Ze weigerde haar blik te laten vertroebelen door bureaupolitiek en dus antwoordde ze: ‘Nee, laat hem maar een nachtje smoren. Dank je wel, Anthony.’

'Altijd een genoegen, inspecteur Grace...'

Normaal gesproken zou hij een glimlach bij haar weten te ontlokken – hij had een onhandige manier van flirten – maar Helen was met haar gedachten al bij andere zaken. Ze liep naar het trappenhuis en peinsde over de ontwikkelingen van vanavond, terwijl gedachten aan Goj, Moffat en Hudson door haar hoofd raasden. Er was veel om over na te denken, ze moest een strategie bepalen. Hoe ging ze verder met de verschillende onderzoeksrichtingen en wat moest ze met Hudsons insubordinatie? Het was geen eenvoudig probleem om op te lossen, zeker aangezien haar vroegere minnaar vrienden, zelfs bondgenoten binnen het team leek te hebben. Nee, deze strijd vereiste een zorgvuldig...

Haar telefoon rinkelde en Helen schrok op. Ze besefte dat ze zo in haar eigen gedachten verzonken was geweest, dat ze de wereld had buitengesloten en niet eens had beseft dat ze de zevende verdieping had gepasseerd en naar de bovenste verdieping van het gebouw was gelopen. Terwijl ze haar eigen stommiteit vervloekte, keek ze op het schermpje, in de veronderstelling dat er wel weer een probleem zou zijn, een nieuwe tegenslag, maar zodra ze zag wie het was, brak er een brede glimlach op haar gezicht door.

'Charlie, hoe is het met je?'

'Ik ben een zombie, wat dacht je? Hoe is het met jou?'

Wat was het fijn om Charlies stem te horen, de hartelijkheid in haar toon, haar goedmoedige zelfspot – het perfecte medicijn na een slopende dag. Helen leunde tegen de koele muur van het trappenhuis en gaf enthousiast antwoord. 'Goed, goed. En hoe is het met die heerlijke meiden?'

'O, ze zijn verschrikkelijk, afschuwelijk en zo geweldig. Serieus, ik heb nog nooit van mijn leven zo hard gewerkt of er zo beroerd uitgezien. Van nu af aan doe ik alleen nog maar telefoontjes, geen Zoom, geen FaceTime...'

'Ik ken het gevoel.'

'Doe niet zo raar, jij ziet er altijd waanzinnig uit...'

Dat was natuurlijk niet waar, maar wel fijn om te horen. Sinds brigadier Charlene Brooks – Charlie voor haar vrienden – met zwangerschapsverlof was, haar handen vol had aan Jessie en de pasgeboren Orla, hadden zij en Helen maar af en toe contact, maar áls ze elkaar spraken was het hartelijk, gezellig en informeel, iets wat niet mogelijk zou zijn als ze samen aan een zaak werkten. Helen was gaan houden van deze gesprekken; ze vormden het volmaakte tegenwicht voor alles wat op het hoofdbureau van politie speelde.

'Vertel, wat zijn de laatste roddels? Wat mis ik allemaal?'

'O, alleen een complete ontwrichting van de rechtsorde, van het vertrouwen in de politie, de teamgeest. Geloof me, Charlie, het is maar goed dat je hier niet bent...'

'Dat weet ik en ik zou ook echt niet kunnen doen wat jij doet én ook nog eens deze twee wezentjes opvoeden... maar deels zou ik er toch bij willen zijn. Het team helpen, jóú helpen...'

Ze zei het aarzelend, zelfs een beetje ongemakkelijk. En nu besefte Helen waarom Charlie had gebeld. Ze maakte zich zorgen... om háár. Waren de vele misdaadartikelen in de krant haar opgevallen? Had ze rechercheur Bentham of een ander lid van het team gesproken? Wat de aanleiding van het telefoontje ook was, Charlie had zich geroepen gevoeld om Helen te bellen en dat gaf haar een blij en ontroerd gevoel. Charlies bezorgdheid was eenvoudig, hartgrondig en oprecht, en opeens verlangde Helen ernaar dat ze weer op het hoofdbureau werkte.

'Nou, ik zou niets liever willen,' zei Helen, met een merkwaardig dikke stem toen ze door emoties werd overvallen. 'Maar jij hebt belangrijker werk te doen, je moet mijn peetdochters opvoeden tot gezagsgetrouwe, constructieve leden van de maatschappij. God weet dat er daar tegenwoordig maar tergend weinig van zijn…'

'Nou, ik zal mijn best doen,' zei Charlie lachend, 'maar ik vraag me af wat drie uur Peppa Pig per dag met hun hersenen doet. En als je bedenkt wie hun ouders zijn, dan hadden ze op dat gebied toch al niet zo veel.'

Zo praatten ze meer dan een half uur met elkaar, ontspannen en opgewekt. Het was de beste manier om tot rust te komen, maar toen ze uiteindelijk ophing, had Helen gemengde gevoelens. Ze was opgelucht dat alles goed was met Charlie, Steve en de meisjes, blij dat ze haar oude vriendin had gesproken, maar ze was zich ervan bewust hoe alleen ze was komen te staan op het hoofdbureau van politie. Ze had het gevoel dat ze op drijfzand stond, dat oude banden op de proef werden gesteld, nieuwe uitdagingen op haar afkwamen, en zonder Charlie als haar rots in de branding voelde ze zich plotseling bedreigd, kwetsbaar en zag ze alleen Grace Simmons als een echte, betrouwbare bondgenoot.

Ze zou deze uitdagingen allemaal het hoofd bieden – wat kon ze anders? – maar ze zou zich prettiger, een stuk prettiger, voelen als Charlie er zou zijn. Maar goed, daar was geen sprake van en dus zou ze zo goed en zo kwaad als het ging moeten volhouden.

Dit was een krachtmeting, een slag, die ze in haar eentje zou moeten leveren.

DAG 3

32

Lilah schrok wakker, zich er plotseling van bewust dat er iemand in de kamer was. Verward vroeg ze zich in de donkere ruimte af of het ochtend of midden in de nacht was en ze schoot overeind, trok het dekbed om zich heen. Maar tot haar verrassing was het Martin maar, met een dienblad in zijn handen.

'Wat is dit allemaal?' vroeg ze, en ze wreef een paar losse haren uit haar gezicht.

'Wat denk je?' was zijn vrolijke antwoord. 'Koffie, een croissant en versgeperst sinaasappelsap. Een ontbijt voor een koningin...' Hij zette het blad voor haar neer. 'Gisteren was een moeilijke dag. Ik vond dat je wel wat extra's had verdiend.'

'Ach, wat lief van je...'

Lilah pakte het sinaasappelsap en dronk het in één keer op. Ze wist dat Martin dankbaarheid en enthousiasme verwachtte, maar wist niet of ze er de energie voor had. Het was een onrustige nacht geweest, Lilah had liggen woelen, terwijl Martin had geslapen, ze had allerlei geluiden gehoord en zich allerlei onaangename scenario's ingebeeld. Ze had zeker twee nachtmerries gehad waarin duistere figuren hun huis binnendrongen, nachtmerries die beangstigend echt hadden geleken. Zelfs toen ze eindelijk was overmand door vermoeidheid en haar lijf had gesmeekt om slaap, had de wodkakater de kop op gestoken en had ze een zeurderige hoofdpijn gekregen. Wat had ze nu spijt van haar zwakte.

'Heerlijk,' zei ze, met alle enthousiasme dat ze kon opbrengen. 'Wat lief dat je al die moeite hebt gedaan.'

'Geen moeite. Je weet dat ik wil dat het goed is tussen ons, dat we samen gelukkig zijn. Dan mag een beetje aandacht toch wel?'

Dichter bij een excuus zou het niet komen, dus knikte Lilah dankbaar en nam ze een hap van de croissant. Hij was bros en zoet en ze voelde zich direct beter toen het vette deeg in haar lege maag terechtkwam. Dus nam ze nog een hap en nog een, en verslond het korstdeeg in minder dan een minuut.

'Je had echt honger...' zei Martin lachend, en hij kroop naast haar in bed.

Lilah bracht de koffie naar haar lippen, maar Martin hield haar tegen. 'Ik ook.' Hij pakte de kop uit haar hand en zette hem op het nachtkastje, waarna hij zich weer omdraaide, het schouderbandje van haar hemd opzijduwde en haar huid teder kuste.

'Martin, ik moet naar mijn werk...'

'Het is nog maar zeven uur, we hebben tijd zat.'

Hij kuste haar borst, schoof het bandje verder omlaag en ontblootte meer huid.

'Maar ik was gisteren zo laat dat ik vandaag wat eerder wilde beginnen...'

'Laat toch zitten. Ze hebben je de afgelopen jaren genoeg uitgebuit.' Hij streelde de zijkant van haar borst.

Onwillekeurig voelde Lilah een rilling door zich heen gaan.

'En trouwens,' ging Martin verder, 'hoe kan ik het goedmaken zonder goedmaakseks?' Hij hees zijn sterke lichaam overeind, ging schrijlings op haar zitten, duwde haar zachtjes achterover op bed en kuste haar dwingend. Lilah gaf zich over, wilde het deels wel, deels niet, maar wist dat het geen zin had tegen zijn verlangen in te gaan. Vroeger had zij de leiding gehad in hun relatie, maar nu niet meer, en vandaag was ze, zoals zo vaak, niet in staat tegen hem in te gaan.

33

Hij leek klein, kwetsbaar zelfs, zoals hij in elkaar gedoken op een kapotte stoel in de verhoorruimte zat. Maar de blik op Lee Moffats gezicht gaf aan dat dat een verkeerde indruk was. Een nacht in de cel had hem absoluut niet milder gemaakt. Onverschrokken, uitdagend en vol minachting staarde hij over de tafel naar Joseph Hudson.

'Ik vraag het je nogmaals. Waar was je op de avond van 12 augustus? Tussen tien uur en middernacht?'

Ze zaten met z'n drieën in de kamer. Rechercheurs Hudson en Reid probeerden hun strijdlustige verdachte om beurten aan de praat te krijgen. Moffat had een advocaat en versnaperingen geweigerd en had tot dusver niets willen zeggen. In antwoord op Joseph Hudsons vraag kauwde hij alleen maar luidruchtig en verwoed op zijn kauwgum en liet hij de witte, rubberachtige substantie in zijn mond knappen en knetteren.

'Was je in Locks Heath?'

Moffat haalde zijn schouders op en zei niets.

'Oké, hoe zit het dan met de kleine uurtjes van 2 augustus? Tussen middernacht en twee uur 's morgens?'

Lee Moffat kneep zijn ogen samen alsof hij diep nadacht, leunde vervolgens achterover op zijn stoel en liet een hand door zijn lange, sluike haar glijden, waarbij hij een levendige slangentatoeage op zijn onderarm toonde.

'Dat is een tijdstip waarop je meestal actief bent, of niet?' zei Reid.

'Ik heb begrepen dat je een bezig baasje bent,' voegde Hudson eraan toe. 'Maar andermans auto stelen brengt enige risico's met zich mee, hè?'

Smak, smak, smak, de kauwgum ging maar rond in zijn mond.

'Vooral als je slachtoffers hun auto niet zomaar willen opgeven. Zegt de naam Alison Burris je iets?'

Nu zagen ze een reactie: hij hield zijn kaken even stil en kauwde daarna nog fanatieker verder.

'Ze is op 2 augustus heel vroeg op de parkeerplaats aan de Carlton Road vermoord. Kun je me uitleggen waarom je twee schroevendraaiers bij je had toen we je gisteravond oppakten?'

Moffat staarde hem iets minder geamuseerd aan. 'Die heb ik nodig voor mijn werk. Ik ben klusjesman...'

De spottende toon was terug, maar Hudson maakte daar snel korte metten mee. 'De koppen van de schroevendraaiers waren geslepen, Lee. Het waren geen stukken gereedschap, het waren wapens.'

'Welnee...'

'Sterker nog, ze worden op dit moment door ons lab geanalyseerd. Als we ze in verband kunnen brengen met de moord op Alison Burris...'

'Leef je uit.' Hij zei het gedecideerd, alsof hij een eind aan het gesprek maakte.

Hudson staarde Moffat even aan en zei niets. Wuifde Moffat de beschuldiging zo gemakkelijk weg omdat hij onschuldig was? Of omdat hij er zeker van was dat er geen spoor van zijn misdrijf was achtergebleven? 'Ga ik doen, Lee, maak je daar maar geen zorgen over. Want ik ben van plan om te bewijzen dat jij Alison Burris én Declan McManus hebt vermoord.'

'Flikker op. Ik heb ze nooit iets gedaan...'

'Het doet er niet toe of jij het was of een van je mensen. Dat maakt voor de wet niet uit. Jij bent de leider, de aanstichter...'

'Je weet niet waar je het over hebt...'

'In dat pakhuis van je liggen onderdelen van dertig, veertig luxe voertuigen, misschien wel meer. Dat moet een aardig sommetje opleveren...'

Smak, smak, smak. De kauwgum was er weer en Moffat trok zich terug uit de strijd.

Reid nam het stokje over. 'Was McManus daarom je doelwit?'

'Ik weet niet waar je het over hebt.'

'Declan McManus werkte voor ARG Insurance. Ze hadden hem ingehuurd om onderzoek te doen naar autodiefstallen in Southampton, Portsmouth, Bournemouth. Ze moeten veel uitbetalen en, geloof me, daar zijn ze niet blij mee. McManus werkte al meer dan drie weken voor ze, ging langs bij monteurs, carrosseriebedrijven, zwartemarkthandelaren om erachter te komen wie de bron van al deze ellende was. De kop van de slang...' zei Reid.

'En daarmee werden jouw zaakjes bedreigd, hè?' voegde Hudson eraan toe. 'Koos je er daarom voor het met benzine te doen?'

Moffat staarde hem aan en weigerde het oogcontact te verbreken.

'Aanstekervloeistof of spiritus zou een stuk gemakkelijker zijn geweest, in elk geval minder gevaarlijk. Maar benzine... tja, daar gaf je wel een duidelijke boodschap mee af, nietwaar?'

Moffat schudde langzaam zijn hoofd, maar hield zijn mond.

'Heb je McManus daarom vermoord? Om zijn onderzoek tegen te houden? Om anderen af te schrikken, zodat ze zich niet met jouw zaken zouden bemoeien?'

‘Je hebt de verkeerde voor je,’ antwoordde Moffat. Hij bracht zijn handpalmen omhoog om zijn onschuld te tonen. ‘Ik ken die vent niet.’

‘Goed Lee, jij je zin,’ zei Hudson. ‘Heb jij zo’n trui?’

Hij schoof een foto van de Rick Owens-hoody over tafel. Moffat bleef even stil zitten en keek ernaar. Er gleed een blik van verwarring en daarna van ontzetting over zijn gezicht.

‘Designerkleding, daar hou jij wel van. Je moet toch wat met al dat oneerlijk verdiende geld, of niet?’

Moffats ogen waren strak op de foto gericht.

‘Nou, zal ik je eens wat zeggen? Vezels van een hoody zoals deze zijn op de plaats delict in Locks Heath gevonden. Ze zaten aan het hek waardoor de dader is gevlucht. Heb jij er zo een?’

‘Nee.’

‘Toch wel. Ik heb een kopie van de bestelling. Betaald met een bankpas op naam van Lee Moffat en zes weken geleden bezorgd op je moeders adres.’

Moffat zweeg, maar het kauwgum kauwen was gestopt.

‘Verder was het heel professioneel gedaan, moet ik zeggen…’

‘Ik was het niet.’

‘Waar is de hoody dan?’

Stilte.

‘Ik wil hem graag bekijken, zien of er een scheur in zit, sporen van benzine…’

‘Ik heb hem niet meer.’

‘Je hebt hem zes weken geleden gekocht.’

‘Zeker kwijtgeraakt of zo.’

‘Dat ding kost duizend pond.’

‘Nou en?’

‘Ik weet dat je poen zat hebt, Lee, maar zo’n bedrag betekent toch zeker wel wat voor je. Er zijn mensen voor minder vermoord.’

Moffat zei niets, maar keek Hudson furieus aan. Elk spoor van vermaak, van arrogantie, was nu verdwenen.

'Moet je horen, Lee. Ik weet dat jij het hebt gedaan. En ik weet waarom. Zullen we maar gewoon ter zake komen? Ik wil dat je me vertelt wat je van minuut tot minuut hebt gedaan op de tweede en de twaalfde. Waar je was, wat je deed, wie er bij je was. We hebben je telefoon nu, we kunnen je gangen nagaan, dus waag het niet om tegen me te liegen. Dit is het, vriend, einde oefening...' Hij staarde naar Moffat en besloot met een glimlach: 'Het is tijd dat je me de waarheid vertelt.'

34

Helen kreeg sterk de indruk dat hij tijd aan het rekken was, hij probeerde haar vragen te ontwijken door zelf vragen te stellen.

'Vanwaar uw belangstelling voor meneer Goj?'

Helen nam hem in zich op, en moest glimlachen om de gelikte houding van Jeremy Blake. Algemeen directeuren van grote ziekenhuizen leken vaak meer op mensen uit de Fortune 500 dan op zorgaanbieders, en Blake vormde hierop geen uitzondering. Southampton Children's Hospital was een van de grootste ziekenhuizen in het land en bood uitmuntende zorg, steun en hoop aan jonge mensen over de hele zuidkust, maar de vergaderzaal waar ze nu zaten, zou in Silicon Valley niet uit de toon vallen. Hij was modern, duur en indrukwekkend, net als de algemeen directeur die tegenover haar zat.

'Het betreft een levensbedreigend incident,' antwoordde Helen kort. 'Men komt niet onder de aandacht van het team Zware Misdrijven als het niet om iets ernstigs gaat.'

Blake was verrast, dit had hij duidelijk niet verwacht.

Helen liet de woorden even tot hem doordringen. 'Voordat we het daarover hebben, wil ik graag even de feiten met u doornemen. Meneer Goj is hier in 1992 begonnen als trainee inkoopmanager?'

'Dat klopt,' antwoordde Blake omzichtig. 'Inkoop is een enorme operatie voor een ziekenhuis van dit formaat, dus nemen we regelmatig nieuw personeel aan.'

'En het was zijn taak om chirurgenschorten, verpleeguniformen, computers en dergelijken in te kopen?'

'Schoonmaakmiddelen, sleutelkoorden, dekens en lakens, pennen, paperclips, printerpapier, wat er maar nodig is om het ziekenhuis veilig en efficiënt te runnen.'

'Aha. En na verloop van tijd wist hij zich op te werken tot directeur Inkoop?'

Een opmerkelijke reactie van Blake: verwarring en bezorgdheid.

'Maar misschien heb ik me daarin vergist,' voegde Helen eraan toe, en ze keek naar haar aantekeningen.

'Nou...' antwoordde Blake aarzelend. 'Amar is een trouw personeelslid, hij is al bijna twintig jaar in dienst... maar hij heeft het niet heel ver geschopt. Hij is een goede medewerker en is in 2006 tot afdelingshoofd Inkoop bevorderd, maar daar is het bij gebleven.'

Helen staarde verrast naar Blake.

'Ik kan zijn staat van dienst en loonstrookjes voor u uitprinten. Dat kan ik nu meteen bij Personeelszaken regelen, als u wilt...'

Helen knikte afwezig en dacht aan de indrukwekkende figuur die ze gisteravond had ontmoet. Hij had zich in elk geval voorgedaan als een gewichtige, bemiddelde man, maar uiterlijk kon bedriegen. Ze herpakte zich en schoof een uitdraai van Gojs Facebook-pagina over het bureau naar hem toe. 'U kunt onze verwarring begrijpen...'

Blake bekeek het papier en trok wit weg. 'Jezus, daar had ik geen idee van...' Hij gaf het aan haar terug. 'Onze directeur Inkoop zal hier niet blij mee zijn, dat kan ik u wel vertellen.'

Het was een poging tot humor, maar het deed geforceerd aan.
'En meneer Goj is een goede medewerker?'
'Ja. Over het algemeen.'
'Wat betekent dat?'
'Niets. Hij is wat hij is. Een middenmanager Inkoop.'
'Hebt u problemen gehad op die afdeling? Onlangs, bedoel ik.'
'Nou ja, u zult wel weten dat we onlangs een tragisch overlijden hebben meegemaakt. Een van onze financieel medewerkers...'
'Alison Burris.'
'Ja. Zo triest, ze was zeer kundig en een erg geliefde collega. Is er al iets meer bekend in dat onderzoek? We zouden geïnformeerd worden door iemand uit uw team, maar...'
'Ik neem aan dat dat meer werk voor meneer Goj betekent,' onderbrak Helen hem, waarmee ze zijn afleidingsmanoeuvre afkapte. 'Als haar directe meerdere zal hij het werk van twee moeten doen, totdat er een vervanger is gevonden.'
'Daar komt het wel op neer. Het zal pittig voor hem zijn, maar het is hem wel toevertrouwd.'
'Dat is vreemd, want ik heb het zojuist even bij de receptie nagevraagd. Meneer Goj is vandaag niet aanwezig,' zei Helen snel. 'Sterker nog, hem is de toegang tot het ziekenhuis ontzegd.'
Blake staarde haar aan, betrapt.
'Kunt u me uitleggen waarom dat is, meneer Blake?'
Er viel een lange, beladen stilte.
'Inspecteur, mag ik u voorstellen dat we op een ander moment opnieuw bijeenkomen met advocaten erbij? Ik wil u graag helpen, maar het moet op de juiste manier gebeuren. We zouden morgen iets kunnen afspreken op hun kantoor, of een dag later...'
'Nee.'

'Pardon?'

'U wilt dit gesprek ongetwijfeld graag uitstellen, maar ik onderzoek twee ernstige misdrijven – de moord op een van uw medewerkers en een poging tot moord op iemand anders. Als Amar Goj op wat voor manier dan ook betrokken is bij deze misdrijven, als u ook maar vermóédt dat hij erbij betrokken is, dan moet ik dat weten. En dan moet ik dat nu weten.'

Helen staarde hem ingespannen aan, daagde hem uit om terug te slaan. Verwachtte half en half dat hij dat ook zou doen, maar even later liet hij zijn schouders zakken. Het chique maatpak en de designerbril waren alleen voor de show. Blake was zwak en bang.

'Moet u luisteren, ik kan niet zeggen... Ik wéét niet... of Amar iets met deze zaken te maken heeft, wat hij al of niet gedaan heeft...'

'Maar...' onderbrak Helen hem ongeduldig.

'Maar we hebben hem op non-actief moeten stellen na beschuldigingen van financiële onregelmatigheden.'

'Wanneer?'

'Gisteren.'

Deze keer was het Helens beurt om verrast te zijn. De man die ze gisteravond had ontmoet, die zo bruisend, zo populair, zo succesvol had geleken, was enkele uren daarvoor na bijna twintig dienstjaren op non-actief gesteld.

'Waarom? Wat had hij gedaan?'

'De details zijn nog niet helemaal duidelijk. Er is een intern onderzoek gestart.'

Helen merkte op dat hij het woord 'intern' benadrukte alsof privacy en discretie van het grootste belang waren.

'Maar het lijkt erop dat hij geld van het ziekenhuis heeft gestolen.'

'Hoe?'

'Tja...' antwoordde Blake, en hij wekte de indruk dat hij er verder niet over wilde uitweiden, 'inkoop is gecompliceerde materie. Er vinden elke maand duizenden, tienduizenden transacties plaats. We kunnen niet bij elke transactie een extra controle uitvoeren, er moet een zekere mate van vertrouwen worden verleend aan de managers en hun ondergeschikten...'

'En?'

'En we denken dat dat vertrouwen is geschaad. We vermoeden dat Amar een lege vennootschap heeft opgericht – een denkbeeldige leverancier – en vervolgens tegen zeer hoge prijzen producten bij hen heeft besteld.'

'Een bedrijf dat dus van hem was.'

Hij knikte.

'Hoelang is dat al aan de gang?'

Blake zag er beroerd uit.

'We hebben geen idee, maar mogelijk vijf tot tien jaar, misschien zelfs langer.'

'Over wat voor bedragen gaat het?'

'Het leek eerst een paar honderd hier, een paar honderd daar, maar als het zo erg is als we vrezen, zou het om meer dan een miljoen pond kunnen gaan.'

Helen leunde achterover. Ze had gedacht dat Gojs overdadige vertoon van gisteravond eenmalig was geweest om de aanstaande bruiloft van zijn dochter te vieren, maar misschien ging zijn vrijgevigheid, zijn rijkdom, veel verder. Blake keek haar niet aan en dat begreep ze best. Zo'n enorme fraude zou een grote smet op de reputatie van het ziekenhuis zijn, om nog maar te zwijgen van zijn eigen reputatie. Maar ze was nog niet klaar.

'Hoe bent u achter de fraude gekomen?'

'Hij kwam aan het licht tijdens een interne audit. Na het fiasco met de persoonlijke beschermingsmiddelen tijdens de eerste coronagolf hebben we een diepgaand onderzoek gedaan naar onze inkoopsystemen. Zodoende kwamen er enkele onregelmatigheden aan het licht.'

'Wie ontdekte ze?'

Weer bleef het lang stil, en toen: 'Alison Burris.'

Helen leunde naar voren en allerlei gedachten raasden door haar hoofd. 'Wie zou ze benaderd hebben over deze "onregelmatigheden", deze ogenschijnlijk valse leverancier?'

'Haar baas, Amar Goj, natuurlijk.'

'En toen?'

'Niets, dat was het probleem. Ze bracht de kwestie een paar weken geleden ter sprake en heeft meerdere malen geprobeerd er met hem over te praten. Amar zei dat hij ermee bezig was, dat hij de raad van bestuur op de hoogte zou brengen, maar... hij deed niets. Uiteindelijk kwam Alison helaas tot de conclusie dat hij tijdrekte, het onderzoek bewust afzwakte.'

'Heeft ze u daar iets over verteld? Of iemand anders van de directie?

'Nee... nou, niet mij persoonlijk, in elk geval.'

'Hoe bent u het dan te weten gekomen?'

'Ze stuurde me een e-mail, waarin ze haar zorgen schetste.'

'Wat hebt u toen gedaan?'

'Nou ja, niets,' antwoordde hij, waarna hij zich snel verduidelijkte. 'Daar was geen tijd voor. Een paar uur na het versturen van de mail is ze vermoord.' Blake staarde naar zijn voeten, leek uitgeput, alsof hij helemaal leeg was.

Maar de waarheid was dat het nu pas begon voor hen beiden. Blake stond een langdurig, schadelijk en openbaar onderzoek naar zijn leiderschap te wachten – een lange, donkere weg. Voor Helen daarentegen zag het er beter uit.

Eindelijk had ze een mogelijk motief voor de moord op Alison Burris.

35

'Kijk naar de foto's.'

Hudson roffelde met zijn vingers op de foto's die tussen hen op tafel lagen.

'Dit heb je die arme vrouw aangedaan.'

Onwillig keek Lee Moffat even naar ze. Er lagen vijf foto's op tafel, drie van Alison Burris' lichaam op de grond, de andere close-ups van de steekwonden. Twee vurige, roze, rimpelige gaten die hem aanstaarden.

'Dat heb ik niet gedaan.'

'Lee, dit schiet niet op. Burris is vermoord omdat iemand haar BMW wilde, ja?'

'Als jij het zegt.'

'Ken jij anderen in Southampton die op bestelling auto's stelen?'

'Nee, maar...'

'Die zo hondsbrutaal zijn om een vrouw uit haar auto te slepen?'

'Ik doe dat soort ongein niet.'

'Die er geen moeite mee hebben iemand neer te steken om te pakken wat ze willen? Er is niemand anders, Lee. Jij hebt het motief, je hebt de wapens en nu kunnen we je in verband brengen met de plaats delict van McManus...'

'Echt niet.'

'Waar was je dan? Je blijft maar volhouden dat je onschuldig bent, maar je wilt me niet vertellen waar je de nacht van de tweede was...'

'Ik was weg, nou goed?'

'Waar?'

'Gewoon weg.'

'Wat was je aan het doen?'

'Van alles.'

'Niet goed genoeg. En op de twaalfde?'

'Ook. Ik ben 's nachts altijd op pad...'

'Nou, komt dat even goed uit. En je kunt je niet herinneren waar je was?'

Moffat schudde zijn hoofd, maar weigerde Hudson aan te kijken.

'Dat was twee nachten geleden. Is je geheugen zo slecht?'

'Zal wel door de drugs komen. Ik weet het ook niet.'

'En ik moet jou geloven?'

'Geloof wat je wilt. Boeit mij niet...'

Het klonk opstandig, smalend, in de hoop dat hij Hudson daarmee de wind uit de zeilen nam. Maar Joseph Hudson keek Moffat even aan, leunde achterover op zijn stoel en vouwde zijn handen achter zijn hoofd.

'Zal ik je een geheimpje vertellen, Lee? Iets wat de rest van de wereld niet weet?'

Moffat haalde zijn schouders op, alsof het hem niet interesseerde.

'Declan McManus is aan de beterende hand.'

Een kleine, maar zichtbare reactie van de verdachte.

'Ik heb vanmorgen vroeg met het ziekenhuis gebeld. Hij ligt sinds de aanval in een kunstmatig coma, maar later vandaag gaan ze proberen hem daaruit te halen. Dan zal hij natuurlijk heel zwak zijn, veel pijn hebben, maar de artsen hebben me verzekerd dat hij in staat zal zijn om te praten. En hij heeft vast veel te zeggen...' Hij staarde Moffat ingespannen aan. 'Hij weet vast wel wie hem uit de weg wilde ruimen. Wie hem met benzine heeft overgoten. Wie hem in brand heeft gestoken. En ik durf te wedden dat hij jou gaat aanwijzen.'

Moffat staarde terug, zijn woede was onverhuld.

'Je denkt misschien dat je hiermee wegkomt, Lee, maar dat gaat niet lukken. Vergis je niet, we zullen ervoor zorgen dat we je bij de schroothandel kunnen plaatsen, we zullen bewijzen dat jij verantwoordelijk bent voor de moord op Alison Burris en de poging tot moord op Declan McManus...'

'Klaag me dan aan.' De woorden vlogen uit de mond van de verdachte, boos, uitdagend. 'Doe maar. Als je er zo zeker van bent dat je mij dit in de schoenen kunt schuiven, dan ga je je gang maar. Ik ben er klaar voor.'

Hudson aarzelde, verrast door de agressieve tegenaanval, en Moffat wist dit snel uit te buiten.

'Maar als je dat niet kunt, als je daar de bállen niet voor hebt, dan pak ik mijn jas maar eens...' Hij keek Hudson triomfantelijk aan en leunde achterover op zijn stoel. 'Want wij zijn hier klaar.'

36

'Ik kan u helaas niet binnenlaten. U moet een andere keer terugkomen...'

Arsha Goj blokkeerde de deuropening, zodat Helen niet naar binnen kon. De trotse matriarch was vastbesloten haar man en gezin te beschermen, slecht nieuws buiten de deur te houden. Maar Helen liet zich niet afschepen, vandaag niet.

'Zoals ik al zei, gaat het hier om een ernstige politiekwestie,' zei Helen, en ze stopte haar penning weer in haar zak.

'Zo ernstig dat u het verlovingsfeest van onze dochter verstoort en de volgende ochtend naar ons huis komt en de halve straat wakker maakt met uw gebons...'

Helen wist niet of ze moest lachen of boos moest zijn om Arsha's conclusie dat ze alleen maar lastig was, een storend element dat weggejaagd diende te worden, in plaats van een politievrouw die haar werk deed.

'We hebben familie op bezoek...'

'En nogmaals, het spijt me dat ik u stoor, maar ik moet uw man echt spreken.'

'Waarover?'

'Ik kan ook later op de dag terugkomen met een huiszoekingsbevel,' ging Helen verder, en ze negeerde de vraag. 'Maar dan moet ik het hele team meenemen, en dat zorgt voor veel meer onrust, is veel zichtbaarder…'

Helen was blij om te zien dat er een bezorgde frons op Arsha's voorhoofd verscheen.

'Waarom doen we het niet gewoon nu? Een half uur, meer niet, dan ben ik weer weg.'

Dat was een leugen, Helen had geen idee hoelang ze Goj zou moeten ondervragen, maar het leek zijn vrouw iets milder te stemmen. Ze maakte zich duidelijk zorgen om Helens aanwezigheid, en de gedachte dat dit allemaal geregeld zou zijn voordat de rest van de straat iets doorhad, was aantrekkelijk.

'Een half uur, niet langer,' zei ze streng, alsof zij het voor het zeggen had.

Helen glimlachte beleefd, veegde haar voeten en ging het huis binnen.

Een minuut later liep Helen met grote passen over het tuinpad. Het interieur van het elegante huis met vijf slaapkamers, een van de grootste die ze in Bevois Mount had gezien, was intrigerend. Het was haar opgevallen dat het onlangs helemaal was opgeknapt, misschien vooruitlopend op de ontvangst van gasten tijdens het huwelijksfeest, maar vragen over Gojs leefstijl en uitgavepatroon zouden moeten wachten. Ze had nu dringender zaken.

Gojs fraude, zijn langdurige diefstal van het kinderziekenhuis, leek een feit. Helen besefte nu waarom hij zich had moeten voordoen als directeur Inkoop om zijn indrukwekkende inkomen te verklaren. Minder duidelijk was zijn rol in de aanval op Declan McManus en zijn mogelijke betrokkenheid bij de moord op Alison Burris. Voor het eerste misdrijf leek hij geen motief te hebben en het tweede leek volkomen onlogisch; hij was een dief, geen moordenaar. Hij had in elk geval geen strafblad, geen noemenswaardige overtredingen in het verleden, en Helen wilde hem graag met deze tegenstrijdigheden confronteren. De manier waarop iemand reageerde op een rechtstreekse beschuldiging zei veel over de schuld of onschuld van die persoon.

Helen was ervan uitgegaan dat Amar wel aan het ontbijt zou zitten en genoot van het succes van het overdadige feest van de vorige avond, maar misschien had ze niet verbaasd moeten zijn toen Arsha haar vertelde dat haar man zich had teruggetrokken in zijn tuinkantoor. Hier leidde hij waarschijnlijk zijn dubbelleven, dit was waar hij plannen smeedde, ze verborgen hield, zodat het geld binnen zou blijven stromen door middel van een steeds grotere stroom valse facturen. Als hij werkelijk met zijn rug tegen de muur stond, en daar leek het op, als hij tegen een intern onderzoek en mogelijk een strafrechtelijke procedure aankeek, dan zou hij zich hier waarschijnlijk hebben teruggetrokken om zich op zijn volgende stap te beramen.

Ze roffelde op de schuurdeur en haalde diep adem. Ze was opgewonden, maar ook gespannen. Dit kon soepel verlopen, met een snelle inzinking of bekentenis, of het kon traag en moeizaam gaan, met leugens en verdoezelingen om hun onderzoek te dwarsbomen. De komende minuten zouden dat uitwijzen.

Binnen was het stil. Helen stelde zich voor dat Amar in elkaar gedoken zat, geschrokken van het felle kloppen, en Helen probeerde het opnieuw. Nog altijd geen reactie, dus legde ze haar hand op de deurknop. Hij draaide gemakkelijk om, de deur zat niet op slot, en toen ze hem wilde openduwen, kondigde ze zich aan: 'Meneer Goj? Ik ben het, inspecteur Helen Grace, ik kom naar binnen…'

Maar dat ging niet. Ze duwde tegen de deur, maar hij ging niet open. Het klopte niet, er moest binnen iets zijn wat de deur tegenhield. Had Amar zichzelf gebarricadeerd? Had hij haar zien aankomen en zich willen verdedigen? Het leek absurd, belachelijk, maar toch...

'Amar, hier help je de situatie niet mee. Het hinderen van een politieagente bij het uitvoeren van haar werk is een misdrijf...'

Ze zette haar schouder tegen de deur, maar deze gaf niet mee, en dus nam ze een aanloop en ramde tegen het warme hout. Nu ging de deur een klein stukje open en voorzichtig stak Helen haar hoofd om een hoekje. Ze had verwacht een geschrokken Amar in een hoekje aan te zullen treffen, maar zag dat het juist Amar was die de ingang versperde. Hij lag languit voor de deur.

Met hernieuwde energie duwde Helen de deur nog iets verder open, glipte naar binnen en ging op haar hurken naast hem zitten.

'Amar? Amar, ik ben het, inspecteur Grace. Kun je me horen?'

Geen reactie. Helen boog zich over hem heen en zag zijn wezenloze blik, zijn glazige ogen.

'Amar, alsjeblieft...'

Haar hart ging tekeer, maar tegelijkertijd nam dat wat ze had geleerd tijdens haar opleiding het over en legde ze twee vingers tegen Amars halsslagader op zoek naar een hartslag. Maar ze voelde niets, geen teken van leven.

Amar Goj was dood.

37

Met een zwaar gemoed volgde hoofdinspecteur Simmons de geluidloze show. Vanuit haar kantoor op de tiende verdieping had ze perfect zicht op de hoofdingang van het hoofdbureau. Iedereen ging door die deuren naar binnen en naar buiten – politieagenten, slachtoffers van misdrijven, daders, maatschappelijk werkers, de pers – en er hadden zich tal van drama's afgespeeld in het zicht van de medewerkers in het gebouw.

Het optreden van vandaag speelde zich in alle stilte af, maar wekte toch een reactie op. Lee Moffat, de verdachte die brigadier Hudson gisteravond had opgepakt, was zojuist zonder aanklacht vrijgelaten. Hudson was ervan overtuigd dat Moffat meer te maken had met enkele recente moorden, maar ze hadden niet genoeg om hem vast te houden, laat staan hem aan te klagen, en dus hadden ze hem moeten laten gaan. Moffat maakte hier optimaal gebruik van, treuzelde boven aan de trap, stak een peuk op en stond te bellen, ongetwijfeld met zijn maten. Het was om woest van te worden; het achteloze zelfvertrouwen van doorgewinterde criminelen maakte haar altijd kwaad.

Simmons maakte zich los van het raam en liep terug naar haar bureau, maar daar was weinig troost te vinden. Elke dag liet ze de lokale en landelijke kranten op haar kantoor bezorgen, vastbesloten om op de hoogte te blijven van de vooringenomenheid en het gekonkel van de pers. De krantenkoppen boden zelden reden tot optimisme en dat bleek vandaag maar weer eens. Het nieuws op de voorpagina van de vroege editie van de *Southampton Evening News* was bijzonder beladen en persoonlijk van aard. De kop stelde de vraag: IS INSPECTEUR GRACE DE WEG KWIJT?

Simmons sloeg de krant open en tuurde langs de verschillende artikelen, maar kon de inhoud wel raden. Het plaatselijke sufferdje, met lezers die alles geloofden wat er gedrukt stond, had de laatste tijd een aanhoudende hetze tegen Helen in het bijzonder en het politiekorps van Hampshire in het algemeen gevoerd en had hun bekwaamheid in twijfel getrokken vanwege de flinke toename in criminaliteit. En hoewel hun aantijgingen Simmons niet overmatig veel zorgen baarden – ze was ervan overtuigd dat Helen vanzelf schot in de zaak zou krijgen – maakte ze zich wel zorgen om het effect op de publieke opinie, op de bereidheid van mensen om met de politie te communiceren. Zonder de oren en ogen van de plaatselijke bevolking zou hun vermogen om tegen misdaad op te treden en mensen te beschermen ernstig aangetast worden, iets wat ze zich op het moment niet konden veroorloven.

Simmons zakte achterover in haar stoel en schoof de kranten opzij, vastbesloten een begin te maken met het opruimen van haar uitpuilende postvak, maar ze had vanmorgen gewoon geen energie.

Zo voelde ze zich steeds vaker, overmand door een algehele vermoeidheid die werd verergerd door een toenemend gevoel van onbehagen. Tot voor kort had ze nooit aan haar methodes, haar intuïtie getwijfeld, maar nu werd ze erdoor getergd. De bevolking was ongerust, de pers was lastig en bureauchef Peters maakte zich openlijk zorgen. En nog erger, er leken daadwerkelijk problemen te zijn op het hoofdbureau van politie, binnen

Helens team Zware Misdrijven in het bijzonder, problemen die Helen vooralsnog weigerde te delen. Simmons zou het nooit hardop zeggen, maar voor het eerst had ze het gevoel dat ze overbelast waren, dat ze de controle over de stad echt kwijt waren.

Als dat het geval was, was het niet Helens schuld, maar die van haar. Uiteindelijk was zij verantwoordelijk voor de uitvoering, en als ze tien jaar jonger was geweest zou ze dag en nacht hebben gewerkt om het tij te keren. Dat wilde ze nog steeds, maar de realiteit deed pijn. Ze was ruim in de zestig en niet in staat om constant leiderschap te bieden vanwege haar gezondheidsproblemen en algemene gevoel van uitputting. Ze had er nu spijt van dat ze zich had laten overhalen de baan op het hoofdbureau van politie aan te nemen. Ze had gewoon met pensioen moeten gaan, zoals ze van plan was geweest. Ze had er spijt van dat ze geen open kaart had gespeeld met haar meerderen, en vooral met Helen, toen ze de baan aangeboden had gekregen. Ze had over haar gezondheid gelogen, had haar persoonlijke problemen verborgen gehouden om hen te helpen. Althans, dat had ze gedacht. Nu leek het een egoïstische en laffe actie die Helen juist hinderde, waardoor haar oude vriendin naast haar eigen werk ook nog dat van Simmons moest doen.

Het zou het verstandigst zijn om een stap opzij te doen, plaats te maken voor een jonger, sterker iemand. Maar als ze dat nu deed, te midden van de storm kritiek, was het alsof ze openlijk toegaf dat het schip ten onder ging, en zou ze de situatie alleen maar erger maken. Het alternatief was dus om te blijven, zich in te graven en te proberen een positieve bijdrage te leveren, maar had ze daar de energie, de kracht voor? Op sommige dagen was het al moeilijk om uit bed te komen.

Wat miste ze haar overleden man die haar met een knipoog berispte voor haar lusteloosheid en haar op die manier stimuleerde om toch weer aan een nieuwe dag te beginnen. Nu was ze alleen, moe en moedeloos, en ze wist niet goed wat ze moest doen. Ze was altijd zo trots geweest op haar vastberadenheid, haar helderheid van geest, haar vermogen om de toekomst te voorspellen en naar haar hand te zetten. Die vooruitziende blik, die visie, was ze helemaal kwijt.

Nu zag ze alleen een situatie die razendsnel uit de hand liep.

38

Zo veel armoede, zo veel wanhopige mensen. Terwijl hij naar de lange lijst namen op zijn spreadsheet keek, leek het echt alsof de wereld naar de verdoemenis ging. Ach ja, in dat geval was het gewoon niet anders. Des te beter voor hem.

Gary Bleecher liet een groezelige vinger langs de rijen getallen lopen en maakte in gedachten sommetjes. Sommige cliënten zouden hun betalingsverplichting niet nakomen, dat was een feit, maar als ook maar zeventig procent zijn schuld betaalde, zou hij nog steeds een aardige winst maken. Zo ging dat: in moeilijke tijden, was de man met het geld koning. Hij was geen Rockefeller, maar hij was niet onbemiddeld en, veel belangrijker, stond erom bekend dat hij iedereen als cliënt aannam, ongeacht diens omstandigheden. Dat betekende dat hij een permanente rij klanten had en tientallen aanvragen per dag kreeg. Sommigen waren trots, ervan overtuigd dat ze elk moment geld of een nieuwe baan zouden krijgen. Anderen smeekten, huilden zelfs, maar het maakte niet uit. Je zag meteen dat ze allemaal wanhopig waren, en daarom waren ze bereid een schandalige rente over hun lening te betalen.

In de krant werd gekreund over de crisis, politici bezwoeren dat ze er iets aan zouden doen, maar Gary hoopte dat dat niet heel snel ging gebeuren. Er waren op het moment maar twee bloeiende bedrijfstakken: schuld en misdaad. Hij bevond zich in de voorhoede van de eerste en aan de rand van de tweede, omdat hij zo nu en dan geweld moest gebruiken om mensen aan hun financiële verantwoordelijkheden te herinneren. Ja, mensen keken op hem neer, noemden hem een parasiet, een proleet, uitschot, maar ze konden oprotten. Hij was degene die het geld binnenharkte, de vent die er uiteindelijk goed uit zou komen.

Gary staarde naar zijn computerscherm en schrok op uit zijn gedachten toen hij de brievenbus hoorde klepperen. Nieuwsgierig wierp hij een blik op de voordeur. De postbodes waren hier altijd zo lui, die kwamen meestal pas aan het begin van de middag, dus dit was iets bijzonders, persoonlijk afgeleverd. Het gebeurde niet vaak dat iemand zomaar iets afgaf, meestal wilden ze praten, smeken om meer tijd of er zeker van zijn dat het geld in de juiste handen terechtkwam.

Hij stond op en liep behoedzaam naar het raam. Voorzichtig schoof hij het gordijn een stukje opzij en tuurde naar buiten, maar degene die de brief in de bus had gegooid was al weg. Er was niemand in de buurt en er stonden geen auto's waarachter iemand zich kon verbergen. Ervan overtuigd dat er geen reden tot paniek was, liep hij haastig naar de gang, waar een envelop op de mat lag. Gretig raapte hij hem op. Er zat vast contant geld in.

Maar tot zijn teleurstelling was de envelop buitengewoon dun en licht. Sterker nog, het leek alsof er niets in zat. Geërgerd scheurde hij hem open en wroette erin. Eerst vond hij niets, maar toen stuitten zijn vingers op iets dat in de rechterhoek zat. Iets hards, van metaal. Hij klaarde weer op – misschien was het een gouden ring, of een waardevol aandenken, een erfstuk om een schuld af te betalen. Hij keerde de envelop boven zijn hand om en richtte zijn blik verwachtingsvol op zijn palm.

Zijn opwinding veranderde direct in verwarring. Want in zijn zweterige handpalm lag geen waardevol kleinood, of een klompje goud, maar een glimmende kogel.

39

'Wat is dit allemaal?'

Rechercheur Malik stond voor de grote kledingkast en Helen keek over haar schouder mee. De technische recherche en het team van de patholoog waren druk bezig in de werkkamer van Amar Goj, en dus hadden Helen en haar rechercheurs zich in het huis teruggetrokken. Gojs geschokte vrouw en familieleden zaten in de woonkamer met een familierechercheur, zodat Helens team de vrijheid had om door het huis te dwalen. Ze hadden de slaapkamer onderzocht en stonden nu in de logeerkamer die niet veel meer was dan een verzameling overvolle kledingkasten.

'De opbrengst van fraude,' mompelde Helen, terwijl ze naar de rijen jasjes, truien, broeken en overhemden keek, met daaronder tientallen schoenendozen.

Malik ging op haar knieën zitten, opende een van de dozen en zag een paar gloednieuwe Gucci-gympen.

'Welke maat?'

Malik haalde er een uit en keek erin. 'Tweeënveertig.'

'Mooi,' zei Helen tevreden. 'De kans is klein dat Goj de gymschoenen of de hoody die hij op de avond van de brand droeg heeft bewaard, maar kijk toch maar. Als je die niet vindt, zijn er misschien bonnetjes, aankoopbewijzen die nuttig kunnen zijn.

De spullen zijn natuurlijk onze hoogste prioriteit, maar ik wil ook een complete lijst van alles wat hier ligt.'

Malik begon direct moeilijk te kijken.

'Ik weet het, ik weet het,' zei Helen. 'Daar ben je de hele ochtend mee bezig, maar ik wil graag weten wat hij allemaal heeft, hoeveel hij hier wel niet aan heeft uitgegeven...'

'Dat zie je niet vaak, een man met zo veel kleren,' zei Malik, en ze bolde haar wangen. 'Hij moet wel enorm modebewust zijn geweest.'

'Alleen zijn de meeste kleren niet eens aangeraakt. Moet je kijken, bij het grootste deel zit het label er nog aan, en sommige schoenendozen zijn nooit open geweest...'

'Te veel geld...'

'Maar waarom?'

Ze bleven zwijgend staan. De aanblik van Gojs smetteloze kleding had iets ontnuchterends, tragisch zelfs. Aankopen waar hij zijn leven ogenschijnlijk voor had verruïneerd.

'Afijn, als jij je hier verder redt, dan geef ik jou de leiding en vertrek ik.'

Malik draaide zich verrast om, maar blij met het vertrouwen dat Helen in haar stelde.

'Bel me als je iets interessants vindt,' ging Helen verder, 'en anders zie ik je straks op het bureau.'

'Is goed. Tot straks.'

Malik wilde duidelijk graag weten waar Helen naartoe ging, maar stelde geen vragen. Helen was blij dat de jonge vrouw zo discreet was; ze was niet van plan ruchtbaarheid te geven aan haar bestemming, tenzij die iets nuttigs opleverde. Het had geen zin om Gojs familie meer leed aan te doen.

Helen liep de trap af en hoorde gedempte, haperende stemmen in de woonkamer. Zelfs door de muren heen was het verdriet van de familie tastbaar; Helen bleef niet treuzelen, en liep snel naar de voordeur. Het was een afschuwelijke aanblik geweest – de heetgebakerde, beschermende Arsha die plotseling een huilend wrak was. Ze had Helen gesmeekt om in de schuur te mogen kijken, om te zien wat er met haar man was gebeurd, maar Helen kon haar onmogelijk het stijve, koude lichaam van haar man laten zien met een leeg potje pillen in zijn hand. Ook kon ze niet toestaan dat Arsha de plaats delict zou verstoren. De kans bestond dat Amar was vermoord, al wees alles op het eerste gezicht op zelfmoord. Dit was een man die zijn best had gedaan het imago te creëren van een succesvol, gerespecteerd lid van de samenleving, en binnen vierentwintig uur tijd was hij geschorst, in afwachting van zijn pijnlijke ontmaskering, was hij de hoofdverdachte geworden in een lopend moordonderzoek en werd hij grondig onderzocht door het team Zware Misdrijven. Als hij aan beide zaken schuldig was, en Helen vermoedde dat dat het geval was, dan had deze dubbele klap, deze tangbeweging, er ongetwijfeld voor gezorgd dat er iets bij hem was geknapt. Dat hij dit in zijn eentje had gedaan, terwijl niemand in zijn nabijheid enig idee had gehad wat hij van plan was, bleek wel uit de geschokte, hysterische reactie op zijn dood.

Helen trok de voordeur zachtjes achter zich dicht en haastte zich over het pad naar de weg. De familie had ongetwijfeld nuttige achtergrondinformatie voor hen, maar Helen had een sterk vermoeden dat Amar Goj een man was die zijn geheimen goed bewaarde, en dus moest ze snel weg. Ze stapte op haar Kawasaki, startte de motor, maar kon de verleiding niet weerstaan om nog even achterom te kijken.

De eerste keer dat ze hier was, had het huis een overvloedig statussymbool geleken van een populair, rijk gezin. Nu deed het anders aan, nu was het een huis van verdriet, pijn en dood. De laatste paar dagen waren de gebeurtenissen uit de hand gelopen, waardoor dit eens zo gelukkige gezin gebroken was, niet in staat te begrijpen welk onheil hun was overkomen. Helen vreesde dat het nog erger zou worden, dat ze nog meer klappen te verwerken zouden krijgen, en alsof op commando verscheen Arsha Goj voor het raam van de woonkamer en keek ze Helen recht aan. Toen ze elkaar hadden ontmoet, had ze vijandigheid, weerstand en trots uitgestraald. Nu staarde deze pittige matriarch die onverwachts weduwe was geworden met een lege blik naar de wereld, haar gezicht een toonbeeld van verdriet.

40

Hij sprintte door de straat, zijn voeten beukten op het trottoir. Het was fijn om niet thuis te zijn, met al die lastige, zorgelijke emoties, en zijn lijf hard te laten werken tijdens zijn dagelijkse rondje. Martin Hill was altijd een fanatieke hardloper geweest, het was vroeger zijn overlevingsstrategie geweest als hij tijd voor zichzelf nodig had, en zelfs nu zijn leven wat rustiger was, verlangde hij nog altijd naar de stoot endorfine en adrenaline.

Hij joeg zichzelf altijd op, probeerde voortdurend een betere tijd te halen. Hij had de laatste tijd een vaste route, een slopend rondje door de stad, en elke keer wist hij een paar seconden van zijn persoonlijke record af te schaven. Maar vandaag was hij langzamer. Hij werkte hard, zijn Nike Airs klapten tegen het beton, maar hij was afgeleid, uit z'n doen, kon zich niet concentreren. Ochtendseks gevolgd door een lange duurloop betekende normaal gesproken een perfecte dag voor hem, maar het vrijen met Lilah was onbevredigend en frustrerend geweest, ondanks zijn onvermijdelijke orgasme.

Lilah had de juiste dingen gezegd, de juiste dingen gedaan, maar toch had hij het gevoel gehad dat ze er niet helemaal bij was. Het was alsof ze in gedachten ergens anders was geweest, aan iets anders, aan íémand anders had gedacht. Zou het kunnen dat ze er, ondanks alles, aan dacht om bij hem weg te gaan? Het zou een gedurfde stap zijn, nauwelijks geloofwaardig, omdat Lilah anders altijd zo onzeker en voorzichtig was. Maar Martin kon het gevoel niet van zich afschudden.

Hij wist dat hij misschien overdreef, dat hij niet zo achterdochtig moest zijn. Als je op jonge leeftijd je ouders verliest en wordt opgevoed door een tante die niet op je zit te wachten, ben je geneigd wantrouwig, zelfs paranoïde te worden. Maar dat betekende niet dat hij het mis had, dat hij zich dingen inbeeldde. Hij had eerder zijn intuïtie vertrouwd en dat was terecht gebleken. Ook nu zei zijn gevoel hem dat er narigheid stond te gebeuren en hij wist uit ervaring dat een gewaarschuwd mens voor twee telde.

Hij verliet de hoofdstraat en rende door Butler's Passage, een smalle doorsteek in het centrum van Portswood. Veel mensen kenden deze steeg niet – hij zag hier nooit iemand – dus sprintte hij verder in een poging de verloren tijd goed te maken. Als hij in de buurt kwam van zijn persoonlijke record was dat voor vandaag al een overwinning. Hij snakte ernaar om los te gaan, op zijn allerhardst te lopen, de duivels weg te jagen... maar zelfs hier was hij voorbestemd om teleurgesteld te worden. Zachtjes vloekend moest hij stoppen.

Iemand blokkeerde zijn pad. In eerste instantie reageerde hij bezitterig, dit was zíjn geheime steeg, zijn persoonlijke doorgang, maar dat gevoel werd al snel opgevolgd door een golf van ergernis en ongeduld. De vrouw voor hem liep met overvolle boodschappentassen door de steeg, maar een van de Sainsbury's-tassen was gescheurd en blikken soep en vis lagen op de grond. Vloekend bukte ze zich om ze op te rapen. Martin wilde haar het liefst passeren en verder rennen maar dat was bijna niet mogelijk zonder haar omver te lopen, dus bleef hij staan, waarop hem iets anders opviel: de vrouw was ontzettend knap. Halflang blond haar, scherp afgetekende jukbeenderen en volle, roze lippen. Ze keek hem met een beschaamde glimlach aan die tot het minst nobele deel van zijn hersenen sprak.

'Ach, zou je me even willen helpen? Ik ben ook zo onhandig...'

Nog voordat ze was uitgesproken, bukte hij zich al om een weggerold blikje tomatensoep op te rapen. 'Natuurlijk. Ik heb geen haast.' Met een glimlach raapte hij de rest van de blikken op om een goede indruk te maken. Daarna rechtte hij zijn rug en reikte haar haar boodschappen aan. Tot zijn verbazing stond ze opeens heel dichtbij, veel dichterbij dan hij had verwacht. Eén absurd ogenblik dacht hij dat ze hem seks wilde aanbieden, dat dit een van zijn fantasieën was die uitkwam, maar toen gebeurde er iets vreemds. Met een blik van opperste concentratie op haar gezicht deed de vrouw een stap naar voren en stompte hem in zijn maag.

Verbijsterd staarde Martin haar aan en de blikken vielen uit zijn handen. De vrouw trok haar hand terug en opeens besefte Martin met indringende helderheid drie dingen: dat hij intense pijn in zijn buik had, dat de vrouw handschoenen droeg terwijl het bloedheet was, en dat ze een mes in haar hand had, een mes dat nu onder het bloed zat.

Opnieuw haalde ze uit en het mes gleed tussen zijn ribben. Martin zwaaide naar achteren, de lucht werd uit zijn longen geslagen, maar hij kreeg geen rust. Het mes gleed naar buiten en kwam toen opnieuw op hem af. Wanhopig en hulpeloos stak hij een arm uit, maar het mes schoof erlangs tot in zijn hart.

Daarop leek alles te stoppen. Het mes werd teruggetrokken, klaar om nogmaals in hem te landen, maar voordat dat gebeurde, viel Martin Hill op de grond, verteerd door duisternis.

41

'Dood?'

Het woord echode door de lucht, dof, vol ongeloof.

'Helaas wel. Zijn lichaam is vanmorgen op zijn huisadres gevonden. We denken dat meneer Goj zichzelf van het leven heeft beroofd.'

Dokter Alex Blythes gezicht was een merkwaardige mengeling van schrik en boosheid, alsof hij Helen op de een of andere manier de schuld gaf van de dood van zijn patiënt.

'Dat is een van de redenen waarom ik hier ben,' ging Helen snel verder. 'Het lijkt erop dat hij een overdosis antidepressiva heeft genomen, mogelijk zelfs een heel potje, een medicijn dat u had voorgeschreven...'

Weer een zware slag, en het gezicht van de psychiater werd nog wat bleker. De man was een jaar of vijfenveertig, schatte Helen, maar zag er vandaag veel jonger uit. Ze vroeg zich heimelijk af of dit de eerste keer was dat een van zijn patiënten zelfmoord had gepleegd.

'Mag ik vragen hoelang hij al bij u kwam?'

'Een half jaar ongeveer. Toen heb ik hem de Naltrexon voorgeschreven. Ik ging ervan uit dat die allang op was...'

'U hebt hem nooit een herhaalrecept gegeven?'

'Nee, hij zei dat hij het niet meer nodig had. We maakten vorderingen. Langzaam, maar toch.'

'Wat had hij?'

Helen wist dat ze zich op gevaarlijk terrein begaf. Ze zag hoe de psychiater onmiddellijk verstijfde.

'Moet u horen, inspecteur, de vertrouwensrelatie tussen patiënt en arts is ook na de dood heilig...'

'Met alle respect, dokter Blythe, meneer Goj is hoofdverdachte in een lopend politieonderzoek, dus het is belangrijk dat we een duidelijk beeld krijgen van wat voor man hij was, wat hem ertoe kan hebben gedreven zelfmoord te plegen.'

'Mag ik vragen waar u hem van verdenkt?'

'Poging tot moord.'

Deze keer keek Blythe alsof hij een klap in zijn gezicht had gehad. 'Nee, nee, dat is onmogelijk... Amar had problemen, maar hij was een vriendelijke, zachtaardige man. Hij zou geen vlieg kwaad doen.'

'Niets is onmogelijk, daarom stel ik u de vraag.'

De psychiater keek haar aan, maar zei niets. Hij was duidelijk niet overtuigd, nog niet bereid de sluier die hun beider beroepen van elkaar scheidde op te lichten.

'Ik vermoed dat het financieel was,' voegde Helen eraan toe. 'Hij had een huis vol luxeartikelen en designerkleding, en zijn uitgaven zaten ver boven datgene wat hij verdiende met zijn werk in het kinderziekenhuis. Ik moet daarbij aantekenen dat hij daar onlangs is geschorst, na de ontdekking van een omvangrijke fraudezaak, dus er was duidelijk íéts wat hem ertoe aanzette om te verzamelen, uit te geven, een bepaald beeld van zichzelf te creeren. Wat het ook was, het liep uit de hand en hij was bereid de wet te overtreden, misschien zelfs een moord te plegen om het schip drijvende te houden. Ik heb alleen wat achtergrondinformatie van u nodig, over zijn gezondheid, zijn gemoedstoestand... Hebt u de afgelopen weken misschien iets vreemds aan zijn gedrag opgemerkt?'

Helen zweeg, buiten adem na dit verhaal. Goddank leken haar woorden tot dokter Blythe door te dringen, want hij kwam zichtbaar minder vijandig over dan even daarvoor. Hij liep om zijn bureau, liet zich in zijn stoel zakken en wierp een blik op een ingelijste foto van een aantrekkelijke, jonge vrouw die stralend naar hem keek. Zij was niet degene die hem nu te hulp schoot, maar een schattige spaniël die bij hem op schoot sprong. Hij aaide haar even, blij met de afleiding, en antwoordde toen.

'Eerlijk gezegd, kan ik er niet veel aan toevoegen, u hebt de spijker op z'n kop geslagen. Ik kan uiteraard niet uitweiden over onze sessies, maar wat ik u wel kan vertellen is dat Amar een half jaar geleden contact met me zocht en dat we elkaar wekelijks, meestal op donderdagavond zagen. Zoals u zelf al hebt ontdekt, had Amar problemen met zijn uitgaven. Hij zat zwaar in de schulden, vertelde hij me, had het gevoel dat hij het niet meer in de hand had, niet in staat was te stoppen, ook al bleven de spullen die hij kocht vaak ongebruikt en gaven ze hem niet de voldoening waar hij op had gehoopt.'

'Heeft hij het er met u ooit over gehad hoe hij aan het geld kwam?'

'Nee, hij was directeur Inkoop bij het kinderziekenhuis, dus ging ik ervan uit...'

'Eigenlijk was hij niet meer dan een inkoopmanager.'

'O... dat wist ik niet,' antwoordde de psychiater verward. 'Tja, hoe dan ook, ik wist dat hij meer uitgaf dan hij verdiende, maar hij heeft nooit laten merken dat hij zijn toevlucht zocht in... in criminele praktijken om zijn leefstijl te financieren. In dat geval zou ik direct contact hebben gezocht met de politie. Daar zijn de regels heel duidelijk over.'

'En hebt u enig idee waaróm hij de drang had op deze manier geld uit te geven, het beste van alles te kopen, de meest modieuze kleren, de nieuwste telefoons?'

Opnieuw aarzelde Blythe. Hij was een aantrekkelijke, welbespraakte man, en Helen stelde zich voor dat hij een heel geruststellende aanwezigheid was in zijn fraai ingerichte, diervriendelijke kantoor, maar vandaag leek hij onzeker, niet op zijn gemak, en hij had er moeite mee om te praten over de onrustige geest van zijn patiënt, om Amar Gojs ziel voor inspectie aan te bieden.

'Het is lastig om daar precies de vinger op te leggen, maar ik denk... ik denk dat Amar geld altijd heeft gebruikt om respect mee te verdienen, nee, te kópen. Het begon al op school, als ik het goed heb. Hij stal geld uit de portemonnee van zijn moeder om zijn vrienden te imponeren en later om meisjes kostbare cadeaus te geven, ze mee te nemen naar chique restaurants, met ze rond te rijden in een gehuurde Mercedes... en dat werkte min of meer. Anderen leken hem aardig te vinden. Hij trouwde, kocht een mooi huis, een dure auto... al vermoed ik dat hij zich diep vanbinnen altijd afvroeg of mensen hem echt aardig vonden.'

'Of dat het ze om zijn geld te doen was.'

'Precies.'

'Hoe ontstaat zoiets?'

'Eigenlijk door een chronisch gebrek aan zelfvertrouwen. Maar wat er aan de basis lag van die onrust, daar ben ik helaas nooit achter gekomen. Daar hebben we gewoon niet genoeg tijd voor gehad.'

'Maar u zei dat u vorderingen maakte.'

'Ja. Toen Amar bij me kwam, was hij erg depressief, kon zijn angst alleen verdrijven door meer uit te geven en op die manier dieper in de problemen te komen. We slaagden erin om daar grip op te krijgen, om de situatie te stabiliseren.'

‘Maar het ging nog steeds slecht met hem?’

‘Jazeker. Dit was aangeleerd gedrag, iets wat hij al sinds zijn kindertijd deed. U moet goed begrijpen dat mensen vaak een snelle oplossing zoeken als ze besluiten een psychiater te raadplegen. Ze willen dat je met je toverstokje zwaait en zorgt dat hun problemen verdwijnen. Maar zo werkt het niet. Er is maandenlange, zelfs jarenlange begeleiding en cognitieve gedragstherapie voor nodig om problemen van deze omvang te overwinnen, ondersteund door medicatie, groepstherapie enzovoort. Het is niet gemakkelijk, echt niet, vooral als je je problemen voor familie en vrienden verborgen houdt, en ik ben bang dat ik bij Amar amper voorbij de eerste horde was.’

Blythes stem stierf weg, de realiteit van de dood van zijn patiënt drong eindelijk tot hem door. Helen kon zien dat de psychiater zich in zichzelf terugtrok toen het volle gewicht van zijn verantwoordelijkheid, zijn falen, voelbaar werd, dus stelde ze hem nog een paar indringende vragen en vertrok. Ze had wat ze wilde, een duidelijk beeld van het net dat zich langzaam rond de ongelukkige Amar had gesloten. Ze was bijzonder geïntrigeerd door het feit dat de ziekenhuismanager professionele hulp had gezocht rond de tijd dat het ziekenhuis het interne inkooponderzoek had aangekondigd. Had de oplichter het onheil zien naderen? Had hij gehoopt dat hij zijn sporen op de een of andere manier kon uitwissen, zijn uitgaven in de hand kon krijgen en misschien opnieuw kon beginnen? Het leek zeer waarschijnlijk, maar ze zouden het natuurlijk nooit met zekerheid kunnen zeggen.

Helen liep de trap af, duwde de deur open en ging de stille straat op. Ze liep tegen een muur van hitte aan, het was buiten veel warmer dan binnen, waar de airco draaide. Ze trok haar jas uit, liep snel naar haar motor en tilde het zadel op om het leren kledingstuk in het opbergvak te leggen, maar op hetzelfde moment begon haar telefoon te zoemen. Ze viste hem uit haar zak en zag dat het rechercheur McAndrew was.

'Hoi Ellie, zeg het eens.'

Het bleef lang stil. Onmiddellijk wist Helen dat het slecht nieuws was, maar toch schrok ze, toen McAndrew antwoordde: 'Er heeft een dodelijke steekpartij in Portswood plaatsgevonden.'

42

Ze was er bijna. Als ze haar zenuwen nog een paar minuten in bedwang kon houden, was ze vogelvrij.

Tot nu toe was alles volgens plan gegaan. Ze had een plek in de steeg gezocht, had de blikken zorgvuldig op de grond gelegd en had toen haar hand in de gescheurde plastic zak gestoken en met haar in een handschoen gehulde vingers gezocht naar de geruststellende vorm van het mes. Ze had het nog niet vastgepakt of ze had voetstappen horen naderen.

Martin Hill was een gewoontedier, liep vrijwel elke dag op hetzelfde tijdstip door de verlaten steeg, genoot van de privacy, de eenzaamheid en vrije doorgang die deze hem bood. Die eigenschappen waren haar goed van pas gekomen en de steeg was de perfecte pek voor een overval. Haar slachtoffer had niets vermoed en er was niemand getuige geweest van het moment waarop ze het mes in zijn maag duwde en hem overviel.

Het had heel erg fout kunnen gaan als hij had teruggevochten. Maar hij was zo geschokt, dat hij niets had gedaan en zelfs geluidloos op de grond was gevallen. In minder dan een minuut was het voorbij geweest. Het was gemakkelijk geweest – afschuwelijk, walgelijk gemakkelijk.

Even was ze blijven staan, had ze vol ontzag gestaard naar wat ze had gedaan, maar daarna was haar overlevingsinstinct in werking getreden. Ze had het bloederige mes in de gescheurde zak laten vallen, had hem strak opgerold en had het pakje in de andere boodschappentas laten vallen. Vervolgens had ze zich gebukt, de blikken opgeraapt en ze ook in de tas gesmeten, waarna ze haastig was vertrokken. Nu begaf ze zich naar de noordkant van de steeg, waar geen camera's hingen, dat wist ze zeker. Ze bleef strak voor zich uit kijken, liep fanatiek verder en pas op het laatst, toen ze bij het einde van de steeg was, voelde ze zich gedwongen om even om te kijken.

Er was niets veranderd, Martin Hill lag levenloos op de grond, een gevelde reus. Het was een treurig gezicht en met een plotseling gevoel van wroeging draaide ze zich om en maakte ze dat ze wegkwam. Ze liep nu weer op de hoofdweg, schrok van alle mensen, auto's, leven. Ze merkte dat ze hevig transpireerde, voelde het vocht onder haar oksels, zweetdruppeltjes op haar voorhoofd. Ze was ervan overtuigd dat iedereen kon zien dat ze schuldig was, dat iedereen naar haar zou staren, naar haar zou wijzen om haar laffe misdaad. Maar de mensen waren gewoon met hun eigen ding bezig, alsof er niets bijzonders was gebeurd.

Ze boog haar hoofd iets en liep verder. Haar auto stond een paar straten verderop, vijf minuten stevig doorlopen, meer niet. Als ze daar was, als ze naar de dumpplek kon rijden die ze had uitgekozen, dan was het voorbij.

Het was druk vanmorgen en bij de ene na de andere oversteekplaats werd ze opgehouden. Ongeduldig mompelend bleef ze elke keer staan wachten tot de auto's voorbij waren. Elke verspilde seconde voelde als een eeuwigheid. Haar rechterarm en haar geweten voelden zwaar vanwege het mes dat in haar boodschappentas lag.

'Schiet nou op, schiet nou op...'

Eindelijk was de weg vrij en ze wilde oversteken, maar toen ze één voet op straat zette, besefte ze dat ze de situatie volkomen verkeerd had ingeschat, dat een auto in de verste baan op haar afkwam en haar zou raken als ze doorliep. Ze bleef staan en had nog net tijd om een stap naar achteren te doen, toen de auto al toeterend langsraasde. Geschrokken keek ze nogmaals naar links, maar de weg was nu vrij. Even later stapte ze het trottoir weer op en hoopte maar dat niemand deze misser had gezien.

Half lopend, half rennend ging ze onhandig verder. Sprinten zou te veel opvallen, was te verdacht, maar ze kon ook niet wandelen. Dus deed ze haar best, in de hoop dat ze eruitzag als een doodnormale werkende vrouw die te laat was voor een afspraak.

Met elke minuut die voorbijging ontstond er meer afstand tussen haar en de plaats van het misdrijf. Met elke straat die ze overstak, was ze een stukje veiliger. Ze plakte van het zweet, maar haar ademhaling was nu rustig, en enorm opgelucht arriveerde ze bij Lena Gardens. Haar auto stond aan de overkant, dus nog even en ze was weg, veilig en wel.

Maar toen ze de hoek om was, bleef ze plotseling staan. Er stond iemand bij haar auto, iemand in uniform. Haar hart bonkte in haar keel. Was ze nu al ontdekt? Zou ze gepakt, gearresteerd en aangeklaagd worden? Doodsbang probeerde ze haar paniek te onderdrukken, om wat schijn van rust te krijgen, en op hetzelfde moment besefte ze, zelfs in haar koortsachtige toestand, dat de lange figuur bij haar auto geen politieagent was. Hij was parkeerwachter.

'Wat krijgen we nou?'

De man bukte zich om haar voorband te bekijken, keek met veel belangstelling naar waar ze geparkeerd stond. Toen begreep ze het. Er waren vanmorgen weinig parkeerplaatsen geweest en dus had ze dicht bij een dubbele gele lijn moeten parkeren. Niet ideaal, maar ze was ervan overtuigd dat haar wielen de gele verf nauwelijks raakten, echt geen boete waard.

De parkeerwachter was het daar duidelijk niet mee eens. Hij pakte zijn camera en begon foto's te nemen van het kenteken, de betreffende band, de positie van de auto. Nog erger, hij keek op zijn horloge, startte de coulanceperiode van tien minuten die voorbij moesten zijn voordat hij een boete mocht uitschrijven. Lieve god, hij stond erbij te fluiten, keek vrolijk om zich heen, was kennelijk in een goed humeur.

Ze draaide zich om en ging achter een boom staan om niet gezien te worden. Wat moest ze nu doen? Wachten tot hij klaar was? Nee, dat kon echt niet, dan zou iemand haar zien rondhangen in deze drukke woonwijk, haar misschien zelfs vragen wat ze hier deed. Opeens was ze ervan overtuigd dat ze zich hier niet uit zou kunnen liegen, niet met een bloederig keukenmes bij zich. Nee, ze moest hier weg, de auto ophalen als de kust veilig was. Opgelucht haastte ze zich weg, terug naar de hoofdstraat, maar ze had nog maar een paar stappen gezet of ze bleef opnieuw staan. Ze kon het bijna niet geloven, dit verzon je toch niet...? Er stonden nu twee politieagenten bij het einde van de weg, op de kruising met de hoofdstraat.

Waar kwamen die nu weer vandaan? En wat waren ze aan het doen? Ze had het gevoel dat ze geen kant op kon, gevaar voor zich, gevaar achter zich. Een van de agenten wierp een blik haar kant op en intuïtief draaide ze zich om, hield zich bezig met haar telefoon, wanhopig op zoek naar wat extra tijd. Ze kon hier niet vol in het zicht blijven staan, ze moest weg. Ze kon eenvoudig oversteken en doorlopen, de telefoon gebruiken om haar gezicht af te schermen. Ja, dat was het. Ze zou rustig, beheerst en doelbewust lopen, zoals iedere andere ochtendforens. Ze had alleen wat lef nodig, wat rust.

Ze haalde diep adem, wilde het trottoir af, maar bleef opnieuw staan. Er was iets op haar voet gevallen. Ze keek omlaag en zag tot haar afschuw dat het een druppel bloed was. Eén druppel bloed.

De tas lekte. Op de een of andere manier was het bloed langs het lemmet naar een hoekje van de zak gelopen. Het lekte uit een klein gaatje in het plastic en liet een spoor van schuld achter. In paniek, vol wanhoop zag ze dat de politieagenten haar kant op liepen. Ze hadden staan praten met een buurtbewoner, maar gingen nu verder met hun patrouille. Ze konden elk moment bij haar zijn, zouden hun nieuwsgierige blik laten vallen op de trillende, doodsbange vrouw met haar bebloede boodschappentas...

Op zoek naar haar redding viel haar oog op een put langs de rand van het trottoir, verstopt tussen twee geparkeerde auto's. Ze liep verder, liet expres haar telefoon vallen, vloekte luid, ging op haar hurken zitten en propte de boodschappentas door het brede metalen rooster. Met een enorm gevoel van opluchting voelde ze hoe hij uit haar hand viel. Ze hoopte een geruststellend gespetter te horen, maar was niet erg verrast toen er in plaats daarvan een doffe dreun klonk, omdat het de laatste tijd zo droog was geweest. Toch was ze opgelucht. Ze trok haar handschoenen uit, raapte haar telefoon op, hield hem tegen haar oor en stak haastig over. Nu was het nog maar een minuut tot de hoofdstraat en veiligheid, maar ze wist hem in amper dertig seconden te bereiken en keek geen enkele keer achterom. Zo had ze het niet gepland en misschien zou ze er spijt van krijgen, maar dat deed er nu niet toe. Haar hart ging als een bezetene tekeer, haar voorhoofd droop van het zweet, maar ze had het gedaan. Ze was vrij... voorlopig, althans.

43

'Dit is een grote klant, dus elk bureau dat zichzelf iets waard vindt, zal proberen die in de wacht te slepen. We zullen alles uit de kast moeten halen, op ons innovatiefst moeten zijn...'

Joel Jenkins was op dreef, hij daagde het team uit om te reageren op zijn instructie, om de prijs die voor hen lag te grijpen. Vroeger zou Lilah enthousiast worden van zo'n opdracht, zou ze gemotiveerd raken om harder, langer, beter te werken, om ervoor te zorgen dat ze het contract binnen zou slepen, maar ze had dit soort voordrachten al te vaak gehoord en wist intuïtief dat hun pogingen waarschijnlijk zouden mislukken, gezien de kansen. Wat ook niet hielp, was dat ze had gehoord dat de hotelketen in kwestie al had gekozen voor een ander bureau, dankzij de innige band tussen beide directeuren.

Zelfs als ze het idee zou hebben dat ze een kans maakten, zou ze de uitdaging waarschijnlijk niet aankunnen. Ze had een bijzonder slechte dag, dat was een feit, en bovendien was iedereen in de kamer zo veel jonger, scherper, hongeriger dan zij, bereid om over lijken te gaan om de top te bereiken. Zo was zij ooit ook geweest, maar nu niet meer, het leven was intussen met kracht tussenbeide gekomen. Nu voelde ze zich moe, lusteloos, amper in staat om de ene voet voor de andere te zetten, laat staan te wedijveren met de jonge honden van het bureau.

Ze keek door de fraai ingerichte vergaderruimte, voelde zich als een kat in een vreemd pakhuis en vroeg zich af of ze hier ooit echt had thuisgehoord. Hoewel er evenveel mannen als vrouwen werkten, was de sfeer erg masculien: agressief, assertief, darwinistisch. Vroeger had ze de blikken op de gezichten van haar collega's, zo gretig en hebzuchtig, intimiderend gevonden. Nu werd ze er niet goed van.

Misschien was dat het antwoord. Ze had voortgeploeterd, had haar problemen voor haar collega's verborgen gehouden, maar misschien was het tijd om toe te geven dat ze een pauze nodig had. Ze had haar schamele vakantiedagen al opgemaakt, dus moest ze misschien ziekteverlof nemen, echt een tijdje vrij nemen. Het zou haar reputatie schaden, dat was wel zeker, misschien zelfs haar carrière, wát PZ ook zei, maar opeens interesseerde haar dat gewoon niet meer. De denkbeeldige doelen die ze zo lang had nagejaagd leken niet meer dan dat. Ze snakte nu naar ruimte, ruimte om na te denken, aan te sterken, misschien zelfs opnieuw te beginnen. Hoe zou dat verzoek vallen, vroeg ze zich af. Zouden er eindeloze discussies en vergaderingen voor nodig zijn, of kon het allemaal per e-mail, formeel, afstandelijk? In dat geval zou ze vandaag de e-mail versturen, zodra de vergadering was...

'Lilah?'

Ze keek op en zag dat Joel haar ingespannen aankeek.

'Ja, sorry, ik liet een idee door mijn hoofd gaan. Maar in de kern ben ik het eens met wat Sam net zei...'

'Ik vroeg je niet om je mening.'

'O, sorry...'

'Ik wil je er alleen op wijzen dat Louise al een minuut op het raam staat te kloppen in een poging je aandacht te trekken...'

Beschaamd draaide Lilah zich om en zag dat hun afdelingsassistente op de glazen ruit tikte.

'Sorry, sorry, ik was alleen...' mompelde ze, terwijl ze opstond.

Ze was zich ervan bewust dat iedereen naar haar keek, dat ze dom en afwezig overkwam en dus liep ze snel over de harde, houten vloer naar de gang. Om nog enigszins professioneel over te komen, glimlachte ze terwijl ze zich tot hun trouwe assistente wendde.

'Goddank, Louise. Joel houdt maar niet op, dus je hebt me gered...' Haar stem stierf weg, toen ze besefte dat Louise zenuwachtig keek en eruitzag alsof ze had gehuild.

'Ik had de politie net aan de lijn voor jou,' zei ze aarzelend.

Onmiddellijk voelde Lilah spanning vanbinnen. Was er iets met haar vader en moeder gebeurd? Met Eric?

'Het gaat over Martin...'

Op het moment dat Louise dat zei, besefte Lilah dat het afgelopen was. Dat haar man dood was. En dat haar leven nooit meer hetzelfde zou zijn.

44

Ze staarde naar zijn gezicht en haar blik gleed naar zijn levenloze, bloeddoorlopen ogen.

Helen was direct naar de plaats delict in Portswood gereden, om maar geen moment te verliezen. Het leek haast onmogelijk dat er weer een gewelddadig misdrijf had plaatsgevonden, zo kort na de aanval op Declan McManus en slechts enkele uren na de zelfmoord van Amar Goj, maar de berichten waren juist gebleken. Een geschrokken schooljongen was op een lijk gestuit, toen hij in de steeg stiekem een sigaret had willen roken.

Rechercheur Reid had zich over de puber ontfermd en Helen was haastig langs hen heen gelopen, er was straks wel tijd om met hem te praten. Ze had zo snel mogelijk willen zien waar ze mee te maken hadden, was onder het afzetlint door gedoken en behoedzaam naar het lijk gelopen. Meredith Walker en David Spivack waren nog niet ter plaatse, wat betekende dat Helen het lichaam vooralsnog voor zichzelf had.

De agenten in uniform die de plaats delict hadden veiliggesteld, hadden een portemonnee in de zak van de trainingsjas van het slachtoffer zien zitten en hadden hem op die manier geïdentificeerd als Martin Hill. Helen trok een paar handschoenen aan en hurkte bij het levenloze lichaam. Hill was lang en gespierd en zou onder normale omstandigheden een aantrekkelijke verschijning zijn. Maar nu zag hij er verontrustend uit, afstotelijk zelfs; zijn gelaatstrekken vormden een blik van pijn en afschuw, alsof hij geschokt was dat zijn leven zo ten einde was gekomen. Helen leunde iets naar voren en zag dat zijn gezicht verder onbeschadigd was en dat ook zijn grote, opengevouwen handen glad waren en geen wonden hadden. Dat kon niet gezegd worden van zijn bovenlijf, waar Helens blik nu naartoe gleed.

Het slachtoffer droeg een wit T-shirt, glad en schoon bij de armen en de kraag, maar doorweekt en bloedrood ter hoogte van de buik en borst. Helen liet haar hand net boven de stof glijden en zag drie duidelijke scheuren, één rond de maagstreek, twee verder naar boven, in de buurt van het hart. De dood zou snel zijn geweest, maar wreed; drie misselijkmakende steken die het slachtoffer van lucht, bewustzijn en uiteindelijk het leven hadden beroofd. Helen huiverde, het was een afschuwelijke manier om dood te gaan.

Ze deed een stap opzij, rechtte haar rug en tuurde door de steeg. De hitte was vanmorgen verstikkend, en gefrustreerd veegde ze de haren die tegen haar wangen plakten uit haar gezicht. Ze bekeek de hele steeg en zag direct dat Hills aanvaller een goede plek had gekozen: geen camera's, geen ramen die erover uitkeken en weinig kans om gestoord te worden. Had de dader op de loer gelegen, gewacht tot zijn ongelukkige slachtoffer dichterbij kwam? Zo ja, met welk doel? De portemonnee van de man was niet weg, zijn iPhone 12 zat nog steeds om zijn linkerbovenarm en het was een vreemd gezicht dat hij nog AirPods in zijn oren had. Diefstal was klaarblijkelijk niet het doel geweest, maar waarom was Hill dan zo gewelddadig van het leven beroofd? Wat had de dader ermee te winnen?

In haar eentje bij het lijk voelde Helen zich een beetje wankel.

Het werd steeds heter, de zon drong zichzelf op in de steeg, maar dat was niet de reden dat het haar duizelde. Het was angst, een opwellend gevoel van paniek dat ze de laatste tijd wel vaker had. De onschuldige gezichten van Eve Sutcliffe, Alison Burris en Declan McManus dansten voor haar ogen, herinnerden haar aan het meedogenloze bloedvergieten. Was de stad gek geworden? Zo ja, had Helen überhaupt nog een kans om de controle over de situatie terug te veroveren?

Ze keerde het lijk de rug toe, liep snel door de steeg en hoopte tegen beter weten in dat de leden van het team misschien iets hadden ontdekt. Een waarneming, een getuige, een motief, íéts, maar de waarheid was dat zij net zo geschokt en wanhopig waren als zij. Ze werkten al onvermoeibaar aan andere onderzoeken, liepen op hun tandvlees, en nu dit, nóg een opzienbarende moordzaak.

Helen tilde het afzetlint op, dook eronderdoor, wilde zich tot het team wenden, maar stond opeens recht tegenover een bekende figuur.

Klik, klik, klik.

Het duurde even voordat Helen besefte wat er gebeurde, en nog een tel langer voordat boosheid in haar opwelde. Emilia Garanita stond hondsbrutaal voor haar, vast van plan om een beeld van Helen – bezweet, gespannen, bezorgd – vast te leggen op camera.

'Wat doet zíj verdomme hier?' blafte Helen in de richting van rechercheur Bentham, die er zenuwachtig en beschaamd bij stond.

Klik, klik, klik.

Helens vingers jeukten om de camera uit Garanita's hand te rukken en op de grond te smijten, maar ze wist dat ze daarmee alleen maar olie op het vuur gooide, dus liep ze in plaats daarvan boos langs haar heen.

'Wat is uw commentaar, inspecteur Grace? Hebt u een reactie op deze nieuwste gewelddaad?'

Helen draaide zich om, niet in staat haar woede in te houden. 'Laat me je eraan herinneren dat dit een plaats delict is. Als je over dertig seconden niet weg bent...'

'Ik doe alleen mijn werk,' zei Emilia met een brede glimlach, terwijl ze achteruitliep. 'Dan doet één van ons tenminste nog iets, nietwaar?'

Helen kon zich ternauwernood beheersen, maar Emilia wist dat ze zich op glad ijs bevond en dus liet ze haar camera zakken en slenterde op haar gemak naar haar auto. Op hetzelfde moment draaide Helen zich naar rechercheur Bentham.

'Kan iemand me alsjeblieft uitleggen wat hier verdomme aan de hand is? Is er dan niemand die de plaats delict beheert? Zijn er geen protocollen meer? Ze had niet langs de agenten in uniform mogen komen, laat staan jullie...'

'Ze verscheen uit het niets...' bezwoer Bentham. 'Ik... ik heb haar niet gezien.'

'Niet goed genoeg. En als dit nog eens gebeurt, houd ik je verantwoordelijk, jullie allemaal.' Ze gebaarde naar de overige teamleden die bij haar woorden in elkaar leken te krimpen, gegriefd en zelfs een beetje angstig. 'Dit is volkomen onacceptabel. Een jongeman ligt dood in een steeg en op de een of andere manier kan Emilia Garanita doen wat ze wil, vóór de technische recherche, vóór de patholoog. Ik bedoel, leg mij uit waarom jullie dat goedvinden. Zijn jullie dan werkelijk álles vergeten wat je op de politieacademie hebt geleerd?'

Haar boze, agressieve beschuldiging echode door de steeg. Niemand zei iets, niemand verroerde zich, maar of dat uit schaamte of angst was, was niet duidelijk. Helen voelde zich verscheurd, wilde haar team uitkafferen, al haar boosheid en bezorgdheid op hen afreageren, maar ze was zich er ook pijnlijk van bewust dat ze allemáál onder druk stonden.

'Luister, zorg dat de plaats delict wordt veiliggesteld,' ging ze iets rustiger verder. 'En ga dan aan de slag. Laten we achterhalen wat hier gebeurd is.'

Ze liep met grote stappen naar haar motor, vastbesloten om Martin Hills nabestaanden zo snel mogelijk in te lichten. Ze deed haar best vastberaden en beheerst over te komen, maar wist heel goed dat dat niet lukte. Elke dag deed ze haar best om een goede leider te zijn, om besluitvaardig, inspirerend en kalm over te komen. Maar de laatste tijd wist ze niet meer hoe, was ze de kracht en standvastigheid waar ze om bekendstond kwijt en dreigde ze het vertrouwen van trouwe, goede mensen te verliezen. Juist nu er zo veel op het spel stond, nu de ogen van haar team, van haar meerderen en de wereld daarbuiten op haar gericht waren, straalde ze bezorgdheid, wanhoop en angst uit.

45

Hij hield ze nauwlettend in de gaten, terwijl hij de cijfers intoetste.

De jongens waren vandaag uitgelaten, energiek en rumoerig. Lachend en joelend renden ze door de tuin. Dat deed hem goed – meer dan hij kon zeggen – maar toch was hij bang dat ze opeens het huis binnen zouden stormen, wat hij nu natuurlijk niet kon gebruiken. Dit telefoontje moest hij alleen plegen.

Robert Downing liep bij het raam weg en staarde naar de telefoon in zijn hand. Hij had het nummer ingetoetst en hoefde alleen nog op de belknop te drukken. Zo'n eenvoudige handeling en toch aarzelde hij. Was hij hier echt klaar voor? Het zou zijn leven, het leven van de jongens voorgoed veranderen. Maar wat voor keus had hij? Iets anders zou waanzin zijn. Hij moest het doen.

Hij drukte op de knop en wachtte. Stiekem hoopte hij dat hij direct de voicemail zou krijgen, maar de telefoon ging over. Zelfs nu was hij geneigd op te hangen, zijn verlies te accepteren, maar moed had de overhand en hij hield vol. Een keer, twee keer, drie keer ging de telefoon over... nam ze dan nooit op?

Toen kreeg hij alsnog de voicemail en haar krachtige, gezaghebbende stem sprak hem toe.

'Hallo, dit is Helen Grace. Spreek na de pieptoon een bericht in...'

Het bleef even stil, gevolgd door een luide, stellige piep. Dit was het dan, zijn laatste kans om terug te krabbelen, maar in plaats daarvan zei hij snel en gedecideerd: 'Helen, hoi, met Robert Downing. We moeten praten.'

46

'Het begon een week geleden...'

Lilah Hill sprak langzaam, alsof het moeite kostte om de woorden achter elkaar te zetten. Ze was in shock, haar lichaam en stem trilden en ze deed wanhopig haar best om de gruwelijke tragedie die haar zo plotseling was overkomen te bevatten.

'Wil je het met me doornemen? Ik wil preciés weten wat er is gebeurd.'

Helen zat tegenover haar in het huis waar Lilah met Martin Hill woonde. Nadat ze het afschuwelijke nieuws op haar werk had gehoord, had Lilah zich daar teruggetrokken, en Helen wilde graag weten of zíj enig licht kon werpen op de wrede moord van die ochtend. Ze was nog niet tot stilstand gekomen voor het charmante rijtjeshuis of ze had een voorproefje gekregen van wat haar te wachten stond: de sporen van een onlangs geschilderd hakenkruis dat nog net zichtbaar was op de muur.

'Nou, ongeveer een week geleden kregen we een paar rare telefoontjes. De persoon aan de andere kant van de lijn zei niets en hing op zodra we hadden opgenomen. We besteedden er niet veel aandacht aan, een verkeerd nummer of kinderen die aan het klieren waren, maar een dag of drie, vier geleden – volgens mij was het de tiende – was het veel erger. Martin nam op en een vrouw ging tegen hem tekeer, smeet allerlei racistische scheldwoorden naar zijn hoofd en hing toen op.'

Helen schreef de datum op en vroeg: 'Denk je dat die eerdere telefoontjes ook van haar waren, dat ze als het ware moed bijeenraapte om je man uit te schelden?'

'Misschien.' Lilah haalde haar schouders op, en was nog steeds bezig de gebeurtenissen van de afgelopen dagen te verwerken.

'Hoelang duurde het telefoontje?'

'Een halve minuut, niet langer.'

'Waren er daarna nog meer telefoontjes?'

'Nee, de dagen daarop was het stil. We dachten dat het iets eenmaligs was, gewoon een akelig, stom incident. Maar twee dagen geleden ontdekten we 's morgens... nou ja, je hebt gezien wat ze aan de voorkant van het huis hebben gedaan.'

'Ze?'

'Ze, hij, wie het dan ook was. We hebben het niet zien gebeuren.'

'En de buren hebben ook niets gezien?'

'Ik heb het aan een paar mensen gevraagd, maar niemand had iets te zeggen, dus heb ik het opgegeven, ik wilde er niet over doorzeuren.'

Helen dacht even na en vroeg toen: 'Nog even over die telefoontjes. Weet je of de vrouw Martin bij naam noemde? Kende ze de identiteit van degene die ze uitschold?'

Lilah knikte. 'Ja, absoluut. Ze noemde zijn naam, wist waar hij woonde. Zei dat iemand zoals hij niet in een mooie "witte" straat hoorde te wonen...'

Helen werd somber. Elke moord was een drama, maar sommige hadden meer impact dan andere. Een racistische moord was wel het laatste wat Southampton nu kon gebruiken.

'Herkende Martin de stem?'

'Volgens mij niet.'

'Kan het iemand uit die kroeg zijn geweest, iemand die betrokken was bij die ruzie?'

'Tja, er zaten wel meisjes in die groep, dus het zou kunnen, denk ik…' Lilah Hills stem stierf weg, toen Helens suggestie tot haar doordrong. 'Denk je dat het zo is gegaan?' Lilah keek Helen nu recht aan, haar woede bracht haar enige rust, ook al stonden er nog altijd tranen in haar ogen.

'Om heel eerlijk te zijn, weet ik dat niet,' antwoordde Helen. 'Maar het is natuurlijk heel goed mogelijk. En het zou kunnen verklaren waarom híj is aangevallen en niet jullie allebei. Martin had verder geen andere problemen de laatste tijd? Andere ruzies of racistische incidenten? In het openbaar vervoer? Als hij ergens was?'

'Nee.'

'Hij was zich niet bewust van enige vijandigheid?'

'Nee.'

'Van iemand die hem naar huis volgde?'

'Nee, helemaal niet.'

'En wat betreft die confrontatie in de kroeg, zijn er daarna nog contacten geweest met die jongeren? Zijn er in de weken daarna dreigementen geuit? Zijn er verdere aanvaringen geweest?'

'Niet dat hij me heeft verteld. Echt, we dachten dat het voorbij was, klaar. Dat wilden we ook. We hadden er niet om gevraagd om uitgescholden en mishandeld te worden. We hebben nergens om gevraagd. Ik ben drie uur bezig geweest om die ellende van het huis af te schrobben, al heeft het me niets opgeleverd. En nu dit…'

Terwijl ze het zei, hield ze haar handen op, alsof ze de omvang van haar tragedie wilde aangeven, maar het leek jammerlijk ontoereikend, gezien de leegte en de schok die ze duidelijk voelde.

‘En mag ik vragen hoe het tussen jullie was?’

Lilah keek snel op, wantrouwen stond op haar gezicht geschreven.

‘Waren jullie gelukkig? Hadden jullie een liefdevolle relatie?’

‘Natuurlijk, we zijn bijna tien jaar samen. We waren gelukkig, zijn gelukkig…’

‘Ik zie dat je een nare blauwe plek op je pols hebt.’

Lilah trok haar armen weg, had er misschien spijt van dat ze zichzelf had blootgegeven. ‘Dat is niets.’

‘Het ziet er niet uit als niets.’

‘Een ongelukje thuis, meer niet. Mijn arm raakte beklemd tussen de deur…’ Het klonk slap en niet overtuigend. ‘Martin en ik, we hadden onze ups en downs, net als ieder ander stel,’ ging Lilah snel verder. ‘Maar het zat goed tussen ons, we waren gelukkig…’

Ze keek Helen indringend aan, alsof ze de politievrouw smeekte hierover op te houden.

‘Moet je horen, Lilah, ik begrijp heel goed dat het moeilijk is over dit soort dingen te praten, helemaal nu Martin er niet meer is. Maar als ik erachter wil komen waarom dit is gebeurd, heb ik álle feiten nodig. Alles over jou, Martin, jullie tijd samen, wat jullie deden, waar jullie naartoe gingen, hoe jullie relatie was…’

‘Onze relatie heeft niets te maken met wat er vanmorgen is gebeurd, dat zweer ik. Het ging goed tussen ons. Martin is aangevallen door stompzinnige, racistische hufters…’

‘Lilah, ik doe dit nu al twintig jaar. Ik ben bij veel mensen thuis geweest waar spanning of zelfs geweld bestond tussen stellen. Het is absoluut niets waar je je voor hoeft te schamen, en ik kan je uit eigen ervaring vertellen dat er niét over praten het ergste is wat je kunt doen. Dus als er problemen waren, ruzies binnen de relatie, vertel het me dan alsjeblieft.’

De diepbedroefde vrouw keek haar aan alsof dit verzoek haar

afschuw opwekte. ‘Er valt niets te vertellen, omdat we gelukkig waren.’ Ze staarde Helen boos aan, alsof ze het niet moest wagen om tegen haar in te gaan. Daarna herhaalde ze: ‘We waren gelúkkig.’

47

'Ik denk dat je dit wel wilt zien...'

Rechercheur Edwards sprak zacht, waar Joseph Hudson blij om was. Hoofdinspecteur Simmons had een onaangekondigd bezoekje aan de recherchekamer gebracht om het team aan te moedigen en een hart onder de riem te steken, en Edwards wist duidelijk waar Simmons' loyaliteit lag. De ambitieuze rechercheur had Hudson discreet geroepen en leek zijn ontdekking alleen met hem te willen delen. Aangemoedigd door dit teken van trouw en discretie leunde Hudson naar voren en tuurde naar de foto op zijn scherm.

'Waar kijk ik naar?'

'Nou, na het incident van vanmorgen heeft inspecteur Grace me gevraagd om wat achtergrondonderzoek te doen naar recente haatmisdrijven, activiteiten van plaatselijke rechts-extremistische groepen, internettrollen en zo...' Edwards sprak snel, alsof hij deze inleiding maar zo snel mogelijk achter de rug wilde hebben. 'En je kunt je wel voorstellen dat dat een heleboel is.' Edwards vergrootte een aantal tabbladen. 'Er vindt op internet heel veel xenofobisch en racistisch gescheld plaats, in de meeste gevallen gezeik over de rechten van witte Angelsaksen. De Chinezen krijgen de volle laag, maar ook iedereen die niet voldoende "Brits" is.'

Hudsons blik schoot ondertussen naar de foto van Martin Hill op het schrijfbord.

'De neonazi's en rechts-extremistische groepen zijn erg actief. Veel wordt aangezwengeld door werkeloosheid, boosheid, wanhoop, maar ook door angst voor misdaad. Groepen ontevreden jongemannen die zich verzamelen en beloven "storende elementen" uit hun gemeenschap te verwijderen.'

Hij wees naar het scherm en Hudson richtte zijn aandacht daar weer op. Hij keek naar een webpagina van een groep die zichzelf Albion noemde en wiens motto duidelijk was. De Britse vlag vormde de achtergrond voor de epistels vol racistische teksten en ijzingwekkende voorspellingen over het einde van de wereld, en het rood van de vlag liep als druipend bloed omlaag.

'Als je je een neonazistische versie van Reclaim the Streets kunt voorstellen, dan is dit het. Ze zijn actief aan het werven, heten iedereen welkom die ze als "raszuiver" zien, met als doel Southampton weer "wit" te maken. Het is volkomen incoherent en tegenstrijdig – de leiders lijken zowel Churchill als Hitler te bewonderen – maar hun boodschap doet het goed. Ze hebben meer dan vierhonderd volgers en veel daarvan zijn bereid om de wapens op te nemen.'

Edwards klikte, verkleinde het scherm en haalde de foto er weer bij. Hudson nam de details in zich op: een stuk of twintig witte mannen – de meeste met kaalgeschoren hoofd en dierlijke gezichtsuitdrukking – die Aziatische winkeleigenaren en winkeliers in Thornhill intimideerden. Hun slachtoffers zagen er bang uit en de reden was wel duidelijk: de jongemannen hadden honkbalknuppels bij zich en zagen eruit alsof ze bereid waren die te gebruiken. Vanwege het warme weer liepen ze met ontbloot bovenlijf en waren hun adelaar- en hakenkruistatoeages duidelijk zichtbaar.

'Het kopstuk bij Albion is een man die zichzelf Panzer noemt, naar het Duitse woord...'

'Dat "tank" betekent,' onderbrak Hudson hem. 'Dat weet ik, rechercheur Edwards.'

'Tuurlijk, sorry. Maar goed, hij is de laatste tijd erg actief. Organiseert demonstraties door arme wijken, houdt opruiende speeches en plaatst eindeloos veel berichten op internet waarin hij zijn volgers aanspoort om terug te vechten, om de straten te ontdoen van het "gekleurde ongedierte".'

'Lekker...'

'We denken dat zijn echte naam Michael Sergeant is. Hij is meerdere keren opgepakt voor haatmisdrijven, maar nooit aangeklaagd. Er loopt op dit moment een onderzoek naar hem vanwege een aanval met een hamer op een groep zwarte tieners in Southampton Common, drie maanden geleden...'

'Dat kan ik me herinneren.'

'... maar het heeft hem er niet van weerhouden zijn volgers aan te sporen om het groter en beter aan te pakken. In zijn laatste post, drie dagen geleden, roept hij op tot straatgeweld, zet hij mensen aan om terug te vechten, bloed te vergieten in de straten en de Britse levensstijl te verdedigen, bla bla bla...'

'En waarom is dat relevant?' Edwards' ontdekkingen waren intrigerend, maar Hudson wilde graag ter zake komen.

'Sorry. Dus ja, op deze foto zien we een groep van zijn volgers die winkels vernielen, vrouwen en kinderen bang maken. Sommigen zijn bekenden van ons, anderen zijn nieuw, maar helemaal achteraan zag ik deze vent...'

Hudson leunde naar voren en keek ingespannen naar een jongeman achter in de groep. Terwijl hij trots de tatoeages op zijn ontblote bovenlijf toonde, had de man zijn vuist in een soort groet geheven, terwijl hij stond te schreeuwen tegen een oude

Aziatische man. Zijn gezicht was niet naar de camera gericht, maar zelfs vanuit deze hoek waren zijn gelaatstrekken duidelijk en herkenbaar.

'Dat is Lee Moffat.'

'Precies. Hij blijkt bekend te zijn met dit soort groeperingen. Zijn oudere broer Jason was lid van een groep die Final Solution heette en Lee post zelf regelmatig op de Albion-website en soortgelijke sites. Hij heeft in het verleden aan de English Defense League en de BNP gesnuffeld, maar is nu fulltime voorstander van een rassenoorlog.'

Hudson staarde naar de gelaatstrekken van de jongeman, die waren verwrongen van haat.

'Vreemd hoe zijn naam steeds weer opduikt, vind je niet?' opperde Edwards suggestief, alsof hij bevestiging en goedkeuring zocht. Hudson gaf hem die met alle plezier – deze ontdekking was weer een klein, maar belangrijk deel van de puzzel.

'Inderdaad. Goed gedaan. Wil je aan deze onderzoeksrichting prioriteit geven en rechtstreeks aan mij verslag uitbrengen?'

'Natuurlijk.'

'Als er een verband is met Martin Hill, geplande haatmisdrijven in Portswood, iets wat Lee Moffat in verband kan brengen met de moord van vanmorgen, dan wil ik het weten. En ik wil het als éérste weten.'

'Natuurlijk, chef. Ik ga er direct mee aan de slag.'

'Goed zo. Je bent veel te ervaren voor dit routinewerk, maar soms draait het om de details, nietwaar? Je weet nooit waar het toe kan leiden.'

Hudson gaf hem een schouderklopje en liep naar zijn eigen bureau. Onderweg passeerde hij hoofdinspecteur Simmons die nog altijd met Bentham in gesprek was. Hij was de dag boos en gefrustreerd begonnen, maar nu voelde hij zich een stuk beter.

Hij had informatie die Helen Grace niet had, bewijs dat Lee Moffat mogelijk in verband bracht met dríé lopende onderzoeken, plus een nieuwe bondgenoot in rechercheur Edwards. De carrièreontwikkeling van de ervaren politieman was onder het leiderschap van Grace gestokt en als Hudson zijn afvalligheid kon stimuleren door hem ogenschijnlijk iets beters te bieden, dan zou hij niet aarzelen.

Elke bondgenoot was essentieel. En als het moment daar was om Helen uit te schakelen, zou hij zijn bondgenoten stuk voor stuk nodig hebben.

48

'U hebt één nieuw voicemailbericht.'

Helen kon de woorden amper horen door het gebrul van haar motor. De ingebouwde bluetoothheadset in haar helm was van topkwaliteit, maar ze reed hard omdat ze door Meredith Walker dringend was gevraagd om naar een doodlopende straat te komen op nog geen halve kilometer afstand van de plaats delict van die ochtend.

'Helen, hoi, met Robert Downing. We moeten praten.'

Verrast spitste Helen haar oren, maar het bericht was al afgelopen en de beller had opgehangen. Ze tikte op haar headset, luisterde het bericht opnieuw af en vroeg zich af of ze het wel goed had verstaan, maar het was echt Robert Downing. Hij klonk gespannen, geërgerd zelfs, en dat intrigeerde haar. Downing had zo koel en beheerst geleken toen ze elkaar hadden gesproken. Was er in de tussentijd iets gebeurd?

Helen wilde hem het liefst direct terugbellen om haar nieuwsgierigheid te bevredigen, maar net toen haar hand naar haar bluetooth gleed, zag ze in de verte activiteiten: zo'n tien agenten in uniform, wapperend geel afzetlint en een handjevol forensisch medewerkers in hun opvallende steriele pakken. Ze was bij Lena Gardens.

Ze liet het telefoongesprek met Downing zitten, parkeerde, deed haar helm af, trok hoezen over haar schoenen en liep snel naar Meredith, terwijl ze het zweet van haar voorhoofd veegde.

Werken bij hoge temperaturen was voor geen enkele forensisch medewerker prettig, maar toch had Meredith een glimlach op haar gezicht. Lena Gardens lag in een rustige woonwijk waar men niet gewend was aan koortsachtige politieactiviteiten, maar vandaag was er een belangrijke ontdekking gedaan.

'Waar heb je het gevonden?'

'In het riool,' antwoordde Meredith met een spottende glimlach. 'Misschien niet erg origineel, maar als de nood hoog is…'

Helen ging op haar knieën zitten en keek naar de donkere ruimte voor zich. Het rooster was van de put gehaald waardoor er een diep gat met onderin opgedroogde aarde en afval zichtbaar werd.

'Hoe kwam je erbij om hier te kijken?'

'Ik had het grootste deel van mijn team ingeschakeld voor het detailonderzoek. Messen worden meestal dicht bij de plaats delict gedumpt, mensen dragen ze liever niet meer bij zich als ze zijn gebruikt. Ze worden vaak op een afgelegen plek weggegooid – parken, stegen, doodlopende straten, je kent het wel – dus hebben we de doorgaande wegen overgeslagen en zijn we gaan zoeken in rustiger straten. Een van onze jongens zag bloed op het trottoir en vervolgens een kort spoor naar de put. Eerlijk gezegd is het niet erg goed verborgen, gewoon zonder veel nadenken erin gepropt…'

Helen knikte nieuwsgierig. De moord zelf was zorgvuldig gepland en uitgevoerd, de dader had geen duidelijke sporen achtergelaten. Dit was anders, slordig, amateuristisch zelfs, en dat riep vragen op. Was dit een vergissing, onoplettendheid? Of was het de bedóéling geweest dat ze het zouden vinden?

'Weet je zeker dat het ons wapen is?'

'Dat kunnen we pas met zekerheid zeggen als we het in het lab onderzoeken, maar ik zou zeggen van wel. Het lemmet heeft de juiste breedte, de vorm van het heft lijkt te kloppen gezien de kneuzing op het lichaam, en zoals je kunt zien is het bloed vers.'

Helen tuurde in de zak waar het mes in lag. Het bloed aan het lange lemmet was inmiddels opgedroogd, maar de volle rode kleur en kleverige glans wezen er sterk op dat Meredith gelijk had.

'Mooi, geef dit voorrang, alsjeblieft,' zei Helen, en ze ging rechtop staan.

'Natuurlijk.'

'En laten we elke centimeter van deze straat doorzoeken.'

'Wordt al aan gewerkt.'

'Als jullie iets vinden, hoe klein ook, wil ik het diréct weten.'

Met grote stappen liep ze terug naar haar motor. Het was een interessante ontwikkeling die heel goed tot een doorbraak zou kunnen leiden, en Helen stapte op haar motor met iets wat op optimisme leek. Tegelijkertijd ging haar telefoon. Even dacht ze dat het misschien Robert Downing was die haar nogmaals probeerde te bereiken, maar op het scherm stond een andere naam.

'Rechercheur Malik?'

'Chef.'

'Ik ben bij Lena Gardens, maar rij nu net terug.'

'Dat is mooi, maar ik dacht dat je dit wel wilde weten... we hebben zojuist een telefoontje uit het ziekenhuis gehad...'

Helen verkrampte en kreeg het gevoel dat de dag, die al verschillende verrassingen had opgeleverd, nog niet klaar was met hen.

'Er waren complicaties toen ze McManus uit zijn kunstmatige coma wilden halen. Dat veroorzaakte meervoudig orgaanfalen, met een hartstilstand tot gevolg. Hij is iets na twee uur vanmiddag overleden.'

49

'Wat héb jij?' Carol keek blij maar verrast toen Belinda op haar afkwam, en haar in haar hals, op haar neus en voorhoofd kuste.

'Heb ik een reden nodig om mijn vriendin te verleiden?' was Belinda's weerwoord, en ze gaf haar een zoen op de lippen, terwijl ze een knoop van Carols blouse losmaakte.

'Nee... maar het is midden op de dag. Ik moet zo lesgeven en jij ook...'

'Het geeft toch niet als we een beetje laat zijn?' Belinda liet haar hand onder Carols blouse glijden en ging met haar vingers behendig over de zachte stof van haar beha op zoek naar haar tepel.

Carol reageerde, was opgewonden, maar toch hield ze Belinda's hand tegen. 'Ik zeg niet dat het niet fijn zou zijn, ik vraag me alleen af wat er in je gevaren is...'

'Dat lijkt me nogal duidelijk,' zei Belinda plagerig, en ze probeerde haar vingers verder te laten kruipen.

'Ik meen het, Belinda. Waar gaat dit over?'

Onwillig trok Belinda haar hand terug.

Carol ging verder. 'Je doet al de hele week raar en afstandelijk. Je weigert de dag met me door te brengen, wil niet zeggen waarom niet, en opeens storm je zonder aankondiging binnen en wil je me suf neuken. Vergeef me als ik dat niet helemaal begrijp.'

'Je hebt gelijk en het spijt me,' antwoordde Belinda, en ze haalde haar hand door Carols haar. 'Ik ben een trut geweest. Echt, ik weet ook niet goed wat er was.' Ze deed heel erg haar best, maar voelde zich ongemakkelijk onder Carols scherpzinnige blik. Ze had haar geliefde eerder gekwetst, de wonden waren nog rauw en het was duidelijk dat Carol haar niet zo snel zou vergeven. 'Ik weet niet of het door de examenstress van mijn leerlingen kwam,' legde ze uit, 'of mijn hormonen of gewoon het gezeik van mijn moeder... waarschijnlijk alle drie. Maar ik had het niet op jou mogen afreageren, ik had niet zo afstandelijk en kil moeten doen. Dit is gewoon mijn manier om sorry te zeggen...' Ze streek met haar hand over Carols gezicht en waagde het haar nog een zoen te geven. 'Je weet dat ik niet goed ben met woorden, ik vind het moeilijk om de juiste dingen te zeggen.'

'Maar neuken kun je wel, hè?' was Carols reactie. Haar stem klonk gespannen; pijn en wantrouwen deden niets voor haar verlangen.

'Nee, ik kan liefhebben.' Belinda liet het woord even doordringen, genoot van de verraste blik op Carols gezicht. 'Want ik hou van je, dat meen ik echt. En ik wil niet dat je ooit bezorgd of angstig bent. Ik wil je leven beter maken, gelukkiger, elke dag opnieuw...' Ze kuste haar nogmaals en deze keer liet Carol het toe. 'Ik meen het echt, ik wil dat wij er samen wat van maken. En als... nou ja, als je nog eens wilt praten over een gezin, over kinderen...' Belinda wist niet waar de woorden vandaan kwamen, ze had dit niet gepland, wist niet eens of ze het wel meende, maar het voelde goed. '... dan moeten we dat doen. Ik wil wat jij wilt, en daarmee uit.'

Carol kuste haar nu terug, fel en hartstochtelijk. Belinda zag tot haar verbazing tranen in de ogen van haar partner, maar ook iets anders: liefde, brandende, smachtende liefde. Ze reageerde op de aanraking en trok haar eigen blouse uit, daarna die van Carol. Ze lieten zich op bed vallen, trokken aan elkaars broek en gaven zich over aan sensuele ongeremdheid. Carol beet in haar oorlelletjes, kuste haar tepels, streelde haar buik, schoof steeds verder omlaag. Belinda leunde achterover, gaf zich over aan het verlangen van haar geliefde en nestelde zich in het zachte dekbed, gelukkig, verrukt, vol leven.

Misschien kwam alles toch nog goed.

50

De sfeer in de kamer was gespannen. Helen had alle leden van het team teruggeroepen naar het hoofdbureau om ze op de hoogte te brengen van de nieuwe ontwikkelingen. Deze bijpraatsessies aan het einde van de dag waren vaak ontzettend productief, dan werden verschillende onderzoekslijnen naadloos met elkaar verbonden en werden belangrijke aanwijzingen of essentiële doorbraken duidelijk. De sfeer was dikwijls energiek, vol adrenaline en opwinding, maar vandaag zag het team eruit zoals Helen zich voelde: bezweet, geërgerd en hondsmoe.

'Declan McManus is vanmiddag dus overleden. Gezien de omvang van zijn verwondingen zou het erom spannen, maar ik kan niet doen alsof dit geen zware slag is...'

Niemand bracht hier iets tegenin.

'Het betekent uiteraard dat dit nu een moordonderzoek is, met alle bijbehorende publiciteit die daarbij hoort. Daarom wil ik dat we snel werken.'

Enkele leden van het team knikten en verzamelden met hun laatste beetje energie wat enthousiasme, waar Helen dankbaar voor was. Het team was de laatste tijd verdeeld geweest, had niet geweldig gepresteerd, maar desondanks had ze toch nog enkele toegewijde, vastberaden rechercheurs om zich heen.

'Ik ben in het bijzonder geïnteresseerd in Amar Goj, die tot voor kort inkoopmanager bij het Southampton Children's Hospital was.' Ze klemde zijn foto op het bord onder het sluwe gezicht van McManus. 'We weten nu zeker dat hij onlangs een Rick Owens-hoody had gekocht, we hebben het bonnetje in een schoenendoos bij hem thuis gevonden. Daarnaast heeft Merediths team bevestigd dat de gedeeltelijke schoenafdrukken op de plaats delict passen bij een merk dat Amar Goj graag droeg: hij had twee paar gloednieuwe Philipp Plein-schoenen in zijn kast staan. Het zoekteam heeft de schoenen die tijdens de brandstichting zijn gebruikt niet gevonden, maar ik neem aan dat hij ze samen met die hoody ergens heeft gedumpt.'

Weer knikten een paar mensen, maar Helens aandacht werd getrokken door Joseph Hudson. Hij stond zwijgend achteraan en zijn gezicht verried weinig emotie. Zijn stille, nadrukkelijke aanwezigheid bracht haar van haar stuk, maar ze ging verder.

'Rechercheur Malik is tijdens haar ondervraging van de familie Goj nog iets interessants te weten gekomen...'

'Misschien is het iets, misschien ook niet,' zei Malik op haar beurt, 'maar zijn vrouw heeft bevestigd dat hij het blik benzine waarmee ze hun grasmaaier altijd bijvullen drie dagen geleden nog had gevuld. Goj heeft het gras sindsdien maar één keer gemaaid, maar toen we het controleerden was het blik bijna leeg...'

'Daar kunnen allerlei verklaringen voor zijn,' reageerde rechercheur Reid, niet onder de indruk.

'Dat is waar, maar als indirect bewijs is het wel interessant,' zei Helen, die haar best deed om niet te laten zien dat ze zich stoorde aan de manier waarop Reid achteloos Maliks bevindingen verwierp. 'En het roept zeker vragen op.'

'Maar wat is het motief?' vroeg Hudson opeens. 'Wat is het verband tussen Goj en McManus?'

'Tja, daar zullen we achter moeten komen,' antwoordde Helen resoluut. 'Ik ga morgenochtend weer met Jeremy Blake praten, directeur van het kinderziekenhuis. Hij was erg terughoudend, wilde zijn ziekenhuis liever beschermen tegen negatieve publiciteit. Hij zegt dat hij pas onlangs op de hoogte is gesteld van de fraude, door middel van een e-mail van Alison Burris. Maar hij heeft die mail nog niet aangeleverd, of enig ander bewijs, om zijn verhaal te staven, en ik vraag me af of er soms een verband is tussen het ziekenhuis en McManus. Hadden ze McManus misschien opdracht gegeven Goj te onderzoeken, gaven ze de voorkeur aan een eigen onderzoek boven het inschakelen van de politie? Misschien wilden ze dit volledig binnenskamers afhandelen, zodat het niet naar buiten zou komen.'

'Ik zie het niet,' zei Hudson minachtend. 'Waarom zouden ze naar iemand als hij gaan? Een goedkope detective. Ze zouden veel eerder een auditteam inschakelen, iemand die een financieel-forensische analyse van Gojs transacties en van zijn privé-uitgaven en dergelijke zou kunnen maken...'

'Misschien, maar we weten dat McManus de discrete hulp was van veel bedrijven die mogelijk crimineel gedrag wilden laten onderzoeken zonder hun eigen handen vuil te maken...'

'Maar dat waren voornamelijk verzekeringsmaatschappijen en banken, bedrijven die regelmatig moesten uitbetalen vanwege frauduleuze praktijken,' protesteerde Reid. 'Er is geen bewijs dat McManus in de gezondheidszorg werkte.'

'Voor alles is een eerste keer, rechercheur Reid,' was Helens weerwoord, en ze wist haar boosheid binnen te houden. 'En als McManus Goj inderdaad in de gaten hield, en Goj is daar op de een of andere manier achter gekomen, dan heeft hij zeker een motief...'

'Sorry hoor, maar ik geloof het gewoon niet.'

Joseph Hudsons stem klonk afgemeten maar resoluut, alsof hij vastbesloten was om Helens onderzoeksrichting af te kappen. En hij was niet de enige, rechercheurs Edwards en Reid reageerden als trouwe hulpjes en hielpen hem haar redenering onderuit te halen. Toen ze naar hen keek, kreeg Helen het uitgesproken gevoel dat zij hun aanvalsstrategie al hadden gekozen, hun eigen versie van het gebeuren hadden bepaald en vast van plan waren die te volgen. En, alsof op commando, gooide Joseph Hudson het over een andere boeg.

'Ik vind dat we Lee Moffat prioriteit moeten geven.'

'Dat hebben we al gedaan,' zei Malik kortaf.

'We hebben hem één keer ondervraagd,' reageerde Hudson. 'En toen was hij vijandig en ontwijkend, en weigerde iets te zeggen over de ontbrekende hoody en over waar hij was geweest.'

'Dat is niet genoeg...'

'En nu hebben we keihard bewijs dat McManus onderzoek naar hem in het bijzonder deed. De verzekeringsmaatschappij die hem had ingehuurd heeft verslagen van McManus doorgestuurd, waarin hij Lee Moffat aanwijst als de belangrijkste drijvende kracht achter een bende autodieven.'

Malik zweeg bij het horen van dit nieuws, iets wat Hudson wel leek te bevallen.

'Bovendien,' ging hij zelfverzekerd verder, 'heeft rechercheur Edwards interessante verbanden met rechts-extremistische organisaties aan het licht gebracht, die zich actief richten op etnische minderheden in Southampton.'

Rechercheur Edwards deelde nu kopieën uit van zijn eerdere ontdekkingen, zorgvuldig gepland voor maximaal effect.

'We zijn op dit moment aan het graven in zijn onlineactiviteiten,' ging Hudson verder. 'Ik heb de data-analisten erop gezet en als we een verband kunnen vinden tussen Moffat en Martin Hill, dan kunnen we hem mogelijk in verband brengen met dríé lopende onderzoeken.'

'Maar wat is het motief?' wilde Malik weten. Haar afkeer van Hudson was duidelijk, misschien iets té duidelijk. 'Ik dacht dat hij alleen in geld geïnteresseerd was.'

'Iemand kan een dief én een racist zijn, rechercheur Malik,' reageerde Hudson koeltjes, en zijn blik bleef op de jonge Aziatische politievrouw rusten. 'We weten dat hij geweld niet schuwt, dus is het heel goed mogelijk dat hij Alison Burris heeft vermoord tijdens "zijn werk", dat hij McManus heeft vermoord om zijn belangen te beschermen, én gehoor heeft gegeven aan Albions oproep om de wapens op te pakken door Martin Hill te vermoorden...'

'Dat is wel heel vergezocht. Moffat heeft dat niet in zich,' kwam Helen ertussen.

'Daar ben ik het niet mee eens,' was Hudsons snelle weerwoord. 'Hij is arrogant, agressief en met de dag zelfverzekerder. Ik denk dat hij geniet van deze sfeer van wetteloosheid. Ik denk dat hij gelooft dat hij alles kan maken, dat hij onaantastbaar is.'

'Hij heeft echt het bloed onder je nagels vandaan gehaald, of niet?'

'Hij is een boosaardig, verdorven stuk tuig met sterke motieven voor de drie moorden.'

'Met mógelijke motieven,' corrigeerde Helen hem. 'Moffat is een opportunist, een dief. Hij is niet van de ene dag op de andere een seriemoordenaar geworden. Nee, iets of iemand anders is verantwoordelijk voor deze moorden.'

'Goj?' vroeg Hudson op vernietigende toon.

'Goj of iemand anders. Misschien zelfs iemand die we nog niet in beeld hebben. Daarom wil ik dat we ons op drie onderzoeksrichtingen concentreren. Om te beginnen wil ik de gangen van

McManus nagaan. We weten alleen iets over zijn activiteiten in de laatste dagen van zijn leven. Ik wil meer details om te zien of er een directe aanleiding was voor zijn moord. In de tweede plaats… zijn link met het kinderziekenhuis. Is er enig bewijs dat McManus in het verleden of recent voor hen heeft gewerkt…'

Hudson schudde zijn hoofd langzaam en theatraal, maar Helen negeerde hem en ging verder.

'En tot slot, Lilah Hill. We weten dat zij en Martin Hill een maand geleden het slachtoffer waren van racistisch geweld bij de Marquee Bar in Queen's Street. We kennen de daders en het is onze eerste prioriteit om hen te ondervragen over de moord van vandaag, om te achterhalen waar ze zijn geweest, we moeten hun belgeschiedenis onderzoeken… máár ik denk dat Lilah en Martin ook problemen binnen hun relatie hadden en daar wil ik meer over weten. Had zíj een motief? Deed ze het met iemand anders? Had Martin haar in het verleden bedreigd? Laten we ons op die drie punten concentreren om te zien wat we te weten kunnen komen. Helder, iedereen?'

Helen wilde de bijeenkomst beëindigen, maar Hudson had andere ideeën.

'Glashelder, maar ik wil graag vastgelegd zien dat ik ernstig bezwaar maak tegen de richting waarin dit onderzoek gaat. Ik denk dat we een buitengewoon aannemelijke verdachte laten gaan vanwege de fantasierijke gedachte dat Goj een brandstichter en moordenaar zou zijn.'

Helen probeerde hem te onderbreken, maar Joseph walste over haar heen.

'En ik wil erbij zeggen dat er verschillende teamleden zijn die er ook zo over denken.'

Niemand verroerde zich, niemand zei iets, maar dat was ook niet nodig. Rechercheurs Edwards, Reid en zelfs McAndrew stonden in een stilzwijgende steunbetuiging om Hudson heen.

'Dat kan wel zo zijn, maar ik ben hier de hoofdrechercheur,' antwoordde Helen. 'En dit zijn de onderzoeksrichtingen die we gaan volgen. Ik verwacht van iedereen dat hij dat bereidwillig, energiek en naar zijn beste kunnen doet, anders mag diegene zich bij mij komen verantwoorden. Er zijn de laatste tijd te veel protocolbreuken geweest, te veel onderzoeksrichtingen die zonder mijn medeweten en goedkeuring werden gevolgd en daar komt vandáág een einde aan.'

Ze liet haar blik over Hudson, Edwards en daarna Reid en McAndrew glijden. Die laatste was tenminste zo verstandig om haar hoofd beschaamd te laten zakken.

'Maar goed, het is laat en het is een lange dag geweest. Ga naar huis, ga lekker slapen en zorg dat je hier morgenochtend weer fris en monter bent. Jullie kunnen gaan.'

Helen draaide zich om en liep met grote stappen naar haar kamer, vastbesloten om niet in verdere discussies verzeild te raken. Ze kon de reacties horen, het geroezemoes en gefluister, zelfs wat gevloek hier en daar, maar ze had geen zin om daarbij betrokken te worden. De bijeenkomst was niet goed verlopen en ze kon er beter een punt achter zetten dan een aanvaring met Hudson riskeren, niet in de laatste plaats omdat ze geen idee had wie zou winnen. Ja, ze had goed gehandeld, maar ze had daarvoor wel op haar strepen moeten staan en daar voelde ze zich buitengewoon ongemakkelijk bij. Dat had ze nooit eerder hoeven doen, ze had altijd kunnen rekenen op de trouw en het gezond verstand van haar team, maar nu er concurrerende machtsblokken ontstonden en Hudson vastbesloten was om nieuwe bondgenoten te ronselen, had ze weinig keus meer. Ze wist alleen wel dat ze daarmee haar kwetsbaarheid, zelfs zwakheid toonde, en niet haar kracht. Ze was nog steeds de leider van het team, nog steeds vastberaden om het onderzoek een nieuwe impuls te geven, maar ze wist nu heel zeker dat haar positie in gevaar was.

Er was een opstand ophanden.

51

'Als jullie nu niet meteen naar bed gaan, dan zwaait er wat...'

Roberts strenge waarschuwing leek geen indruk te maken. Freddie en Joshua bleven op hun bed springen en het brandschone beddengoed met hun voeten bevuilen.

'Kom op, jongens, alsjeblieft. Jullie maken er een vreselijke bende van...'

Zijn stem klonk vermoeid, geërgerd, maar het springen ging door.

'Kijk eens hoe laat het al is, ver na jullie bedtijd. Kleren uit, tandenpoetsen en dan naar bed, alsjeblieft...'

Nu verwisselden ze van bed en bleven springen.

'Ik waarschuw jullie...'

Ze hielden hun hoofd schuin, alsof ze zijn opvoedtalent bespotten. Hij kreeg serieus de neiging om tegen ze uit te vallen, maar zijn gezond verstand won het en hij gooide het over een andere boeg.

'Jullie krijgen een pak op je billen...'

Veel gegiechel bij dát woord.

'Ik hang jullie ondersteboven uit het raam...'

Nu bleven ze even staan, dit leek een spannend idee.

'Oké, vergeet dat maar, ik wil dat jullie over twee minuten in bed liggen... anders geen Xbox morgen.'

Nu drongen zijn woorden tot hen door.

'Echt niet?'

'Geen minuut.'

Dat gaf de doorslag en de twee zesjarige jongens sprongen van hun bed en renden naar de badkamer. Wonder boven wonder lagen ze één minuut en vijfenvijftig seconden later in hun pyjama en met gepoetste tanden in bed. Hun voeten waren nog steeds vies, maar dat was een van de voordelen van een alleenstaande ouder: je kon je eigen hygiëne-eisen stellen.

Robert deed het grote licht uit en ging op zijn knieën bij hun bed zitten. Eerst kuste hij de een, toen de ander, en hij zei: 'Direct slapen, nu. En als je geluk hebt, mogen jullie morgenochtend bij het ontbijt Fortnite spelen...'

Hij stopte ze in, gaf ze nog een zoen en liep naar de deuropening. Zachtjes trok hij de deur dicht en keek nog één keer om het hoekje. Tot zijn stomme verbazing leken ze al te slapen. In de gloed van hun nachtlampjes zagen ze er volkomen ontspannen en vredig uit. Wanneer raken we dat kwijt, vroeg hij zich af, de kunst om zorgeloos te slapen? Het was een kostbare gave die verloren raakte voordat hij goed en wel gewaardeerd werd, en daarna was hij voorgoed verdwenen.

Hij legde zijn wang tegen de deur en staarde verrukt naar de jongens. Het was een erg moeilijke dag geweest, vol zorgen, verwarring en angst, maar terwijl hij nu naar Freddie en Joshua staarde die in hun bed lagen te slapen, ervoer hij niets van dat alles. Hij voelde alleen liefde, intense, allesoverheersende liefde.

Nog één blik en hij draaide zich om, stak de overloop over en liep de trap af. Ondertussen haalde hij zijn telefoon uit zijn zak. Hij staarde er een minuut naar, aarzelde even, nam toen een besluit en drukte gedecideerd op het knopje tot het scherm zwart werd.

52

'Niets? Helemaal niets?'

Helen kon haar ontzetting niet verbergen.

'Niets, op het voor de hand liggende na,' antwoordde Meredith op blikkerige toon aan de andere kant van de lijn. 'Het lemmet zit onder Martin Hills bloed, maar verder zijn er geen sporen van iets anders. Geen zweet, geen afdrukken, geen andere bloedsporen, het lemmet én het heft zijn brandschoon.'

'Dus het is nooit eerder gebruikt? In een keuken of zo, voor het snijden van voedsel of...'

'Er zitten geen bacteriën op en sterker nog, de beschermende coating die voorkomt dat het mes in de winkel gaat roesten is niet aangetast.'

'Met andere woorden, het mes is onlangs gekocht, misschien speciaal voor deze moord...'

'Klinkt aannemelijk. Maar goed, meer heb ik op dit moment niet voor je, en het nieuwe seizoen van *Succession* begint zo, dus...'

'Natuurlijk, ga gauw. We spreken elkaar morgen.'

'Ongetwijfeld,' antwoordde het hoofd van het forensisch laboratorium spottend.

Helen verbrak de verbinding en leunde tegen de muur, terwijl ze Merediths nieuws in zich opnam. Het mes was op een klungelige en ondoeltreffende manier verstopt, maar verder was de moord op Martin Hill zorgvuldig uitgewerkt en volmaakt uitgevoerd. Geen getuigen, geen forensisch bewijsmateriaal, geen camerabeelden, de ideale manier om de arme Hill uit de weg te ruimen. Wat Helen betrof pleitte dit sterk tegen een neonazi als dader, zoals Hudson geloofde, of een jonge sukkel die op wraak uit was, zoals Lilah had gesuggereerd. Nee, Hills dood kwam geraffineerd, goed voorbereid en zorgvuldig over, wat erop duidde dat de dader verborgen wilde blijven. Een racistische crimineel zou de eer voor de moord willen opstrijken, misschien zelfs via een of ander onlineplatform de verantwoordelijkheid opeisen in plaats van in de schaduw blijven. Zo ook een oude vijand, die erover zou opscheppen tegen zijn maten, met zijn lef en kracht te koop zou lopen, zodat iedereen hem kon bewonderen. Wie was dan de dader? Lilah Hill zou nog wel eens het sterkste motief kunnen blijken te hebben, maar zij had een waterdicht alibi, dankzij haar collega's. Was het mogelijk dat ze iemand had ingehuurd om haar man te vermoorden? Het leek een fantasievolle gedachte, maar welke andere mogelijkheden waren er?

Helen slaakte een diepe zucht, stopte haar mobiel in haar zak en liep in hoog tempo terug naar de recherchekamer. De rest van het team was al weg, maar zij wilde nog even blijven om de ontwikkelingen van de dag door te nemen, om te zien of ze een aanwijzing kon ontdekken, of onderzoeksrichtingen die ze over het hoofd hadden gezien. Maar toen ze door de gang beende, zag ze op de binnenplaats iets bewegen. Ze vertraagde haar pas en besefte dat de kleine figuur op straat Joseph Hudson was die over het asfalt naar zijn motor liep.

Hij was alleen, was kennelijk gebleven nadat de anderen waren vertrokken, al had ze geen idee waarom. Ze zag hoe zelfverzekerd hij over de parkeerplaats liep en voelde een storm van emoties in zich: verdriet, wantrouwen, teleurstelling, maar boven alles, boosheid. Boosheid omdat deze roekeloze, leugenachtige narcist het lef had gehad om haar opvattingen zo openlijk in haar eigen recherchekamer in twijfel te trekken. Ze werkte al jaren op het hoofdbureau van politie hier in Southampton, gaf leiding aan dit team, háár team, om een van de beste in het land te worden. Wat had hij nou gedaan, behalve leugens verspreiden en verdeeldheid en onrust zaaien? Waar haalde hij het recht vandaan om haar eenheid, haar reputatie, met een sloopkogel te lijf te gaan, terwijl hij niet meer was dan een huichelaar die niets presteerde en geen enkel besef had van het belang van teamwork, loyaliteit en respect? Waar haalde hij het recht vandaan om het tegen haar op te nemen, terwijl híj degene was die fout zat?

Onwillekeurig kwam Helen in beweging. Door de gang, via de nooduitgang de brandtrap af, naar de parkeerplaats.

53

Hudson keek op toen hij snelle voetstappen hoorde en Helen dichterbij kwam. Ze zag een vleugje verrassing, toen iets wat op zelfgenoegzaamheid leek, arrogantie zelfs.

'Waar sloeg dat allemaal op?' vroeg ze plompverloren, terwijl ze haar telefoon in haar zak stopte.

'Waar sloeg wat op?'

'Dat weet je verdomd goed. Dat optreden daarnet, die openlijke ongehoorzaamheid.'

'Kalm aan, Helen.'

'Mijn gezag in twijfel trekken waar de rest van het team bij staat. Ik bedoel, dat zou je toch moeten weten. Dat doe je gewoon niet.'

'Behalve als het nodig is…'

'O, schei toch uit…'

'Om een onderzoek, een team, weer op de rails te krijgen.'

'En jij verkeert in de beste positie om daarover te oordelen? Hoelang ben je hier al, twee jaar?'

'Soms is een frisse blik precies wat nodig is.'

Helen kon haar minachting niet meer verbergen en schoot in de lach. 'Dus dit heeft niets met ons te maken? Met het feit dat onze korte relatie zo jammerlijk ten einde kwam?'

'Het heeft te maken met leiderschap, Helen. Een kwaliteit waar jij ooit iets vanaf wist.'

'Je bent echt ongelooflijk.'

'Omdat ik belang hecht aan de onderzoeken en de reputatie van het team?'

'Nee, omdat je zó veel belang hecht aan jezelf en je gekwetste ego dat je bereid bent het team kapot te maken.'

'Daar gaat het niet om.'

'Dat is precies waar het om gaat. Wees op z'n minst zo beleefd om daar eerlijk over te zijn.' Helen flapte de woorden eruit, scherp en boos. Hudson leek even te schrikken van haar felheid. Ze ging iets milder verder: 'Moet je horen, Joseph, we hebben het op het moment allemaal moeilijk. Jij wilt niet voor me werken, ik wil jou niet bijzonder graag in mijn team, maar voorlopig moeten we er het beste van maken. We staan onder grote druk, liggen onder een vergrootglas en dat voelen we allemaal. We zijn allemaal uitgeput, we zijn allemaal gefrustreerd, voelen de druk. Jezus, ik heb laatst voor het eerst in iets van twintig jaar gedronken… Echt, ik snap het. Dit is voor iedereen moeilijk.'

Hij keek haar nieuwsgierig aan, wist niet goed welke kant dit op ging. Maar hij onderbrak haar niet en Helen vervolgde: 'Dus doe ik je een vredesaanbod. Zullen we onze onenigheid opzijzetten tot de huidige onderzoeken zijn afgerond? Dan kunnen we daarna om tafel gaan zitten om het goed, verstandig op te lossen, zodat iedereen tevreden is. Kun je daarmee leven? Kun je dat voor me doen?'

'Nee.'

Eén woord, maar onvoorstelbaar arrogant.

'Sorry?'

'Dat zou je wel willen, hè, dat ik op een holletje terugga naar mama? Als een braaf jongetje, omdat jij de druk voelt. Nou, dat kun je vergeten, Helen, ik zou nog niet op je pissen als je in brand stond.'

'Wát?' Helen ontplofte.

'Ik meen het. We hadden iets samen, het had geweldig kunnen zijn, maar daar maakte jij een einde aan met je onbeholpen beschuldigingen, je paranoia, je leugens. En daarom ga ik je kapotmaken.'

'Alles wat ik heb gezegd was waar,' snauwde Helen. 'Je hebt je vrouw en kind in de steek gelaten.'

'O, hou er toch over op, Helen. Ik heb het allemaal al eens eerder gehoord en de eerste keer vond ik het al niet fijn. Dus nee, ik ben niet van plan jouw zondebok te zijn, ik doe niet mee. Ik doe gewoon mijn werk.'

'Als je straks nog werk hebt.'

'Is dat een dreigement, Helen?'

'Nee, maar als jij moedwillig deze onderzoeken dwarsboomt, als je openlijk mijn gezag of de commandostructuur ondermijnt, laat je mij geen andere keus dan een disciplinaire procedure in gang te zetten.'

Ze hoopte dat hij nu zijn mond zou houden, want als er één ding was dat belangrijk voor Joseph was dan was het zijn professionele status, zijn rang. Maar tot haar grote verrassing verscheen er een brede, spottende grijns op zijn gezicht.

'Ga je gang, Helen, als je durft. Heb je daar het lef voor? Want in dat geval komt de waarheid aan het licht.'

'Wat bedoel je?'

'Simmons, Peters, het team, de hele wereld komt erachter waar jij mee bezig bent geweest.'

'Ik kan je niet volgen.'

'Dan vertel ik ze dat je met me naar bed bent geweest en me aan de kant hebt gezet toen je genoeg van me had.'

'Zo is het niet gegaan en dat weet je.'

'Dat ik niet gelukkig was, dat ik me gebruikt voelde en daarover klaagde bij jou. Dat jij toen besloot om me het hoofdbureau uit te werken.'

'Mijn god, Joseph, ben je gestoord?'

'Dat je mijn carrière probeerde te verstikken, me bij elke stap die ik zette ondermijnde, me alleen maar de rotklusjes gaf...'

'Hou onmiddellijk op, Joseph, voordat je iets zegt waar je spijt van krijgt.'

'Je hebt een vijandige werksfeer gecreëerd, zo simpel is het. Daar zal de vakbond zich maar al te graag mee bemoeien en weet je waarom? Omdat ik het slachtoffer bent, Helen.'

Helen staarde hem sprakeloos aan. Dit was echt hondsbrutaal van hem, en zijn voornemen om de waarheid te verdraaien was al even verbluffend.

'Dus ga je gang, maak er maar melding van, als je durft. Maar in dat geval krijgen de hoge omes alles te horen over jouw goedkope affaire met een ondergeschikte, over hoe je je macht hebt misbruikt om mijn carrière te smoren en me weg te werken. Hoe je alle regels hebt overtreden om je eigen verlangens te bevredigen.'

Hij staarde Helen dreigend aan. 'Dan komen ze álles te weten,' concludeerde hij.

DAG 4

54

Ze drentelde door de woonkamer en haar blote voeten kletsten op de gepolijste houten vloer. Op de gebruikelijke ochtendgeluiden van de vuilniswagen en het getoeter op straat na, was het geluid van haar voetstappen het enige dat de naargeestige stilte in huis doorbrak. Het echode zachtjes tegen de muren.

Lilah bleef staan, keek naar haar omgeving die akelig vertrouwd en toch zo vreemd aanvoelde. Ze had dit huis met Martin gekocht, ze hadden het samen ingericht, hadden butsen en krassen veroorzaakt tijdens hun ruzies, hun vrijpartijen, het leven van alledag. Het was hun plek, hun thuis, en nu voelde het zo leeg aan zonder hem.

Meestal stond hij als eerste op, elke dag om zeven uur, of hij nu vroeg naar bed was gegaan of tot diep in de nacht had gefeest. Vaak plaagde hij Lilah omdat ze moeite had met opstaan, zo'n voorliefde had voor haar bed. Als zij dan slaperig de keuken binnenstommelde en naar koffie snakte, zat hij steevast aan de ontbijtbar. Soms zette hij koffie voor haar, andere keren niet.

Maar vanmorgen was er niemand om het koffiezetapparaat aan te zetten, niemand met wie ze de gebeurtenissen van de vorige avond kon doornemen. Hoe moest ze dit allemaal verwerken? Martin was er niet meer en zij was alleen, worstelde met wat hem was overkomen. En met wat haar nog te wachten stond.

Het bureau had haar naar huis gestuurd – gezien de omstandigheden hadden ze geen andere keus, ook al kwam het bijzonder slecht uit – en de politie had haar gezegd dat ze de stad niet mocht verlaten voor het geval ze nog met haar wilden praten. Met andere woorden, ze zat opgesloten in dit beklemmend stille huis met alleen haar eigen gedachten.

De politievrouw, inspecteur Grace, had in eerste instantie weinig details willen delen, maar Lilah had aangedrongen, en uiteindelijk had ze te horen gekregen dat Martin drie keer was gestoken, één keer in de buik en twee keer in de borst. Ze werd ziek bij de gedachte, een lang lemmet dat zijn hart doorboorde. Ze hadden een gecompliceerde, verstoorde relatie, ze had wel eens gedacht dat ze hem haatte, maar het idee dat iemand hem op die manier had overvallen, dat zijn lichaam zo'n wrede aanval had ondergaan was meer dan gruwelijk. Hoe moest hij zich gevoeld hebben toen hij besefte dat zijn leven in gevaar was, hoe doodsbang en geschokt moest hij wel niet zijn geweest? Was hij direct gestorven of had hij het hele gebeuren bewust meegemaakt, wetende dat het leven langzaam uit hem sijpelde? De gedachte aan zijn lijden bracht tranen in haar ogen en dat verraste haar. Ze had gedacht dat ze helemaal uitgehuild was.

Lilah liep naar de bank, vouwde haar benen onder zich en trok haar donzige badjas wat strakker om zich heen. De gordijnen zaten dicht, de journalisten die haar gisteravond hadden lastiggevallen waren vertrokken, dus voorlopig was dit veilig genoeg, haar cocon en toevluchtsoord. Zij alleen in deze vreemde lege sfeer. Als inspecteur Grace haar geen instructies had gegeven zou ze geneigd zijn geweest te vluchten, naar haar ouders in Durham. Ze had ze gisteravond kort gesproken en zij hadden erop aangedrongen dat te doen. Wat zou het fijn zijn om hun ongecompliceerde omhelzing te voelen, te baden in hun liefde en steun.

Maar die hoop was vervlogen. Ze moest hier blijven om de akelige, praktische aspecten van de dood te regelen: zijn collega's en vrienden op de hoogte brengen, de uitvaart organiseren, de juridische zaken afhandelen en, het ergste van alles, met Martins tante praten.

Daar zag ze het meest tegen op, maar ze kon er niet onderuit. Ze had gisteravond een kort, beladen gesprek met haar gehad en zou vanmorgen opnieuw bellen. Dan zou ze haar het hele verhaal moeten vertellen, de gruwelijke, naakte waarheid over de moord op haar neef. Het zou afschuwelijk en hartverscheurend zijn en nog veel erger omdat de hele poppenkast walgelijk zinloos was. Martins tante had haar neef nooit veel liefde getoond, had hem er elke dag aan herinnerd dat hij een last was en had de behoeften van haar eigen kinderen altijd vooropgesteld. Nu zou Nessa het treurende familielid spelen, ze zou de kans aangrijpen om te profiteren van het verdriet en de aandacht, maar het was allemaal een toneelstuk. En toch zou ze ook van de gelegenheid gebruikmaken om Martin te verdedigen, om zijn belangen, zijn nalatenschap, te beschermen. Ongetwijfeld zou ze vraagtekens zetten bij Lilahs rol in het geheel – wat ze wist, waarom ze Martin niet had beschermd, waarom ze niet naar de politie was gestapt na het scheldtelefoontje – maar, erger nog, ze zou Lilahs gevoelens voor hem in twijfel trekken, ze zou haar genegenheid voor Martin, haar loyaliteit, haar verdriet bezoedelen. Dat zou ongetwijfeld het moeilijkst zijn. Niet alleen omdat het kwetsend, opdringerig en meedogenloos was, maar omdat er te midden van alle steken onder water en beledigingen een kern van waarheid zat.

Dat was de reden dat ze zo tegen het telefoontje opzag, dat ze met heel haar hart wenste dat ze het kon vermijden. Want diep vanbinnen wist ze dat Nessa gelijk had: dat ze zich ondanks alle ellende en verdriet deels ook bevrijd en opgelucht voelde.

Deels was ze blij dat Martin dood was.

55

'Had je gevoelens voor hem?'

Hoofdinspecteur Simmons keek Helen met een scherpe blik aan, om te zien of Helen eerlijk was, niets voorwendde.

'Ik weet het niet goed,' antwoordde Helen oprecht. 'Ik geloof dat er wel een soort genegenheid voor Joseph ontstond, ik genoot van zijn gezelschap, maar zijn geslotenheid over zijn vroegere gezin en zijn leugens over zijn vrouw en kind maakten daar wel een einde aan.'

Simmons knikte bedachtzaam, maar zei niets. Ze zag er bleek en bezorgd uit, was zichtbaar geschrokken van wat Helen haar had verteld. Helen had haar hier helemaal niet mee willen lastigvallen, had haar oude vriendin niet bij haar ellende willen betrekken, maar na gisteravond had ze geen andere keus gehad. Dit ging veel verder dan insubordinatie, Joseph probeerde haar te gebruiken, nee, te chanteren, zodat ze haar mond zou houden over zijn opstandigheid, terwijl hij langzaam maar zeker haar eenheid, het team waar ze jaren aan had gewerkt, kapotmaakte.

Ze kon onmogelijk zijn spel meespelen, zich verlaten op achterbakse tactieken. Als het niet anders kon, zou dat later komen. Haar eerste stap was om eerlijk te zijn, haar geheime relatie openbaar te maken, en dus had ze vanmorgen direct een persoonlijk gesprek aangevraagd bij hoofdinspecteur Simmons. Zij was een bondgenoot, een mentor, maar ook haar baas, en het was cruciaal dat deze situatie correct, volgens de regels, werd afgehandeld. En dus zaten ze nu samen in haar kamer.

'En toen?' wilde Simmons weten.

'Nou ja, toen confronteerde ik hem met wat ik had ontdekt en sloeg hij compleet door. Hij ging uit z'n plaat, beschuldigde me ervan dat ik zou samenzweren met zijn ex, dat ik achter zijn rug om over hem praatte, hem kleineerde.'

'En denk je dat zijn reactie ook maar enigszins gerechtvaardigd was?'

'Hoe bedoel je?'

'Nou ja, je hebt zijn ex gebeld zonder hem toestemming te vragen of hem erover te vertellen, hebt haar zeer persoonlijke vragen over hun relatie, over rechercheur Hudson zelf, gesteld. Vind je niet dat hij boos mocht zijn over deze inbreuk op zijn privacy?'

'Ja, misschien wel...'

'En gevaarlijk voor jou, beroepsmatig. Wat zou er zijn gebeurd als zijn ex boos was geworden en melding van het gesprek had gemaakt bij het korps?'

'Hoor eens, het was een stomme zet, dat geef ik toe. En achteraf had ik er spijt van, maar het toonde ook iets aan wat ik al een tijd vermoedde: dat Joseph Hudson niet te vertrouwen is en alleen in zichzelf is geïnteresseerd. En dat was voor mij persoonlijk én als inspecteur belangrijk om te weten. Hij is geen teamspeler.'

'Wat je mettertijd ook op legitieme wijze ontdekt zou kunnen hebben.'

'Ja, absoluut. Echt, ik weet dat ik sowieso geen relatie met hem had moeten beginnen, en ja, ik had het beter kunnen aanpakken...'

'En daarna?'

'We kregen ruzie en toen is hij vertrokken,' zei Helen, terwijl ze dacht aan die bittere confrontatie. 'Vervolgens kreeg het Justin Lanning-onderzoek prioriteit en heb ik hem pas daarna weer gesproken, toen ik in het ziekenhuis lag.'

'Hoe was dat gesprek?'

'Zeer onaangenaam. Ik zei dat het misschien geen goed idee was om te blijven samenwerken...'

'Heb je hem bedreigd?'

'Nee, absoluut niet. Ik heb hem er alleen op gewezen dat onze relatie – het vertrouwen tussen ons – kapot was en dat dat niet goed voor het team was, vooral aangezien hij in feite mijn rechterhand zou zijn zolang rechercheur Brooks met zwangerschapsverlof was. Ik stelde voor dat hij op zoek zou gaan naar een geschikte baan, passend bij zijn talenten, en dat ik alles in het werk zou stellen om dat mogelijk te maken.'

'En wat was zijn reactie?'

'Hij zei me heel duidelijk dat hij niet van plan was te vertrekken. Dat ik weg kon gaan als ik dat wilde, maar dat hij bleef.'

'En dat is het laatste gesprek dat jullie over de kwestie hebben gehad? Voor gisteravond, bedoel ik?'

'Ja. Sindsdien heeft hij zijn werk gedaan – op het eerste gezicht – opdrachten uitgevoerd, aanwijzingen opgevolgd, maar in werkelijkheid heeft hij bondgenoten geronseld, geprobeerd medewerkers tegen me op te zetten, prioriteit gegeven aan zijn eigen onderzoek en bij elke gelegenheid getracht mij te ondermijnen.'

'Denk je dat hij naar Peters zou gaan, dat hij bereid is dit tot het hoogste niveau uit te spelen, als je hem dwingt z'n kaarten te laten zien? Heeft hij het lef voor een uitgebreid disciplinair onderzoek?'

Helen dacht even na. 'Ja, ik denk het wel. Het zou hem professioneel gezien wel schaden, dat zeker. Maar... volgens mij heeft hij het gevoel dat we in oorlog zijn. Ik denk dat hij tot het gaatje gaat.'

Het leek heel vreemd om dit hardop te zeggen, maar het was waar. Joseph Hudson leek erop gebrand haar neer te halen, tegen welke prijs dan ook. Toen ze opkeek, zag ze dat Simmons haar taxerend opnam, de situatie overdacht, zeer verontrust was door wat ze had gehoord.

'Chef, ik heb veel spijt van mijn handelen. De relatie was zeer ongepast en de gevolgen zijn bijzonder schadelijk. En wat nog erger is, ik heb jou er nu bij betrokken en ik weet dat je al genoeg op je bord hebt...'

'Nee, dit was de juiste beslissing,' antwoordde Simmons.

'Nou ja, ik vond het belangrijk om je persoonlijk mijn excuses aan te bieden en uit te leggen wat er is gebeurd.'

'Ik denk dat ik de situatie begrijp en ben er redelijk zeker van dat we dit aankunnen.'

'Ik verwacht niet dat jij mijn problemen oplost.'

Maar haar meerdere stak haar hand op om haar het zwijgen op te leggen. 'Daar gaat het niet om, Helen. Het gaat erom dat we doen wat juist is, maar ook dat we het op een slimme manier aanpakken. Jij moet je concentreren op je onderzoeken, op de dingen die er echt toe doen...' Ze zweeg even, waarna ze eraan toevoegde: 'Ik handel Joseph Hudson wel af.'

56

‘Weet je het heel zeker?’

Rechercheur Reid zat te draaien op zijn stoel, voelde zich erg ongemakkelijk onder de keiharde blik van rechercheur Hudson.

‘Ja. Ik heb het twee keer nagekeken, maar het lijkt erop dat Moffat in een pub zat tijdens de moord op Martin Hill.’

‘Welke?’

‘The Horse and Groom aan George Street, bij de haven.’

‘Hoeveel getuigen?’ wilde Hudson met een stuurse blik weten.

‘Twee.’

‘Wie?’

‘Maten van hem.’

‘Criminele maten?’

‘Ja, maar…’

‘Wat betekent dat we hen niet op hun woord moeten geloven.’

‘Natuurlijk niet, maar de camerabeelden laten het zien.’ Rechercheur Reid toonde Hudson een korrelige uitdraai. ‘De kleren kloppen, de pet ook, en kijk, op zijn arm de tatoeage van een slang…’

Hudson staarde boos naar de foto, waarop Reid snel verderging. ‘Maar het is niet alleen slecht nieuws.’

Hudson keek hem weer aan. ‘Ga door.’

'De racistische aanval op Lilah Hill bij de Marquee Bar van een maand geleden... Het tuig dat haar uitschold is allemaal met een waarschuwing vrijgelaten, en vervolgens was Martin Hill een paar weken later het slachtoffer van racistische treiterijen, de telefoontjes, de graffiti...'

'Wat heeft dat met Moffat te maken?' onderbrak Hudson hem ongeduldig.

'Nou, de aanstichter van de ruzie bij de bar was een zekere Darren Moorfield, Moffats beste vriend van school. Hij gaat nog steeds met Moffat om, maakt deel uit van zijn bende.'

'Dus ook al heeft Moffat Hill niet zelf aangevallen,' vulde Hudson aan, toen hij doorhad welke kant het opging, 'het betekent niet dat hij er geen opdracht toe gegeven heeft.'

'Moorfield is een kleine vis,' beaamde Reid.' Die heeft de ballen of de verbeelding niet om een ernstig misdrijf te plegen. Maar stel dat hij ertoe is aangezet. Dat hij zichzelf moest bewijzen. Moorfield heeft Moffat waarschijnlijk verteld over het incident bij de bar, dat hij en zijn maten gearresteerd waren, met dank aan Hill. Dat zal Moffat niet leuk hebben gevonden, om verschillende redenen, en dus...'

'Dit is mooi, Reid,' mompelde Hudson tevreden. 'En waar is Moorfield nu?'

'Geen idee, maar we denken dat hij in Freemantle woont.'

'Zorg dat je hem vindt. Maak daar je topprioriteit van.'

Reid knikte gehoorzaam.

'En laat het me weten zodra je hem in het vizier hebt.' Hij keek Reid recht aan toen hij besloot: 'Want als we hem kunnen pakken voor de moord op Hill, dan hebben we Moffat precíés waar we hem hebben willen.'

57

Helen liep haastig langs en weigerde Hudsons aanwezigheid te erkennen. Zodra ze de recherchekamer weer binnen was gekomen, had ze gezien dat hij met rechercheur Reid zat te smoezen, maar ze was niet van plan te reageren. Ze wilde niet weten wat ze aan het bekokstoven waren en wilde al helemaal geen stennis schoppen. Nee, wat de rest van het team betrof, moest alles normaal lijken. Helen mocht geen ergernis, geen zwakheid, geen onzekerheid tonen. Ze moest zelfvertrouwen, leiderschap en, boven alles, bedrijvigheid uitstralen, en dus liep ze door naar haar kamer, terwijl ze nogmaals hetzelfde nummer belde. Net als daarstraks kreeg ze direct de voicemail.

'Hoi, dit is Robert Downing, spreek een boodschap in.'

Helen wachtte geduldig op de pieptoon en zei wat ze wilde. 'Robert, met Helen Grace. Bel me terug.'

Ze beëindigde het telefoontje en duwde de telefoon weer in haar zak, in beslag genomen door gedachten aan Robert Downing. Hij had er gisteren op gebrand geleken om haar te pakken te krijgen, maar nu nam hij de telefoon niet op. Het was een intrigerende ontwikkeling, maar eentje die zou moeten wachten, want Helen was bij haar kamer en zag dat rechercheur McAndrew haar wenkte. Als de lang dienende politievrouw zich ongemakkelijk voelde omdat ze gisteren bij Hudsons rebellen had gestaan, liet ze dat niet merken, ze leek geconcentreerd, zelfs een beetje opgewonden.

'Wat heb je voor me?' vroeg Helen, die naar haar bureau liep.

'Ik denk dat we een spoor hebben als het gaat om het mes.'

Rechercheur McAndrews stem was resoluut maar zacht, alsof ze zelf niet helemaal kon geloven dat ze op een mogelijke doorbraak was gestuit.

'Ga door.'

'Je had ons toch gevraagd om naar het huismerk B&Q-keukenmessen van twintig centimeter te kijken die de afgelopen week zijn gekocht of gestolen...?'

Helen knikte.

'Nou, we hebben vanmorgen alle winkels gebeld. En eentje in Hedge End kwam hiermee...'

Helen tuurde naar een wazige, grijze foto. Het was een opname door een beveiligingscamera van een gangpad in B&Q op de keukenafdeling, vanaf een hoog punt genomen, en ze zag een kleine figuur met een honkbalpet en een jasje.

'Toen ze gisteravond een voorraadcontrole deden, ontdekten ze dat er een mes van twintig centimeter ontbrak. Toen hebben ze de beveiligingsbeelden bekeken en...'

Ze drukte op een knopje en het drama speelde zich voor hen af. De figuur met de pet liep naar de messen toe en keek of de kust veilig was, waarna ze iets in haar tas liet glijden terwijl ze deed alsof ze een spatel bekeek.

'Kunnen we verder inzoomen?'

'Nee, dan wordt het te korrelig. Ze houdt haar identiteit behoorlijk goed verborgen, maar ze kunnen zeggen dat het een vrouw is, waarschijnlijk in de dertig of veertig, met blond haar tot op de schouders. En we hebben natuurlijk een goed beeld van de kleding...'

‘Heeft iemand in de winkel haar gezien?’

‘Nou, hierna loopt ze naar de kassa, koopt terpentine, maar zoals je kunt zien, kijkt het meisje achter de kassa haar amper aan en is ze meer geïnteresseerd in haar telefoon.’

‘Heb je de caissière gesproken?’

‘Kort. “Blond, van middelbare leeftijd, bekakt”, meer kon ze er niet van maken.’

Helen dacht hier geïntrigeerd over na en vroeg toen: ‘Is er nog iets op het parkeerterrein van de winkel te zien?’

‘Nee, ze vertrekt te voet en dat is op zich wel interessant, want ze kwam met de auto.’ McAndrew drukte weer op wat toetsen en bracht een andere foto in beeld. ‘Dit is Beaumont Road, op ongeveer vijf minuten lopen van de B&Q.’

‘Dat is ze, hè?’ zei Helen opgewonden.

‘Zeker weten. Dezelfde gympen, jas, pet. Dezelfde haarlengte...’

‘Waar komt deze foto vandaan?’

‘Van een verkeerscamera. Er zijn wat ongelukken op deze weg gebeurd, omdat er nogal wat sluipverkeer rijdt. Maar goed, we zien dat ze in de geparkeerde auto stapt en wegrijdt en op dat moment...’

‘Wordt het kenteken zichtbaar,’ onderbrak Helen haar, die naar voren leunde om het beeld stil te zetten.

‘Precies.’

‘Wie is ze?’

‘De auto is van een zekere Belinda Raeburn.’ Terwijl ze dit zei, vergrootte ze een volgend beeld. Een glanzende portretfoto van een aantrekkelijke blondine van in de veertig met haar tot op haar schouders.

Helen bestudeerde de foto. Deze charmante, zelfbewuste vrouw leek niet echt te passen bij de klassieke omschrijving van een racistische crimineel.

‘En waar kunnen we deze Belinda Raeburn vinden?’

‘Dat is het grappige,’ antwoordde McAndrew, die duidelijk het beste voor het laatst had bewaard. ‘Ze is het hoofd van de muziekfaculteit aan de Milton Downs Ladies’ Academy.’

58

Met een zwaai reed Helen door het openstaande hek de brede geasfalteerde oprijlaan op. De maximumsnelheid was dertig kilometer per uur, waardoor Helen de kans had haar omgeving in zich op te nemen. Wat ze zag was onvoorstelbaar; de campus leek eerder een luxehotel dan een onderwijslocatie. Hij leek in niets op wat zij in haar jonge jaren in Londen had ervaren, en zelfs in Southampton viel hij op als een baken van voortreffelijkheid, overvloed en inspiratie. Vanaf het moment dat je door het hek kwam, was het alsof je een andere wereld betrad.

Hij was driehonderd jaar geleden gesticht voor de zoons van de admiraliteit en de rijke koopvaardij, en vormde nu een prestigieuze gemengde school, zeer gewild, mits je het schoolgeld kon betalen. Naast eersteklas academisch onderwijs konden leerlingen gebruikmaken van uitstekende sport-, media- en kunstfaciliteiten, evenals haarfijn carrièreadvies en aanvullende assistentie, aangezien de school uitstekende contacten had in Londen, Parijs, Washington en verder. Als je in Hampshire woonde en geld en ambitie had, stuurde je hier je kinderen naartoe.

Helen reed langs het openluchtzwembad, de lacrosse- en hockeyvelden, remde toen verder af en passeerde het croquetveld bij de hoofdingang. Ze zette haar motor naast de schitterende palladiaanse zuilengang en liep een wereld binnen die even intrigerend als vreemd voor haar was.

'Mag ik vragen wat het betreft?'

De secretaresse was beleefd maar behoedzaam, en trok haar neus even op toen ze Helen van top tot teen bekeek.

'Een politiekwestie.'

Helens antwoord was resoluut, en even later liep de secretaresse haastig met haar door de volmaakt gepolijste gangen, alsof ze haar het liefst uit het zicht wilde houden.

'Mevrouw Raeburn heeft het op het moment erg druk met onze zomerschool,' zei de secretaresse kort, alsof ze verwachtte dat Helen zich nu zou omdraaien en het gesprek zou uitstellen. 'Ze geeft op dit moment privéles.'

'Ik zal het kort houden,' loog Helen, toen ze bij de deur naar de goed toegeruste muziekafdeling kwamen.

Ze gingen naar binnen en de zware deuren vielen zachtjes achter hen dicht. Het was alsof ze een cocon binnenkwamen, volmaakt afgesloten van de buitenwereld. Wat werden de leerlingen hier vertroeteld en beschermd, dacht Helen, en wat een vreemde wereld om in te verblijven. De oefenkamers waren zo goed geïsoleerd dat het leek alsof de leerlingen instrumenten bespeelden die geen geluid maakten.

'Ze zit hier, kamer veertien...'

Helen zei niets, maar ze concentreerde zich op wat haar te doen stond. De secretaresse pakte de deurkruk vast, klopte aan en ging haar voor de ruimte binnen, zodat Helen haar wel moest volgen.

'Neem me niet kwalijk dat ik u stoor, mevrouw Raeburn. Maar u hebt... bezoek.'

Helen liep om haar chaperonne heen en zag een knappe blonde vrouw van in de veertig zitten die in gesprek was met een leerling met een klarinet in zijn handen.

Belinda Raeburn draaide zich naar hen toe en een glimlach accentueerde haar aantrekkelijke gelaatstrekken. Ze leek verrast, maar niet boos over de onderbreking en keek Helen nieuwsgierig aan. Lang, opvallend en gekleed in een leren motorpak had Helen dit effect vaker op mensen, maar toen ze haar penning ophield, verdween de glimlach van de docente.

'Inspecteur Helen Grace. Kan ik u even spreken?'

59

'Dat ben ik niet.' Raeburn tikte hard op de foto. Ze had een verbijsterde, boze blik op haar gezicht.

'Ze lijkt wel op u,' zei Helen vriendelijk. 'Dezelfde lengte, dezelfde lichaamsbouw en vanuit deze hoek klopt de vorm van het gezicht precies...'

'Nou, "lijken op" en "zijn" zijn twee verschillende dingen,' was Raeburns weerwoord, die haar toevlucht zocht in het stechelen over woorden.

'Dus u zegt dat u twee dagen geleden niet naar de B&Q in Hedge End bent geweest?'

'Zie ik eruit als een doe-het-zelver? Ik kom nooit in dat soort winkels.'

'U bent dit niet die hier een keukenmes steelt?'

'Absoluut niet. Waarom zou ik zoiets doen? Als ik een nieuw keukenmes nodig heb, dan koop ik het wel.' Ze richtte haar blik verontwaardigd, uitdagend op Helen. 'Dan hoop ik dat dat is opgehelderd. Als u me nu niet kwalijk neemt...'

'Ik moet erbij zeggen,' vervolgde Helen, 'dat de vrouw die dat mes heeft gestolen, vervolgens wegreed in een auto die op uw naam staat. Is uw voertuig gestolen?'

'Natuurlijk niet. Ik ben er vanmorgen mee naar school gereden. Dit moet een of andere vergissing zijn.'

'Het is geen vergissing.'

'En ik moet zeggen,' ging Raeburn op scherpe toon verder, 'dat het me verbaast dat mijn dag verstoord moet worden voor zo'n onbeduidend misdrijf. Ik hoor nu les te geven. Ik heb de hele dag werkgroepen...'

Raeburn was allang niet meer zo opgewekt. Ze wilde duidelijk dat Helen vertrok, maar die laatste was geboeid door Raeburns verlangen om hun gesprek af te kappen.

'We denken dat het mes in kwestie daarna is gebruikt bij een ernstig misdrijf.'

'O...' was Raeburns onwillige reactie, ze was merkbaar teleurgesteld dat het gesprek nog altijd niet voorbij was.

'Een man met de naam Martin Hill is gisteren rond het middaguur vermoord.'

Raeburn reageerde niet.

'Hij is doodgestoken in een steeg in Portswood.'

'Dat heb ik op de radio gehoord, maar ik snap niet wat dat met mij te maken heeft.'

'Kende u meneer Hill?'

'Nee, helemaal niet. En trouwens, op de radio zeiden ze dat het een racistische moord was, een of andere gewetenloze crimineel die een onschuldige man had aangevallen.'

Helen bleef naar haar kijken, maar zei niets en liet de stilte het werk doen.

'U denkt toch niet serieus dat ik daar iets mee te maken heb?' protesteerde Raeburn. 'Ik ben geen racist. Vraag maar aan mijn vrienden, mijn familie, als het nodig is, kijk naar mijn posts online. Ik ben lid van de Labour Party die actief campagne voert tegen antisemitisme, racisme... alle vormen van onverdraagzaamheid.'

Helen twijfelde er niet aan, maar het viel haar op hoe de woorden uit de mond van deze vrouw stroomden, een stortvloed van zelfrechtvaardiging en ontkenning.

'We onderzoeken alle mogelijke motieven voor de aanval,' antwoordde Helen. 'Maar u zegt dus dat u hem niet vijandig gezind was, dat u geen reden had om hem iets aan te doen?'

'Godsamme, ik kende hem niet eens. Waarom zou ik hem iets aandoen?'

Helen knikte en haalde haar notitieboekje uit haar jaszak. 'Kunt u me dan zeggen waar u gisteren tussen twaalf en twee uur 's middags was?'

'Nou, ik... ik ben tijdens mijn lunchpauze even de stad in geweest. Ik moest wat dingen ophalen.'

'Iets preciezer, alstublieft.'

'Oké, ik moest rond half een een viool afgeven bij een reparatieatelier in St. Denys, op de terugweg ben ik even langs de universiteit gegaan om wat bladmuziek op te halen, arrangementen die een vriend voor me heeft gemaakt. Ik kan hun contactgegevens achterlaten...'

'Bent u gedurende die periode in Portswood geweest?'

'Nee. Ik bedoel, ik ben erdoorheen gereden...'

'Maar u bent er niet gestopt.'

'Nee, ik moest terug, ik had lessen.'

'Uw auto is namelijk om veertien minuten over een 's middags in Lena Gardens bekeurd.'

Nu was er een minieme reactie van Raeburn. Had ze gehoopt dat de politie het verband niet zou leggen? Dat de verschillende diensten zo slecht met elkaar samenwerkten?

'Een parkeerwachter constateerde een kleine overtreding en schreef een boete uit voor een auto die op uw naam staat. Ik neem aan dat uw partner Carol Shepherd de auto niet kan hebben gebruikt, omdat zij op dat moment voor een cursus in Portsmouth was.'

Raeburn keek verbluft, geschokt dat de politie de gangen van haar partner was nagegaan.

'En trouwens, u zei net zelf dat u de stad in was gereden, dus...'

'Nu u het zegt, u hebt gelijk, ik ben op de terugweg kort in Portswood gestopt.'

'Ah.'

'Glad vergeten. Ja, ik had nog yoghurt nodig, dus heb ik even geparkeerd en ben ik naar de supermarkt gegaan.'

'En de parkeerbon hebt u niet gezien...'

'Ik krijg ze zo vaak, ben ik bang.'

'En naar welke supermarkt bent u geweest?'

'Ik heb niet zo opgelet, eerlijk gezegd. De Tesco Metro, geloof ik.'

'Hebt u met uw pinpas betaald?'

'Nee, contant.'

'En heeft iemand u daar gezien?'

'Ik zou het niet weten. Ik ben langs de zelfscankassa gegaan, maar misschien heeft de beveiliger me gezien, al was het behoorlijk druk...'

'Nou ja, we kunnen de beveiligingsopnamen van de Tesco Metro's in de omgeving bekijken. Dan is het snel opgelost.'

'Natuurlijk. Fijn.'

Raeburn glimlachte geforceerd, deed haar best zelfverzekerd en ontspannen over te komen. Helen vroeg zich af hoe ze zou reageren als ze ontdekte dat er geen Tesco Metro's in Portswood waren.

'Bent u daarna nog ergens naartoe gegaan? Bent u nog ergens gestopt?'

'Nee, dat was het, sorry. Ik ben hiernaartoe gereden. De school zal vast kunnen bevestigen hoe laat ik terug was.'

Helen knikte en maakte een aantekening, ervan overtuigd dat dit deel van Raeburns zogenaamde alibi wel zou kloppen. Ze keek op en zag dat de docente gespannen en alert was, alsof ze nog meer vragen verwachtte. Haar haast en haar verlangen om het gesprek af te ronden leken verdwenen, misschien omdat ze aanvoelde dat dit een serieus gevecht was, een gevecht dat ze moest afmaken om niet nog meer verdenking over zich af te roepen. Helen besloot het haar niet nog moeilijker te maken, klapte haar notitieboekje dicht en stond op. 'Daar kan ik voorlopig mee uit de voeten. Hartelijk dank voor uw tijd.'

'Graag gedaan,' zei de docente overdreven vriendelijk. 'Ik help graag.'

De opluchting in haar stem was hoorbaar, misschien had ze het gevoel dat ze Helen ongeschonden had afgepoeierd. Helen glimlachte en liep naar de deur, maar terwijl ze die opentrok, bleef ze even staan. 'O, nog één ding...' zei ze, en ze draaide zich om om naar de docente te kijken.

De glimlach lag nog steeds strak op Raeburns gezicht.

'Klopt het dat u Eve Sutcliffe hebt gekend?'

Raeburn keek volkomen ontzet, alsof Helen haar zojuist een stomp had gegeven. Ze herstelde zich snel. 'Ja, natuurlijk. Zo'n afschuwelijk verlies...'

'En hoe kende u haar?'

'Ik gaf haar les. Ze was de beste muzikant van haar jaar. Sterker nog...' Raeburns stem leek iets te trillen, toen ze Helen nog een laatste keer aankeek. 'Ze was de beste muzikant van de hele school.'

60

Helen liep haastig terug naar haar Kawasaki, zwaaide haar been over het zadel en startte de motor. Langzaam reed ze over de oprijlaan, zorgvuldig in de gaten gehouden door de secretaresse. De oude vrouw leek problemen te ruiken, en na haar vraaggesprek met Belinda Raeburn gold datzelfde voor Helen.

Er waren de afgelopen vier dagen twee moorden in Southampton gepleegd, doden die alle logica leken te tarten. Ze waren beide zeer goed gepland, maar amateuristisch uitgevoerd, Amar Goj en Belinda Raeburn hadden hun vlucht verprutst en daardoor aandacht op zichzelf gevestigd. Deze fouten benadrukten hun gebrek aan ervaring; Goj en Raeburn hadden allebei geen strafblad wegens geweldpleging. Wat had hen er dan toe gedreven om opeens een moord te plegen?

Er was nog iets anders dat vreemd was. Ze leken beiden ook geen motief te hebben. Goj kende McManus niet, en voor zover ze hadden kunnen vaststellen, had de privédetective ook geen onderzoek naar hem gedaan. In welk opzicht profiteerde hij dan van de moord? Die vraag kon ze ook stellen als het ging om Belinda Raeburn, die volgens haar belgeschiedenis nooit met Martin Hill had gecommuniceerd, beroepsmatig of persoonlijk nooit contact had gehad met het slachtoffer en op het eerste gezicht niets op had met welke vorm van racisme dan ook. Toch was Helen ervan overtuigd dat zij Hill had doodgestoken. Haar zwakke alibi en afwerende lichaamstaal hadden Helens argwaan verder gevoed. Was ze dan ook verantwoordelijk voor de scheldtelefoontjes, de walgelijke graffiti? Het leek onwaarschijnlijk, onaannemelijk misschien, maar welke andere verklaring was er?

Ze drukte op haar bluetoothstuurbediening en belde de recherchekamer terwijl ze over de oprijlaan wegreed.

'Recherchekamer, met McAndrew.'

'Ellie, met mij. Je moet iets voor me doen.'

'Natuurlijk.'

'Ik wil dat we alles over Eve Sutcliffe nog een keer bekijken...'

'Oké...' zei McAndrew, verrast door Helens wens om terug te gaan naar een zaak die was vastgelopen.

'Ik wil vooral kijken naar eventuele verbanden tussen Eve Sutcliffe en Belinda Raeburn. Raeburn was haar docente, bereidde haar voor op haar eindexamen, maar ik wil dieper gaan, kijken wat we tegenkomen.'

'Ik ga er direct mee aan de slag.'

'Dank je. Zo snel mogelijk, alsjeblieft.'

Helen verbrak de verbinding en reed in gedachten verzonken verder naar het hek rond de school. Op het eerste gezicht leken de twee moorden willekeurige, onverklaarbare gebeurtenissen, maar Helen was geïntrigeerd en geschrokken door een mogelijk verband dat zich nu voordeed. Amar Goj profiteerde in het geheel niet van de moord op McManus, maar wel van de moord op Alison Burris, de vrouw die tien dagen eerder op een parkeerplaats in het centrum van de stad was doodgestoken. En Raeburns aanval op Hill leek volkomen atypisch en zinloos, máár ze kende Eve Sutcliffe, het slachtoffer van een wrede, ogenschijnlijk seksueel gemotiveerde aanval in Lakeside Country Park acht dagen geleden. Was het mogelijk dat Raeburn er op de een of andere manier bij betrokken was, misschien zelfs opdracht had gegeven voor de moord op het jonge meisje?

Het leek een absurd idee, maar het toeval was op z'n zachtst gezegd bijzonder. Deze mogelijke onderzoekslijn leverde natuurlijk evenveel problemen als mogelijkheden op. Er was nog zo veel onduidelijk, er ontbraken nog zo veel puzzelstukjes dat ze onmogelijk kon zeggen hoe – en óf – alles in elkaar paste. Maar voor Helen was duidelijk dat er íéts heel erg mis was, dat er in Southampton krachten aan het werk waren die gewone burgers aanzetten tot moord. Toen ze gas gaf, over de oprijlaan raasde en grind deed opspatten, was Helen ervan overtuigd dat er nog meer op het spel stond en dat er nog meer bloed zou vloeien als ze niet ontdekten wie er achter deze orgie van geweld zat.

61

'Ik zeg je de waarheid.'

Darren Moorfield snauwde de woorden boos en beledigd. Maar Hudson liet zich geen moment voor de gek houden en pakte hem nog wat steviger vast. Nu hij Lee Moffats beste vriend in een bouwvallige flat in Freemantle had weten op te sporen, was hij vastbesloten om te krijgen waar hij voor kwam.

'Je weet niet eens wat dat woord betekent. Ik weet zeker dat je erbij betrokken bent, ik weet zeker dat jij het hebt gedaan, dus vertel maar...'

'Blijf van me af, man. Ik heb je niks te zeggen...'

Moorfield probeerde zich los te rukken, maar Hudson had die beweging al verwacht. Hij gebruikte het gewicht van de jongeman tegen hem, draaide hem om, zodat hij zijn richtinggevoel nog verder kwijtraakte, waarna hij hem achteruit naar de andere kant van de kamer duwde. Moorfields groezelige zolderflatje lag vol lege pizzadozen en bierblikjes, en hij vloekte hevig toen hij ongecontroleerd en uit balans naar achteren struikelde.

'Dit kun je niet maken, stomme klootzak...'

'Niemand die me tegenhoudt,' antwoordde Hudson koel.

Het was waar, ze waren alleen in de vervallen flat, misschien wel in het hele gebouw. Het geld dat Moffat verdiende met zijn oplichterij, kwam duidelijk niet bij zijn loopjongens terecht. Hoewel hij Lee's beste vriend was, woonde Moorfield in z'n eentje in een vervallen torenflat in een groezelig deel van de stad. Er zouden weinig getuigen zijn die Hudson zouden tegenhouden, zeker niemand die zich met de politie zou willen inlaten.

'Dit is intimidatie en mishandeling...'

'Tegen de tijd dat ik klaar ben met jou, zou je willen dat dat alles was...'

Joseph bleef duwen. Recht voor hem was een vies raam dat uitkeek op de keien, drie verdiepingen lager. Darren Moorfield worstelde en vloekte, maar Joseph hield niet op. Hij ramde de magere jongeman tegen het glas. Het barstte onmiddellijk, maar Hudson voerde de druk verder op en het glas dreigde te breken.

'Godverdomme, ben je knettergek?' krijste Moorfield.

'Nee, man. Ik heb nog nooit zo helder gezien hoe het zit. En daarom kom jij hier dus niet mee weg...'

'Maar ik heb je al gezegd dat ik Martin Hill niks heb aangedaan. Ik was die dag bij het gokkantoor.'

'Ik geloof je niet.'

'Ik zweer het je...'

'Ik denk dat jij jezelf én daarmee Lee te kakken hebt gezet, die avond bij de Marquee. Een beetje stoer doen en Lilah Hill treiteren. En wat kreeg je voor je moeite? Een nacht in de cel. Moest Lee je borgsom betalen?'

Moorfield haalde zijn schouders op, weigerde hem aan te kijken en bevestigde daarmee Hudsons vermoeden.

'Dat zal hij wel geweldig hebben gevonden,' zei Hudson lachend. 'Dat hij zo'n kansloze figuur als jij moest redden.'

'En wat dan nog?'

'Wat zal dat een vernedering zijn geweest, Darren, zo gênant en beschamend. Je wilde je vast wanhopig graag bewijzen tegenover Lee, bewijzen dat je meer voorstelde dan alleen maar een sloofje, dat je zijn rechterhand kon zijn.'

'Tuurlijk, maar...'

'Ik weet ook dat je niets zou doen zonder zijn goedkeuring. Daar heb je de fantasie niet voor. Waren de telefoontjes en de graffiti zijn idee?'

'Waar heb je het over?'

'Heeft hij je het mes gegeven? Je uitgedaagd om het goed te maken?'

'Kom op, ik weet niets...' kreunde Moorfield, terwijl hij worstelde om uit Hudsons greep los te komen.

'Lieg niet tegen me, Darren.'

'Dat doe ik niet, ik zweer het je...'

'Ik weet wat je bent. Je bent een leugenaar, een dief en een moordenaar. En dat zal ik bewijzen.'

'Alsjeblieft, nee, ik...'

Moorfield kwam niet meer uit zijn woorden, angst verlamde zijn zintuigen en het glas achter hem bleef kraken.

'Hoor eens, ik geef toe dat ik auto's jat...'

'Niet goed genoeg. Ik wil een volledige bekentenis. Ik wil Lee.'

'Maar ik heb het niet gedaan. Hij heeft het me nooit gevraagd.'

Tot zijn verbazing zag Hudson tranen in Moorfields ogen.

'Ik zweer het je, op m'n leven, ik heb het niet gedaan. Ik heb niemand vermoord... dat zou ik niet kunnen. Ik ben een dief, dat is alles.'

Moorfield stond nu echt te snotteren, tranen stroomden over zijn wangen. Hij leek gelaten, verslagen, alsof hij wist dat Hudson hem toch wel door de ruit heen zou duwen.

Hudson zou het graag willen, hij wilde de blik van afschuw en angst op het gezicht van de jongeman zien als hij viel, maar tegen zijn gevoel in, trok hij hem bij het raam weg en smeet hem ruw op de grond.

'Dit is nog niet afgelopen.'

Hudson snauwde hem de woorden toe, boos, vastberaden, maar hij wist dat het gedaan was. Als de opdracht tot de moord op Hill al van Moffat was gekomen, dan wist de kansloze Moorfield daar duidelijk niets van. Hij was een onderkruipsel, niets meer en niets minder. Zelfs nu keek hij naar hem op, wreef hij over zijn nek, en zag hij er gekwetst en bang uit. Maar Hudson bleef niet treuzelen, hij had hier al genoeg tijd verspild.

Met grote stappen liep hij de flat uit, naar het smerige trappenhuis daarachter, en hij bedacht wat hij nu zou doen. Hij kon Moffat weer oppakken, maar het was misschien slimmer om zijn andere loopjongens aan de tand te voelen om te zien of zíj soms bereid waren hun leider op te offeren om een gevangenisstraf te ontlopen. Het zou tijdrovend en mogelijk zinloos zijn, omdat er natuurlijk altijd een mogelijkheid bestond dat hij en Reid het bij het verkeerde eind hadden met deze onderzoeksrichting, maar ze moesten het proberen. Hij pakte zijn telefoon en wilde net Edwards bellen, toen het apparaat opeens in zijn handen tot leven kwam. Hij keek op het scherm, maande zichzelf even tot rust en nam toen het telefoontje van Grace Simmons aan.

'Goedemorgen, chef. Wat kan ik voor u doen?'

'Ik wil je in mijn kamer spreken.'

'Natuurlijk, maar ik ben op het moment bezig om...'

'Nú graag, rechercheur Hudson.'

Daarna werd de verbinding verbroken.

62

'Ik heb werkelijk geen idee waar u het over hebt, chef.'

Joseph Hudson deed erg zijn best om gekrenkt en verbijsterd over te komen, maar hoofdinspecteur Simmons trapte er niet in.

'Dat is vreemd, want inspecteur Grace was erg duidelijk in haar verklaring...'

Hudson vond het niet prettig dat ze het woord 'verklaring' gebruikte, alsof het al een officieel onderzoek was.

'... en ze zei dat je expliciet dreigde haar te ontmaskeren als ze een tuchtprocedure tegen je begon.'

'Wat zou ik moeten ontmaskeren?'

'Jullie vroegere relatie. Of wou je ontkennen dat die er was?'

'Nee, nee. We hebben een tijdje iets met elkaar gehad. Maar het was kort, oppervlakkig, had niets te betekenen...'

'Waarom ben je er dan op gebrand haar te ondermijnen?'

'Dat ben ik niet, chef, en eerlijk gezegd vind ik die beschuldiging zeer kwalijk. Ik probeer haar te hélpen, maar we komen op het moment om in het werk, het lijkt wel of we in geen enkele zaak een meevaller kunnen krijgen...'

'Dus haar bewering dat je je eigen onderzoeksrichtingen voorrang geeft ten koste van de rest van het team is niet waar?'

'Absoluut niet. Ik probeer alleen íémand íéts ten laste te leggen.'

‘En je ontkent dat je haar gezag in twijfel hebt getrokken in het bijzijn van het team? Tegen alle protocollen in...’

‘We hebben stevige discussies. Dat is normaal. Het is een van de sterke punten van het team...’

‘Vreemd, want vanuit mijn perspectief komt het team zwak en verdeeld over.’

‘Tja,’ zei Hudson, en hij haalde zijn schouders op, ‘dat moet u met inspecteur Grace opnemen.’

‘Eerlijk gezegd praat ik liever met jou, want ik heb sterk het vermoeden dat jíj de oorzaak bent van alle tweedracht en onrust.’

‘Dat is helemaal niet waar. Als er iemand aangepakt moet worden, dan is het Grace. De problemen waar we voor staan, worden veroorzaakt door haar, niet door mij.’

‘Moet je horen, brigadier Hudson, we kunnen in cirkeltjes blijven ronddraaien en je kunt elke beschuldiging aan jouw adres ontkennen, maar misschien kunnen we ter zake komen.’

Hudson zei niets, hij wist niet goed waar dit naartoe ging.

‘Inspecteur Grace heeft me verteld over jullie vroegere relatie en ik ben verplicht deze kennis te delen met hogerhand. Daartoe heb ik een rapport geschreven en dat zal ik zo snel mogelijk doorgeven aan PZ. Ik moet je ook zeggen dat ik het excuus en de uitleg van inspecteur Grace wat betreft de relatie heb aanvaard, en het is mijn advies geen verdere disciplinaire maatregelen te nemen. Zoals je weet, wordt dit soort relaties afgekeurd, maar zijn ze niet verboden, en gezien het feit dat inspecteur Grace vele jaren van trouwe dienst binnen het korps heeft, zie ik geen reden om een zondebok van haar te maken.’

Hudson staarde haar verbijsterd aan.

‘Ik zal aan het rapport toevoegen dat jij ontkent dat de relatie de arbeidsrelatie heeft vertroebeld en dat je derhalve ook persoonlijk niets tegen inspecteur Grace hebt. Wil je daar nog iets aan toevoegen?'

Ze had hem klem en dat wist ze heel goed. Als hij nu terugkrabbelde, kon hij aangeklaagd worden wegens insubordinatie. Maar als hij zijn mond hield, zou hij Helen in feite vrijspreken van enig wangedrag. Het maakte hem woest, maar hij had op dit moment geen andere keus dan op zijn tong te bijten.

'Ik zal me onpartijdig opstellen bij de officiële afhandeling van dit incident,' ging Simmons verder, 'maar laat me heel duidelijk zijn en zeggen dat ik jou verantwoordelijk houd voor de problemen die het team het afgelopen half jaar heeft gekend.'

'Met het grootst mogelijke respect, chef...'

Maar zijn boze bezwaar werd afgekapt toen Simmons haar hand opstak.

'Derhalve heb ik nog twee dingen die ik wil zeggen. In de eerste plaats wil ik dat het onmiddellijk stopt. De insubordinatie, de arrogante houding, het zaaien van tweedracht, de achterbakse kritiek, het verspreiden van geruchten, het lekken van gevoelige informatie aan de pers...'

'Daar heb ik niks mee te maken.'

'In de tweede plaats, áls je je aan de regels houdt totdat we de achterstand van zaken hebben ingehaald, dan beloof ik je dat ik je een goed afscheid zal geven.'

'Pardon?' sputterde Hudson verbolgen.

'Inspecteur Grace is de beste politievrouw, de beste leider die het team Zware Misdrijven ooit heeft gehad en ik ben niet van plan haar op te offeren om jouw ego te strelen. Nee, de persoon met wie het hier gedaan is ben jij.'

Hudson staarde haar aan en wist geen woord uit te brengen in reactie op deze gemene en onverwachte hinderlaag.

'Maar als je doet wat ik van je vraag, zal ik ervoor zorgen dat je een uitstekende referentie meekrijgt om een terugplaatsing naar de politie van Cheshire mogelijk te maken. Begrepen?'

'Ja, maar...'

'Dan zijn we hier klaar. Bedankt voor je tijd, brigadier Hudson.'

63

Hard trappend zoefde ze over straat en haar humeur werd steeds beter. Thuis had Lilah zich opgesloten gevoeld, alsof de muren, haar léven, op haar afkwamen. Uiteindelijk was ze gevlucht; ze had zich aangekleed en haar fiets gepakt omdat ze opeens wanhopig graag haar verantwoordelijkheden, haar problemen, de moeilijke gesprekken die ze zou moeten voeren wilde ontlopen. Ze moest een tijdje alleen zijn, in de buitenlucht, ze had behoefte aan lucht.

Het temperatuurverschil was overweldigend. Het huis stond in de schaduw, was koel en donker, maar buiten kwam de warmte van het trottoir omhoog en was het drukkend en benauwd. Nog voordat ze haar fiets van het slot had gehaald, stond ze al te zweten, maar toch was het fijn om buiten te zijn. De stilte in huis was verstikkend, een stilte die alleen werd gevuld met haar eigen sombere gedachten, en ze kon zich beter richten op de vertrouwde beelden en geluiden van haar buurt dan in een huis vastzitten dat de laatste tijd een gevangenis was geworden.

Ze trapte nog wat harder en haar hart ging tekeer terwijl ze over straat vloog. Met haar helm op en haar ogen verborgen achter een zonnebril was ze onherkenbaar en kon ze buren en plaatselijke winkeliers ongehinderd passeren. Dit lichte bedrog voelde goed, een kleine overwinning als het ware, en het duurde niet lang of ze was een paar straten verderop, weg van haar vertrouwde plekken, heerlijk anoniem.

Er was weinig verkeer en al snel was ze in de buurt van winkelcentrum Westquay. Ze zette haar fiets op slot, duwde de deur open naar de ruimte met airconditioning, rilde toen het zweet afkoelde en aan haar lijf plakte, waarna ze zich overgaf aan alle geneugten. Ze was in geen tijden in het winkelcentrum geweest en het leek nu wel een soort tovergrot, al die kleuren, de overvloed, de vrolijkheid. Het was een plek die was ontworpen voor entertainment – winkelen, kletsen, eten, drinken en lachen – een centrum van genot. Iets waarvoor de laatste tijd maar weinig ruimte was geweest.

Uitgelaten en giechelend stortte Lilah zich op de vele vormen van vermaak, deed zich tegoed aan een cupcake en een latte met verse gember, kocht een jurk waar ze nooit de moed voor had gehad om die ooit te dragen, waarna er een uitstapje naar Victoria's Secret nodig was. Ze was onbezonnen, beneveld door vermaak, maar liet zich erin meegaan en dwaalde in een roes over de verschillende verdiepingen van het winkelcentrum. Voor het eerst sinds tijden was ze blij. Meer nog, ze had het gevoel dat ze leefde.

Nadat ze met de roltrap naar de begane grond was afgedaald, liep ze naar Schuh. De slagroom op de taart zou een paar mooie en onpraktische zomerschoenen zijn, waar ze op kon rondtrippelen terwijl ze haar nieuwe leven, haar nieuwe toekomst omarmde. Ze had geen idee wanneer ze ze zou dragen of voor wie ze ze aan zou trekken, maar ze wilde ze opeens per se hebben. Bij binnenkomst had ze een schattig, roze paar met plateauzolen gezien en ze was ervan overtuigd dat die voor haar bestemd waren.

Vol zelfvertrouwen en energie liep ze verder... maar opeens

bleef ze staan, met het gevoel dat ze een stomp in haar maag had gehad. Even was ze niet in staat zich te verroeren, niet in staat te verwerken wat ze zag. Dit was háár moment van euforie en ontspanning, en zíj hoorden hier niet. Maar daar waren ze, een rustig onopvallend stel van middelbare leeftijd dat langzaam langs haar heen schuifelde, zich helemaal niet bewust van haar aanwezigheid, verzonken in een eigen wereld van verdriet. Maar de aanblik was als een dolksteek in Lilahs hart en snel draaide ze zich om en deed ze alsof ze iets in de etalage bekeek.

In de weerspiegeling van de ruit zag ze hoe het trieste paar langsliep, uitgeholde geesten met lege boodschappentassen, terwijl ze zelf doodstil bleef staan. Het stel liep verder, was even snel verdwenen als het was gekomen, maar hun aanwezigheid bleef voelbaar, en terwijl Lilah naar de glanzende ruit keek, zag ze haar eigen gejaagde gezicht dat haar aanstaarde. Alle vreugde, alle uitgelatenheid, was nu verdwenen. Ze voelde zich leeg, koud en verdoofd, een schim van de vrouw die ze nog geen vijf minuten geleden was geweest. Maar goed, meer verdiende ze ook niet.

64

Ze klopte een tweede keer aan, deed een stap naar achteren en keek omhoog. Maar het huis zag er donker en verlaten uit... er was niemand thuis.

Teleurgesteld liep Helen het trapje af naar de straat. Ze had verschillende keren geprobeerd om op Robert Downings dringende verzoek te reageren, maar kennelijk stond zijn telefoon permanent uit, vandaar dat ze impulsief had besloten om naar zijn huis te gaan.

Op zijn kantoor hadden ze gezegd dat hij hier zou zijn, omdat dit een van zijn middagen met de jongens was, maar het hechte gezinnetje was nergens te bekennen. Helen liep naar haar motor, pakte haar telefoon om nogmaals een bericht in te spreken, maar hoorde toen iets en keek op. Een donkerblauwe Mercedes s-klasse was net gestopt, en achter het stuur zat de man in kwestie.

Even keken ze elkaar aan. Helen had het idee dat zijn gezicht kortstondig betrok voordat een opgewekte glimlach zijn gelaatstrekken deed oplichten. Downing stapte uit en liep met grote stappen naar haar toe, een koffertje en twee dossiers onder zijn arm.

'Helen, leuk je weer te zien.'

'Insgelijks. Waar zijn de jongens?'

Weer een lichte reactie, alsof hij was betrapt.

'Ik moest ze bij Alexia achterlaten. Ze waren er niet blij mee, maar helaas beginnen ze eraan te wennen. Mijn werk is vaak onvoorspelbaar.'

'Een grote zaak?'

'Een hoger beroep dat over twee dagen begint en waar ik nog niet veel van weet.' Lachend gebaarde hij naar de dossiers en hij versnelde zijn pas iets.

Helen voegde zich bij hem en kwam meteen ter zake. 'Je wilde me spreken?'

Even keek Downing verrast. Helen vroeg zich af of hij echt wel had gebeld, of ze het niet had gedroomd, maar daarna ontspanden zijn gelaatstrekken zich toen hij het zich weer herinnerde.

'Ja, klopt. Maar daar hoefde je niet helemaal voor hiernaartoe te komen.'

'Waar zat je mee? Je klonk bezorgd.'

Ze vertraagden hun pas, toen ze bij het trapje naar zijn huis kwamen. Opeens keek Downing onzeker, zelfs een beetje schaapachtig.

'Nou, het is een beetje pijnlijk, maar ik vrees dat ik me de vorige keer schuldig heb gemaakt aan het niet verstrekken van volledige openheid.'

'In gewone taal graag, Robert.'

'Ik was niet helemaal eerlijk tegen je over Declan McManus.'

'In welk opzicht?' vroeg Helen nieuwsgierig.

'Nou, zoals je weet belde hij me een dag of twaalf geleden.'

'Ja.'

'En... nou, een paar dagen later stond hij hier opeens op de stoep.'

Helen knikte en zei niets. Malik had samen met een team agenten een buurtonderzoek gedaan en had weten vast te stellen dat

McManus nog geen vijf dagen geleden hier in de buurt was geweest. Had Downing over dit grondige onderzoek gehoord en had hij daarom gebeld? Of was deze bekentenis eenvoudigweg het gevolg van zijn eigen kwade geweten?

'Wat wilde hij?'

'Nou ja, zoals ik de vorige keer al zei, was hij op zoek naar klussen, wilde als onderzoeker voor ons werken. Hij wilde zich bewijzen, wilde onze belangstelling kópen, als het ware.'

'Hoe?'

'Hij beweerde dat hij beschikte over materiaal dat betrekking had op een zaak waar ik aan werkte, een akelig geval van stalking, bedreigen van personen en eigendommen. Hij zei dat hij bewijs had dat onomstotelijk liet zien dat de verdachte een vorige vriendin hetzelfde had aangedaan. Hij wilde mij, als hoofdaanklager, namen, telefoonberichten en zelfs de opname van een telefoongesprek geven... tegen een prijs, natuurlijk.'

'En?'

'Toen heb ik hem gezegd dat hij moest opzouten. Het is volkomen onethisch, bovendien vond ik het helemaal niet prettig dat hij bij me thuis kwam.'

'En daarna heb je niets meer van hem gehoord?'

'Nee.'

Hij schudde zijn hoofd, alsof hij zijn plicht had gedaan en er verder niets meer te zeggen viel.

'Mag ik vragen waarom je me dat de vorige keer niet gewoon verteld hebt?'

Downing was even stil, leek het niet prettig te vinden dat hij nog langer werd opgehouden, dat het gesprek nog niet was afgelopen.

'Het was dom, eigenlijk,' biechtte hij schaapachtig op. 'Ik reageerde te snel, en ik was bang dat het zou lijken alsof het kantoor een soort arbeidsrelatie met hem had, als je wist dat hij twee keer contact met me had opgenomen, en dat was absoluut niet het geval.'

'Dat was alles?'

'Dat was alles,' antwoordde Downing resoluut. 'Absurd, eigenlijk, maar ik wilde het rechtzetten, je het hele plaatje geven, voor het geval het zou kunnen helpen...'

Helen knikte, maar zei niets.

'Nou ja, als dat het was...'

'Er zit je niets anders dwars?' vroeg Helen.

'Ik vraag me alleen af hoe ik deze stapel op tijd kan doorwerken.' Hij tilde de dikke dossiers op, glimlachte vermoeid en haastte zich het trapje op.

Helen keek hem na, nam zijn overdreven haast in zich op, de manier waarop zijn huissleutel uit zijn hand viel toen hij worstelde met het slot. Er zat hem wél iets dwars, maar wat precies zou een raadsel blijven, want de strafpleiter duwde de sleutel nu in het slot, verdween snel naar binnen en deed de deur achter zich dicht.

65

'Waarom wil je niet met me praten?'

'Er valt niets te zeggen.' Belinda probeerde dwingend te klinken, maar het had geen effect. Carol bleef haar met een smekende en boze blik op haar gezicht aanstaren.

'Ik wil alleen weten of ik... of wíj ons ergens zorgen over moeten maken.'

'Zoals?'

'Zeg jij het maar.'

Het klonk verontwaardigd, maar daar wist Belinda doorheen te prikken. Hier zat bezorgdheid, angst, achter. 'Hoor eens, Carol, we kunnen hierover praten tot we een ons wegen, maar ik zie het nut er niet van in. Laten we ergens wat gaan drinken, en dan daarna nog een hapje eten.'

'Jij wilt uitgaan?'

'Waarom niet?'

'Alsof er niets is gebeurd?'

'Er ís niets gebeurd.'

'De politie is bij je langs geweest, Belinda. Op school. En niet zomaar een agent die zichzelf heel wat vindt, maar een inspecteur.'

Belinda vloekte inwendig. Waar haalde Carol haar informatie

vandaan? Ze moest met iemand van school hebben gesproken, maar wie?

'Rechercheurs komen niet voor weggelopen honden of gestolen handtassen. Die werken aan ernstige misdrijven...'

'Nogal logisch.'

'Waarom kwamen ze dan bij jou langs?'

En daar was het dan. Grote bezorgdheid, een onaangename beschuldiging, verpakt in een oprechte vraag.

'Omdat ze vragen over Eve hadden.'

Carol staarde haar aan, onwillekeurig dankbaar voor de informatie, maar toch geschrokken. 'Wat voor vragen?'

'Gewoon wat achtergrondinformatie. Je weet dat ze nog helemaal niets zijn opgeschoten, dus gooien ze nog wat hengeltjes uit om te zien of ze iets gemist hebben. Ze wilden nog wat weten over haar achtergrond, haar roosters, haar routine, of ze een vriendje had... Als je het mij vraagt, klampen ze zich vast aan strohalmen, maar ze moeten iets. Al was het alleen maar omwille van haar ouders.'

'Hebben ze ook met anderen gepraat? Docenten, leerlingen die haar kenden?'

'Natuurlijk. Ze kwamen niet helemaal naar school toe om alleen met mij te praten, of wel? Maar goed, ik kon ze niet veel vertellen. Ik heb gezegd dat ze een ijverige leerlinge was die een mooie toekomst voor zich had. Maar ja, dat wisten ze waarschijnlijk allang.'

Carols lichaam ontspande zich iets. Ze wilde wanhopig graag geloven dat het een routinebezoekje was geweest, maar was duidelijk nog niet overtuigd. 'En dat is alles? Verder niets?'

Belinda nam haar in zich op. Zo veel bleef onuitgesproken, zo veel wantrouwen, boosheid en pijn schuilden onder de oppervlakte. Carol leek wel een gewond dier dat uit zijn lijden verlost wilde worden, en dus liep Belinda naar haar toe en legde zachtjes een hand op haar schouder. 'Verder niets. Het was puur routine, meer niet.'

'Eerlijk waar?'

'Eerlijk waar. Pieker nou niet en vertrouw me, alsjeblieft...' Ze trok Carol naar zich toe en sloeg haar armen om haar heen. 'Er is niets om je zorgen over te maken.'

66

Emilia keek Joseph Hudson bedachtzaam aan en wist niet goed hoe ze hem moest aanpakken. Ze had hem nog nooit zo boos of afwezig gezien. Ze zaten in een afgelegen café, zorgvuldig gekozen om nieuwsgierige blikken te vermijden, maar de ervaren politieman leek totaal geen oog te hebben voor zijn omgeving, zijn flesje bier stond onaangeraakt voor hem en hij was verzonken in zijn eigen duistere gedachten.

'Wat is er gebeurd, Joseph?'

Hij keek haar even aan, maar gaf geen antwoord.

'Is er iets mis?'

Haar toon was nu scherper, dringender. Ze had hem de hele dag geprobeerd te pakken te krijgen en nu hij zich eindelijk vertoonde, weigerde hij iets te zeggen. Dat was niet echt in overeenstemming met hun gesprekken in het verleden, die altijd open en verhelderend waren geweest.

'Kan ik je ergens mee hel...'

'Hoe noem je een groep trutten bij elkaar?' onderbrak Hudson haar, toen hij eindelijk de stilte doorbrak.

'Sorry, ik weet niet waar het over gaat.'

'Die hebben we namelijk op het hoofdbureau van politie. Simmons en Grace, twee handen op één buik. De feministen die elkaar tegen elke prijs de hand boven het hoofd houden.'

Emilia hield niet van zijn afkeer van vrouwen, maar negeerde het. Ze moest weten wat er aan de hand was. 'Neem een slok, Joseph. Haal adem. En vertel me dan wat er is gebeurd.'

Met tegenzin nam Hudson een grote slok bier. 'Helen en ik hadden gisteravond een beetje mot,' legde hij uit. 'Er vielen harde woorden en zij is kennelijk direct naar mammie toe gelopen. Ik werd vanmorgen door Simmons ontboden en kan mijn boeltje pakken.'

Emilia kon haar verbazing en schrik niet verbergen. Hudson was een geweldige bron, de beste bondgenoot die ze in jaren bij het hoofdbureau had gehad. 'Word je ontslagen?' vroeg ze, en ze kon het nauwelijks geloven.

'Dat is wat ze willen.'

'Wat ga je eraan doen?'

'Dat weet ik nog niet. Ik verzin wel iets. Maar in de tussentijd wil ik dat wij de druk op Helen opvoeren. Ik ga me nu niet meer inhouden, dat is zinloos.'

'Wat had je in gedachten?'

'Een volledige karaktermoord. Ik wil haar naam door het slijk halen.'

'Ah...'

'Als jij daar ook wat voor voelt, natuurlijk?' vroeg Hudson, van zijn stuk gebracht door Emilia's behoedzame reactie.

'Ja hoor, maar dan heb ik wel munitie nodig. Iets wat ik daadwerkelijk kan gebruiken.'

'O nou, die heb ik genoeg, geloof me, om te beginnen het feit dat ze weer aan de drank is.'

'Meen je dat?' Emilia kon haar verbazing niet verbergen. Helen Grace stond erom bekend dat ze nooit een druppel dronk.

'Dat heeft ze zelf min of meer toegegeven en eerlijk gezegd, klopt het ook wel. Ze is de laatste tijd vreselijk chaotisch, mist haar gebruikelijke energie, gedrevenheid…'

'Als jij het zegt.'

'Ze had vroeger een probleem met alcohol, een overblijfsel uit haar jeugd, schijnt, dus als ze nu opnieuw aan de drank is, is dat des te zorgwekkender.' Hij klonk bezorgd, maar er lag een grijns op zijn gezicht.

'Daar kan ik zeker iets mee,' antwoordde Emilia, toen ze even had nagedacht. 'Het sluit aan bij ons verhaal over gebrek aan controle en leiderschap…'

'Precies.'

'Plus, op die manier kunnen we weer in haar jeugd spitten, de moorden in die ranzige flat in Londen, het beschadigde kind dat nog altijd belaagd wordt door haar demonen… Dat is mooi en een goed begin, maar het is niet genoeg om haar ten val te brengen. Ik heb meer nodig.'

'En dat ga je ook krijgen. Er zit nog veel pikanter materiaal aan te komen, geloof me. Verboden relaties met personeelsleden, machtsmisbruik… Meer dan genoeg om haar te lozen.'

'Vertel.' Emilia's nieuwsgierigheid was gewekt. Misschien had Hudson écht de munitie om Helen Grace kapot te maken.

'Dat komt wel. Laten we ons eerst richten op de drank, daarna zien we wel verder. Ik wil een georganiseerde campagne, niet iets eenmaligs. Een aanhoudende reeks beschuldigingen en negatieve publiciteit die haar positie uiteindelijk onhoudbaar maken.'

Hij sprak met zo'n hatelijk vuur, zo'n zelfvertrouwen, dat Emilia zich begon af te vragen of hij dit vaker had gedaan, misschien bij vorige plaatsingen. Ze was geneigd het te vragen, maar wist dat ze zich niet moest laten afleiden, niet nu ze Hudson eindelijk aan het praten had. Dus hield ze haar mond, knikte op de juiste momenten en maakte ijverig aantekeningen, terwijl de beschuldigingen en hatelijkheden voor haar werden uitgestort. Toen hij eenmaal was begonnen, leek Hudson niet meer te stoppen, en zo zag Emilia het graag. Dit was de reden dat ze deze relatie had opgekweekt, waar hij voor was ontwikkeld. Binnenkort, heel binnenkort zou de definitieve aanval op de nietsvermoedende Helen Grace gaan plaatsvinden.

En als het zover was, zou ze niet weten wat haar overkwam.

67

'Ik begrijp het niet...'

Andrew Sutcliffes verdriet was moeilijk om aan te zien, maar ze konden hem noch zijn vrouw onmogelijk sparen.

'U zegt nu dat... dat Eves aanvaller níét een of andere gek was?'

Het leek vreemd dat het idee dat zijn dochter was aangevallen door een gestoorde verkrachter wenselijk was en het verdrietige echtpaar op de een of andere manier zekerheid bood, maar Helen kon zien dat haar vragen Eves ouders hadden geschokt. Ze hadden een verhaal te horen gekregen – een afschuwelijk verhaal dat niettemin akelig duidelijk was – dat nu in twijfel werd getrokken, waardoor ze in de war en overstuur waren. Helen wilde antwoorden, maar opnieuw nam rechercheur Malik de leiding. Ze was tot nu toe geweldig met hen omgegaan, op een manier zoals alleen zij dat kon.

'We hebben dat uiteraard tot in detail onderzocht. Er wás een serieaanvaller met een soortgelijke werkwijze die we aanvankelijk als mogelijke dader zagen, maar hij is tien dagen geleden in Berwick gearresteerd en zit nog steeds vast, dus hebben we hem moeten schrappen uit ons onderzoek.'

Jean Sutcliffe staarde wezenloos en gespannen naar Malik. Het was bijna alsof de woorden niet tot haar doordrongen.

'En er zijn geen incidenten of arrestaties in de buurt geweest die passen bij de precieze aard van de aanval op Eve...'

'Dus moeten we naar andere mogelijkheden kijken.'

Meneer en mevrouw Sutcliffe draaiden hun gezicht naar Helen toe.

'U zei in uw eerdere verklaring dat Eve geen vriend had?'

'Ja.'

'Ze heeft het nooit over iemand gehad? Heeft nooit iemand mee naar huis genomen?'

'Nee,' zei Andrew resoluut. 'Eve was niet geïnteresseerd in jongens. Ze studeerde graag, maakte muziek, sportte. Ze had een goed stel hersens.' Hij slikte toen hij het zei, verstikt door verdriet. Intuïtief stak zijn vrouw haar hand naar hem uit en vlocht haar vingers door de zijne.

'En mag ik vragen,' ging Helen voorzichtig verder, 'of u ooit het gevoel hebt gehad dat haar romantische interesses elders lagen? Dat ze in meisjes geïnteresseerd was en niet in jongens?'

Andrew Sutcliffe leek verbijsterd door deze vraag. 'Nee... nee, dat is nooit in ons opgekomen. Waarom zou het?'

Hij klonk resoluut, verontwaardigd, maar Helen keek naar Jean. Zodra Helen de vraag had gesteld, had Eves moeder haar blik neergeslagen, alsof ze de vraag wilde ontwijken.

'Mevrouw Sutcliffe?'

Terwijl Helen sprak, wendde Andrew zich tot zijn vrouw in de verwachting dat zij dit stellig zou ontkennen. Maar ze bleef strak naar de vloer kijken.

'Heeft Eve het ooit over zoiets gehad? Over verliefdheden? Over gevoelens in die richting?'

'Ik zie echt niet waar dit mee te maken zou kunnen hebben...'

Andrew staarde verbijsterd en geschrokken naar zijn vrouw.

'Mevrouw Sutcliffe, ik weet dat het moeilijk is, dat dit heel erg persoonlijk is,' drong Helen aan, 'maar als we deze afschuwelijke tragedie willen oplossen, hebben we echt een volledig beeld van Eves leven nodig.'

Het was stil, op het trage tikken van de klok op de schoorsteenmantel na.

'Rechercheur Malik en het team hebben opnieuw gekeken naar Eves aankopen, haar internetgeschiedenis en dergelijke, en het lijkt er wel op dat ze mogelijk lesbisch was of in elk geval die kant van haar persoonlijkheid graag wilde onderzoeken.'

'Jezus christus, waar hebben ze het over, Jean?'

'Alsjeblieft, Andrew, laat ze uitpraten...'

Haar echtgenoot zweeg.

Rechercheur Malik maakte hier direct gebruik van. 'Eve zat veel op haar Kindle, of niet?'

'Ze was een fervent lezer,' beaamde haar moeder, en er verscheen een trieste glimlach rond haar lippen.

'Volgens haar aankoopgeschiedenis kocht ze zeker één boek per week, soms meer. Veel klassiekers, boeken die met haar schoolwerk te maken hadden, vermoed ik, maar zo'n zes boeken waren erotische romans, gericht op jonge lesbiennes.'

'Daarnaast laat haar internetgeschiedenis eenzelfde belangstelling voor het onderwerp zien,' voegde Helen eraan toe. 'Ze had gegoogeld naar lesbische datingsites voor tieners, ze las artikelen over uit de kast komen, zocht zelfs naar pornografie. Allemaal heel onschuldig, natuurlijk, maar altijd met vrouwen, nooit met mannen. U begrijpt dus waarom...'

'Ze heeft het er één keer met me over gehad.'

De woorden glipten uit Jeans mond. Het was bijna alsof ze ze zo snel mogelijk kwijt wilde. Gezien de ontstelde reactie van haar man, begreep Helen waarom.

'Wanneer was dat?'

'Een jaar of twee geleden, toen ze ongeveer veertien was.'

'Wat zei ze?'

'Alleen dat ze dacht dat ze misschien gevoelens voor meisjes had. Ze... wilde geen advies of zo. Ik denk dat ze wilde testen hoe het zou vallen, hoe ik zou reageren.'

'Wat hebt u haar gezegd?'

'Dat ze geduldig moest zijn. Dat het misschien een fase of een kalverliefde was, dat veel meisjes van haar leeftijd door zo'n fase gaan. Dat ze het beste maar kon wachten en geen overhaaste beslissingen moest nemen.'

Helen had zo'n vermoeden dat Andrew Sutcliffe niet zo zachtaardig zou zijn geweest, maar er lag wel zo veel ontmoediging en afkeur in Jeans stem dat Eve haar gevoelens vanaf dat moment waarschijnlijk voor zichzelf had gehouden.

'En dat was het? Ze heeft nooit iemand genoemd voor wie ze romantische gevoelens had?'

Jean schudde kort met haar hoofd. Vervolgens nam haar man het weer over. 'Waarom denken jullie dat er iemand was? Wij hebben in elk geval nooit enige reden gehad om te vermoeden dat er iemand was...'

Helen haalde adem, bedacht hoeveel ze moest vertellen en nam toen de grote stap. 'Ook dit is misschien moeilijk voor u om te horen, maar de sectie wijst uit dat Eve seksueel actief was.'

'Nee, nee, ze was nog maar een meisje...'

'Dat begrijp ik, natuurlijk, maar Eve was geen maagd meer en daarom willen we graag weten of ze voor haar dood een relatie met iemand had...'

Beide ouders keken geschokt, het duizelde ze. Ze waren hun dierbare dochter kwijt en nu vroegen ze zich af wie hun dochter was.

'In dat kader,' ging Helen snel verder, 'wil ik u vragen naar haar contact met Belinda Raeburn.'

Een verbijsterde stilte.

'Ze gaf Eve les, klopt dat?'

'Ja,' mompelde Andrew.

'Brachten ze veel tijd samen door?'

'Ja, natuurlijk. Eve... Nou, het is niet onterecht als ik zeg dat Eve haar beste leerling was. Eve had heel hard gewerkt voor haar eindexamen Muziek en ze hoopte dat ze deze zomer eerste violiste van het Nationaal Jeugdorkest zou worden, dus ze waren veel samen...'

Er klonk weerstand, maar ook trots in zijn verklaring door.

'En de lessen vonden op school plaats?'

'Ja, grotendeels.'

Terwijl hij het zei, wierp hij een gekwelde blik op zijn vrouw. Er volgde een lange stilte, totdat Jean het uiteindelijk overnam. 'Er waren ook... privélessen. Voornamelijk in het weekend, bij Belinda thuis.'

'Aha. Belden ze met elkaar, stuurden ze elkaar berichten en zo?'

'Ja, maar alleen om afspraken te maken voor lessen. Dat werd natuurlijk minder toen ze haar examens achter de rug had.'

'Dat is het juist,' onderbrak rechercheur Malik haar. 'We denken niet dat dat het geval was. We hebben nog eens goed naar Eves belgeschiedenis gekeken en eigenlijk nam het aantal telefoontjes en berichten juist toe. In elk geval tot ongeveer zes weken geleden, toen Belinda Raeburn opeens niet meer reageerde. Eve belde, stuurde berichten waarin ze aangaf dat ze met haar wilde praten, maar kreeg geen antwoord meer.'

'Leek Eve in de weken voor haar dood aangeslagen?' vroeg Helen. 'Had u het idee dat ze depressief of ongelukkig was?'

Het bleef lang stil en Jean keek betekenisvol naar haar man. 'Ja, nu u het zegt, ze was... ze was die laatste paar weken erg somber. Ik dacht dat het een reactie was op de inspannende examenperiode en de spanning van het wachten op de uitslag.'

'Maar het verraste ons op dat moment wel,' voegde Andrew eraan toe, om zijn vrouw te steunen. 'Het was niets voor Eve om zo neerslachtig te zijn. Ze was over het algemeen een vrolijk, zelfverzekerd meisje...'

Terwijl hij het zei, werd hij weer overvallen door de bittere realiteit – zijn sprankelende talentvolle dochter was er niet meer. Helen wilde hem, wilde hen beiden graag meer verdriet besparen, maar er was nog één vraag die ze hun moest stellen.

'Tot slot, mag ik u vragen wanneer Eve Belinda Raeburn voor het eerst ontmoette? Haar echt leerde kennen, bedoel ik?'

'Tja... dat moet zijn geweest toen ze met de privélessen begonnen.'

'Wanneer was dat?'

Jean keek weer gepijnigd naar haar man en antwoordde toen: 'Dat was ongeveer een jaar geleden...' Ze zweeg even, vreselijk in de war, en zei toen: 'Vlak voor haar vijftiende verjaardag.'

68

'Akkoord, we hebben nu dus een mogelijk motief voor de moord op Eve Sutcliffe.'

Helens stem klonk vastberaden en besluitvaardig, ondanks de vele vragen die er nog waren. Ze had een algemeen bericht rondgestuurd en het team teruggeroepen naar het hoofdbureau. Iedereen had daar gehoor aan gegeven en stond nu samengepakt in de recherchekamer, zelfs Joseph Hudson, die achteraan stond en haar blik vermeed. Helen wist dat Grace Simmons met hem had gesproken, hem ervan langs had gegeven, en vooralsnog leek hij mee te werken. Helen was opgelucht, voelde zich er gesterkt door, en met hernieuwde energie begon ze aan de briefing.

'Sinds ons gesprek met Eves ouders heeft rechercheur Bentham opnieuw gekeken naar Belinda Raeburns carrière...'

'En het lijkt erop dat ze veel is verhuisd, nooit lang op één bepaalde school werkt,' weidde Bentham uit. 'Mogelijk is ze gewoon een rusteloos type, maar misschien is er een andere reden dat ze zo vaak iets anders zoekt, of genoodzaakt is iets anders te zoeken...'

'Ik heb een half uur geleden met de rector van Stanborough Ladies' Academy in Berkshire gesproken,' voegde Helen eraan toe. 'Een van haar vorige werkgevers. Hij was niet erg toeschietelijk. Sterker nog, hij was bijzonder gesloten, maar toen ik mijn verdenkingen met hem deelde, bevestigde hij min of meer dat hij niet langer van Raeburns diensten gebruik had willen maken vanwege een mogelijk ongepaste relatie. Hij wilde geen namen of andere informatie geven, tenzij we het officieel maken, maar het wijst erop dat Raeburn dit mogelijk vaker heeft gedaan, actief op zoek ging naar romantische of seksuele relaties met haar vrouwelijke leerlingen.'

'Ook al heeft ze een vaste partner?' vroeg rechercheur Edwards.

'Er gebeuren wel vreemdere dingen,' reageerde Helen kordaat. 'Mogelijk hebben eerdere slachtoffers hun mond gehouden, of misschien vond men het beter het stil te houden toen ze eenmaal was vertrokken. Hoe dan ook, in dit geval denk ik niet dat Eve Sutcliffe bereid was om zich opzij te laten schuiven, om zich stilletjes terug te trekken.'

'Kijk maar eens naar een uitdraai van haar belgeschiedenis,' zei Malik, en ze deelde vellen papier uit. 'In de weken voorafgaand aan haar dood, belde ze Raeburn één, twee, soms drie keer per dag. We hebben er niet zo veel aandacht aan besteed omdat we dachten dat haar aanvaller een man was met een seksueel motief, maar nu we er met een frisse blik naar kijken, is het intrigerend, vooral omdat Raeburn de telefoontjes op een gegeven moment niet meer beantwoordde en niet op een betekenisvolle manier reageerde, ondanks het feit dat ze dat eerder in hun relatie juist wel deed...'

'Dat zou erop kunnen wijzen dat Eve hun verhouding wilde continueren of haar oudere minnares op z'n minst wilde laten weten hoe ze zich voelde,' voegde Helen eraan toe. 'Wie weet heeft ze haar docente zelfs bedreigd. Als hun relatie uitkwam, zou dat grote gevolgen hebben voor Raeburn. Het zou haar haar baan, haar relatie en mogelijk zelfs haar vrijheid hebben gekost, omdat Eve Sutcliffe nog minderjarig was.'

'Dat zou zonder meer een gevangenisstraf betekenen, bovendien zou ze voor de rest van haar leven op de zedendelinquentenlijst komen te staan en geen kans meer maken op een baan,' beaamde rechercheur Osbourne. 'Het zou haar kapotmaken.'

'Wat zeggen we nu dan?' Hudson durfde eindelijk z'n mond open te trekken en zijn scepsis was maar al te duidelijk. 'Dat deze muziekdocente Martin Hill én Eve Sutcliffe heeft vermoord?'

'Nee, het is erger,' antwoordde Helen. 'Veel erger.'

Nu had ze de aandacht van iedereen. Alle ogen waren op haar gericht terwijl het team de verbanden tussen deze verbijsterende moorden probeerde te leggen. Helen ging bij het schrijfbord staan en wees naar de foto van Alison Burris, de jonge ziekenhuismedewerker die bijna twee weken geleden was doodgestoken. 'Alison Burris is door een of meerdere onbekenden vermoord, iets waar deze man, Amar Goj, zijn voordeel mee kon doen. Hij kon niet weten dat Burris zijn baas al een e-mail met haar verdenkingen had gestuurd en waarschijnlijk wilde hij haar het zwijgen opleggen...' Ze gleed met haar vinger naar het glimlachende gezicht van de man van middelbare leeftijd. 'Goj heeft op zijn beurt Declan McManus vermoord. Daar had hij geen motief voor, hij had geen band met de man, maar iemand moet er profijt van hebben gehad...' Daarna ging ze naar de foto van Belinda Raeburn. 'Twee dagen later vermoordt Belinda Raeburn Martin Hill. Ook Raeburn heeft geen gewelddadige achtergrond en geen band met de dode man, maar...'

'Maar misschien was ze iemand iets schuldig,' vulde McAndrew aan, die het opeens begreep.

'Precies. We weten dat Raeburn Eve Sutcliffe niet heeft vermoord, ze was ten tijde van de moord betrokken bij een zomerschoolconcert, maar Eves dood was wel goed getimed, waardoor Raeburn een ontmaskering en de ondergang werden bespaard.'

'Maar wie heeft er profijt van Martin Hills dood?' wilde Edwards weten.

'Zijn vrouw Lilah,' antwoordde Helen. 'Ze schetst een rooskleurig beeld van hun relatie, maar daar geloof ik niets van. Volgens mij was hij een dominante, gewelddadige aanwezigheid die ze liever kwijt dan rijk was...' Helen zweeg en haalde diep adem. Ze keerde het bord de rug toe en richtte zich rechtstreeks tot het team. 'We hebben het de laatste tijd moeilijk gehad, ik zal de eerste zijn die dat toegeeft. Het kostte moeite om geloofwaardige verdachten voor een reeks gewelddadige misdrijven te vinden – carjackings, aanrandingen, racistische aanvallen. Ik denk dat daar een reden voor is. Al deze slachtoffers – Burris, Sutcliffe, McManus, Hill – werden vermoord door mensen die geen duidelijk motief of een band met het slachtoffer hadden.'

'De perfecte moord...' zei Hudson zacht, en hij schudde ongelovig zijn hoofd.

'Bijna. Als Goj en Raeburn geen foutjes hadden gemaakt tijdens het uitvoeren van het misdrijf, zouden we helemaal geen aanwijzingen hebben...' Het leek alsof Hudson iets wilde zeggen, maar Helen ging snel verder. 'We dachten dat we met een ongekende geweldsgolf te maken hadden. Maar eigenlijk hebben we te maken met iets heel sinisters, iets georganiseerds.'

Helen liet deze gedachte tot ze doordringen.

'Alle moorden zijn zodanig in scène gezet dat het leek alsof ze iets heel anders waren. Ga maar na: Eves lichaam was ontkleed, maar ze was op geen enkele manier seksueel misbruikt. Was dat omdat haar moordenaar daar niet in geïnteresseerd was of er niet mee door wilde gaan? Misschien was haar moordenaar zelfs een vrouw, we weten het niet zeker. Zo ook met het strippen van Alison Burris' auto. De voor de hand liggende gemakkelijke dingen – zoals het multimediasysteem – waren weggehaald, zodat het op diefstal leek, maar de dure handgestikte lederen stoelen zaten er nog in. Welke zichzelf respecterende dief doet dat? Het zijn maar details, maar ze bleven me dwarszitten. Het zijn dingen die alleen logisch zijn als iemand anders het ware motief achter het misdrijf probeerde te verhullen.'

Het bleef stil terwijl het team deze verontrustende gedachten verwerkte. Uiteindelijk zei rechercheur McAndrew: 'Wil dat zeggen dat ze elkaar allemaal kennen? Dat Goj, Raeburn en de anderen onder één hoedje spelen? Dat ze deze moorden hebben geregisseerd om elkaar te helpen?'

'Misschien vormen ze wel een club,' voegde Hudson er droogjes aan toe.

'Daar moeten we achter zien te komen,' antwoordde Helen uitdagend. 'En dus wil ik dat jullie elke andere onderzoeksrichting laten vallen.'

'Dat kun je niet menen.' De spot was verdwenen en Hudsons bezwaar was oprecht. 'Ik kan Lee Moffat met ál deze moorden in verband brengen...'

'Lee Moffat is niet langer interessant voor ons,' antwoordde Helen koeltjes. 'En om verwarring te voorkomen, zeg ik het nogmaals...' Ze gleed met haar blik langs de gezichten voor zich, sommige vriendelijk, sommige niet. 'Ik wil dat we alle andere onderzoeksrichtingen laten vallen en ons richten op Amar Goj, Belinda Raeburn en Lilah Hill. Ik wil dat we ons concentreren op elk mogelijk contact – telefoontjes, berichten, verplaatsingen. Een plek waar ze misschien allemaal kwamen, een manier waarop ze contact met elkaar konden opnemen. Bij elk bewijs van communicatie, samenzwering of voorbedachtheid, wil ik het direct weten. We tasten al een tijd in het duister, maar deze mensen hebben de sleutel tot het oplossen van deze zaak...' Ze keerden zich naar het schrijfbord en gebaarde naar de foto's. 'We moeten hem alleen zien te vinden.'

69

Ze glipte het huis binnen en sloeg de deur achter zich dicht. Haar hoofd bonkte, haar jurk kleefde tegen haar lijf, en gebukt onder het gewicht van haar tas liet ze hem van haar schouder vallen en leunde tegen de muur. Die voelde koel en heerlijk aan en ze bleef staan, eraan vastgeplakt, en genoot van de sensatie na wat een van de moeilijkste dagen van haar leven was geweest.

Haar hele bestaan was om zijn as gedraaid. Afgelopen week was als een nachtmerrie geweest waar geen eind aan was gekomen, waarin een volgend moment van rampspoed of wanhoop op de loer had gelegen. Wat moest ze nu doen? Welke beslissing ze ook nam, er dreigde gevaar.

Lilah maakte zich los van de muur, griste haar tas mee en liep ermee naar de keuken. Hij voelde loodzwaar aan in haar hand, extra zwaar door de impulsaankoop die ze op de terugweg had gedaan, iets wat ze dringend nodig had. Ze zette de leren tas op het aanrecht en trok de rits open om haar boodschappen te onthullen: een extra grote reep chocolade, twee blikjes Fanta Lemon en daartussenin een fles gin.

Lilah trok de kastdeur open en pakte een glas. Ze had geen tijd voor ijs, citroen of mixers, schroefde de dop van de fles en schonk twee vingers in. Langzaam, doelbewust, bracht ze het glas naar haar lippen. Een aarzeling – een gebed voor de stervenden – en vervolgens dronk ze de inhoud achter elkaar op. Het effect was opwindend, de alcohol brandde in haar keel en haar lichaam reageerde met iets wat op een soort euforie leek. Een aangename gloed verspreidde zich door haar lichaam en een golf adrenaline, opwinding en pure onbelemmerde vreugde, ging door haar heen. Lachend schonk ze nog twee vingers in en sloeg ook die achterover. En nog eens.

Nu bleef ze even staan en zette het glas met een klap terug. Ze wilde niets overhaast doen, wilde niet in vijf minuten de fles leegdrinken. Niet nu het haar zo'n lekker gevoel gaf. Opeens leek alle ellende – de graffiti op de deur, de moord op Martin, de akelige gebeurtenissen van vandaag – ver weg. Daarbuiten was de wereld gevaarlijk, verachtelijk en keihard, maar hier, veilig in haar huisje, leek alles goed. Ze wist dat de opluchting tijdelijk was, dat ze zichzelf alleen verdoofde, maar daar had ze geen moeite mee. Dat mocht ze per slot van rekening zelf bepalen.

Een avond vol zinloze genotzucht lag voor haar, een gedachte waar ze giechelig van werd. De kamer leek wat te zwaaien, dreigde haar los te maken van de realiteit, en ze pakte de hoek van het aanrecht vast om zichzelf staande te houden.

'Doe even normaal. Rustig aan...'

Ze fluisterde de woorden tegen haar betere ik, spoorde zichzelf aan om voorzichtig te zijn. Toen ze de fles gin pakte om het glas nogmaals vol te schenken, bedacht ze zich, zette hem terug en dook weer in haar tas. Ze had behoefte aan iets eetbaars en de verdunning van een mixer om echt te genieten van de uitbundigheid die voor haar lag. Ze pakte de chocoladereep en de koude blikjes en zette ze naast haar glas, maar tegelijkertijd viel haar oog op iets anders, waardoor ze abrupt bleef staan.

Ze wilde er niet naar kijken, maar had het gevoel dat ze niet anders kon. En hoewel ze het liefst de rits dichttrok, hem wilde verbergen, kon ze het niet. En dus bleef ze staan, verroerde zich amper, hield haar adem in en staarde naar de mobiele telefoon die een gat in haar tas leek te branden.

70

Het was doodstil in huis. Normaal gesproken zou Robert dit bedrukkend vinden, maar vandaag was hij blij met de stilte, de rust. Die had hij nodig.

Hij liep naar de voordeur, deed hem op het dubbele slot en liep vervolgens naar de achterkant van het huis. De schuif zat al op de deur, maar hij controleerde hem nog eens extra, voordat hij terugging naar de gang en zijn koffertje pakte. Nu aarzelde hij niet, maar liep met grote stappen naar boven, langs de kamer van de tweeling, langs zijn slaapkamer, verder naar boven tot hij op de overloop van de tweede verdieping stond. Hier bleef hij even staan, zette zijn koffertje op de grond en pakte de lange metalen stok die tegen de muur stond. Hij stak hem omhoog, duwde de haak door de ring en even later kwam de vlizotrap uitnodigend omlaag. Robert pakte zijn koffer, liep snel naar boven en verdween op de donkere zolder.

Daar deed hij het licht aan en trok de trap weer op. Hij wist dat hij overdreven voorzichtig was, maar hij mocht echt niet ontdekt worden, niet nu hij zo dicht bij het einde was. Als een alerte buurman of ongelukkig geplaatste camera hem signaleerde, zou alles wat hij had opgeofferd, alles wat hij op het spel had gezet voor niets zijn geweest. En dat was ondenkbaar, vooral omdat de inzet zo hoog was.

Bij de werkbank schoof hij het gereedschap opzij en legde het koffertje erop. Hij klikte het open, haalde de juridische stukken en tijdschriften eruit – allemaal een nuttige dekmantel – zodat de inhoud waar het om ging zichtbaar werd. De telefoon, met daarnaast het vuurwapen: een Glock 9mm.

Hij trok een paar latexhandschoenen aan, pakte het vuurwapen en voelde het gewicht in zijn hand. Het was zwaar, een stuk zwaarder dan hij had gedacht, maar vreemd genoeg deed het gewicht geruststellend aan, het leek macht op te roepen. Hij keek langs de korrel, verwijderde het magazijn en controleerde of alle acht patronen erin zaten. Gerustgesteld duwde hij hem met een klik op z'n plek en bracht het wapen met beide handen omhoog alsof hij het op een onzichtbare vijand richtte.

De volgende stap was lastig, gevaarlijk zelfs, dus nam hij de tijd en maakte rustig de veiligheidspal los om het wapen schietklaar te maken. Aarzelend legde hij zijn vinger rond de trekker, hield hem daar en dwong zijn handen tot rust. Tevreden deed hij de pal er weer op en besefte toen pas dat hij al die tijd zijn adem had ingehouden.

Robert bracht het wapen omlaag, slaakte een zucht en lachte om zijn eigen domheid. Maar de opluchting was van korte duur. Precies op dat moment begon de telefoon in zijn zak te rinkelen. De ringtone was zacht, maar aanhoudend, eiste zijn aandacht, spoorde hem aan om op te nemen. En die drang kon hij natuurlijk niet weerstaan. Want nu kwam het erop aan.

Dit was het moment van de waarheid.

71

Haar wielen beten in het asfalt, joegen haar voort door de donkere straten. Helen was de hele avond bezig geweest om de leden van het team te stimuleren in hun zoektocht naar verbindingen, aanwijzingen, sporen. Ze had ze aangespoord tot ze doodmoe waren. Op dat moment had ze eindelijk toegegeven en had ze iedereen naar huis gestuurd om uit te rusten, maar wel met de plechtige belofte dat ze de volgende ochtend weer vroeg zouden beginnen.

Helen was nog een tijdje gebleven om wat laatste onderzoekslijntjes uit te zetten waarna ze zelf ook was vertrokken. Het was een lange, slopende en verrassende dag geweest, maar vol energie en optimisme was ze over de parkeerplaats gelopen. Gisteravond was ze heel somber geweest, had ze niet geweten wat ze met hun onderzoeken aan moest en had ze zich moeten verdedigen tegenover een wraakzuchtige Joseph Hudson, maar nu voelde ze zich heel anders. Eindelijk boekten ze vooruitgang en hoewel de komende dagen nog steeds ongelooflijk moeilijk zouden zijn, kon Helen voor het eerst de overwinning ruiken.

Ze had haar motor gestart, was met bulderend geraas weggeschoten en reed algauw door de straten die ze zo goed kende. Ze was hier zo vaak geweest dat ze bewust haar innerlijke automatische piloot moest uitzetten om niet direct naar huis te rijden. Daar ging ze zo meteen naartoe – ze had dringend behoefte aan een douche en een goede nachtrust – maar eerst moest ze nog ergens langs.

Sinds haar vroege gesprek met Grace Simmons was ze gespannen geweest, zenuwachtig omdat ze niet had geweten hoe de dag zou verlopen. Ze wist dat Simmons haar belofte zou waarmaken, met Hudson zou praten over zijn insubordinatie, zijn leugens, zijn dreigementen, maar ze had geen idee hoe Joseph zou reageren. Zou hij terugvechten? Zou hij zijn hakken in het zand zetten en regelrecht naar Peters gaan? Of zou hij zijn tijd afwachten, net zo lang tot hij de kans had om het initiatief weer naar zich toe te trekken? Helen vermoedde het laatste. Hij was tijdens de teambriefing daarstraks boos en vijandig geweest, en Helen wilde opeens wanhopig graag weten hoe het gesprek was gegaan. Om een volledig verslag van Simmons te krijgen over hun confrontatie.

Haar leidinggevende woonde in een mooie, bescheiden woning in Shirley en binnen tien minuten was Helen er. Ze zette de motor uit, gleed van haar motor af en liep over het pad naar de voordeur, terwijl ze de bloembedden bewonderde die Simmons in het weekend verzorgde. Sinds de dood van haar man woonde ze hier alleen, en hoewel ze soms eenzaam was, hielden haar huis en tuin haar bezig; ze vormden een bevrijding van haar werk, de stress en de beproevingen van het leven.

Met een glimlach vroeg Helen zich af of zíj ooit een huis als dit zou bezitten. Het leek zeer onwaarschijnlijk, eerlijk gezegd, dus voorlopig zou ze ervan moeten genieten via anderen. Ze klopte op de deur, deed een stap naar achteren en wachtte tot haar oude vriendin opendeed.

Binnen bleef het stil, ook al stond de tv aan, en wiebelend op haar hakken bleef Helen wachten. Het was warm en broeierig vanavond en Helen snakte naar iets koels om te drinken om haar droge keel te smeren. Ze deed een stap naar voren en klopte opnieuw aan. Nog altijd werd er niet opengedaan.

Bevreemd wierp ze een blik in de richting van de woonkamer. Er brandde licht, maar de gordijnen zaten dicht en dus kon ze de bewoonster niet zien. Ze haalde haar telefoon uit haar zak, belde Simmons nummer en vrijwel direct hoorde ze de bekende ringtone. Ze keek op en probeerde te luisteren waar het geluid vandaan kwam – ja, haar gevoel klopte, het kwam uit de woonkamer. Maar als Grace Simmons binnen tv zat te kijken, waarom deed ze dan niet open?

De telefoon ging over op de voicemail. Bezorgd deed Helen een stap naar voren en bonsde op de deur. Nog steeds niets. Helen voelde spanning in zich opwellen en liep naar het hek aan de zijkant. Het hek zat op slot, maar ze sprong er met gemak overheen en landde zachtjes aan de andere kant. Snel liep ze naar de achterdeur, duwde de deurkruk omlaag, maar tot haar teleurstelling zat hij op slot. Gefrustreerd tikte ze op de ruit.

'Grace? Ik ben het, Helen. Ben je thuis?'

Haar stem klonk hard en opdringerig in de rustige stadstuin. Met een onbehaaglijk gevoel wilde Helen weer gaan, maar op hetzelfde moment zag ze iets wat haar bevreemdde, waar ze van schrok. De achterdeur leidde naar een kleine keuken, en via de deuropening was de gang daarachter zichtbaar. Die leidde weer naar de woonkamer en Helen zag daar in de deuropening iets liggen. Het was een hand, nee, het was een arm die roerloos op de grond lag.

Ontzet belde Helen het alarmnummer en vroeg dringend om een ambulance. Daarna deed ze het enige wat ze kon doen. Met haar elleboog tikte ze een ruit van de achterdeur in en zocht op de tast naar het slot. Vijf seconden later was ze binnen en rende door de keuken naar de gang.

Ze hapte naar adem toen ze het tafereel in zich opnam. De tv stond aan, een schaaltje met koekjes en een kop thee stonden op de salontafel en daarnaast lag Grace Simmons languit op de grond. Er waren op het eerste gezicht geen sporen van een worsteling of geweld en dus ging Helen op haar knieën zitten en riep ze de naam van haar vriendin.

'Grace, kun je me horen? Ik ben het, Helen.'

Geen reactie. Helen legde haar handen onder haar en draaide haar om, maar nog altijd reageerde Simmons niet. Ze was warm, dat was een goed teken, maar lag slap in Helens armen.

'Grace, zeg alsjeblieft iets, ik ben het.'

Haar stem was iel, gespannen. Doodsbang legde Helen haar vingers tegen Simmons hals, op zoek naar een ader. Ze was hier geoefend in en had hem snel gevonden, maar niet gelukkig met haar bevindingen probeerde ze het opnieuw en opnieuw. Steeds met hetzelfde resultaat. Er was geen hartslag, geen teken van leven.

Haar collega, haar mentor, haar vriendin was dood.

DAG 5

72

'Ik snap dat dit een enorme schok voor je moet zijn, dat was het voor mij ook. Dus als je wat tijd nodig hebt, dan begrijp ik dat volkomen...'

Bureauchef Alan Peters klonk begripvol, maar Helen was er niet van overtuigd dat hij er ook maar één woord van meende. Sterker nog, ze kreeg het gevoel dat hij een val voor haar legde. Ze hadden het nooit echt goed met elkaar kunnen vinden en zonder de vrouw die haar kon beschermen zou Peters, vreesde ze, de tragische dood van Grace Simmons gebruiken om het dek schoon te vegen.

'Ik voel me prima, chef,' antwoordde Helen snel, al was dat bezijden de waarheid. 'Ik blijf het team Zware Misdrijven leiden en als ik werkzaamheden van hoofdinspecteur Simmons moet overnemen...'

'Dat hoeft niet. Dat regel ik.'

Helen wist niet goed wat ze van Peters' toon vond; het leek wel alsof hij van plan was om Simmons' macht en verantwoordelijkheden op te zuigen, zodat Helen nog kwetsbaarder werd, maar ze zei er niets van. Ze had dringender zaken aan haar hoofd. 'Is er al meer bekend? Over wat er is gebeurd?'

'Het lijkt erop dat het een hartaanval was. Daar was het ambulancepersoneel redelijk zeker van en ik heb haar zoon vanmorgen vroeg gesproken. Kennelijk had ze bijna een jaar geleden te horen gekregen dat ze een chronische hartaandoening had...'

Hij keek Helen onderzoekend aan, maar haar schrik was oprecht.

'Daar had ik geen idee van, chef. Dat heeft ze me nooit verteld.'

'Mij ook niet,' zei Peters geïrriteerd. 'God mag weten waarom. Ik had haar met alle plezier ziekteverlof of zelfs pensioen aangeboden, maar om onduidelijke redenen heeft ze het voor zich gehouden...'

Helen had een redelijk goed idee waarom ze was gebleven en vond het afschuwelijk. Simmons had Helen altijd willen bijstaan, had haar carrière op alle mogelijke manieren willen steunen, omdat ze haar twintig jaar geleden had overgehaald bij de politie te gaan. Had ze haar leven opgeofferd in een onbaatzuchtige poging haar protegee te helpen? In dat geval was het een erg wreed einde van hun vriendschap.

'Ik vroeg me... ik vroeg me wel af...' zei Helen, en ze vocht tegen de emoties die opwelden. '... of er iets aan de hand was. Ze was al een tijdje zichzelf niet, minder aanwezig, misschien iets vermoeider dan anders...'

'Dat was mij ook opgevallen. Maar waarom? Waarom zou ze zoiets verborgen houden? Trots, neem ik aan...'

'En plichtsbesef,' voegde Helen er snel aan toe. 'De politie was voor haar een roeping, niet zomaar een baan.'

Peters knikte afwezig, maar zei niets.

'Chef, als dat alles is...'

'Hoe staat het met de zaak-McManus?' vroeg hij, en hij keek abrupt op.

'Goed. We boeken zelfs op alle fronten vooruitgang,' antwoordde Helen zelfverzekerd.

'Kunnen we binnenkort een arrestatie verwachten? Iets waar we de oproerige menigte rustig mee kunnen houden? Er staat voor vanmiddag een persconferentie gepland, die zal ik dus moeten doen. Abigail vindt dat we met iets moeten komen om een eind te maken aan de eindeloze media-aanvallen.'

Helens nekharen gingen overeind staan toen ze de naam van de perswoordvoerder hoorde, maar bleef beleefd. 'Binnenkort, chef, heel binnenkort. Het team werkt keihard aan verschillende nieuwe aanwijzingen, en als we hier klaar zijn, wil ik graag...'

'Wil je dat ik iets tegen het team zeg?' onderbrak Peters haar. 'Over hoofdinspecteur Simmons, bedoel ik, en over wat er de komende tijd gaat gebeuren?'

'Als u het niet erg vindt, doe ik dat graag zelf.' Ze zei het vriendelijk, maar resoluut.

Peters stemde in, zo te zien blij dat hij zich niet met deze onaangename taak hoefde bezig te houden, en wuifde haar weg.

Helen bedankte hem en vertrok. Haastig liep ze door de gang. Er was geen sprake van dat iemand anders dan zij het team op de hoogte zou brengen, hulde zou brengen aan een gevallen collega, mentor en vriendin. Het zou moeilijk worden – een van de moeilijkste toespraken die ze ooit zou moeten houden – en ze vroeg zich af of ze het zou weten te volbrengen. Maar deels hoopte ze dat het een strijdkreet zou zijn, een manier om de kloof te dichten, om weer eenheid binnen het team te krijgen. In dat geval zou het een passende nalatenschap zijn van een inspirerende leider en overheidsdienaar.

Terwijl Helen op de zevende verdieping haastig het laatste stukje naar de recherchekamer liep en zichzelf binnenliet, probeerde ze haar zorgen uit haar hoofd te zetten – Hudson, Peters, Miller. Meer dan twintig hoofden draaiden haar kant op. Het team was er al en zo te zien hadden ze het nieuws gehoord. Hier en daar zag ze bleke en betraande gezichten. Ze waren professionals, maar ook mensen.

'Goed, mensen, kom erbij staan. Ik wil jullie iets vertellen...'

Ze kwamen allemaal overeind, liepen snel door de recherchekamer en gingen in een halve cirkel om haar heen staan. Helen keek naar hen, ingetogen, beleefd, wilskrachtig, en telde even snel. Ze wist niet goed waarom... totdat ze klaar was. Er ontbrak één iemand. Onbewust had ze dat kennelijk al gezien, nog voordat haar hersenen het hadden vastgesteld, en toen ze haar blik langs de verzamelde gezichten liet glijden, wist ze de ontbrekende persoon snel te identificeren. Misschien had het haar niet moeten verbazen, maar het maakte haar boosheid er niet minder om.

Waar was Joseph Hudson, verdomme?

73

'Dat is erg aardig van je, brigadier Hudson. Een mooie gedachte...'

Janet Briars, de secretaresse van Grace Simmons, snikte terwijl ze het zei. Ze zag er volkomen ontredderd uit, met roodomrande ogen van het huilen. De dood van haar baas was natuurlijk volkomen onverwachts, maar toch vroeg Joseph zich af of er meer aan de hand was. Briars was geen jonkie meer, iemand die haar hele leven bij het bureau had gewerkt en nu haar pensioengerechtigde leeftijd naderde. De plotselinge dood van iemand die slechts een paar jaar ouder was dan zij, had ongetwijfeld een diepgaand effect op haar. Dacht Briars nu na over haar eigen sterfelijkheid?

'Zal ik deze bij de andere zetten of...' Hudson knikte naar het boeket dat hij vanmorgen onderweg had gekocht. De bloemist, die op steenworp afstand van het hoofdbureau zat, had duidelijk al meer klanten gehad voordat hij was gearriveerd. Het nieuws van Simmons' overlijden was even na zes uur vanmorgen bekend geworden en haar collega's hadden er geen gras over laten groeien om op alle mogelijke manieren een eerbetoon aan haar te brengen. De Twitter-account en Facebook-pagina van het hoofdbureau van politie werden overspoeld met gloedvolle berichten en haar kamer was één grote bloemenhulde.

'Ja, natuurlijk. Ga je gang,' antwoordde Briars, nadat ze zichzelf had vermand, en ze gebaarde naar Simmons' kamer.

Toen Hudson er binnenging, werd hij direct getroffen door de geur: muskusachtig, geparfumeerd, verleidelijk. Er stonden zeker zes boeketten op het bureau waardoor er heel weinig ruimte over was voor zijn offergave.

'Misschien kun je ze voorlopig even op de stoel leggen,' zei Briars een beetje beschaamd. 'Ik vind straks vast wel een mooi plekje voor ze.'

'Prima.'

Hij liep om het bureau heen en legde het boeket op de stoel. Het leek een beetje komisch. Zijn baas vervangen door een bos bloemen. Als de trouwe Briars er niet was, zou hij geneigd zijn te lachen. Gelukkig begon haar telefoon te rinkelen.

'Neem me niet kwalijk, rechercheur Hudson.'

Wederom klonk Briars overstuur en zenuwachtig. Joseph gebaarde dat ze gerust kon gaan en dankbaar gaf ze hier gehoor aan. Even later zat ze aan de telefoon en betuigde haar medeleven aan de beller. 'Ik kan het gewoon niet geloven, Emma. We zijn hier allemaal in shock...'

Met één oor luisterde Hudson naar het gesprek, terwijl hij naar het bureau liep en deed alsof hij een paar boeketten bekeek. Toen hij zeker wist dat de kust veilig was, richtte hij zich op zijn werkelijke doel. Simmons' postvak puilde uit, zowel zij als Briars waren niet de meest efficiënte administrateurs, en hij raakte ontmoedigd bij de aanblik van het aantal dossiers dat opgestapeld lag. Dat maakte de kans groter dat het langer zou duren, dat hij ontdekt zou worden, maar er zat niets anders op en dus sloeg hij het eerste dossier open.

Het was een samenvatting van de huidige operationele verplichtingen van het korps en dus pakte hij het volgende dossier.

Dit was een rapport over bezuinigingen binnen het bureau. Een interessant document, maar niet nu, en dus pakte hij het volgende. Het derde dossier ging over perswoordvoering en ook dat legde hij weg, en koortsachtig doorzocht hij de rest van de stapel bruine dossiermappen.

'Nou, het is heel lief dat je belt, Emma. Ik weet zeker dat de familie het waardeert...'

Zo te horen was Briars aan het afronden, en dus voerde Hudson het tempo op, bekeek de eerste bladzij van elk dossier en zocht dan verder. Nog altijd had hij geen geluk, waar was het, verdomme? Had ze het misschien al gearchiveerd? Zo ja, dan was het kwaad geschied en was zijn vertrek een feit. Zo efficiënt was ze toch zeker niet geweest? Het gesprek was gisterochtend pas geweest. Hij ging verder, sneller en sneller.

'Oké, nogmaals bedankt.'

Nog sneller, een waas van woorden en regels voor zijn ogen. Nu hoorde hij dat Briars ophing. 'Sodem...' siste hij. Maar op hetzelfde moment zag hij een bekende naam: HUDSON. Ja, hij had het gevonden. Grace Simmons' ondertekende rapport over haar gesprek met Helen, haar berisping van hem en haar aanbeveling dat die eerste niet zou worden gestraft. Hij griste het mee op het moment dat Briars binnenkwam.

'Alles goed hier, brigadier?'

'Zeker. Ik stond net deze boeketten te bewonderen. Ze zijn... prachtig.'

'Ja, hè?' antwoordde Briars met een brok in haar keel. 'Als je nog een tijdje wilt blijven...'

'Nee, het is goed hoor. Ik heb je al genoeg gestoord.' Hij liep naar haar toe en legde een troostende hand op haar schouder. 'Bedankt voor alles, Janet. En hou je haaks, hè?'

Ze schonk hem een trieste glimlach en hij vertrok. Een stralende blik gleed over zijn gezicht. Het was hem gelukt. Hij had haar gecondoleerd, was overgekomen als een bedroefde collega, met als resultaat dat Simmons' officiële reactie op de affaire tussen Helen en hem nu veilig en wel in zijn jas zat verstopt en het daglicht nooit zou zien.

74

'Ze was de beste en de slimste onder ons. Iemand die haar leven wijdde aan politiewerk, aan dit bureau en aan de mensen die ze had gezworen te zullen beschermen.'

Alle ogen waren op haar gericht, jong en oud, oudgedienden en nieuwkomers, zichtbaar ontroerd door haar woorden.

'Ze wilde elke dag het beste van zichzelf geven, alles doen om de inwoners van Southampton te dienen. Boven alles geloofde ze hierin...' Ze gebaarde naar de halve cirkel van politiemensen voor haar. 'In het belang van het team. In samenwerken, als één, zonder ego of verborgen agenda, om de belangrijke taken waar wij voor staan uit te voeren. Om gerechtigheid te krijgen voor mensen die zijn teleurgesteld in het leven...'

Was het haar verbeelding of zag ze hier en daar wat schaamte op de gezichten voor zich?

'Dus laten we Grace Simmons onze eer bewijzen door te bedenken waarom we hier zijn, te beseffen dat we allemaal een eed hebben afgelegd toen we met dit werk begonnen. Laten we zorgen voor gerechtigheid voor deze arme mensen.' Ze wees naar het schrijfbord, vanwaar de gezichten van Martin Hill, Declan McManus, Alison Burris, Eve Sutcliffe en anderen naar hen staarden. 'Laten we een eind maken aan de onzekerheid van hun families. Laten we de klus klaren.'

Veel teamleden knikten, vastberaden en bezield. Tevreden gebaarde Helen dat ze weer aan het werk konden. 'Mooi, aan de slag.'

Ze draaide zich om en liep merkwaardig opgewekt naar haar kamer. Het was een van de ergste nachten van haar leven geweest – zonder slaap, vol verdriet, schuldbewust – maar haar speech had haar gesterkt, had haar energie en wilskracht gegeven. Ze had elk woord gemeend. Grace Simmons was altijd een toetssteen voor haar geweest, een toonbeeld van toewijding, plichtsbesef en uitmuntendheid. Had ze haar dat maar gezegd toen ze de kans had.

Eenmaal in haar kamer deed Helen de deur achter zich dicht. Ze wilde graag verder met hun onderzoeken, maar had eerst een moment nodig om haar gedachten op een rijtje te zetten. Stilstaan bij wat ze had verloren en wat ze nu moest doen om ervoor te zorgen dat Simmons' nalatenschap op passende wijze geëerd werd. Maar zoals altijd was haar moment van rust gedoemd in rook op te gaan; een roffel op de deur rukte haar uit haar overpeinzingen.

Ze draaide zich om, verwachtte half en half dat het Joseph Hudson zou zijn met een slappe smoes voor zijn afwezigheid, maar tot haar verrassing kwam rechercheur McAndrew binnen met een schaapachtige maar vastbesloten blik op haar gezicht.

'Sorry dat ik stoor, chef...'

'Geeft niet, mijn deur staat altijd open.'

'Ik heb alleen gisteravond iets gevonden wat je wel zult willen zien. Ik wilde je vanmorgen direct bellen, maar toen hoorde ik het nieuws van...'

'Het is al goed,' zei Helen, en ze wenkte haar verder de kamer in. 'Wat heb je?'

McAndrew kwam dichterbij met een uitdraai in haar hand. 'Nou ja, ik ben dus teruggegaan naar het bewijsmateriaal dat we hebben van de moord op Eve Sutcliffe. Na wat je gisteren zei, heb ik er met een nieuwe blik naar gekeken, het seksuele motief even opzijgezet en... toen vond ik dus dit...'

Ze gaf Helen een vel papier, een foto van een beveiligingscamera. Daarop was een slanke vrouw van middelbare leeftijd te zien die in de richting van Lakeside Country Park liep. Donker haar, een vol gezicht, met een zonnebril, joggingkleren en een kleine rugzak. Hoewel haar gezicht naar het park gericht was, was ze toch redelijk goed te zien.

'Deze vrouw ging ongeveer een kwartier voor Eve Sutcliffe het park in. Ongeveer vijf minuten na het tijdstip waarop Eve volgens onze schatting is aangevallen, vertrok ze weer.'

McAndrew gaf Helen een nieuwe foto. Hierop stond een vrouw met een vergelijkbare lichaamsbouw die het park verliet, met een petje op, in een zwarte joggingbroek en op gympen.

'Dat is toch iemand anders?' vroeg Helen nieuwsgierig.

'Dat dacht ik eerst ook,' antwoordde McAndrew. 'Ze draagt een petje, maar geen zonnebril en een andere kleur joggingbroek, maar de kleine rugzak die ze bij zich heeft is wel dezelfde en kijk eens naar haar handen...'

Helen vergeleek de twee foto's en zag direct waar McAndrew op doelde. 'Ze draagt handschoenen.'

'Precies. Op beide foto's draagt deze vrouw handschoenen, ondanks het feit dat het die dag heel warm was, meer dan dertig graden volgens het meteorologisch instituut.'

Helen luisterde en staarde ingespannen naar de beelden van de beveiligingscamera.

'Denk je dat ze zich in het park heeft verkleed?'

'Of het is kleding die je aan twee kanten kunt dragen. Maar de rugzak en de handschoenen verraden haar. De vraag is, waarom was ze er maar zo kort en waarom wilde ze zich vermommen?'

'Weet je zeker dat ze niet gewoon een hardloopster is, weliswaar een erg modebewuste hardloopster?'

'Ik heb weken en weken aan beelden van de omgeving van het park van het oorspronkelijke onderzoek bekeken. De vrouw is er op geen enkele andere dag, alleen deze. En er zijn ook andere camera's in die omgeving, voornamelijk rond de randen van het park. Geen van die camera's registreert haar, dus haar hardlooproute is erg beperkt en dat is gek, aangezien ze vijfentwintig minuten in het park is geweest.'

'Misschien ging ze naar een openluchttraining.'

'Die waren er die dag niet.'

'Een personal trainer.'

'Er is niets wat daarop wijst en, geloof me, ik heb gezocht. Maar dat is nog niet eens het interessantste...'

'Ga door,' zei Helen, nieuwsgierig gemaakt door McAndrews zichtbare opwinding.

'Nou, het punt is dat ik haar herken. Sterker nog, ik heb haar gesproken.'

'Wie is ze dan?' vroeg Helen, oprecht verrast.

'Ik ben er negenennegentig procent zeker van dat dit Amanda Davis is.'

Terwijl McAndrew het zei, begonnen er bij Helen alarmbellen te rinkelen. Het duurde even voordat ze de naam kon plaatsen, maar toen kwam de informatie bij haar binnen als een sloopkogel. 'Dat is de vrouw van die vent...'

'Die een paar weken geleden tijdens een gewelddadige inbraak is gedood. Haar man was heel rijk, schepte er graag over op in de media, en daarom hadden we het vermoeden dat dat erachter zat. Maar als ik het dossier opnieuw bekijk, valt op dat er tijdens die inbraak maar een handjevol, erg voor de hand liggende spullen zijn gestolen. Als iemand bereid is een ander te doden, zou je verwachten dat hij het hele huis zou leegroven: de kluis, de tv's, de peperdure audioapparatuur...'

Helen zei niets, ze was verbijsterd door McAndrews verslag. In veel opzichten was het volkomen logisch. Een halfslachtige 'inbraak' en een wrede, mislukte poging tot 'verkrachting', allebei onhandige pogingen om een koelbloedige moord te verhullen. Het paste naadloos bij het patroon van de andere moorden, de logica, de benadering, maar toch was de gevolgtrekking van McAndrews ontdekking vernietigend.

Hoe ver ging dit wel niet?

75

Lilah sloop laag bij de grond tussen de auto's door.

Ze was gespannen, haar zintuigen stonden op scherp, ze verwachtte elk moment gevaar. Als ze gespot werd, als iemand haar zag en riep, zou ze zich omdraaien en wegrennen. Wegrennen en niet achteromkijken. Maar tot nu toe was alles precies volgens plan gegaan.

Ze hurkte naast de wielkast van een brandschone Nissan, keek langs de motorkap en nam haar omgeving in zich op. Er stonden tientallen auto's hier die allemaal gezogen, gewassen en in de was gezet moesten worden, waarna ze teruggereden konden worden naar verschillende Hertz-kantoren in de stad. Enige tijd geleden had het bedrijf ervoor gekozen het schoonmaken te centraliseren, en alle auto's werden nu naar dit industrieterrein in Freemantle gebracht, wat betekende dat ze een scala aan mogelijkheden had.

Ze bestudeerde het handjevol gereinigde auto's en bedacht wat ze zou doen. Moest ze de Toyota SUV die het dichtstbij stond nemen, of een van de andere auto's iets verderop? Het was riskanter om daar te komen, maar ze stonden dichter bij de uitgang, en dus was er minder kans dat iemand het hek zou dichtgooien voordat ze kon ontsnappen. Bovendien waren die auto's kleiner, minder opvallend, dertien in een dozijn – Fiat 500's en zo – en minder gemakkelijk te traceren in de spits van Southampton.

Ja, dat was het. Ze zou voor de rode Fiat gaan, die ongeveer twaalf meter verderop stond. Ze haalde diep adem en maakte zich klaar voor wat ging komen. Wat had ze er nu spijt van dat ze gin had zitten pimpelen; ze was moe en misselijk, haar hoofd bonkte en haar mond was kurkdroog. Ze voelde zich afschuwelijk, alsof ze twaalf rondes in een boksring had gestaan, amper in staat een voet voor de andere te zetten.

Ze slikte de opkomende gal in haar keel weg en probeerde zich te concentreren. Het liefst wilde ze in bed kruipen en het dekbed over haar hoofd trekken, maar ze had een klus te klaren en dus speurde ze het terrein nogmaals af op mogelijk gevaar. Er waren vandaag gelukkig niet veel schoonmakers en degenen die er waren leken allemaal hard aan het werk, zaten met hun hoofd in het nauwe interieur gedoken of stonden in een nevel van mist terwijl hun hogedrukreinigers metaal en glas afranselden.

Dit was het. Nu of nooit. Ze sloop over het onregelmatige terrein naar de veiligheid van de hoge Toyota. Ze was bang ontdekt te worden, verwachtte een confrontatie, maar de wereld ging nietsvermoedend verder. Voorlangs of achterlangs? Ze schoot achterlangs, leunde tegen de Toyota en bad dat het alarm niet zou gaan gillen. De meeste auto's zaten niet op slot, hadden de sleutels nog in het contact, maar ze zou pech kunnen hebben…

Gelukkig bleef het stil. Ze haalde diep adem en probeerde zichzelf tot rust te manen. Haar hart ging als een bezetene tekeer, bonkte in haar hoofd, maar ze moest verder, dus verliet ze haar schuilplaats en kroop op handen en voeten naar de rode Fiat. Eenmaal daar pakte ze de handgreep vast en trok. Maar tot haar afschuw bewoog hij niet.

'Wel…'

Ze slikte haar krachtterm in, vermande zich en probeerde het opnieuw. Deze keer trok ze harder en tot haar enorme opluchting ging het portier open. Dit was het moeilijkste, gevaarlijkste deel van de operatie. Ze zou rechtop in de auto moeten zitten, zichtbaar voor iedereen die haar kant op keek, en bidden dat de sleutels in het contact zaten.

Ze tuurde naar binnen en zag de sleutel, het was alsof hij naar haar lonkte. Lilah overwon haar angst, kroop de auto in, ging zitten en hield haar lichaam zo laag mogelijk. Ze keek door de voorruit en was blij om te zien dat er niemand in de buurt was, hoewel een paar spuiters pauze hadden en al kletsend uitrustten na hun vroege dienst. Ze durfde het portier niet dicht te slaan uit angst dat ze het zouden horen, dus deed ze haar gordel om en draaide zachtjes de sleutel om.

De motor sloeg direct aan en daar maakte ze gebruik van. Ze zette hem in de eerste versnelling en rolde naar voren. Zodra ze dit deed, begon het waarschuwingssysteem van de auto luid te piepen. Wanhopig tuurde ze naar het dashboard en zag dat er een geel driehoekje oplichtte naast een plaatje van een open portier. De boordcomputer was er duidelijk niet van gediend dat het bestuurdersportier openstond, maar ze nam niet de moeite hem dicht te trekken. Ze zag dat hoofden haar kant op werden gedraaid, dus trapte ze hard op het gaspedaal en duwde de pook in de tweede versnelling.

De auto schoot naar voren, de motor brulde, het toerental schoot omhoog. Ze deed te wild, martelde de versnellingsbak, maar snelheid was nu geboden en ze racete in de richting van de openstaande hekken. Het terrein was ongelijk, de auto hobbelde en Lilah voelde hoe het bestuurdersportier openzwaaide. Blindelings stak ze haar hand uit, greep het portier vast en trok het dicht. Onmiddellijk verdween het lawaai van de buitenwereld, een gezegende opluchting voor haar bonkende hoofd. Toen ze opkeek, zag ze dat ze bijna vrij was. Ze was nu bijna bij de hekken en even later raasde ze erdoorheen.

Het was haar gelukt. Ze had de auto, had hem zomaar onder hun neus vandaan gejat. Zelfs als iemand haar had gezien, zouden ze niets kunnen zeggen, behalve dan dat iemand in een bordeauxrode hoody en spijkerbroek een van hun goedkopere modellen had gestolen. Lilah voelde opeens een golf van optimisme, van vreugde, maar toen ze in de achteruitkijkspiegel keek, werd haar blijdschap getemperd bij het zien van een van de medewerkers die haar met zijn telefoon tegen zijn oor geklemd nastaarde.

Hij belde vast de politie. Wat betekende dat de klok tikte. De enige vraag was nu of ze op vrije voeten kon blijven en de auto lang genoeg verborgen kon houden tot het tijd was hem te gebruiken.

76

'Het komt nu echt niet uit, Helen...'

Alexia Downing had duidelijk een slechte ochtend en de aanwezigheid van een politievrouw in haar keuken maakte het er niet beter op.

'Ik moet de jongens zo naar mijn moeder brengen en het zal wel druk zijn op de weg...'

'Ik zou hier niet zijn als het niet belangrijk was,' zei Helen beleefd.

'Kan het niet wachten? Ik ben al laat voor mijn werk...'

'Nee, ik ben bang van niet...'

Iets in Helens stem deed Alexia Downing stilstaan. Helen zag bezorgdheid in haar gelaatstrekken, het aanzwellende gevoel dat er zojuist iets onaangenaams op haar stoep was beland. Alexia zette twee vuile ontbijtkommen in de gootsteen en riep: 'Jongens? Tandenpoetsen, blazer aan en je tas pakken. Over tien minuten gaan we.' Ze draaide zich naar Helen toe, glimlachte gestrest en nodigde haar uit om te gaan zitten. Helen glimlachte terug, maar reageerde niet op het ultimatum. Zij was degene die bepaalde wanneer het gesprek was afgelopen.

'Ik wil graag met je praten over Robert.'

'Oké...'

Het klonk behoedzaam, gespannen, alsof ze niet van plan was iets los te laten. Was dat uit loyaliteit naar hem? Of was het angst die haar antwoord verstikte?

'Ik begrijp dat jullie momenteel midden in een echtscheidingsprocedure zitten...'

Dat was onnodig formeel. Helen was Alexia een paar maanden geleden toevallig tegengekomen en had haar medeleven getoond vanwege hun breuk, maar het moest nu eenmaal zo.

'Dat klopt.'

'Kun je me vertellen hoe het ervoor staat? Verloopt het soepel of niet? Vriendschappelijk? Bitter?'

'Het is een bloedbad.'

Ze zei het zonder een gevoel van zege. Of zelfs bitterheid. Alleen met overmatige, gepijnigde vermoeidheid.

'Het sleept nu al maanden voort. Ik had gehoopt dat we het buiten de rechtbank om konden afhandelen, maar dat is onmogelijk.'

'Waarom?'

'Omdat Robert het ouderlijk gezag wil delen. En dat accepteer ik niet.'

'Ah. Mag ik vragen waarom niet?'

'Omdat zijn beroep en privésituatie dat onmogelijk maken. Hij werkt te hard en is vaak dagen achter elkaar weg. Hij heeft geen partner, geen familie in de buurt, dus wie zorgt er voor de kinderen als hij moet werken? Als rechtszaken uitlopen?'

'Dus het gaat alleen om zijn werk?'

'Natuurlijk. Het leven van de jongens is al genoeg verstoord. Ze hebben behoefte aan stabiliteit, ouders die er ook echt zijn.'

'Jij en je nieuwe partner.'

'Ja. Graham is zelfstandig ondernemer en daardoor is hij heel flexibel. En ik kan over het algemeen mijn eigen uren indelen, dus kan ik me aanpassen aan de kinderen. De chaos van vanmorgen komt alleen doordat Robert ze gisteravond zonder aankondiging kwam brengen. En dat is verdomme echt iets voor hem.'

Helen begon bezorgd te worden, geschrokken van de plotselinge verandering van Robert Downings plannen, maar ze liet niets merken.

'En mag ik vragen wat voor regeling jij had voorgesteld wat betreft het ouderlijk gezag?'

Het bleef even stil, en voor het eerst keek Alexia een beetje ongemakkelijk.

'Eénhoofdig ouderlijk gezag.'

'Aha,' zei Helen verrast. 'Dus zou hij ze helemaal niet te zien krijgen of...'

'Natuurlijk zou hij ze te zien krijgen. Tijdens vakanties, feestdagen, zo nu en dan een weekend, maar wel naar ons... mijn goeddunken.'

Ze zei het afwerend, zich ervan bewust dat het misschien wreed klonk, maar het klonk ook opstandig, alsof ze ervan overtuigd was dat het de juiste handelswijze was.

'En was dat vanaf het begin jouw standpunt? Toen jullie aan de procedure begonnen?'

'Ja.'

'Waarom was dat?'

'Hoe bedoel je?'

'Nou ja, ik vel geen oordeel over jou of Robert, ik weet niets van jullie omstandigheden, maar over het algemeen dringen mensen alleen aan op éénhoofdig gezag als er een ernstig probleem is, als de veiligheid van de kinderen in het geding is, of...'

'Zoals ik al zei, was het alleen een kwestie van zijn werk. Je weet hoe Robert is...'

'Ja, én ik weet dat hij gek is op zijn kinderen.'

'Dat heeft nooit ter discussie gestaan, maar daar gaat het niet om...'

'En ik ken jou ook een beetje. En je komt op mij niet over als wreed of onberekenbaar of wraakzuchtig...'

'Zo is het helemaal niet.'

'Wat dan? Waarom was je – bén je – zo vastbesloten hem uit het leven van zijn zoons te bannen?'

Die vraag raakte Alexia Downing hard en ze keek boos en overstuur. Was er ook spijt, dat een gelukkig huwelijk hierop was uitgelopen?

'Alexia, alsjeblieft. Ik moet het weten. Voor Robert, voor jou, voor de jongens...'

Toen Helen over de jongens begon, wierp Alexia een blik naar boven, waar ze de jongens konden horen lachen. Vervolgens haalde ze diep adem en ging zachtjes verder. 'Hoor eens, ik wil niet dat de jongens of Graham dit te weten komen, maar toen... toen Robert en ik nog samen waren, gebruikten we soms recreatief drugs. Onder vrienden, waar de kinderen niet bij waren...'

'Wat voor drugs?'

'Cocaïne, xtc,' antwoordde ze, en ze sloeg haar blik neer. 'Wiet, natuurlijk...'

'En?'

'Nou ja, dat was heel gewoon in onze kringen en we deden het alleen zo nu en dan, omdat we allebei belangrijke banen hadden. Iets voor in het weekend, eigenlijk.'

Helen zei niets, maar liet de stilte het werk doen.

'Maar toen ons huwelijk op de klippen liep, toen duidelijk werd dat ik iemand anders had gevonden en van plan was bij Robert weg te gaan... begon hij vaker te gebruiken.'

'Coke? Xtc?'

'In het begin.'

'En daarna?'

'Toen ik was vertrokken en de jongens had meegenomen, werd het volgens mij gaandeweg erger.'

'In welk opzicht?'

'Ik denk... nou ja, dat heb ik van vrienden gehoord... dat hij steeds meer gebruikte, steeds sterkere drugs gebruikte.'

'Zoals?'

'Eh...' antwoordde ze met een zware zucht, 'crystal meth werd genoemd.'

Ze vond het duidelijk moeilijk om dit te zeggen, het idee dat haar man zijn toevlucht had gezocht in harddrugs, hiertoe gedreven door hun scheiding.

'Toen was ik natuurlijk pas echt bezorgd. Hij had nog steeds omgang met de jongens, maakte nog steeds deel uit van hun leven, dus ging ik een keer onaangekondigd thuis bij hem langs. Hij was er slecht aan toe. Zag eruit alsof hij in geen dagen had geslapen, ongeschoren, en het huis was een bende. Hij beweerde dat hij griep had, maar ik wist dat hij loog. Dat was het moment waarop ik besloot dat ik éénhoofdig ouderlijk gezag wilde.'

'Waarom ziet hij de jongens in vredesnaam dan nog steeds, zorgt hij nog steeds voor ze?'

'Na dat bezoekje begon hij zich wat beter te gedragen, zo leek het. Hij vroeg een tijdelijke omgangsregeling aan, die de rechtbank hem natuurlijk toewees.' Het werd verbitterd gezegd.

'Maar waarom heb je zijn drugsgebruik toen niet ingebracht? Dat was toch zeker relevant?'

'Dat wilde ik ook, maar mijn advocaten adviseerden om dat niet te doen. Het was op dat moment niet meer dan een gerucht, informatie uit de tweede hand. Dan zou het zijn woord tegen het mijne zijn.'

'Omdat je geen hard bewijs had.' Terwijl Helen het zei, gleed er een nieuw puzzelstukje op zijn plek. 'Toch bleef je aandringen op éénhoofdig ouderlijk gezag. Iets wat je waarschijnlijk niet zou krijgen... tenzij de situatie veranderde. Als je Roberts drugsgebruik op de een of andere manier kon aantonen... dan zou dat álles veranderen. In dat scenario zou je gegarandeerd krijgen wat je wilde en zou je Robert volledig uit het leven van de jongens kunnen bannen.'

Alexia Downing bleef naar de tafel staren.

'Zegt de naam Declan McManus je iets?'

Alexia's oogleden trilden even, maar ze zei niets, haar blik nog steeds gericht op het tafelblad.

'Hebben jouw advocaten McManus opdracht gegeven Roberts gangen na te gaan, hem te volgen?'

Een lange, beladen stilte.

'Alexia, als dat zo is, moet ik het weten. Nú meteen.'

Eindelijk gaf Alexia zich gewonnen en ze knikte even. 'Ze zeiden dat ze hem wel vaker hadden gebruikt,' zei ze met trillende stem. 'Dat hij resultaat behaalde.'

'En was dat ook zo? Wist hij het bewijs te vinden dat je nodig had?'

'Dat weet ik niet.' Haar stem sloeg over en er liep een traan over haar wang. 'McManus zei tegen de advocaten dat hij vorderingen maakte en toen bleef het opeens stil. En vervolgens stond zijn naam overal in de krant omdat hij was aangevallen, vermoord.' Ze snikte even, probeerde zich uit alle macht te vermannen.

'Heb je enig moment gedacht dat Robert McManus vermoord zou kunnen hebben? Of de opdracht daartoe zou hebben kunnen gegeven?'

Het was stil terwijl Alexia met haar geweten leek te worstelen.

Uiteindelijk keek ze op, en Helen zag dat er tranen in haar ogen stonden.

'Eerlijk gezegd heb ik echt geen idee.'

Maar Helen wel.

77

'Denk je serieus dat Downing hierbij betrokken is?' Bureauchef Peters keek sceptisch, zichtbaar bezorgd dat Helen haar verstand was verloren.

'Ja. Hij was de eerste die ik sprak in verband met de moord op McManus en ik had direct vanaf het begin het gevoel dat er iets niet klopte...'

'Maar toch, het lijkt wel erg vergezocht.'

'Volgens zijn vrouw had Robert zijn drugsgebruik niet meer in de hand. Als McManus bewijs had dat Downing harddrugs gebruikte – getuigenverklaringen, mogelijk zelfs beelden – dan zou zijn leven voorbij zijn. Dan zou hij zijn kinderen kwijtraken, zou hij geschrapt worden als advocaat, zou hij zelfs voor het gerecht gedaagd kunnen worden. Hij zou vernederd worden, te schande worden gezet – hetzelfde lot dat Belinda Raeburn en Amar Goj beschoren was voordat hun kwelgeesten akelig aan hun einde kwamen.'

'Ik zie dat er enkele onaangename toevalligheden zijn, verbanden zelfs,' was Peters' reactie, 'maar waar is het bewijs? Waar zijn dan die beelden? De getuigenverklaringen? Wat wist Alexia over haar man?'

'Dat weten we niet, en we komen er misschien ook nooit achter.'

Geen antwoord waar Peters tevreden mee was, maar Helen moest eerlijk zijn.

'Ga maar na. Iemand, waarschijnlijk Amar Goj, probeerde bij McManus in te breken en stal later de laptop uit diens auto. Ik vermoed dat McManus' bewijsmateriaal over Downing op die laptop had staan. Toen Goj dat veilig had gesteld, is hij achter McManus zelf aangegaan om ook het papierspoor te vernietigen dat eventueel terug te leiden was tot Downing of de advocaten van diens vrouw...'

'Maar waarom had McManus het bewijsmateriaal nog niet doorgestuurd? Volgens mevrouw Downing had McManus nog niets concreets ontdekt, zeg jij.'

'Ik denk dat McManus misschien kans zag om Downing eerst op te lichten.'

'Chantage.'

'Ik zie geen andere reden waarom McManus zijn doelwit persoonlijk zou benaderen. Hij heeft Downing gebeld, hem een paar dagen later thuis opgezocht. Daar viel niets mee te winnen – het was de bedoeling dat hij Downing schaduwde, niet confronteerde. Ik vermoed dat hij hem probeerde af te persen.'

Peters zei niets, keek haar wantrouwig aan en wist kennelijk niet goed of hij haar theorie moest geloven of van de hand moest wijzen als wilde speculatie.

'En Downing heeft bevestigd dat hij door McManus is lastiggevallen?' vroeg hij uiteindelijk.

'Ja, dat heeft hij me zelf verteld.'

'Waarom zou hij dat toegeven?'

'Om zichzelf in te dekken. Ik denk dat hij bang was dat we erachter zouden komen dat McManus bij hem in de straat was geweest, dat ze elkaar hadden gesproken, en dat hij daarom die onderzoeksrichting wilde blokkeren. En dus kwam hij met het verhaal dat McManus op zoek was naar werk.'

'Een redelijke verklaring, toch?' vroeg Peters.

'O ja, en misschien klopt het ook, maar rechercheur Malik heeft vanmorgen verschillende administratief medewerkers en partners op Downings kantoor gesproken. Geen van hen is door McManus benaderd en Downing heeft nooit over hem gesproken. En waarom zou McManus uitgerekend dit moment kiezen om een gooi naar werk te doen voor Downing, terwijl hij de man in kwestie schaduwt?'

'Chantage?'

'Mogelijk, maar bewijs van Downings criminele activiteiten en drugsgebruik zou vast veel beter benut kunnen worden,' was Helens weerwoord. 'McManus had hem duizenden ponden afhandig kunnen maken als hij dat had gewild. Ik weet niet wat Alexia's advocaten hem betaalden, maar het standaardtarief is niet geweldig.'

'Dus vermoedelijk had McManus hem grote bedragen kunnen aftroggelen, om vervolgens het bewijsmateriaal alsnog aan haar advocaten te geven en zo twee keer te vangen.'

'Daar acht ik hem wel toe in staat.'

Peters zweeg, ging op in een zee van zorgwekkende gedachten.

'Ik verzoek u om surveillancemogelijkheden, chef. De mankracht om Robert Downing en Lilah Hill vierentwintig uur per dag te volgen. Als mijn theorie klopt, is het zeer waarschijnlijk dat ze op dit moment criminele activiteiten plannen, waaronder mogelijk moord…'

'Dit is wat ik niet begrijp,' onderbrak Peters haar. 'Downing liep het risico alles kwijt te raken, en opeens schiet uit het niets een vreemde hem te hulp die McManus vermoordt, ondanks het feit dat die persoon niets met de zaak of met Downing zelf te maken heeft. Waarom zou Amar Goj dat doen?'

'Om zijn schuld in te lossen. Iemand had Alison Burris voor hem uit de weg geruimd en ervoor gezorgd dat het een carjacking leek. Nu was het zijn beurt.'

'Hoe organiseren ze dit dan? Zitten ze allemaal in een WhatsApp-groep of zo? Een moordclub? Hoe wordt het beraamd, uitgevoerd?'

Helen stoorde zich aan zijn toon – wantrouwig, vol twijfel – maar antwoordde rustig: 'Dat weet ik niet. Nog niet. Maar dit is het enige wat logisch is, als je bedenkt wat deze personen te verliezen hadden, het feit dat elk motief ontbreekt en ze gecoördineerde pogingen hebben gedaan om de ware redenen van de moorden te verhullen. Als we Downing en Hill in de gaten houden, als we ingrijpen voordat ze hun helft van de deal kunnen voltooien, dan denk ik dat we een goede kans maken om te ontdekken hoe deze onderneming werkt.' Helen zweeg ademloos, ze had niets meer toe te voegen. Vanwege Simmons' afwezigheid had ze Peters' steun nodig, maar ze kon aan hem zien dat hij twijfelde.

'En je weet absoluut zeker,' wilde hij weten, 'dat Robert Downing, een zeer gerespecteerd strafpleiter, hier actief bij betrokken is, bij een complot om mensen te vermoorden?'

Helen nam de tijd en keek hem toen recht aan. 'Ja.'

78

Behoedzaam liep hij door de donkere gang en deed zijn best geen geluid te maken. Vanaf het plafond scheen het zwakke schijnsel van een kaal peertje, waardoor hij maar moeizaam en traag vooruitkwam. Weggegooide kleren, drugstoebehoren, zelfs gebruikte condooms lagen verspreid over de vloer, waardoor hij heel erg voorzichtig moest zijn.

Stap voor stap werd Robert Downings onrust erger. Hij wilde hier niet zijn, had zich een paar maanden geleden niet kunnen voorstellen dat hij ooit zoiets zou doen, maar hij had geen keus. Hij klemde het wapen in zijn hand wat steviger vast en probeerde moed te verzamelen. Over een paar minuten was het allemaal voorbij en was hij vrij. Wat hij van plan was, was in alle opzichten rampzalig, maar als hij het voor elkaar kreeg, als deze grote gok goed zou uitpakken, dan kon hij nog steeds gelukkig zijn, kon hij nog steeds een succes van zijn leven maken.

Als het hem werkelijk lukte, zou hij een fatsoenlijk en gerespecteerd bestaan leiden, dat had hij zich al voorgenomen, dan zou hij zo veel mogelijk tijd met de kinderen doorbrengen, probonozaken aannemen waar hij kon, en ruimhartig aan goede doelen geven. Misschien zou hij zelfs weer een poging wagen om liefde te vinden, wie zou het zeggen? Hij had veel gelukkige momenten met Alexia gekend, voordat alles zo vreselijk was misgelopen.

Was de breuk zijn schuld geweest? Hij had haar verantwoordelijk gehouden, vanwege haar ontrouw, haar overspel, maar misschien viel het hem te verwijten. Hij was geobsedeerd en eigengereid als het om zijn werk, zijn drugsgebruik en andere aspecten van zijn leven ging. Als hij eenmaal voor iets ging, dan ging hij er ook helemaal voor, vaak met uitsluiting van anderen, zelfs de dierbaarste mensen in zijn leven.

Deze doelbewustheid, zijn absolute concentratie, had hem in het verleden veel gekost, maar kwam hem misschien nu goed van pas, zou hem kunnen helpen zijn doel te bereiken.

Hij kon nu niet meer dan zestig meter van zijn prooi vandaan zijn. Robert stapte over een weggegooide slaapzak heen, hield vol en liep verder door de slecht verlichte gang alsof hij dieper een draaikolk werd binnengezogen. Dat klopte wel voor Roberts gevoel. Vandaag was misschien een nieuw begin, maar het was ook een einde. Er was geen weg terug meer.

Aan het eind van de gang sloeg hij links af en vervolgde zijn weg behoedzaam door een soortgelijke gang. Huiverend pakte hij het vuurwapen nog steviger vast. Hij kreeg de rillingen van deze plek, zo leeg, zo doods en donker. Het leek een broeierige, dreigende sfeer te bezitten, maar in werkelijkheid was het gebouw het zoveelste slachtoffer van de crisis. De bouw van deze nieuwe opslagfaciliteit buiten de stad was bijna voltooid toen het geld opeens op was en de enorme verzameling gangen en opslagruimtes als een etterende, rottende plek achterbleef. Sindsdien werd het pand gebruikt door junkies, hoeren, weglopers en, sinds kort, Gary Bleecher.

De geldschieter – of woekeraar, om hem maar bij zijn echte naam te noemen – woonde in het centrum van de stad in een prachtig oud pandje, maar zijn zaken regelde hij hier, ver weg van nieuwsgierige blikken. Dat het zo afgelegen was, was een voordeel voor Bleecher, evenals het onaangename, bezorgde gevoel dat het bij bezoekers opwekte. Iedereen die hier kwam om geld te lenen of terug te betalen, besefte hoe gemakkelijk je hier iets kon overkomen, hoe je zelfs kon verdwijnen, zonder dat iemand het opmerkte. Wat hadden al die arme, wanhopige mensen gevoeld, vroeg Robert zich af, toen ze door deze eenzame gangen waren gesjokt, in de wetenschap dat ze op het punt stonden zichzelf afhankelijk te maken van een wrede, genadeloze man.

Ja, dat was goed. Zo moest hij denken. Wat hij ging doen, ging in tegen alles waar hij in geloofde – als advocaat, vader, mens. Maar als hij zichzelf ervan kon overtuigen dat hij de wereld een plezier deed, hem ontdeed van een etterende parasiet en op die manier misschien tientallen schuldenaars bevrijdde, dan was het wellicht gemakkelijker. Ja, hij moest denken dat het uit de weg ruimen van Bleecher zoiets was als het plattrappen van een kakkerlak, niets meer, niets minder.

Aan het eind van de gang bleef hij staan. Licht scheen onder de deur door, wat erop duidde dat Robert zijn einddoel had bereikt. Zijn slachtoffer bevond zich achter deze gehavende deur. Voorzichtig haalde hij de veiligheidspal van het vuurwapen, stak zijn hand uit en deed de deur zachtjes open.

Dit was het dan. Er was nu geen weg meer terug.

79

'U kunt hier niet zomaar binnenvallen, er wordt hier gewerkt.'

Rechercheur Bentham liep zonder aarzelen door. 'Excuses dat ik stoor, maar zoals ik al zei, dit is een moordonderzoek.'

'Niettemin, als u geen bevelschrift hebt...'

'Dit is geen huiszoeking en dit is een bedrijvenpand, geen particuliere woning, dus ik heb alle recht om hier te zijn.'

Dat was niet helemaal waar, maar de secretaresse moest hier toch even over nadenken. Bezorgd en geschrokken wist ze Benthams tempo bij te houden, maar zei niets. In plaats daarvan keek ze wanhopig om zich heen, alsof ze hulp zocht. Bentham was blij met de stilte, hij wilde zich concentreren op zijn taak. Er bestond geen twijfel meer dat Helen Grace iets op het spoor was, en dus was het cruciaal dat het team zo snel mogelijk contact legde met hun nieuwe verdachte, zelfs al leverde dat verwarring op of bracht het mensen in verlegenheid.

Amanda Davis werkte als financieel directeur voor een bedrijf dat zich specialiseerde in de bouw van luxe jachten en had een luxe kantoor in hun hoofdkwartier in Ocean Village, maar Bentham had geen belangstelling voor haar professionele reputatie. Hij was meer geïnteresseerd in de moord op haar man, Alastair, en wilde weten of zij een reden had om hem dood te wensen. De moord op Alastair Davis was destijds afgedaan als een fout gelopen inbraak, maar nu leek het erop dat de man het werkelijke doelwit was geweest, niet de handvol horloges en sieraden die die avond waren gestolen. Had hij het met een ander gedaan? Had hij losse handjes? Had hij haar op de een of andere manier in zijn greep? Of ging het alleen maar om geld en zou Davis een aardig bedrag erven als ze weduwe was?

Namen scheerden langs hem heen toen hij langs een reeks gesloten deuren in de gang liep. Hij negeerde ze allemaal, totdat hij opeens bleef staan. Hier was het, de naam AMANDA DAVIS in grote, gouden letters op de deur.

'Rechercheur Bentham, alstublieft, wilt u even...'

Bentham negeerde de bezwaren van de secretaresse, legde zijn hand op de deurkruk en duwde de deur open. Hij haalde zijn penning uit zijn zak en stak hem op terwijl hij naar binnen liep om de confrontatie met de verdachte aan te gaan. Hij wist wat hij wilde zeggen, wat zijn tactiek zou zijn, maar nu werd duidelijk dat dat niet nodig zou zijn. Het kantoor was leeg. En nog erger, het bureau was helemaal leeg.

'Waar is ze?' vroeg hij dringend, en hij richtte zich nogmaals tot de vrouw die niet van zijn zijde was geweken.

'Dat heb ik geprobeerd u te vertellen. Ze is met verlof.'

'Is ze ziek?'

'Nee, helemaal niet. Ze is op vakantie. Althans, ik geloof dat het vakantie is, misschien is het zorgverlof. Maar goed, het punt is dat ze ongeveer een week geleden is vertrokken voor een bezoek aan haar ouders in Sydney.'

'Sydney, Australië?' vroeg Bentham ongelovig.

'Is er een andere?'

Bentham staarde haar met zijn mond vol tanden aan. Davis was een belangrijke verdachte, mogelijk de sleutel tot deze bizarre zaak, en nu bleek dat ze zich aan de andere kant van de wereld bevond.

'Wanneer is ze vertrokken? Precies?'

'Nou ja, zoals ik al zei was het een week geleden, dus dat zal de tiende zijn geweest...' antwoordde de jonge vrouw.

'Weet u het zeker?'

'Absoluut, ik heb haar tickets zelf geboekt. Ik vond het een beetje vreemd, maar het was niet aan mij om haar plannen in twijfel te trekken.'

'Waarom vreemd?'

'Nou ja, het was zo snel, bedoel ik.'

'Snel?'

De secretaresse zweeg even, alsof ze geen kwaad wilde spreken van iemand binnen het bedrijf, waarna ze zachtjes verderging. 'Nou ja, ze vloog naar Sydney... de dag na de begrafenis van haar man.'

80

Hij sloop naar voren, zijn schoenen gleden over de betonnen vloer. Gary Bleecher zat zeven meter verderop, zich niet bewust van het gevaar.

De woekeraar was druk aan het werk, zat verwoed op een oude laptop te typen en getallen in een spreadsheet aan te passen. Hij leek volledig op te gaan in wat hij deed, alsof één moment van concentratieverlies hem geld zou kosten, iets wat hij waarschijnlijk weerzinwekkend vond.

Nog steeds sloop Robert verder, centimeter voor centimeter, totdat Bleecher drie meter voor hem zat. De slonzige man van middelbare leeftijd was een groot doelwit, zou van deze afstand moeilijker te missen dan te raken zijn, dus vertraagde Robert zijn pas, en hij liet zijn vinger over de trekker glijden. Hij haalde zacht es adem, bracht zichzelf tot rust en bekeek zijn slachtoffer. Bleecher zag er ongeschoren, onverzorgd uit, had vettig, ongekamd haar en droeg een sjofele Adidas-trainingsjas. Als hij werkelijk een succesvolle woekeraar was, zoals Roberts onderzoek had uitgewezen, dan kon hij zich niet voorstellen waar het geld naartoe ging. Persoonlijke verzorging, sieraden en een opzichtig vertoon van rijkdom waren duidelijk niet zijn ding. Of was dat slechts bedrog? Een poging om onder de radar van de politie te blijven terwijl hij stilletjes duizenden ponden oppotte? Hoe dan ook, zijn zwendel, zijn bedrog, zijn onbeschaamde gewelddadigheid zouden nu ten einde komen. Het was geen prettige manier om te sterven, dit was geen fijne plek om dood te gaan, maar er was geen andere weg.

Robert maakte zich klaar en bracht het vuurwapen op ooghoogte. Terwijl hij dat deed, streek het wapen langs zijn jas en tikte tegen een van de metalen drukknopen. Onmiddellijk verstijfde Bleecher en hij draaide zijn hoofd langzaam om om te zien wie, of wat, er achter hem zat.

Zijn gelaat verstijfde van verwarring – wie was die vent, verdomme? – gevolgd door bezorgdheid toen zijn blik op het vuurwapen viel.

'Het spijt me,' mompelde Downing, en hij haalde de trekker over.

Niets.

Schrik stond op Bleechers gezicht, terwijl er doodsangst door het lichaam van zijn aanvaller schoot.

Robert haalde de trekker opnieuw over, maar het wapen gaf een akelige klik. Hij zette meer kracht, haalde opnieuw over, de loop zwabberde wild, maar er kwam geen beweging in de trekker. Het wapen zat verdomme vast.

Nu zag Bleecher zijn kans. Hij rende naar voren, dook op zijn aanvaller af en met z'n tweeën vielen ze tegen de stoffige grond. Hij kroop boven op de gestrekte advocaat en worstelde om zijn dikke handen rond diens nek te krijgen. Robert probeerde zich zo goed mogelijk te verdedigen, sloeg hem met de kolf van het wapen, maar dat leek geen effect te hebben. Bleecher was woest en zijn wanhoop om te overleven stond op zijn zweterige, verwrongen gezicht geschreven.

Dit was een vuistgevecht geworden. Een strijd tot de dood.

81

'Ze wil me weg hebben. Weg bij het team, weg bij het bureau, weg bij het korps.'

Rechercheur Hudson formuleerde zijn beschuldiging zorgvuldig en deed zijn best om de volmaakte combinatie van persoonlijk verdriet en professionele teleurstelling uit te stralen. Tot nu toe had bureauchef Alan Peters beleefd geluisterd, maar dit was het moment van gevaar, het moment waarop Hudsons getuigenis uit elkaar zou kunnen vallen.

'Heeft ze dat explicíét tegen je gezegd?' vroeg Peters, precies op het juiste moment.

'Jazeker. Ze sprak me twee dagen geleden 's avonds op het parkeerterrein aan. Ik had haar tijdens de avondbriefing uitgedaagd, de richting van het onderzoek in twijfel getrokken, en daar was ze niet blij mee. Ze ging helemaal door het lint, zei me ter plekke dat ze niet zou rusten voordat ik vertrokken was, voordat het met mij gedáán was.'

'Rechercheur Hudson, je kunt veel van Helen Grace zeggen, maar ze is geen wraakzuchtige of onzekere vrouw. Waarom zou ze jou in vredesnaam zo op de korrel nemen?'

'Omdat we een relatie hebben gehad.'

Peters, die het grootste deel van het gesprek ontstemd had gekeken, werd nu lijkbleek. 'Een relatie?'

'Ja, chef. Een maand of negen.'

'Wist iemand daar iets van?' wilde Peters weten.

'Nee, chef. We hielden het onder ons.'

'Dat zal best.'

'Chef, ik wil graag formeel aangeven dat ik besef dat het fout was, zowel de relatie als de geheimhouding. Dat erken ik. Maar wat daarop volgde...'

'Wat volgde er precies op?' vroeg Peters scherp.

Hudson keek zo somber mogelijk, haalde diep adem en antwoordde: 'Nou, ik heb de relatie verbroken, chef. Het begon leuk, maar eerlijk gezegd is Helen niet degene wie ik dacht dat ze zou zijn. Dus heb ik er een punt achter gezet. En daar was ze niet blij mee, helemaal niet. Ik weet niet of ze zich versmaad of afgewezen voelde of zo, maar sindsdien voert ze een lastercampagne tegen me, met als enige doel om me weg te werken.'

'En dat zal zij bevestigen?' vroeg Peters sceptisch.

'Ik heb geen idee wat ze zal zeggen, maar u moet het toch ook gemerkt hebben, chef. De onrust, de problemen met het moreel, het gebrek aan voortgang. Het team Zware Misdrijven werkt alleen goed als de inspecteur en haar rechterhand samenwerken, maar de afgelopen weken, maanden zelfs, heeft ze me bij elke gelegenheid genegeerd, gefrustreerd en gekleineerd. Vraag maar aan de teamleden, aan rechercheurs Reid en Edwards, die zullen het u zeggen. We hebben aanwijzingen, concrete aanwijzingen die al tot een arrestatie hadden kunnen leiden, waarmee we de pers resoluut hun plek had kunnen wijzen, maar inspecteur Grace heeft mijn onderzoeksrichtingen bewust genegeerd in een poging me te verstikken.'

'Welke aanwijzingen?' vroeg Peters op botte toon.

'Lee Moffat.'

'Nooit van gehoord.'

'Maar dat had wel gemoeten, dat bedoel ik dus. En u zou over hem gehoord hebben als inspecteur Grace die onderzoeksrichting serieus zou hebben genomen.'

'Wie is hij?'

'Hij is de hoofdverdachte in de Declan McManus-zaak. Die ook direct in verband kan worden gebracht met de moord op Alison Burris en Martin Hill.'

Hudson zag dat de informatie aankwam. Peters had duidelijk geen idee dat er ooit een andere verdachte was geweest, een veelbelovende verdachte.

'En de theorie van inspecteur Grace dat de moorden zijn gepleegd door een groep individuen?'

'Waanzin. Pure fantasie. We hebben al langer onze twijfels over het welzijn van inspecteur Grace, vragen ons af of ze dit werk niet te lang doet, of overweldigd is door de huidige situatie, maar dit is wel echt van een heel ander kaliber. Ze klampt zich krampachtig vast aan deze bizarre theorie. Moffat daarentegen is een beroepscrimineel die we onweerlegbaar met de drie slachtoffers in verband kunnen brengen, en hij zou een grote vangst zijn als we hem kunnen pakken. En dat gaan we doen, daar ben ik van overtuigd, maar alleen als ik toestemming krijg rechtmatige onderzoeksrichtingen te volgen en als de obstakels die mij in de weg zitten, worden verwijderd.' Hij durfde het niet nog krachtiger te verwoorden. 'Gelooft u mij, chef, ik wil niet uit de school klappen en ik had zeker niet voorzien dat dit op uw bord terecht zou komen. Maar we hebben een crisissituatie bereikt en ik denk niet dat we vooruitgang kunnen boeken als er niet drastisch wordt ingegrepen. Maar goed, dat is natuurlijk aan u. Ik kan u alleen op het probleem wijzen.'

Hudson leunde achterover op zijn stoel met een blik die vermoeidheid, berouw en verdriet liet zien. Maar vanbinnen was hij hoopvol, opgewonden zelfs. Peters keek bezorgd, dat was goed, maar ook vastberaden, en dat was nog beter. Hun gesprek was beter gegaan dan hij had durven hopen en voor het eerst sinds deze hele campagne was begonnen, was hij optimistisch, nee, meer dan dat, hij was ervan overtuigd dat hij zou winnen, dat de teloorgang van de carrière van Helen Grace nu zo goed als onvermijdelijk was.

82

Het was afgelopen. Ontsnappen was nu niet meer mogelijk.

Robert Downing had gevochten voor wat hij waard was, maar het had geen zin. Hij was geen vechter, was niet gewend aan dit soort confrontaties, had ook niet de lichamelijke kracht om zich te verweren tegen zijn lijvige tegenstander.

Bleecher zat boven op hem, had zijn handen rond Roberts nek en kneep uit alle macht. Hij leek bezeten, zijn ogen puilden uit en zijn gelaatstrekken waren verwrongen tot een afschuwelijke blik vol woede en geweld. Hij wilde Robert niet alleen vermoorden, hij wilde hem vermorzelen, vernietigen. Robert kon zijn scherpe zweetlucht ruiken, voelde spuug op zijn gezicht landen, was zich bewust van Bleechers verlangen om te doden. Deze man was doordrongen van geweld en zou alles doen wat nodig was om te overleven.

En toch vocht Robert terug, maar zijn armen zaten onder Bleechers knieën vast en hij kreeg ze niet los. Hij had het vuurwapen nog in zijn hand, maar dat was geblokkeerd. Zelfs als hij het omhoog kon brengen, had hij er niets aan, en terwijl Bleechers handen steeds harder knepen, voelde hij hoe al zijn hoop verdween. Dit zou zijn einde zijn – Bleechers afschuwelijke, glimmende gezicht zou het laatste zijn wat hij zou zien.

Opeens kwam ongevraagd een beeld van de tweeling in hem op. Zouden zij ooit te weten komen wat er met hun vader was gebeurd? Dat hij ten einde was gekomen op een vieze betonnen vloer? Of zou zijn lot voor altijd een mysterie zijn, zijn lichaam ergens begraven op een of ander deprimerend braakliggend terrein? Zouden zij zelf naar hun graf gaan met het idee dat hun vader hen in de steek had gelaten?

Robert begon zijn bewustzijn te verliezen, hij zag sterretjes. Bleecher vloekte wreed, genoot van zijn overwinning, maar Robert zag hem niet, hij zag Freddie en Joshua die lachten, grapjes maakten en op hem af renden. Het beeld kwelde hem niet, maar leek hem juist wakker te maken. Uit het niets pompte er opeens energie door zijn aderen en hij begon weer te rukken, in een wanhopige poging zijn aanvaller van zich af te werpen. Bleecher had deze plotselinge weerstand niet verwacht, wankelde vervaarlijk en wist nog net boven op hem te blijven zitten door iets te verschuiven. Opnieuw worstelde Robert, nu hij zijn kans schoon zag. Bleecher helde naar achteren, zijn gewicht trok hem naar links, en Robert gaf hem een knietje in zijn kruis. Bleecher viel omver, uit zijn evenwicht, verrast, en hij slaakte een kreet. Met een laatste krachtsinspanning duwde Robert hem van zich af en de forse man kwam met een klap op zijn rug terecht. Zelfs nu probeerde Bleechers vingers hem vast te pakken, maar Robert was sneller, krabbelde op zijn knieën en greep zijn uitgestrekte aanvaller vast. Een arm kwam omhoog om hem af te weren, maar Robert haalde met zijn vrije hand uit en het harde metaal van het vuurwapen sloeg tegen Bleechers dikke vingers. De woekeraar schreeuwde het uit en hij was even afgeleid. Robert aarzelde geen moment. Hij bracht het vuurwapen hoog boven zijn hoofd, hield het daar even, schreeuwde van woede en liet het toen hard op het gezicht van de man neerkomen.

83

Rechercheur Malik staarde naar het huis van Robert Downing, terwijl Edwards vroeg: 'Doe jij het of ik?'

Hij zei het heel rustig, alsof ze een keus had, maar het was duidelijk dat hij niet van plan was in actie te komen. En hoewel ze dezelfde rang hadden, had het weinig zin voor Malik om weerstand te bieden, hem te dwingen van zijn dikke kont te komen. Edwards werkte een stuk langer bij het hoofdbureau dan zij en daar hoorde een merkwaardige, onuitgesproken superioriteit bij. Zo gingen de vrouwelijke collega's niet met elkaar om, natuurlijk niet, alleen de mannen, maar jammer genoeg was het nu eenmaal niet anders.

'Ik ga wel. Ik kan wel wat lichaamsbeweging gebruiken…' antwoordde Malik stilletjes. Met een flauwe glimlach stapte ze uit. Ze haatte het dat Edwards zo achteloos deed alsof hij boven haar stond, tegelijkertijd was ze allang blij dat ze even van hem af was. De sfeer binnen het team leek met de dag slechter te worden en verschillende rechercheurs kozen openlijk partij. Edwards had er geen geheim van gemaakt dat hij rechercheur Hudson steunde en bewonderde, maar dat was geen keuze waar Malik achter stond. In haar ogen was Hudson roekeloos, egoïstisch en achterbaks, een bedreiging voor de samenhang en samenwerking van het team. Dat kon ze natuurlijk niet hardop zeggen waar Edwards bij was, dus was het misschien maar beter als ze even door de straat liep, zodat ze niet met hem in een benauwde auto hoefde te zitten babbelen.

Malik liep met grote passen bij de auto vandaan en keek naar het huis. Ze stonden nu al meer dan twee uur aan Wentworth Road te wachten tot Robert Downing kwam opdagen, maar tot nu toe had hun surveillance niets opgeleverd, alleen dodelijke verveling en slapende ledematen. Malik rekte zich uit, liep een stukje verder en deed alsof ze met haar telefoon bezig was, terwijl ze eigenlijk een blik in de richting van het indrukwekkende rijtjeshuis aan de overkant wierp.

Het was drie verdiepingen hoog en fraai afgewerkt. De voordeur glansde door een verse verflaag. Het huis was een statussymbool en was tot voor kort waarschijnlijk een aantrekkelijke gezinswoning geweest. Maar nu woonde Downing er alleen, een afgewezen alleenstaande vader. Welke ruzies, onenigheden en gebeurtenissen hadden achter die gesloten deuren plaatsgevonden waardoor de vooraanstaande jurist dit trieste pad had bewandeld? Opeens wilde Malik het dolgraag weten, maar de man was er niet en dus had ze geen kans de antwoorden uit hem te schudden. Waar was hij? Was hij op dit moment verwikkeld in een wanhopige daad om een wederdienst te verrichten voor iemand die zijn hachje had gered? Of was zijn ongewone afwezigheid niet meer dan toeval?

Ze keek in haar notitieboekje en zonder een stap in te houden belde ze Downings nummer. Ze was nu zeker vijfendertig meter van het huis, aan de andere kant van de straat, maar toch hoorde ze de vaste lijn rinkelen, een vaag melodisch geluid. Hij ging zes, zeven keer over en stopte toen de voicemail het overnam. Er had binnen niets bewogen, er hadden geen geluiden geklonken, alleen het gerinkel van de telefoon. Malik beëindigde het telefoontje, ging nog een stukje verder en liep toen achteloos terug in de richting van de auto. Op hetzelfde moment begon haar eigen telefoon te rinkelen en ze schrok. Snel wierp ze een blik op het huis, bang dat Downing misschien toch binnen was en terugbelde, maar toen ze op het schermpje keek, zag ze dat het haar baas was.

'Chef?' zei ze zacht, en ze keek om zich heen om te zien of ze niet afgeluisterd werd.

'Ik wilde alleen even weten hoe het ermee staat?' antwoordde Helen Grace via de blikkerige verbinding. 'Is onze man al gesignaleerd?'

'Nog niet. We staan hier al twee uur en er is geen spoor van hem te bekennen. Wat zullen we doen?'

'Hou vol. Laat het me weten zodra je iets ziet.'

'Natuurlijk.'

Malik verbrak de verbinding en liep somber terug naar de auto. Surveillancewerk was altijd een uitdaging, maar deze klus leek nog lastiger dan anders. Als muren konden praten, zou het aantrekkelijke rijtjeshuis ongetwijfeld de totale verschrikking van het dodelijke plan onthullen, evenals Downings aandeel erin. Maar vooralsnog liet het niets los – donker, dreigend en zo stil als het graf.

84

Hij draaide de sleutel om en het geluid van de motor stierf weg. Opeens was hij omgeven door stilte, een levenloze, verstikkende stilte.

De parkeerplaats bij Riverside Park Sports Field was leeg, de sporters waren allang naar huis. Aan de ene kant was dat prettig, geen getuigen die hem of de auto zagen, maar het was ook zenuwslopend en griezelig. Hij wilde hier weg.

Voorzichtig deed hij het portier open en hees zich van het plastic over de bestuurdersstoel, stapte uit en duwde behoedzaam het portier dicht. Toen was hij vertrokken. Snelheid was nu geboden. Hij zat onder het bloed en dat was lastig uit te leggen als hij een late hondenuitlater of, nog erger, een politieagent, tegenkwam.

Haastig stapte hij over een laag hek en lette goed op dat hij geen sporen achterliet. Er zat bloed aan zijn broek, op zijn overhemd, zijn huid en haar. Hij voelde zich bezoedeld door de daad, alsof hij verdronk in zonde, en hij wist niet hoe snel hij daarvan af moest komen. Hij vroeg zich af of hij dit gevoel ooit kwijt zou raken.

Hij rende over het gras, vond een opening in de struiken, dook door de kleine ruimte en liep langs het talud omlaag in de richting van de Itchen. Dit was altijd zijn beoogde dumpplek geweest, vergeten en afgelegen, maar in zijn verbeelding was hij altijd rustig en beheerst geweest, schoon en onberoerd, en zou hij zich zorgvuldig van het bewijsmateriaal ontdoen. De realiteit was heel anders. Hij zat onder het bloed, trilde en was bang.

Bleecher was dood. Dat was het enige positieve aan de avond, want de rest was eigenlijk allemaal fout gegaan. Ongetwijfeld had hij op de plaats delict forensisch bewijsmateriaal achtergelaten – bloed, zweet, vingerafdrukken – maar omdat hij geen strafblad had, zou dit niet noodzakelijkerwijs tegen hem gebruikt kunnen worden, míts hij zijn sporen kon uitwissen. Daarom waren de komende paar minuten zo belangrijk.

Hij haalde de vuilniszak uit zijn zak en keek om zich heen. Langs de oever van de rivier lagen enkele grote stenen die hij pakte en in de stevige zak liet vallen. Hierna kleedde hij zich uit, rukte de vochtige, kleverige kleren van zijn lijf en propte ze in de vuilniszak. Overhemd, broek, riem, sokken, schoenen, zelfs zijn ondergoed, alles ging erin. Daarna stopte hij het laatste, maar belangrijkste onderdeel erin: het vuurwapen. Hij knoopte hem dicht met een dubbele knoop. Controleerde hem, één keer, twee keer, en wierp hem toen zo ver mogelijk van de oever. Hij landde met een aangename plons in het water, waarna het weer stil werd.

Rillend sloeg Robert zijn armen om zich heen. Hij was oorspronkelijk van plan geweest de set schone kleren mee naar de rivier te nemen, maar dat ging echt niet – de kans dat hij bewijsmateriaal op zijn schone kleren zou krijgen was te groot. Dus zou hij naakt naar de auto terug moeten. Maar goed, als iemand hem nu zag, zouden ze alleen maar denken dat hij een naturist of vieze man was, geen moordenaar.

Hij knielde bij de oever en schepte wat water in zijn handen om het bloed van zijn armen, nek en gezicht te wassen. Maar toen hij zijn eigen gezicht in de weerspiegeling van het water zag, schrok hij. Hij herkende zichzelf niet – de gestoorde blik, de ongekamde haren en die gruwelijke bloedspetters.

Opeens was hij weer terug in die ruimte, die afschuwelijke, bedompte ruimte en zat hij boven op zijn slachtoffer. Bleecher had geprobeerd hem te doden, zou hem hebben gedood, maar Robert had de woekeraar in zijn macht. Hij had het vuurwapen omhooggebracht en hard op het gezicht van de weerloze man geslagen. Eén keer, twee keer, drie keer. Hij had gevoeld dat Bleechers neus brak, gehoord hoe lucht uit diens longen ontsnapte toen hij kreunde, en nog altijd was hij niet opgehouden, had hij de gelaatstrekken van zijn slachtoffer verbrijzeld. Hij kon weer voelen hoe het bloed hem had geraakt, zijn gezicht had bespat. Een paar druppeltjes waren in zijn ogen gekomen en hadden hem tijdelijk verblind. Toen pas was hij gestopt. Toen pas had hij het vreselijke bloedbad gezien dat hij had aangericht.

Robert rukte zich los uit deze nachtmerrie en besefte dat hij huilde; zijn tranen vermengden zich met de vlekken op zijn gezicht. Diepbedroefd, gebroken schepte hij handenvol water op. Hij kon de aanblik van zichzelf niet meer verdragen, kon niet aanzien wat er van hem was geworden, en dus waste hij zich tot zijn haar droop en zijn gezicht verstijfd aanvoelde door het koude water. Nu waagde hij opnieuw een blik op zijn spiegelbeeld en deze keer was hij blij dat er geen spoor van Bleecher was achtergebleven, dat hij weer gaaf en schoon was.

De klus zat erop, vooralsnog. Robert rilde hevig, een combinatie van de kou en de shock, en dus kwam hij snel overeind. Hij wierp nog een laatste blik op de rivier die nu zijn geheimen verborg, deed een schietgebedje, draaide zich om en haastte zich naar het donkere kreupelhout.

85

'Op deze foto is het licht redelijk en dan kun je haar goed zien. Hij komt van een beveiligingscamera bij het gemeentezwembad aan Horsham Road.' Helen wierp een snelle blik op de rechercheurs om zich heen en ging toen verder. 'Aan de tijdcode kunnen we zien dat deze vrouw twee minuten na Eve Sutcliffe arriveerde. Eve ging twee, soms drie keer per week naar het zwembad en meestal bleef ze drie kwartier tot een uur. Deze vrouw...' Ze wees naar de brunette van middelbare leeftijd in hardloopkleding. '... was er nog geen tien minuten. Zeker niet genoeg tijd om zich uit te kleden, te zwemmen en zich weer aan de kleden, en toch betaalde ze het entreegeld en volgde ze Eve naar de kleedkamer. Misschien veranderde ze van gedachten, had ze toch geen zin, maar op deze dag, rond deze tijd is Eves tas uit haar kluisje gestolen.'

Ze liet dit tot de teamleden doordringen en richtte zich opnieuw tot hen. Op Malik en Edwards na, waren al haar rechercheurs aanwezig, zelfs Joseph Hudson. Hij was vanmorgen niet komen opdagen voor Helens toespraak, had het in haar aanwezigheid niet eens over de dood van Grace Simmons gehad en leek niet van plan te vertellen waar hij deze drukke dag was geweest. Hij leek ook nog eens merkwaardig zelfverzekerd en was kennelijk totaal niet bang dat hij op het punt stond teruggestuurd te worden naar Cheshire. Maar ze mocht zich niet laten afleiden door zijn spelletjes, niet nu ze eindelijk vooruitgang boekten.

'Rechercheur McAndrew heeft nog een beeld ontdekt dat jullie denk ik wel nuttig zullen vinden...' Ze draaide zich naar McAndrew toe, die een stap naar voren deed en nog een foto op het bord plakte.

'Dit is twee dagen later,' vertelde McAndrew de anderen. 'Het beeld is afkomstig van een camera bij een groothandel aan Oakmont Avenue vlak bij Southampton Common. Dit was de avond dat Eve haar ouders vertelde dat ze het gevoel had dat iemand haar door het park had gevolgd. Het was donker en ze wist het niet zeker, daarom heeft ze het niet bij de politie gemeld, maar ze was wel erg geschrokken. De camera pikte Eve op toen ze rond half elf in de richting van het park liep... en deze persoon volgde haar kort daarop.'

De rechercheurs leunden naar voren, namen het beeld in zich op.

'Je kunt haar gezicht natuurlijk niet zien, want ze draagt een pet, maar de bouw en haarlengte komen overeen met die van de vrouw die zowel in het zwembad als in Lakeside Country Park is gezien. En kijk naar de gymschoenen. Op alle drie momenten betreft het hetzelfde merk en dezelfde donkere kleur...'

'Tot nu toe allemaal indirect,' voegde Helen eraan toe, terwijl ze McAndrew met een knikje bedankte. 'Maar het is een intrigerend toeval en het betekent dat we deze persoon mogelijk in verband kunnen brengen met de diefstal van de tas, het stalkingincident én Eves moord.'

Een golf van opwinding ging door het team.

'De naam van de verdachte is Amanda Davis. Ze is financieel directeur bij een bedrijf dat luxe jachten bouwt, en nog belangrijker, zij vormt de enige schakel die de drie incidenten met elkaar verbindt...'

'Zij stalkte Eve?' wilde rechercheur Reid weten.

'Mogelijk, al hebben we geen bewijs dat ze ooit bij Eve thuis of op school is geweest, dus ze heeft duidelijk haar huiswerk gedaan en is heel voorzichtig geweest.'

'Wat gaan we nu doen?' ging Reid verder. 'Halen we haar naar het bureau? Plaatsen we haar onder surveillance?'

'Amanda Davis zit momenteel in Sydney, Australië,' kwam Bentham ertussen, 'waar ze haar ouders bezoekt. Alle pogingen om contact met haar op te nemen, hebben tot nu toe niets opgeleverd, maar we gaan samenwerken met de plaatselijke politie daar. Hun rechercheafdeling zal nu wel ongeveer wakker worden. Uiteraard moeten we Davis zo snel mogelijk spreken, zodat ze kan verklaren waar ze was op de avond dat Eve is vermoord, maar op dit moment draait alles om het motief. Amanda Davis vertrok de ochtend na de begrafenis van haar man naar Australië. Alastair Davis is twee weken geleden doodgeslagen tijdens een, naar wij aanvankelijk dachten, gewelddadige inbraak.'

Verschillende blikken gleden naar het schrijfbord waar Alastair Davis' sombere gelaatstrekken hen aanstaarden.

'Rechercheur Osbourne heeft zich wat meer verdiept in het stel,' ging Helen verder, en ze gaf het woord aan de jonge rechercheur.

'Op papier lijken ze dus een succesvol, ambitieus paar,' vertelde Osbourne de verzamelde politiemensen. 'Zij heeft een dynamische baan, hij had een zeer succesvol eigen techbedrijf. Een groot huis, luxe auto's, regelmatig grote feesten. Ze leidden een zeer zichtbaar openbaar leven, promoten zichzelf en hun activiteiten voortdurend op social media, maar er was één kant aan hun relatie die ze verborgen hielden.'

Osbourne deelde kopieën van een aangifte uit. 'Hierop kun je zien dat mevrouw Davis drie maanden geleden aangifte deed van aanranding, een aantijging die ze later introk. Ik heb de identiteit van de vermeende dader zwartgemaakt, maar het was niet haar man. Een soortgelijke gebeurtenis vond acht maanden geleden plaats... een beschuldiging, gevolgd door een aangifte die weer werd ingetrokken.'

'Onder druk? Van de dader?'

'Of van haar man. Het is interessant om te weten dat beide aanvallen plaatsvonden in seksclubs tijdens seksfeesten en georganiseerde orgies.'

'Ze waren swingers?' vroeg rechercheur Reid plotseling geïnteresseerd.

'Daar lijkt het op. Aan zijn bankgegevens kunnen we zien dat ze lid waren van verschillende seksclubs. Interessant detail is dat zíj geen van die lidmaatschappen heeft aangemeld of betaald, en uit de korte gesprekken die we met enkele swingers hebben gehad, komt naar voren dat Alastair vermoedelijk de drijvende kracht achter hun aanwezigheid daar was...'

'Zij deed onder druk mee?'

'Mogelijk. Het is in elk geval intrigerend dat haar beschuldigingen – die gedetailleerd, specifiek en boos werden gemaakt – onverwachts en snel werden ingetrokken. Wat ook opvalt is dat ze heel regelmatig naar deze clubs gingen, drie, soms vier avonden per week. Hoe ze dat volhield, vaak tot diep in de nacht, in combinatie met een veeleisende baan, is bijna niet te begrijpen.'

'Wat zeggen we dan?' wilde Hudson weten, toen hij eindelijk zijn mond opendeed. 'Dat zij haar man dood wenste? Dat ze weg wilde?'

'Tja, daar moeten we achter zien te komen. Daarom is het zo belangrijk dat we haar...'

'Als dat werkelijk is wat je zegt,' onderbrak Hudson haar, 'dan is het gevolg neem ik aan dat we de moord op Alastair Davis ook opnieuw moeten onderzoeken?'

'Dat is ook precies wat we doen.'

'Want als je jouw theorie doortrekt,' ging Hudson verder, 'dan duidt dat erop dat een of andere willekeurige gast zonder enige relatie met Davis in de woonkamer van de man op de loer lag om hem bij de eerste de beste gelegenheid zijn hersens in te slaan.'

'Die woorden zou ik zo niet gebruiken,' mengde Helen zich nu in het gesprek, en ze keek hem aan. 'Maar dat is precies wat ik bedoel.'

Hudson schudde zijn hoofd al. 'Hoe ver gaat dit terug? Moeten we alle moorden van het afgelopen half jaar opnieuw onderzoeken? Het afgelopen jaar? Twee jaar? En waarom? Waarom doen die mensen dit allemaal opeens?'

Hij trok haar theorie, haar autoriteit, openlijk in twijfel. Ze mocht dit niet negeren. En dus keek ze Hudson opnieuw aan en antwoordde: 'Ik ben van plan daar achter te komen.'

86

Helen trok zich terug in haar kamer en deed de deur omzichtig achter zich dicht. Haar korte aanvaring met Hudson was ergerlijk en zorgwekkend, maar benadrukte ook het belang van enkele onderzoeksrichtingen of, anders gezegd, enkele gapende gaten in haar theorie.

Helen was ervan overtuigd dat ze de daders van de meest recente moorden had geïdentificeerd – Goj, Raeburn en nu Davis – en mogelijk voldoende bewijsmateriaal had om de mensen die nog leefden te arresteren. Maar het Openbaar Ministerie zou meer willen voordat ze hen in staat van beschuldiging zouden stellen. In alle drie zaken kon een motief worden vastgesteld, ervan uitgaande dat ze gelijk hadden wat betreft de ongezonde dynamiek tussen Amanda Davis en haar man, maar de advocaten van het Openbaar Ministerie zouden meer nodig hebben als het ging om het verband tussen de aanvallers. Hadden ze met elkaar gecommuniceerd? Hoe kenden ze elkaar? Hoe waren de moorden gepland, gecoördineerd, uitgevoerd?

Dat laatste punt bleef aan haar knagen. Alle moorden waren nauwgezet gepland en de daders waren slechts een vluchtig ogenblik in het leven van de slachtoffers geweest voordat ze hadden toegeslagen; zo vluchtig zelfs dat hun betrokkenheid volledig over het hoofd zou zijn gezien door de politie, ware het niet dat ze een paar toevallige meevallers hadden gehad. De daders waren ogenschijnlijk niet bij hun slachtoffers thuis of op hun werk geweest, en toch kenden ze hun gewoonten voldoende om een tas te stelen, ze door het park te volgen en ongezien en onopgemerkt een moord te kunnen plegen. Er was geen bewijs dat de slachtoffers weken- of maandenlang waren gevolgd of gestalkt, dus hoe was het mogelijk dat de daders de schema's en roosters van hun slachtoffers zo goed kenden? En waarom verschenen ze de dagen voorafgaand aan de daad in het leven van hun slachtoffers, waarom vermoordden ze hen niet meteen, klaar? Davis had Eve beroofd, gestalkt en was haar uiteindelijk in een donker park met een hamer te lijf gegaan. Goj had geprobeerd in te breken in de flat van McManus, had daarna zijn laptop uit diens auto gestolen waarna hij de fatale brand had gesticht. Belinda Raeburn had een scheldtelefoontje gepleegd, een hakenkruis op Hills huis geklad, om de ongelukkige man daarna in een verlaten steeg aan te vallen...

Terwijl Helen hierover nadacht, kreeg ze opeens een ingeving: de regel van drie. Elke dader had drie strafbare feiten gepleegd, met als laatste moord. Er was ontegenzeglijk een patroon. Het maakte haar nog nerveuzer, het was meer bewijs van de precieze, nauwgezette aard van deze reeks moorden, maar het riep ook een aantal interessante vragen op. Waarom drie? Wat was het doel van deze minicampagne van intimidatie en geweld? Was het alleen om de slachtoffers bang te maken, zodat ze hierover zouden klagen tegenover vrienden, de politie enzovoort, en aandacht zouden vestigen op het vermeende motief? Was het bewust gedaan, was het de bedoeling dat de moord op Martin Hill op een racistische aanval leek en dat Eve Sutcliffes dood een seksueel motief leek te hebben terwijl dat helemaal niet het geval was?

Het was een verleidelijke verklaring, en toch kwam er een andere mogelijkheid in Helen op. Het was opvallend dat de drie misdrijven oplopend in ernst en afschuw waren. Het eerste misdrijf was op afstand, gericht op de persoonlijke bezittingen of het huis van het slachtoffer. Het tweede was riskanter voor de dader: inbreken in een auto, iemands huis bekladden met graffiti, het volgen van een jonge vrouw door het park. In elk van die situaties had de dader betrapt, verrast en zelfs geconfronteerd kunnen worden. Het risiconiveau was hoog, maar natuurlijk niet zo hoog als bij het derde misdrijf – de moord zelf – waarbij het gevaar op arrestatie, verwonding of zelfs overlijden acuut aanwezig was. Was deze escalatie bewust? Betekende het iets? Was het mogelijk dat de drie misdrijven expres zo waren bedacht als een soort test?

Helen ging zo in haar gedachten op dat het even duurde voordat ze besefte dat ze niet langer alleen was. Toen ze opkeek, zag ze dat Joseph Hudson voor haar stond. Tot haar schrik was de deur dicht en had hij een vastberaden blik op zijn gezicht.

'Kan ik je helpen, brigadier Hudson?' vroeg Helen, boos dat ze met een ruk uit haar gedachten werd gehaald.

'O, je weet hoe je me kunt helpen, Helen,' antwoordde hij. 'Doe een stap opzij. Hang je penning aan de wilgen en maak plaats voor een jongere man.'

'Ga mijn kamer uit,' snauwde Helen terug, en ze voelde haar boosheid toenemen.

'Ik ga als ik mijn zegje heb gedaan en geen moment eerder.'

Helen had zin om hem uit te kafferen, hem haar kamer uit te slepen, maar de jaloezieën waren opgetrokken en de rest van het team kon hen zien, dus slikte ze haar woede in.

'Ik weet namelijk alles van jouw knusse gesprekje met Simmons. Dat ze je wilde helpen en mij zwart wilde maken. Maar weet je, het probleem is dat zij er niet meer is. Je beschermvrouw is er niet meer...' Hij zei het met een glimlach.

Het kostte Helen al haar kracht om zichzelf ervan te weerhouden hem een stomp in zijn gezicht te geven.

'En zal ik je nog iets vertellen? Haar ondertekende rapport over het incident is er ook niet meer. Ik heb het vanmorgen verbrand.'

Helen kon haar verbijstering en afschuw niet verbergen. 'Ben je helemaal gek geworden?'

'Zeker niet, ik zie alles heel duidelijk,' zei Hudson tevreden. 'Ik zie wat er moet gebeuren, wat er gáát gebeuren. Want weet je, ik denk niet dat Peters jou je foute gedrag zo snel zal vergeven – het bed in duiken met collega's, machtsmisbruik om ze eruit te werken, stiekeme deals met Simmons, liegen, bedriegen, samenzweren om je eigen hachje te redden, en dat alles zonder ook maar één arrestatie in een van de lopende onderzoeken.'

'Je droomt.'

'Reken maar. Ik heb hiervan gedroomd, ik heb gedroomd van het moment waarop ik jou, eindelijk, op je knieën heb...'

Hij zei het wellustig, zijn verwrongen verlangens duidelijk, en Helen werd kotsmisselijk. Dat ze ooit gevoelens voor deze griezel had gehad.

'Ik had vroeger bewondering voor je, Helen,' ging hij verder, en hij liep naar haar toe. 'Ik wilde bij je zijn. Maar nu...' Hij kwam nog dichterbij tot ze bijna neus aan neus stonden. '... maak ik je kapot.'

87

Ze verstijfde, zich opeens bewust van het gevaar. Haar sleutel hing voor het slot, maar ze maakte geen aanstalten hem erin te duwen. Lilahs blik werd naar het spiegelbeeld in het glas getrokken. Haar voordeur had een ruit om licht in de sombere gang toe te laten, maar omdat het binnen donker was, viel het licht van de straatlantaarns erop en bood het een beeld op de straat achter haar. Er was haar niets opgevallen toen ze haastig naar huis was gelopen, maar nu zag ze het. Een gestalte in de auto aan de overkant van de straat. Een gestalte die erg leek op iemand die in een auto zat en naar het huis keek.

'Wel verdomme...'

Ze wist dat ze rustig moest blijven. Het was misschien niets, misschien beeldde ze het zich in, en dus stak ze de sleutel in het slot en ging snel naar binnen. Normaal gesproken zou ze het licht in de gang, de woonkamer, de keuken direct aandoen – ze had een hekel aan het donker – maar nu liet ze haar tas vallen en liep ze snel naar boven. Aan de andere kant van de overloop sloop ze naar het slaapkamerraam en van achter de dikke gordijnen keek ze naar de straat.

Haar hart sloeg even over. Ze wist het zeker, er zaten twee mensen in een auto, op nog geen veertig meter afstand van haar huis. De lichten waren gedoofd, de motor draaide niet en hoewel hun gezichten te ver weg waren, kon ze aan de houding van hun lichamen zien dat ze naar haar huis keken, naar háár keken.

Waren het politieagenten? Zo ja, wat waren ze dan van plan? Wilden ze haar in de val lokken? Naar het huis toe rennen om haar te arresteren? Of bleven ze alleen zitten wachten en kijken? Wat wísten ze?

Allerlei gedachten raasden door haar hoofd. Hadden ze haar daarstraks al gevolgd toen ze de auto had gestolen, toen ze doelbewust onder het toeziend oog van verkeerscamera's door rood was gereden? Nee, er was geen reactie geweest op deze kleine overtredingen, niemand had haar door de lege straten achternagezeten. En toen ze de auto had geparkeerd? Was ze toen gespot? Nee, dan was haar vast wel iets opgevallen. De vuilstortplaats waar ze de auto de vorige dag had verstopt was zo afgelegen dat niemand haar had kunnen volgen zonder aandacht op zichzelf te vestigen. Wat deden ze dan hier? Hoe waren ze haar op het spoor gekomen?

Ze begreep er niets van, maar hun aanwezigheid in de donkerblauwe Mondeo was een duidelijk teken dat er iets was misgegaan. Verdachten ze haar op de een of andere manier van betrokkenheid bij Martins moord? Hadden ze bewijs dat hij haar had mishandeld? Of hadden ze een idee van wat zíj van plan was? Was dat überhaupt mogelijk? Ze begon te transpireren terwijl de vragen door haar hoofd bleven spoken. Ze had geen antwoorden op deze knagende onzekerheden, had geen idee wat de politie wist of van plan was. Maar terwijl Lilah in de duisternis naar hun schimmige, dreigende aanwezigheid keek, was één ding absoluut zeker: er stond opeens veel meer op het spel.

88

'Wat heb je haar verdomme gezegd?'

'Ik heb haar de waarheid gezegd, Robert. Misschien kun je je nog herinneren wat dat is.'

'Wat heb je haar precíés gezegd?'

Alexia aarzelde nu, alsof ze niet goed wist hoe ze op haar ex moest reageren.

'Nou?' blafte Robert.

'Ik heb haar over McManus verteld...'

'Dat je je advocaten opdracht had gegeven om je eigen man te bespioneren?'

'Met goede reden, zo bleek.'

'Wat wou je daarmee zeggen?'

'Moet ik je dat echt uitleggen?' Ze wierp een bezorgde blik op de jongens, die met hun koffertjes naast zich tv zaten te kijken en zo nu en dan verontruste blikken op hun ouders wierpen.

'Dit gaat echt nergens over,' zei Robert zacht, boos en van zijn stuk gebracht.

'Dus jij ontkent dat je aan de drugs was? Crystal meth, wiet, wat dan ook...'

'Natuurlijk ontken ik dat. Ik zou zoiets nooit doen, de kinderen op die manier in gevaar brengen.'

'O Robert, kijk dan eens naar jezelf…'

Ze zei het eerder verdrietig dan boos en dat maakte het nog erger. Alexia leek werkelijk geschrokken van zijn verschijning en hij hoefde niet in de spiegel in de gang te kijken om te weten waarom. Hij had eindeloos zijn best gedaan zich op te kalefateren, zich toonbaar te maken, maar hij had schrammen in zijn hals en zag er gewoon vreemd uit in zijn oude, tot onder zijn kin dichtgeritste Nike-jasje. Zijn hese, overslaande stem hielp ook niet, hij klonk gebroken.

'Wat is er gebeurd? Waar ben je in verzeild geraakt?'

'Niets, dat heb ik je al gezegd. Ik ben tijdens het hardlopen tegen een laaghangende tak aan gelopen. Ik snap echt niet waarom je hier zo'n toestand van maakt.'

'Wat denk je zelf?' siste ze boos en ontdaan. 'Ik moet aan de jongens denken.'

'Ze zijn veilig,' snauwde Robert terug. 'Ze zijn altijd veilig geweest, er overkomt hun heus niets.'

'En als Helen Grace terugkomt? Als ze je arresteert?'

'Ze gaat me niet arresteren. Ik heb niets gedaan.'

'Dus jij kunt me recht in de ogen kijken en bevestigen dat niets van wat zij suggereerde waar is? Dat jij niet betrokken bent bij de dood van McManus?'

'Daar is niets van waar, ik zweer het je.'

'Ik geloof je niet.'

'Dan verdoe ik mijn tijd hier. Jongens, we gaan!'

Het bleef even stil: 'Mogen we dit afkijken?' riep Freddie toen.

'Nee, we moeten NU weg!'

De woorden spatten uit zijn mond, hard en onvriendelijk, waarop de jongens mopperend gehoorzaamden en onwillig de tv uitzetten.

'Ik wil niet dat je ze meeneemt...' Alexia greep zijn arm vast, vastbesloten hem te stoppen.

Boos deed hij een stap naar voren en bracht zijn gezicht voor het hare. 'Zie me maar eens tegen te houden.'

Tranen sprongen in haar ogen, maar er lag ook angst in haar blik.

'Het zijn míjn zoons – juridisch, emotioneel, op elke manier die telt – en ze gaan met míj mee naar huis.' Hij vuurde de woorden op haar af en merkte toen pas dat de jongens vlak achter hem stonden. 'Kom jongens, zeg jullie moeder gedag, dan gaan we.'

Hij liep langs Alexia naar de voordeur, zonder nog achterom te kijken. Er volgde een huilerig afscheid, gefluisterde woorden en daarna hoorde hij hoe de koffertjes van de jongens over de grond sleepten. Robert liep met grote stappen over de oprit, haalde de auto van het slot en opende de kofferbak. Even later lagen de koffers erin en zaten de jongens ingesnoerd in hun kinderstoelen. Pas toen durfde hij naar ze te kijken, de aanblik was hartverscheurend.

Beide jongens zagen er verdrietig uit, hadden zelfs betraande gezichten. Maar erger, veel erger... ze zagen er bang uit.

89

Helen liep het rookhok binnen en sloeg de deur achter zich dicht. De groezelige ruimte in een vergeten hoek van het hoofdbureau was leeg en het geluid van de deur echode in het halfdonker. Ze haalde haar sigaretten uit haar zak, stak er een op en inhaleerde diep. Ze had meer dan een week niet gerookt, maar had er nu behoefte aan.

De overval van Joseph Hudson was volkomen onverwachts en daarom des te effectiever. Hij riep dringende, zorgelijke vragen op. Was Hudson van plan om naar Peters te gaan met zijn aantijgingen? Had hij dat misschien al gedaan? Zo ja, wie zou Peters steunen? Helen had nooit een hechte band met haar bureauchef gehad, kon aan hem merken dat hij haar niet vertrouwde en was bang dat ze het antwoord al wist.

Helen was woedend op Hudson, maar ook op zichzelf; ze had een reactie op Simmons' dood moeten verwachten, op het verlies van haar beschermer. Ze was ook erg geschrokken. Ze had niet verwacht dat Josephs reactie zo snel of zo vastbesloten zou zijn. Ze was niet alleen ontdaan door wat hij had gezegd, hij overdreef graag en zijn verlangen om haar weg te werken bij het hoofdbureau van politie was al een tijd duidelijk. Nee, het was de manier waarop hij het had gezegd waardoor ze van slag was. Hij had er wild, losgeslagen uitgezien, alsof niets hem ervan zou weerhouden haar te gronde te richten, ongeacht wat het hem persoonlijk zou kosten. Helen had door de jaren heen tegenover heel wat indrukwekkende vijanden gestaan en wist uit ervaring dat de gevaarlijkste tegenstanders de mensen waren die niets te verliezen hadden.

De nicotine deed godzijdank zijn werk. Ze voelde zich al iets rustiger, iets geconcentreerder. In tijden van werkstress ging ze meestal naar Grace Simmons toe, maar dat kon nu niet meer. De arme vrouw lag in een mortuarium aan de andere kant van de stad, uit het leven gerukt. En dus bleef er maar één persoon over. Eén persoon op wie ze kon vertrouwen.

'Hallo vreemdeling. Hoe is het met je?'

Helen stortte bijna in bij het horen van Charlies stem – warm, informeel, vriendelijk – maar ze hield haar stem in bedwang toen ze antwoordde: 'Goed, dank je. En met jou?'

'Ja, alles gaat goed.'

'Hoe gaat het met die lieve meisjes van me?'

'O, ze zijn een nachtmerrie. Je mag ze hebben, als je wilt…'

Helen hoorde op de achtergrond iemand iets roepen, gevolgd door geschaterlach. Het klonk niet als een nachtmerrie, het klonk als een gelukkig gezin. Iets wat zij nooit had gekend en waarschijnlijk ook nooit zou hebben.

'Wacht even, volgens mij komen ze mijn kant op,' ging Charlie verder. 'Wil je ze gedag zeggen?'

'Natuurlijk, maar ik vroeg me af… vind je het goed als ik even langskom?'

'Nu?'

'Als het niet uitkomt, moet je het zeggen, maar…' Helen begon al terug te krabbelen, voelde zich dwaas en zwak. Ze was nog steeds gestrest en wilde wanhopig graag bij iemand zijn die ze vertrouwde, maar het was te treurig voor woorden dat ze daar een ander gezin zo mee lastigviel.

Net op het moment dat ze zich wilde verontschuldigen en ophangen, antwoordde Charlie: 'Weet je wat, het is hier toch al een chaos, laten we er dan maar een feestje van maken. Hoe laat kom je?'

Opluchting overspoelde Helen, zo blij was ze dat ze even ergens haar toevlucht kon zoeken. 'Geweldig. Over tien minuten?'

Op hetzelfde moment begon haar telefoon te trillen. Verrast keek ze op het schermpje en zag dat rechercheur Bentham haar probeerde te bellen. Het liefst wilde ze de oproep negeren, maar zoals gebruikelijk won haar gezond verstand het.

'Zeg, kan ik je zo even terugbellen, Charlie? Ik krijg net een ander telefoontje.'

'Tuurlijk.'

'Dank je.' Ze verbrak de verbinding en nam het telefoontje van Bentham op. 'Inspecteur Grace.'

'Neem me niet kwalijk dat ik zo laat bel, chef…'

Het was een telefoontje dat Helen door de jaren heen al vele malen had gekregen en ze wist wat er ging komen.

'… maar we hebben een lichaam gevonden.'

90

Alan Peters zoog op de binnenkant van zijn wangen en staarde naar de verwoesting voor hem.

'Ik vind het vervelend om slecht nieuws te brengen, maar ik vond dat u dit moest zien.' Peters hoorde de woorden van Abigail Miller amper. Zijn blik was gefixeerd op de *Southampton Evening News* die opengeslagen op zijn bureau lag. Miller had de voorpagina overgeslagen en had Peters gewezen op een dubbele pagina. Een zeer onflatteuze foto van Helen Grace staarde hem aan, en daaromheen stond een uitgebreid artikel van Emilia Garanita. De foto van zijn meest ervaren rechercheur was verschrikkelijk; hij was zo te zien genomen bij de plaats delict van Martin Hill, en Grace zag er verdwaasd en verward uit. Boven de foto stond de vernietigende krantenkop: BENEVELD EN ONBEKWAAM.

Geschrokken ging Peters diagonaal door het artikel heen, waarin stond dat Grace, die erom bekendstond dat ze geen druppel dronk, onder de druk van recente gebeurtenissen aan de drank was geraakt en was teruggevallen op destructief gedrag. Meestal zou Peters dit soort roddels direct wegwuiven, maar nu aarzelde hij.

'Denk je dat er iets van klopt?' vroeg hij mompelend, zich tot

Miller richtend. 'Ik bedoel, waar haalt Garanita die informatie vandaan?'

'In het artikel staat "een bron in nauw contact met het onderzoek", wat neem ik aan iemand uit het team van Grace betekent. Wát zij dus ook beweert, er is een lek. We weten ook dat het schort aan het moreel binnen het team, dat er gemopperd wordt dat ze niet alles in de hand heeft. Dus ja, ik denk dat we onszelf moeten afvragen of er geen alcohol in het spel is.'

Peters zei niets, maar staarde naar de ongelukkige foto van Helen Grace.

'We moeten ook nadenken over een reactie. Dit is een aanval op de bekwaamheid van zowel inspecteur Grace als het hoofdbureau van politie. Dat kunnen we niet negeren, we moeten reageren want, geloof me, dit soort krantenkoppen veroorzaakt problemen.'

'Zou je denken?' zei Peters scherp. 'Reken maar dat ik vanavond nog uitgekafferd word door de burgemeester én de hoofdcommissaris.'

'Precies, dus moeten we met inspecteur Grace praten, horen wat zij te zeggen heeft.'

'Dat zou ik wel willen als ze aanwezig zou zijn, maar er is weer een moord gepleegd.'

'Dat meent u niet?' Miller flapte het eruit, niet in staat haar schrik te verbergen. Maar Peters keek haar zo dreigend aan dat de perswoordvoerder snel inbond. 'Nou ja, zoals u al zei, u moet haar kant van het verhaal aanhoren voordat u een definitief besluit kunt nemen. Als ze meewerkt, eerlijk is, is er misschien een manier waarop we...'

'En waarom zou ze dat doen? Ze zal alles wel ontkennen, haar hakken in het zand zetten en wachten tot het overwaait. Dat zou ik doen als ik haar was.'

'Hoe moeten we dan reageren? Op onze handen zitten, terwijl het dodental elke dag stijgt?'

Boos draaide Peters zich naar Miller toe, niet onder de indruk van haar botheid, maar deze keer was Miller niet van plan in te binden.

'Moet u horen, chef, ik weet dat operationeel bevel niet mijn vakgebied is, dus als ik mijn mond moet houden, zegt u het maar, maar dit zijn de feiten: er is nog niemand gearresteerd, er zijn geen tastbare aanwijzingen en inspecteur Grace stalkt momenteel een advocaat met een onberispelijke reputatie. We zijn het mikpunt van spot, een lachertje.'

Peters kon Millers belastende oordeel over de situatie niet weerleggen. Hij was opeens doodmoe en somber door de hele ellende. Hij had nog nooit op zo veel fronten tegelijk problemen moeten oplossen en zich nog nooit zo machteloos gevoeld.

'U hebt inspecteur Grace altijd uw vertrouwen geschonken, zoals een goed bureauchef betaamt. Maar als dat vertrouwen niet beantwoord wordt, als in de buitenwereld, zelfs binnen haar eigen team, het gevoel ontstaat dat inspecteur Grace geen autoriteit meer heeft, haar stabiliteit verloren is, geen leiderschap meer bezit, wat heeft het dan voor zin om haar nog langer de hand boven het hoofd te houden?'

Het was een terechte vraag die Peters niet kon weerleggen.

'Ik zeg het niet graag, maar misschien is het inderdaad tijd voor een nieuwe frisse wind,' opperde Miller.

'Vind je dat ik haar moet laten gaan?' Het voelde vreemd, maar het was ook een opluchting om het hardop te zeggen.

'Ik vind dat u de reputatie van de politie van Southampton moet beschermen,' antwoordde Miller kordaat.

En dat was het dan in een notendop. Dit bureau was zíjn terrein, zijn carrière, zijn nalatenschap. Als hij deze wetteloosheid, het geweld dat Southampton in zijn greep hield, niet meester werd, dan was dat zíjn falen en betekende het het einde van een zeer succesvolle carrière. Toch aarzelde hij. Het zou buitengewoon controversieel en problematisch zijn om Helen Grace opzij te schuiven, gezien haar successen en reputatie binnen het politiekorps. Zou hij dat echt aandurven? Misschien kon hij niet anders, aangezien de verziekte werksfeer zo ver reikte.

Hij bleef in gedachten verzonken zitten en ging zo op in de stekeligheden van dit onmogelijke dilemma dat hij Miller niet meer opmerkte en ook niet in de gaten had dat zijn secretaresse opeens in de deuropening verscheen.

'Neem me niet kwalijk dat ik u stoor… maar ik heb de hoofdcommissaris aan de lijn en zo te horen is het dringend.'

En dat was het moment waarop bureauchef Peters zijn antwoord had.

91

Helen dook onder het afzetlint door en liep snel naar de agent in uniform. 'Waar?' vroeg ze dwingend, zonder enige beleefdheden.

'Door de gang links. Rechercheur McAndrew stelt de plaats delict veilig.'

Met een knikje keek Helen naar het vervallen gebouw voor zich. Het was een afschuwelijke, troosteloze plek, een goedkoop geprefabriceerd pand, bedoeld voor maximale winst met een minimale investering. Maar het opslagbedrijf was duidelijk nooit van de grond gekomen; het gebouw dat zo snel uit de grond was gestampt, stond nu op punt van instorten. Helen keek wantrouwig naar de donkere deuropening. Het leek de ingang naar de onderwereld wel.

Ze glipte naar binnen, pakte haar zaklamp en verlichtte met de krachtige straal een lange, lege gang. Haar schoenhoezen maakten een vreemd zwiepend geluid op de stoffige vloer, bijna alsof een duistere geest tegen haar fluisterde. Ze huiverde. Ze was niet snel bang, maar de sfeer die hier hing bracht haar van haar stuk. Misschien was het de kater van haar confrontatie met Joseph daarstraks. Misschien was het de sterke lucht van bederf, van corruptie die hier hing. Of misschien was het de wetenschap van wat haar te wachten stond.

Snel liep ze door de gang en sloeg links af. Ze kon stemmen horen. De karakteristieke wilskrachtige stemmen van agenten ter plaatse. Ze haastte zich naar hen toe en stond al snel tegenover rechercheur McAndrew in iets wat een combinatie leek van een opslagruimte en een kantoor. Overal lagen papieren, er lag een tafel op z'n kant en te midden van alle rotzooi lag een man op zijn rug.

'Enig idee wie het is?'

'Hij heeft geen legitimatiebewijs bij zich,' antwoordde McAndrew hoofdschuddend. 'Maar misschien kan de laptop ons iets vertellen.'

Helen knikte en liep langs McAndrew naar het lichaam. Het slachtoffer was een stevige man van middelbare leeftijd, waarschijnlijk eind veertig. Als dit zijn kantoor was, konden uiterlijkheden hem waarschijnlijk niets schelen, een eigenschap die ook voor zijn persoon leek te gelden. Hij droeg een vuile joggingbroek met een trainingsjas van velours die betere tijden had gekend. Ook zijn gympen waren sjofel. Zijn linkerschoen hing half aan zijn voet en was waarschijnlijk uitgetrapt tijdens de worsteling. Er had hier duidelijk een extreme confrontatie plaatsgevonden, dat was te zien aan de omvergegooide meubels en rondslingerende persoonlijke spullen, maar ook aan de vele schrammen en krassen die de man op zijn handen had. Maar het waren niet de verwondingen die Helens aandacht trokken. In plaats daarvan viel haar blik op wat er over was van het gezicht van de man.

Het was afschuwelijk om te zien. De man was niet alleen geslagen, hij was verpulverd. Zijn neus was gebroken, zijn oogkassen waren verbrijzeld, zijn tanden waren uit zijn mond geslagen. Degene die dit had gedaan moest wel zijn gedreven door woede of wanhoop, zo wreed was de aanval geweest. Het hele gezicht van de man leek ingevallen, als een moeras van bloedrood drijfzand.

Hij leek niet eens meer op een mens, wat overbleef was een lichaam dat eens had geleefd. Het was gruwelijk om naar te kijken en opnieuw ging er een rilling door Helen heen.

Degene die dit had gedaan, had zijn slachtoffer niet alleen willen doden. Hij had hem willen vernietigen.

DAG 6

92

'Tempo, mensen. Ik wil dat alles gefotografeerd wordt en binnen het uur in het systeem staat, alsjeblieft...'

Dat 'alsjeblieft' was een snelle toevoeging. Beleefdheid was niet brigadier Hudsons sterkste kant, een feit dat duidelijk werd terwijl hij over de plaats delict flaneerde en bevelen en ultimatums uitdeelde. Helen Grace was er vanmorgen niet, zij bracht een bezoekje aan Robert Downing, wat betekende dat rechercheur Hudson de onderzoeksleider ter plaatse was. Voor Meredith Walker een bittere pil. Maar goed, ze mocht deze arrogante, omhooggevallen nieuwkomer sowieso niet. Wat verlangde ze naar de terugkeer van Charlie Brooks.

Ze wierp een blik van verstandhouding op de fotograaf – die net zo veelbetekenend terugkeek – en ging weer aan het werk. Het belangrijkste deel van de plaats van het gevecht was al uitgebreid gefotografeerd toen het licht werd, wat betekende dat Meredith bij de papieren, persoonlijke spullen en natuurlijk het slachtoffer zelf kon. Ze had tussen met bloed besmeurde documenten, lege flesjes sportdrank en instantnoedels gezocht, maar weinig interessants gevonden, waarna ze zich op de laptop had gericht. Ze ging ervan uit dat hij van het slachtoffer was en had gehoopt dat hij nuttige informatie zou kunnen verschaffen als het ging om zijn identiteit of een motief, maar zelfs haar vluchtige eerste onderzoek wees uit dat dat onmogelijk was. Herhaalde pogingen hem op te starten leverden niets op en toen ze het beschadigde toetsenbord had opengemaakt, ontdekte Meredith al snel waarom. De printplaat, de batterij, alles in de aluminium behuizing van de laptop leek te zijn gesmolten. Hij zou in het lab verder onderzocht moeten worden, maar Meredith had al een donkerbruin vermoeden over de oorzaak van de schade, aangezien er een witte aanslag op de microchips en processoren zat die leek op industrieel zuur.

Teleurgesteld pakte ze de computer in en labelde hem, waarna ze zich op de dode man concentreerde. Het was aan Jim Grieves om de doodsoorzaak vast te stellen, hoewel de aanblik van de man weinig twijfel liet bestaan, maar mogelijk waren er belangrijke aanwijzingen die al verzameld konden worden voordat het lichaam werd weggehaald. Ze ging op haar knieën naast het verwoeste gezicht zitten en liet haar blik over het bovenlijf, de armen en de handen van de man glijden. Er zaten geen zichtbare haren of vezels op zijn handen, al zou Jim mogelijk nog DNA onder de nagels of in de plooien van zijn handpalmen kunnen aantreffen, want er had duidelijk een langdurige worsteling plaatsgevonden. Opvallend was dat zijn sjofele velours trainingsjas op verschillende plaatsen was gescheurd – een analyse van die scheuren zou belangrijke aanwijzingen kunnen opleveren, vooral als ze met de hand gescheurd waren. Meredith maakte in gedachten een lijst van de kleding die ze straks zou bestuderen als ze van het lichaam waren gehaald: de trainingsjas, de groezelige spijkerbroek en natuurlijk de gympen. Als het slachtoffer zijn moordenaar ergens anders had ontmoet en hier mee naartoe had genomen, zouden vuil, pollen of plantenresten in het profiel van de zolen kunnen helpen bij het ontdekken waar hij was geweest, misschien zelfs bij het achterhalen van de identiteit van de aanvaller. Meredith wendde haar blik van zijn schoenen af en hervatte het onderzoek van zijn bovenlijf.

Als eerste viel haar een groot horloge aan zijn linkerpols op en vervolgens een gouden medaillon dat om zijn verwonde hals lag. Het was een merkwaardig stuk, het paste niet bij het lompe horloge en de protserige ring om zijn vinger. Het was klein, viel in het niet vergeleken met de rest. Ze had verwacht dat deze man voor iets groters zou gaan, meer in de stijl van Tom Jones. Toen ze het vastpakte, besefte ze dat het niet alleen klein was, maar ook heel licht. Sterker, het leek wel of het hol was vanbinnen. Nieuwsgierig legde ze het in haar hand en liet haar vinger voorzichtig langs de rand glijden, tot ze de sluiting had gevonden. Langzaam zette ze meer kracht tot de voorkant van het medaillon plotseling openging. Ze vroeg zich af waarom zo'n man zo'n medaillon droeg en keek erin. Onmiddellijk had ze haar antwoord. Want in het medaillon, verborgen voor pottenkijkers, lag een micro-SD-kaart.

93

'Dit is schandalig. Dit is verdomme schandalig...'

Helen liet Downings woorden langs zich heen gaan. Het bevel dat ze hem zojuist had gegeven, weerlegde zijn bezwaren.

'Dit is iemands thuis, míjn thuis.'

'Het is het hoofdadres van een belangrijke verdachte en, zoals je heel goed weet, hebben we alle recht om dat te doorzoeken.'

Downing voelde wel aan dat Helen zich niet liet overdonderen en gooide het over een andere boeg. 'Moet je horen, Helen, ik heb de jongens hier. Die begrijpen er niets van...'

'En dat vind ik heel vervelend. Kan Alexia ze niet ophalen? Ik kan vragen of onze familierechercheur haar namens jou wil bellen.'

Downing aarzelde, duidelijk in tweestrijd. Hij wilde zijn ex niet bellen, maar wilde ook niet dat een vreemde het deed.

'Goed dan, ik bel haar wel, maar dit is allemaal een enorm misverstand.'

De schrammen op zijn wangen en handen vertelden een ander verhaal, maar Helen deed er het zwijgen toe.

'Als ik even vijf minuten...'

Terwijl hij het zei, maakte hij aanstalten om de kamer uit te lopen, maar Helen legde een hand op zijn arm. 'Ik heb liever dat je het hier doet.'

Het was duidelijk geen verzoek, dus legde Downing zich er met tegenzin bij neer. Hij liep naar een hoek van de kamer om daar op gedempte toon een gesprek te voeren. Ondertussen liepen zeker tien politiemensen in steriele pakken, met handschoenen en maskers op langs hem heen; ze verspreidden zich om een detailonderzoek uit te voeren in het huis. Vanaf de overloop keken Downings twee zoons met open mond toe.

Toen Downing klaar was en weer bij Helen kwam staan, was elk spoor van vriendelijkheid, van jovialiteit verdwenen.

'Ze is er over tien minuten,' zei hij bondig.

'Dan stel ik voor dat we de formaliteiten afronden.' Ze deed een stap naar voren en wees hem met zachte stem op zijn rechten, zich bewust van het publiek op de eerste verdieping. 'Robert Downing, ik arresteer je op verdenking van moord. Je hebt het recht om te zwijgen, maar het kan je verdediging schaden als je desgevraagd iets niet meldt waar je je later bij de rechtbank op beroept. Alles wat je zegt kan als bewijs dienen.'

Downing kende deze woorden ongetwijfeld uit zijn hoofd, maar ze leken diepe indruk op hem te maken. Het bloed trok uit zijn gezicht weg, hij keek geschokt, verward en bang.

Hij leek in alle opzichten op een veroordeeld man.

94

'Ga weg, ik wil je gewoon niet meer zien...' Carol was witheet, en bitterheid en gal dropen van haar woorden.

Belinda wilde haar kalmeren, haar partner op de een of andere manier troosten, maar wat kon ze zeggen? Elke beschuldiging was terecht, elke belediging was gerechtvaardigd.

'Alsjeblieft, Carol, ik wilde je geen pijn doen...'

'Door met een van je studentes te neuken? Alwéér.'

'Het was een korte verhouding. Het stelde niets voor.'

'Zoals de vorige keer? En de keer daarvoor?'

Carol liep naar de kast en rukte hem open. Ze griste een koffer van de plank en gooide hem in de richting van Belinda, waarna ze armen vol kleding van haar partner van de roede haalde en op de grond smeet.

'Alsjeblieft, Carol, dit is niet nodig...'

'O, jawel. Sterker nog, dit had ik jaren geleden al moeten doen.'

'We komen hier wel doorheen.'

Deze zwakke bewering kreeg de vernietigende reactie die ze verdiende.

Belinda wilde dat het waar was, wilde geloven dat ze konden herstellen van dit nieuwe verraad, maar diep in haar hart wist ze dat het voorbij was. Ze was vanmorgen al geschorst, na een formele beschuldiging van ongepast gedrag door Eves ouders. Het was misschien wel toepasselijk dat haar relatie nu ook ten einde kwam, opgeofferd op het altaar van haar lust.

Belinda raapte de kleren op en propte ze in de koffer, maar ze voelden zwaar, als van lood en het werd haar bijna te veel. 'Carol, je moet weten dat ik van je hou.'

'O, schei toch uit.'

'Dat ik altijd van je zal blijven houden.' Het was waar. Ze hield echt van Carol. Het was alleen niet het soort liefde dat ze nodig had, waar ze naar verlangde. En eigenlijk was het dat ook nooit geweest. Carol was altijd een aanbidder geweest in plaats van een zielsverwant, een degelijke betrouwbare partner die altijd meer zou liefhebben dan bemind worden. Toen Belinda al die jaren geleden eindelijk onder het juk van haar labiele, nalatige ouders uit was gekomen, had dat genoeg geleken – het bood de rust en betrouwbaarheid waar ze naar snakte – maar als ze heel eerlijk was, had het haar nooit echt bevredigd. 'En het spijt me ontzettend dat ik je pijn heb gedaan. Je verdient beter, veel beter.'

Carol bleef haar aanstaren, haar ogen speldenprikjes van kille, grauwe haat.

'Moet je horen, ik weet dat het uit is. Dat ik je te vaak heb gekwetst, maar je moet beseffen dat de jaren die we samen zijn geweest iets hebben betekend. Alle mooie momenten die we samen hebben gehad, dat was echt, en ik hoop dat we ooit in de toekomst weer vrienden kunnen zijn, want... want ik zou het afschuwelijk vinden om je kwijt te raken...' Ze voelde een brok in haar keel en even later stroomden er tranen over haar wangen. Ze was wanhopig, diepbedroefd en opeens doodsbang dat ze haar trouwe, liefhebbende partner nooit meer zou zien.

'Nou, dat is dan mooi te laat. Je bent me kwijt.'

Carol griste de koffer uit haar handen, liep met grote stappen de kamer uit en rende zo'n beetje de trap af in haar haast om van Belinda af te zijn. Belinda kwam haar achterna en keek hoe haar woedende partner de voordeur openrukte en de koffer naar buiten smeet.

'Carol, alsjeblieft...'

Maar deze keer liet ze haar niet uitspreken. Ze greep haar bij de kraag vast en duwde haar al schreeuwend het huis uit. 'Ik wil je nooit meer zien, nooit meer...'

Belinda wilde haar tegenhouden, wilde haar smeken naar haar te luisteren, maar ze kreeg de kans niet, want de deur werd resoluut voor haar neus dichtgeslagen.

95

Met bonkend hart tuurde ze door een kier tussen de gordijnen. Ze waren er nog steeds, stonden aan de overkant geparkeerd, keken en wachtten.

Stiekem had ze gehoopt dat de politie inmiddels wel zou zijn vertrokken, dat het een kortstondig iets was, een steekproef om te zien of ze het huis niet had verlaten. Maar de waarheid was dat Lilah had geweten dat ze er nog zouden zijn, dat ze geduldig hun werk deden in de hoop dat zij een fout maakte. Het kon de enige verklaring zijn voor hun plotselinge komst, een of ander misplaatst idee dat zij zichzelf verdacht zou maken met betrekking tot de moord op Martin. Dat was natuurlijk absurd, zijn dood had niets met haar te maken, maar dat moest de reden zijn dat ze haar bespioneerden. Ze konden onmogelijk iets afweten van haar huidige situatie en haar plannen. Toch?

Ze had amper geslapen, allerlei scenario's hadden door haar hoofd geraasd, het ene nog erger dan het andere. Ze had de gebeurtenissen van de afgelopen paar dagen steeds opnieuw doorgenomen om te zien of ze op de een of andere manier per ongeluk aandacht op zichzelf had gevestigd. Dat was niet waarschijnlijk en dus had ze zich afgevraagd of het niet allemaal een valstrik was, een of ander ziek spel dat expres was ontwikkeld om haar in de val te lokken en kapot te maken. Maar dat leek ook idioot, alles wees erop dat dit serieus was. En daarmee zat ze in een lastig parket.

De politie zat op het verkeerde spoor. Ze hadden goed aangevoeld dat haar relatie met Martin problemen kende – inspecteur Grace vermoedde dat hij gewelddadig en dominant was – en dat ze daarom iets met zijn gewelddadige dood te maken had, ook als ze hem niet zelf met het mes had neergestoken. Ze zouden haar niets kunnen maken, tenzij ze de waarheid verbogen of bewijs vervalsten. Maar hun aanwezigheid leverde wel praktische problemen op.

Vandaag was de dag, de dag dat ze een moord zou plegen, misschien eindelijk vrij zou zijn, maar hoe was dat mogelijk als de politie haar op de hielen zat? Het idee dat ze haar volgden, hoopten haar de ene moord in de schoenen te kunnen schuiven, terwijl ze getuige waren van een andere, was belachelijk, bijna grappig. Maar in werkelijkheid was het afschuwelijk, buitengewoon ongelukkig, een bizarre kosmische samenloop van omstandigheden waar ze misselijk van werd.

Wat moest ze doen? Behalve via de voordeur waren er natuurlijk wel andere manieren om het huis uit te komen. Ze kon door de tuin, over de achtermuur klimmen… maar zouden ze haar daar niet ook opwachten? Als ze gepakt werd terwijl ze door de steeg achter haar huis sloop, hoe moest ze dat dan uitleggen? Zelfs als ze haar niet direct te pakken hadden, hoe kon ze ze afschudden? Ze was niet geoefend in die dingen, ze was geen spion, verdomme.

De gordijnen bewogen en toen ze omlaagkeek, besefte ze dat haar hand trilde. Ze had de telefoon nog steeds in haar hand geklemd en had zin om hem op de grond te gooien, het uit te schreeuwen van woede en angst, maar er was nu geen ruimte voor zwakheid, vandaag niet. De daad kon niet langer uitgesteld worden, het moest nu, alles had hiertoe geleid. Maar kon ze het echt, nu haar kansen zo waren gekeerd? Was ze dapper genoeg om door te zetten en arrestatie en ontmaskering te riskeren? Het waren vragen die ze niet kon negeren, die ze open en eerlijk moest beantwoorden.

Het was tijd om te beslissen.

96

'Ik zeg alleen dat je soms kéúzes moet maken.'

Joseph Hudson legde de klemtoon op het woord en keek hen alle drie om beurten aan. Hij sprak zacht maar gedecideerd en het was duidelijk dat Edwards, McAndrew en Reid aan zijn lippen hingen, zich bewust van het belang van zowel deze bijeenkomst als Hudsons boodschap. Ze hadden geweten dat er iets aan de hand was, toen hij ze bij hun operationele taken had weggehaald en voor een privéonderonsje had meegenomen naar de Lamb and Flag, een rustige pub op steenworpafstand van het hoofdbureau van politie… en nu wisten ze wat.

'Ik beweer niet dat inspecteur Grace in het verleden geen goed werk heeft geleverd of dat ze geen goede leider en baas en zelfs vriendin voor jullie is geweest…' Hudson liet zijn blik op Ellie McAndrew rusten, die in zijn ogen degene was die waarschijnlijk de meeste twijfels had bij deelname aan deze coup. 'Maar dit is nu. Je moet omgaan met de situatie zoals hij nu is. Er is verandering op komst en snel ook. Misschien vandaag, misschien morgen. Aangezien jullie de meest ervaren rechercheurs binnen het team zijn, wil ik jullie niet overrompelen. Ik wil het ook niet achterbaks doen. Inspecteur Grace zal zich moeten verantwoorden voor haar houding en handelen, en mogelijk zal je gevraagd worden om mijn versie van het gebeuren te bevestigen, in het bijzonder het feit dat ze bewust een logische verdachte heeft genegeerd en er veel genoegen in schepte om mij te kleineren en terechte onderzoeksrichtingen terzijde te schuiven.’

Hij kreeg geen directe reactie, maar Hudson had het gevoel dat hij zich op veilig terrein bevond en verder kon. ‘Misschien zal inspecteur Grace zich verweren, proberen aan te blijven, misschien ook niet, maar ik wil jullie in elk geval schetsen hoe ik de toekomst zie. En ik wil jullie steun vragen. Want ik bereik niets als ik mijn beste mensen niet bij me heb.’

Hij glimlachte hartelijk en werd in reactie hierop bemoedigend toegeknikt door Reid en Edwards. Maar McAndrew reageerde nauwelijks. Ze begreep heel goed waar dit naartoe ging, maar vond het misschien moeilijk om los te laten.

‘Verandering is moeilijk, dat begrijp ik,’ ging hij verzachtend verder, ‘maar het is ook natuurlijk en bevorderlijk. Mensen hebben successen en missers, en ieders carrière heeft een houdbaarheidsperiode. Die van Helen Grace heeft zijn einde bereikt en hoewel dat triest is, moeten we vooruitkijken, naar een betere, glansrijkere toekomst. Dus hoef je je alleen maar af te vragen of je in die trein mee wilt… of dat je met het zinkende schip ten onder wilt gaan. Het zal geen gemakkelijke keuze voor jullie zijn, dat begrijp ik, maar wel een duidelijke.’

Hij liet zijn woorden even tot hen doordringen en voegde er toen aan toe: ‘Daarom vraag ik jullie om moedig te zijn. Om mij te steunen op dit voor het team en voor het bureau cruciale moment. Ik vraag jullie te doen wat juist is.’

97

'Je liegt, Robert.'

De advocaat bleef Helen aankijken, maar reageerde niet op haar beschuldiging. Hij had amper een woord gezegd sinds hij de verhoorkamer was binnengegaan.

'Je bent gek op die jongens van je, dat weet ik. En je kijkt uit naar de momenten waarop je bij ze kunt zijn. Maar gisteren dumpte je ze opeens bij Alexia om naar kantoor te gaan, vond je je werk belangrijker dan hún behoeften...'

'Dat was niet wat ik wilde, natuurlijk niet, maar het kon niet anders,' antwoordde hij onwillig.

'Waarom niet? Ik heb de secretaresses gesproken en er was helemaal geen spoedgeval. Er was geen zaak die opeens afgehandeld moest worden. Je hoger beroep is uitgesteld, heb ik gehoord, dus...'

'Ik loop gewoon erg achter, door alle gedoe met Alexia. Ik ben afgeleid geweest, dat geef ik toe. Ik heb mijn aandacht er niet bij gehad, en omdat er een paar grote zaken aankomen, vond ik dat ik wat extra tijd nodig had om alles onder controle te krijgen...'

'Hoelang was je gisteravond op kantoor?'

'Drie of vier uur?'

'Heeft een van de secretaresses je gezien?'

'Nee, het was al laat. Wie vroeg komt, gaat vroeg weg, zo werkt het.'

'En je bent nergens anders naartoe gegaan? Om dossiers op te halen? Een hapje te eten?'

'Nee, dat heb ik al gezegd, ik ben er de hele avond geweest.'

Helen liet de leugen even door de kamer echoën, voordat ze vroeg: 'Je hebt toch een Mercedes s-klasse?'

'Dat weet je.'

'Kenteken OE1 8RDY?'

'Ja...'

'Een prestigieuze auto, zeer gewild. Onder rijke professionals zoals jij zelf, maar ook onder dieven...'

'Wat wil je daar nou mee zeggen, Helen? Ik wil graag terug naar de jongens.'

'Ik wil ermee zeggen dat de s-klasse een ingebouwde gps-tracker heeft. Een zender die voortdurend informatie verstuurt over de locatie van de auto, voor het geval hij in de verkeerde handen terechtkomt...'

Voor het eerst keek Downing ongemakkelijk.

'Na je arrestatie hebben we die uitgelezen. En raad eens? Jouw auto is inderdaad in het centrum in de buurt van jouw kantoor geweest, maar dat was maar kort, daarna reed hij verder in de richting van Thornhill, waar hij meer dan een uur heeft stilgestaan. Vandaar keerde de auto terug naar het huis van je vrouw, maar niet voordat hij een tijd stilstond bij de Itchen. Nu zeg jij dat je de hele avond op kantoor bent geweest, dus dan begrijp je mijn verwarring.'

Robert Downing staarde haar aan, weigerde zich te laten intimideren, maar Helen had hem in de houdgreep en ze staarde hem recht aan.

'Misschien weet je dat er gisteravond in Thornhill een man is vermoord. Zijn naam is Gary Bleecher, een woekeraar. Hoe dan ook, hij is tijdens een wrede aanval doodgeslagen.'

'Ik ken hem niet.'

'Nooit ontmoet?'

'Natuurlijk niet. Ik hoef geen geld te lenen. Ik ken die man niet en ik zou hem zeker niet aanvallen.'

'Hoe kom je dan aan al die schrammen?'

Downing zweeg even en wierp automatisch een blik op zijn handen.

'Er zitten krassen in je gezicht, op je handen, en ondanks je beste pogingen om het te verbergen kan ik duidelijk de blauwe plekken in je hals zien. Dus waarom laten we de ontkenningen niet achterwege en komen we ter zake? Wat is er gisteravond gebeurd, Robert?'

'Ik ken die man niet,' mompelde hij.

'Betekent nog niet dat je hem niet hebt vermoord. Ik vermoed dat het een behoorlijk gewelddadig gevecht was, misschien vocht hij terug, heeft hij geprobeerd je te wurgen. Als ik in zo'n situatie zat, als ik het gevoel had dat mijn leven in gevaar was, zou ik denk ik ook alles doen om mezelf te verdedigen.'

'Ik heb het niet gedaan.'

'Robert, kijk me aan.'

Even had Helen het idee dat hij haar niet hoorde. Vervolgens bracht hij langzaam zijn hoofd omhoog en keek haar aan.

'Je kent mij, je kent mijn reputatie. Dan weet je dat dit niet gaat verdwijnen. Ik denk dat je gisteravond in Thornhill bent geweest. Ik denk dat je Gary Bleecher hebt vermoord...'

'Nee, zoiets zou ik nooit doen. Dat moet je toch weten, Helen.'

'Wat deed je daar dan? Waarom ben je daar helemaal naartoe gereden? Wat is er met je gebeurd?'

Het bleef lang stil en Downing staarde naar het plafond, naar de deur, naar de vier muren, maar niet naar Helen. Uiteindelijk sloeg hij zijn blik neer en Helen zag tot haar verbazing dat er tranen in zijn ogen stonden.

'Moet je horen, ik... ik wil niet dat de jongens dit te horen krijgen, Alexia ook niet, maar de waarheid is dat... dat ik naar Thornhill ben gereden om een einde aan mijn leven te maken. Ik had mijn eindpunt bereikt – emotioneel gezien, mentaal, fysiek. Ik heb mijn best gedaan om een goede vader te zijn, een goede echtgenoot, maar ik heb gefaald. In alle opzichten gefaald...'

Zijn stem sloeg over van emotie, zijn hele lichaam trilde. 'Dus heb ik mijn huis, mijn kantoor, mijn leven zo ver mogelijk achter me gelaten. Er zijn daar plekken waar niemand komt, waar je helemaal alleen kunt zijn. En daar heb ik een uur in de auto gezeten en een brief geschreven aan de jongens, aan Alexia. Er staan verschillende gebouwen waar ik dacht dat ik het wel kon doen, maar opeens verschenen er wat lieden, jongens, skaters, verslaafden, geen idee, en toen veranderde ik van gedachten en ben ik naar de bossen bij de rivier gereden. Ik weet niet waarom ik die plek koos, gewoon vertrouwd, een plek die ik ken. Toen heb ik het touw uit de auto gepakt en mezelf opgehangen...'

Hij wees naar de kneuzingen, trok de kraag van zijn sportjas omlaag om de verkleuring rond zijn hals te laten zien. 'En als ik het goed had gedaan, had ik hier nu niet gezeten.' De tranen stonden in zijn ogen, maar hij ging manhaftig verder. 'Maar niet, dus. Het touw brak en ik viel op de grond...' Hij stak zijn gewonde handen op en wees naar zijn gezicht. 'En toen ik daar lag, wist ik het opeens. Ik wist dat ik er niet mee door kon gaan, dat ik mijn jongens niet alleen kon laten. Ondanks alles. Ik moest er op de een of andere manier iets van maken...'

Hij keek Helen met betraande ogen aan, verwachtte medeleven. Maar Helens gezicht verried geen enkele emotie.

'Het is een triest verhaal, Robert. En prachtig verteld. Ik geloof er alleen geen woord van.'

Hij bleef haar aankijken, maar zag Helen nu een flits van woede achter die tranen?

'Je bent een man met alles om voor te leven, alles om voor te vechten. Een goede baan, leuke kinderen, een prachtige toekomst. We hebben Alexia meerdere keren gesproken – ík heb Alexia gesproken – en ze zegt dat jij je de laatste tijd ongewoon halsstarrig hebt gedragen. Bovendien vertelde ze dat je verre van wanhopig was toen je gisteravond op de stoep stond. Boos, agressief, misschien zelfs in shock, maar zeker niet suïcidaal.'

'Ja, natuurlijk zegt ze dat.'

'Waarom?'

'Omdat ze me wil zwartmaken, natuurlijk. Ze zal al het mogelijke doen om mijn reputatie door het slijk te halen, zodat ze mijn jongens van me kan afpakken...'

'Had ze daarom Declan McManus ingehuurd om jou te bespioneren?'

'Sorry?'

'We hebben het al eerder over McManus gehad, je hield vol dat hij contact met je had gezocht in verband met werk. Maar dat was niet waar, hè? De waarheid is dat hij achter jouw drugsgebruik was gekomen en hij hoopte je te kunnen chanteren.'

'Godsamme, Helen, waar slaat dit op?'

'Was het crystal meth? Was je echt zo ver heen, Robert?'

'Nee, natuurlijk niet, ik... ik zou nooit...'

De anders zo welbespraakte man leek niet meer uit zijn woorden te kunnen komen.

'Weet je, ik denk dat het als volgt is gegaan,' ging Helen verder. 'Amar Goj heeft Declan McManus vermoord om jou te redden. Hij stal zijn laptop en stak zijn dossiers in brand. Opeens ging jij vrijuit, kon je uitkijken naar jouw dag in de rechtbank met Alexia, in de wetenschap dat ze jou niets kon maken. Maar je redding had een prijs… en die prijs was Gary Bleecher.'

'Dat is waanzin… pure waanzin…'

'Ik neem aan dat iemand diep in de schulden stond bij Bleecher, iemand die hem uit de weg wilde ruimen. Jij had geen banden met de woekeraar, de moord zou nooit naar jou of de aanzetter te herleiden zijn, ware het niet dat Bleecher een micro-SD-kaart bij zich had met de details van iedereen die hem geld schuldig was, details die we op dit moment aan het bekijken zijn. Daaruit zal blijken wie een motief had om hem te vermoorden, en zo kunnen we de aanzetter weer tot jou herleiden.'

'Nee, nee. Dat heeft werkelijk níéts met mij te maken.'

'O, kom op, Robert. Geef het op. Je DNA zit ongetwijfeld overal op Bleechers lichaam. Bloed, zweet, huidcellen. Hier kun je je niet uit wurmen.'

Downing bleef heftig met zijn hoofd schudden, maar zei niets.

'Ik weet dat je hem hebt vermoord. En ik weet waarom.'

'Moet je jezelf eens horen, Helen. Dit is meer dan bizar. Ik ken die man niet, ik heb geen motief.'

'Maar dat heb je wel, dat hebben we al vastgesteld. Na het opbreken van je huwelijk, liep je drugsgebruik uit de hand. McManus wist dat hij de macht had om jou kapot te maken…'

'Nee.' Het woord schoot hard, agressief, resoluut zijn mond uit. 'Alexia heeft duidelijk allerlei verhalen lopen rondstrooien, dus ik zal niet ontkennen dat ik gebruikte,' ging hij op barse toon verder. 'Cocaïne, xtc en zo. En ja, misschien heb ik een paar slechte ervaringen gehad nadat zij bij me was weggegaan, maar ik ben geen junkie. Ik ben nooit een junkie geweest. Ik had problemen, maar die heb ik opgelost. Ik heb hulp gezocht en nu ben ik clean. Ik ben al weken clean, dus nee, ik heb geen motief om iemand te vermoorden, om iemand dood te willen.'

Hij leunde achterover op zijn stoel en sloeg zijn armen opstandig over elkaar. Maar iets in zijn woorden wekte haar belangstelling, waardoor zijn hevige ontkenningen er niet toe deden.

'Mag ik vragen waar je hulp hebt gezocht?'

Downing bleef haar aanstaren en kneep zijn ogen samen.

'Of liever gezegd, bij wie?'

Er viel een lange, lange stilte, en de kamer deed opeens benauwend en claustrofobisch aan.

Uiteindelijk zei de advocaat: 'Geen commentaar.'

98

'Pardon, pas op...'

Twee geschrokken secretaresses deden een stap opzij, zodat Helen erlangs kon. Ze rende door de gang, wilde geen seconde verspillen. Bij de lift drukte ze op het knopje, zag dat hij op de vijftiende verdieping was en stoof door de deur naar het trappenhuis.

Omlaag, omlaag, omlaag, vijf treden tegelijk. Collega's zagen haar aankomen en maakten plaats; ze waren door de jaren heen aan haar gewend geraakt en wisten dat ze haar niet in de weg moesten zitten. Binnen een minuut was ze op de begane grond, stormde door de deur en racete naar het cellencomplex.

'Waar is de brand?'

Anthony Parks keek haar met een glimlach en de vertrouwde twinkeling in zijn ogen aan, maar Helen had geen tijd voor grapjes.

'Robert Downing...'

'Wat is er met hem?'

'Heb je zijn kennisgeving van inbeslagneming?'

'Natuurlijk. Wat zoek je?'

'Ik wil weten wat hij bij zich had toen hij werd binnengebracht.'

'Niet veel, als ik het me goed herinner...' Parks begon met zijn dikke vingers op het toetsenbord te rammelen. 'Telefoon, autosleutels, portemonnee, een leesbril, dat was het wel.'

'Verder nog iets?'

'Nee, niets... al had hij wel spullen in zijn auto. Het rechercheteam heeft die vanmorgen verzameld. Ik heb de gegevens hier...'

Helen keek ingespannen hoe hij typte.

'Kijk eens. Een wegenkaart, een fluorescerende veiligheidsjas, een waarschuwingsdriehoek...'

'Nog persoonlijke spullen, Anthony?' onderbrak Helen hem.

'Een paar. Er zat een fotoalbum bij, familiekiekjes, volgens mij. En ik geloof dat ze nog een potje pillen in het dashboardkastje hadden gevonden.'

'Wat voor pillen?'

Parks tuurde weer naar het scherm.

Toen hij eindelijk antwoord gaf, besefte Helen dat ze haar adem had ingehouden.

'Naltrexon.'

Helen blies haar adem uit. Opluchting en opwinding schoten door haar lijf. 'Waar is het? Waar is het potje?'

'Dat heb ik hier, twee seconden.'

Hij liep naar de beveiligde bewaarruimte en kwam even later terug met een potje pillen in een transparant zakje. 'Heb je daar wat aan?'

Helen griste het uit zijn hand en las wat er op het etiket stond. En daar was het antwoord op Parks' vraag, zwart op wit. De naam van het medicijn, de inhoud en het innameschema, met daaronder de naam van de behandelend arts.

Dokter Alex Blythe.

99

'Ja of nee? Het is een simpele vraag.'

Alex Blythe deed zijn mond open, maar er kwam geen geluid uit. Hij was in eerste instantie boos geweest om haar inval – hij had een van zijn patiënten halverwege een sessie moeten wegsturen – maar nu leek hij verbijsterd, overdonderd door het spervuur aan vragen dat op hem afkwam.

'Hoor eens, als ik u moet meenemen naar het hoofdbureau, dan doe ik dat,' ging Helen verder.

De psychiater vond dat duidelijk geen goed idee en wist eindelijk zijn stem te hervinden. 'Ja, Robert Downing was een patiënt van mij.'

'Hoelang?'

'Een maand of drie.'

'Drugsverslaving?'

Een lichte aarzeling, veroorzaakt door een restje weerstand in combinatie met beroepsmatige bescheidenheid, was hoorbaar. Blythe keek bezorgd naar zijn trouwe springerspaniël die hem vrolijk aanstaarde en mompelde toen: 'Ja. Hij was verslaafd geraakt aan crystal meth, kwam er niet vanaf. Hij had zelfs een paar keer heroïne geprobeerd. Ik denk dat hij daar zo van was geschrokken dat hij hulp zocht.'

'En Belinda Raeburn?'

'Hoor eens, waar gaat dit allemaal om, inspecteur? Ik vind het niet pret...'

'Geef antwoord.' Haar toon was kil en onverbiddelijk.

Blythe knipperde geschrokken, bezorgd, met zijn ogen, waarna hij onwillig antwoord gaf. 'Ja, ze is een paar maanden bij me geweest, niet meer dan dat.'

'En wat was háár probleem?'

'Tja, daar is een heel ingewikkelde naam voor, maar het komt neer op een liefdesverslaving. Ze was verslaafd aan de adrenaline, de kick, de vreugde van nieuwe relaties, dat bedwelmende gevoel dat je krijgt als je beseft dat iemand anders jouw gevoelens deelt.'

'En heeft ze er toevallig ook bij verteld dat die nieuwe "liefdes" minderjarig waren?'

'Pardon?'

'Vijftienjarige meisjes, misschien nog wel jonger...'

Nu leek al zijn weerstand weg te ebben. De psychiater was ontzet door wat hij hoorde. 'Nee, natuurlijk niet. Ze zei dat het jonge vrouwen waren, negentien, twintig...'

'Nou, dat waren ze niet. Het waren meisjes. Van wie er één tien dagen geleden op gruwelijke wijze is vermoord.'

'Maar... maar u verdenkt Belinda daar toch niet van?'

'En Amanda Davis?'

Hij staarde haar aan, van slag nu het opeens over iemand anders ging.

'Was zij ook een patiënt van u?'

'Ja,' gaf hij nu op doffe toon toe. 'Al lang.'

'Wat had ze?'

'Tja, Amanda... Amanda was een extreem geval. Hyperseksualiteit die verband hield met haar bipolaire stoornis. Nymfomanie wordt het ook wel genoemd, met een populaire term, maar dat bestaat niet, niet echt. In slechtere periodes was ze heel somber, ging ze het huis nauwelijks uit. Maar in een manische fase had ze zichzelf eigenlijk niet meer in de hand. Ze had seks altijd vervangen door liefde, en tijdens manische periodes ging ze bewust op zoek naar extreme seksuele ontmoetingen.'

'In seksclubs?'

'Clubs, websites waar seks in het openbaar werd aangeboden, swingersfeesten. In zo'n fase ging ze met zo veel mogelijk mensen naar bed, deed ze wat die ander maar wilde, ging ze volledig op in de ervaring. Natuurlijk raadde ik haar dat af, het was niet veilig, maar ze vond het moeilijk om van die verslaving af te komen. Niet in de laatste plaats omdat ze een dominante man had die haar wilde gedrag aanmoedigde.'

'En Lilah Hill?'

Alex Blythe brak zijn verhaal af en staarde Helen aan alsof ze een heks was, zo goed als ze de geheimen van anderen leek te doorgronden.

'Ja, ja… maar zij is een relatief nieuwe patiënt. We hebben haar problemen alleen nog maar oppervlakkig verkend.'

'En wat is haar verslaving?'

'Alcohol, een behoorlijk ernstig geval.'

Dat was het dan. Alle verdachten, alle daders, keurig op een rijtje. En allemaal werden ze behandeld door Alex Blythe.

'U bent de gemene deler.'

De woorden echoden door de kamer en joegen de psychiater angst aan. 'De gemene deler waarvan?'

'Al deze personen hebben een moord gepleegd of zijn dat van plan.'

'Nee, nee. Ik heb u al gezegd, dat is onmogelijk…' Hij was wanhopig, volhardend. 'U zegt dat Amar Goj een moordenaar was en ik zeg dat dat niet kan. Wat voor problemen hij ook had, het lag niet in zijn aard om een ander iets aan te doen.'

'Het bewijs liegt niet.'

'En de anderen? Amanda misschien, ja, ik zie wel hoe zij in een moeilijke, bedreigende situatie terecht zou kunnen komen... maar Lilah? Robert? Belinda? Dat zijn goed opgeleide mensen die hun hele leven nog voor zich hebben. Welke problemen ze ook hadden, ze zouden niemand vermoorden...' protesteerde Blythe.

'Het zou u verbazen waar mensen toe in staat zijn als ze met de rug tegen de muur staan. Ik wil alleen weten wie ze ertoe heeft aangezet.' Het bleef even stil toen het belang van haar vraag duidelijk werd.

'U denkt... u denkt dat ík hierbij betrokken ben?'

'Welke andere verklaring is er? U bent de enige die hun geheimen kende.'

'Maar ik probeerde ze juist te helpen.'

'Daar heb ik alleen uw woord voor.'

'Nee, nee, dit kunt u mij niet aanrekenen. Ik heb niets verkeerd gedaan.'

Hij keek ontzet, leek voor haar ogen ineen te krimpen. Hij had een charismatische en indrukwekkende man geleken, maar kwam nu zwak en zelfs zielig over.

'Hoe verklaart u het dan?' Helen bleef de druk opvoeren.

'Dat kan ik niet...'

'Dan bent u de gemene deler.'

'Nee, ik zou vertrouwelijke informatie nooit tegen mijn patiënten gebruiken. Dat gaat in tegen alles waar ik in geloof...' Hij staarde haar smekend aan, maar zag haar ongeloof. 'Ik heb de afgelopen vijftien jaar mijn leven gewijd aan het helpen van mensen. Waarom zou ik dat allemaal ongedaan maken door iets wat zo... verknipt is?'

‘Ik ben van plan daar achter te komen.’

Deze krachtige vaststelling leek de laatste druppel, want het was opeens alsof zijn strijdlust wegsijpelde.

‘Goed, ik stel voor dat we dit gesprek op het hoofdbureau voortzetten…’

‘Moet u horen, als ik meewerk, kunnen we dan… kunnen we dan proberen mijn naam en de naam van mijn praktijk uit de pers te houden?’ Hij zei het eerder hoopvol dan verwachtingsvol.

‘Als u meewerkt?’ vroeg Helen.

‘Ja, als ik u vertel wat ik weet, kunnen we…’

‘We sluiten geen deals, dokter Blythe. U vertelt me vrijwillig wat u weet, anders klaag ik u aan wegens belemmering van de rechtsgang.’

Weer een klap in zijn gezicht en de psychiater werd nog bleker.

‘Akkoord, als u weigert te praten kan ik u ook direct in de boeien slaan…’

‘Ik ben gehackt, oké?’

‘Pardon?’

‘Drie maanden geleden… ben ik gehackt. Iemand, een of andere organisatie, heeft in mijn computer ingebroken.’

‘Hoe?’

‘Malware. Ik kreeg een e-mail, zogenaamd van een wetenschappelijk tijdschrift waar ik op geabonneerd ben, alleen was het dat helemaal niet, het was een manier om langs mijn firewall te komen, om op afstand toegang tot mijn computer en mijn dossiers te krijgen, toen ik er eenmaal op had geklikt. Het was een stomme, stomme vergissing, ik had niet gezien dat het e-mailadres anders was dan het gebruikelijke en zo heb ik ze binnengelaten.’

‘En toen?’

‘Toen niets. Ik wist dat er was ingebroken op mijn computer, dat er documenten waren gedownload, en ik verwachtte dat de dader wel contact met me zou opnemen. Betaling zou eisen, losgeld, wat de zwendel tegenwoordig ook is. Maar ik hoorde niets. Ik heb nooit meer iets gehoord.'

Helen staarde hem aan en nam zijn woorden in zich op. 'Waarom hebt u daar geen aangifte van gedaan?'

'Wat denkt u zelf?'

Helen schrok van de agressie in zijn stem.

'Het heeft me jaren gekost deze praktijk op te bouwen. Wat zou er gebeuren, denkt u, als ik het datalek meldde, als op de een of andere manier bekend werd dat iemand toegang had tot mijn patiëntendossiers, dat iemand ze had gestólen… de intiemste bekentenissen en problemen van mijn patiënten voor iedereen te grabbel? Dat zou me ruïneren. Mensen komen hier omdat ze met iemand willen praten zonder veroordeeld te worden. Ze komen niet bij me omdat ze hun geheimen met de hele wereld willen delen…'

'Dus u hebt niets gezegd? Niets gedaan?'

Nu zag ze zijn schaamte.

'Hoor eens, ik weet dat ik iets had moeten zeggen, natuurlijk had ik dat moeten doen. Maar ik was bang. Bang voor wat dat voor mij zou kunnen betekenen. Voor hén…'

'Dus u hield uw mond dicht om uzelf te beschermen.'

'Ja.'

'En als gevolg van uw lafheid zit ik nu met vijf doden.'

De volledige omvang van de afschuw, de totale prijs van zijn daden leek nu tot hem door te dringen, en de verslagen psychiater keek naar Helen op toen hij tot slot zei: 'Gelooft u me alstublieft, inspecteur, ik heb nóóit iemand kwaad willen doen, maar ik wist niet wat het beste was. Ik hoopte maar dat het probleem weg zou gaan, dat het vanzelf zou verdwijnen…' Hij leek fysiek pijn te lijden, gekweld door wat hij had gedaan. '… en in mijn ergste nachtmerries had ik niet kunnen bedenken dat het híértoe zou leiden…'

Maar dat was wel gebeurd. En nu zouden ze allebei de gevolgen onder ogen moeten zien.

100

Helen duwde de deur open en liep de straat op. De hitte was als een muur waar ze tegenaan liep en bijna bleef ze stilstaan. Het leek vandaag nog wel warmer dan gisteren, het was bloedheet, verstikkend zelfs, passend bij haar bezorgde stemming.

Ze was ervan overtuigd geweest dat Alex Blythe verantwoordelijk was, had zich voorbereid op een confrontatie die ongetwijfeld moeilijk, misschien zelfs gevaarlijk zou zijn. Als hij het brein achter dit sinistere spel was, wie wist hoe ver hij zou gaan om zichzelf te beschermen, zijn vrijheid veilig te stellen? Maar er was geen confrontatie geweest, alleen een overgave. Hij was met allerlei smoesjes en verklaringen gekomen op het moment dat hij zijn eigen ondergang had zien naderen.

Geloofde ze hem? Vertelde hij haar de waarheid? Haar verstand zei van niet, hij móést de gemene deler wel zijn, maar haar gevoel ging hier tegenin. Hij had oprecht geschrokken geleken, alsof hij niet echt kon geloven wat hij hoorde. Bovendien had hij zijn patiënten hartstochtelijk verdedigd, had hij volgehouden dat ze niet tot moord in staat waren. Helen vermoedde dat dat terecht was, ze waren het grootste deel van hun volwassen leven gezagsgetrouwe leden van de maatschappij geweest. Maar misschien wist hij niet wat zij wist, wist hij niet hoe diep ze waren gezonken.

Dat was niet een scenario waar ze mee wilde werken. Als zijn schrik oprecht was, als hij de waarheid vertelde, dan was haar leven zojuist een heel stuk moeilijker geworden. Helen had in eerste instantie geloofd dat de daders elkaar op de een of andere manier kenden en onderling gruwelijke afspraken hadden gemaakt. Daarna had ze geloofd dat Alex Blythe degene was die aan de touwtjes trok. Nu deed een andere, nog veel onheilspellender mogelijkheid zich voor. Was er een ongeziene vijand die deze kwetsbare mensen naar zijn pijpen liet dansen? Die meerdere moorden pleegde zonder zichzelf ooit bekend of verdacht te maken? Zo ja, wie dan?

Het duizelde Helen. Een cyberhacker opsporen zou bijna onmogelijk zijn, zeker als hij fundamentele voorzorgsmaatregelen had genomen door zijn operatie bijvoorbeeld via het buitenland uit te voeren. Op die manier kon hij zijn sporen uitwissen en in het Verenigd Koninkrijk ongehinderd zijn gang gaan. Hoe konden ze hem dan opsporen? Hoe had deze persoon met Goj, Raeburn en Downing gecommuniceerd? Kon dit tegen hem gebruikt worden? Misschien, maar het leek ijdele hoop – de architect van al dit bloedvergieten en deze ellende was er tot nu toe in geslaagd volledig onder de radar te blijven.

Helen was bij haar motor en bleef staan. Intuïtief wilde ze geloven dat Blythe loog – en ze zou geen seconde verspillen om een huiszoekingsbevel te regelen om zijn computer, zijn netwerk, zijn verhaal te onderzoeken – maar één ding gaf haar stof tot nadenken. Toen ze Robert Downing daarstraks had gesproken, had hij bang geleken; de ervaren advocaat leek zich eerder bedreigd te voelen door het brein achter deze organisatie dan door Helen, ook al had zij alle middelen achter de hand die de wet haar bood. En ze had diezelfde angst zojuist op het gezicht van Alex Blythe gezien toen ze hem onder druk had gezet. Was het mogelijk dat hij meer wist dan hij liet merken? Dat hij wist waar de duistere figuur achter al deze chaos werkelijk toe in staat was?

Ze draaide zich om en keek naar de praktijk van de psychiater op de eerste verdieping. Tot haar verbazing stond de psychiater naar haar te kijken, volgde hij hoe ze vertrok, alsof hij zeker wilde weten dat ze echt weg was. Nieuwsgierig staarde ze terug, in de hoop iets te zien wat haar verdenking zou versterken – boosheid, trots, misschien zelfs een triomfantelijke blik. Maar niets van dat alles. Blythe zag er verstijfd, grauw en angstig uit. Hij leek in de verste verte niet op een overwinnaar, een roofdier, een kwade genius. In tegenstelling zelfs.

Hij leek degene te zijn op wie gejaagd werd.

101

Ze stond bij het gedeukte metalen vat en staarde naar de gore inhoud. In de zomer was het altijd druk in het park, wat betekende dat de prullenbakken overvol waren. Dat kwam Lilah goed uit en ze aarzelde geen moment. Ze stak haar hand tussen weggegooide blikjes fris en broodjesverpakkingen en maakte een diep gat tussen het afval. Ze besefte dat anderen wel vreemd zouden opkijken als ze haar bezig zagen, dus pakte ze haar telefoon snel uit haar zak.

Dit ding, dit kleine stukje technologie dat duizenden kilometers verderop door anonieme, laagbetaalde arbeiders was gemaakt, was haar weg naar zowel haar redding als haar overmeesteraar, en ze was blij dat ze van het ding af kon. Het brandde al twee dagen een gat in haar zak; het was een intens onaangename herinnering aan de afschuwelijke toestand waar ze bij betrokken was. Maar nu had ze hem niet meer nodig, het verhaal was bijna af, en dus verwijderde ze de achterkant en viste de simkaart eruit. Ze boende hem met een reinigingsdoekje schoon, zorgde ervoor dat er geen enkel spoor van haar eigenaarschap was, brak hem in tweeën en genoot van de stevige 'krak'. Ze liet één helft in de prullenbak vallen en stak de andere helft in haar zak om later weg te gooien. Daarna legde ze er een hoop afval bovenop, brak de telefoon in stukken, haalde de batterij eruit en wilde die ook weggooien.

Toen ze opkeek, zag ze tot haar ontzetting dat er iemand dichterbij kwam: een jonge moeder die vrolijk tegen haar kleuter aan het kwebbelen was. Ze kon het niet langer uitstellen, er was geen tijd om van dit moment van vrijheid te genieten, dus liet ze de onderdelen van de telefoon in het metalen vat vallen en duwde er nog wat afval bovenop om ze aan het zicht te onttrekken. Na een haastige blik naar links zag ze dat de jonge moeder geen oog voor haar had, maar een diepgaand gesprek voerde met haar zoontje. Toch moest ze maar geen risico nemen, het was beter als ze vandaag helemaal niet gezien werd, en dus keek ze nog een laatste keer in de afvalbak, draaide zich om en liep snel naar de auto.

102

'Hoe zijn ze haar in vredesnaam kwijtgeraakt?' Helen kon haar ongeloof en boosheid niet verbergen.

'Tja, ze hebben het huis gisteravond en vanmorgen in de gaten gehouden,' antwoordde rechercheur Osbourne snel. 'Gisteravond rond negen uur zagen ze beweging op de eerste verdieping. Sindsdien niets meer.'

'Hebben ze de vaste lijn gebeld?'

'Verschillende keren, maar niets. Ook mobiel, maar die staat uit. Rechercheur Bentham heeft twee keer aangeklopt, zogenaamd als een collega van Martin, maar beide keren werd er niet opengedaan en het leek alsof er niemand thuis was. De gordijnen zijn open, dus het is niet zo dat ze zich heeft verstopt. Maar goed, ze zijn dus bang dat ze op de een of andere manier het huis uit is geglipt.'

'Waar stonden ze?'

'Op straat, voor het huis.'

'Is er een achteruitgang?'

'Geen hek, alleen een hoge muur. Het zou kunnen dat ze daaroverheen is geklommen...'

'Stond daar dan niemand?'

Rechercheur Osbourne bleef even stil, ze wilde haar baas niet nog bozer maken. Helen wist dat ze niet eerlijk was, dat Osbourne alleen de boodschapper was, maar ze was onrustig na haar gesprek met Alex Blythe, had het gevoel dat ze opnieuw de controle in deze verontrustende zaak kwijtraakte. Nu werd een van de belangrijkste spelers vermist, een vrouw die mogelijk zelfs op dit moment bezig was een moord voor te bereiden.

'Nee, ik geloof het niet. Ze vonden het niet waarschijnlijk dat ze via die route zou ontsnappen, omdat het fysiek best een uitdaging is, bovendien dachten ze dat ze er ook geen reden voor had, omdat ze niet wist dat zij er waren. Ze waren heel voorzichtig geweest...'

'Niet voorzichtig genoeg dus. Ze had natuurlijk door dat ze gevolgd werd en wist een manier te vinden om ongezien te verdwijnen. Waarom zou ze dat doen als ze niet iets van plan was?' Maar even snel als de storm was gekomen, was hij ook weer uitgeraasd. 'Sorry hoor, ik weet dat het niet jouw schuld is...'

'Maar we moeten haar wel vinden.'

'Precies. We hebben misschien maar een paar uur om te voorkomen dat ze iets afschuwelijks doet, dus moet het team alles uit de kast halen. Haar telefoon pingen, live beveiligingsbeelden bekijken, en elke wijkagent moet een recente foto van haar krijgen, zodat we haar kunnen opsporen. Als we dat doen, kunnen we misschien een leven redden en komen we er misschien achter wat er verdomme aan de hand is, in wat voor ellende Lilah en deze anderen verzeild zijn geraakt. Nu we het daar toch over hebben, hebben we enig idee waar Belinda Raeburn is?'

'We denken dat ze ergens in de stad is, maar we hebben nog niet kunnen vaststellen waar. Ik heb haar partner vanmorgen gesproken – nou ja, ex-partner. Ze was niet erg in de stemming om te praten, maar zo te horen is Raeburn haar baan als docent kwijt en is ze het huis uitgezet dat ze met Carol Shepherd deelde...'

'Ze is dus alles kwijt.' Terwijl ze het zei, dacht ze na. 'Dat kan ons helpen,' ging ze snel verder. 'Belinda Raeburn was bereid te moorden om haar levensonderhoud, haar carrière en haar relatie te beschermen...'

'Maar nu heeft ze niets meer te verliezen.'

'Precies. Als iemand ons zal willen vertellen wie of wat hierachter zit, dan is zij het. Doe hetzelfde als met Lilah, ik wil dat iedereen op straat geïnformeerd wordt en dat het team vrienden, familieleden en collega's opspoort, iedereen die in de buurt woont. Logeert ze bij iemand, houdt ze zich ergens schuil tot het ergste voorbij is? Laten we hotels en B&B's controleren, maar ook stations, voor het geval ze de stad uit wil. Als je denkt dat ze hier nog is, laten we dan kijken naar haar vaste afspraken – lesuren, afspraken, verplichtingen die ze had, ongeacht haar huidige situatie. We moeten alles op alles zetten om haar te vinden. Heb je dat allemaal?'

'Ja, chef...'

'Dan gaan we aan de slag.'

Helen keek Osbourne bevreemd aan en vroeg zich af waarom de noodzaak niet tot haar ondergeschikte doordrong. Ze zag er onzeker, zelfs bedeesd uit. Er viel Helen iets anders op: Osbourne staarde niet zenuwachtig naar háár, maar in plaats daarvan naar iets net boven haar rechterschouder. Ze draaide zich om en besefte waarom hij was dichtgeklapt.

Bureauchef Alan Peters stond in de deuropening.

103

'Dit kunt u niet menen.' Helen kon haar afschuw niet onderdrukken. 'We hebben de zaak bijna opgelost, u kunt me er nu niet afhalen...'

'Die beslissing is helaas al genomen. Ik kan zeggen dat ik dat niet lichtvaardig heb gedaan...'

'Ik word ontslagen?'

Het leek onmogelijk, maar het was waar. De bureauchef die voor haar stond met de *Southampton Evening News* onder zijn arm was kennelijk van plan haar uit haar functie te zetten.

'Je wordt geschorst, in afwachting van een uitgebreid intern onderzoek. Als dat achter de rug is, zullen we je positie opnieuw beoordelen en een beslissing nemen. In de tussentijd zal rechercheur Hudson jouw uitvoerende taken overnemen...'

'Nee, nee, nee, nee, nee...' Dit had Helen niet verwacht. Onmiddellijk werd haar duidelijk dat Hudson haar volledig buitenspel had gezet. Kennelijk had hij in Peters een luisterend oor gevonden en had hij opeens het overwicht, wat betekende dat ze terug moest vechten met alles wat ze had. 'Hij is niet de juiste persoon voor deze functie, hij kan geen team leiden...'

'Waarom niet?'

'Daar is hij niet geschikt voor als het gaat om temperament, bekwaamheid...'

'Je was vol lof over rechercheur Hudson toen je hem aannam,' was Peters snelle weerwoord.

'Dat was toen. Nu weet ik beter.'

'Misschien, maar mijns inziens is rechercheur Hudson een toegewijde en capabele politieman. Sterker nog, hij is de enige rechercheur binnen het team die een serieuze verdachte voor deze moorden heeft gevonden.'

Opnieuw was Helen verrast. Peters was duidelijk goed op de hoogte. Hudson had hem uitgebreid over zijn eigen onderzoeksrichtingen verteld.

'Lee Moffat is geen serieuze verdachte,' siste ze.

'Ik zie niet in waarom niet? Hij is gewelddadig, verdorven, heeft een duidelijk motief voor de moord op McManus, om nog maar te zwijgen van de verbanden met de moorden op Alison Burris én Martin Hill...'

'Indirect, op z'n best...'

'Dat is vermoedelijk de reden dat je mij er niet over hebt verteld?' Peters gezicht was star, zijn boosheid zichtbaar.

'Ik heb u er niet mee lastiggevallen, chef, omdat het geen steek houdt.'

'En dat weet je heel zeker?' drong Peters aan. 'Daar heb je zelf naar gekeken, je hebt het besproken met je rechterhand, hebt alle bewijs tegen elkaar afgew...'

'Nou, nee,' gaf Helen toe. 'Dat was niet nodig, ik weet dat het een dood spoor is.'

'Politie-intuïtie?'

'Helemaal niet. Ik ga af op de feiten, de aanwijzingen die we hebben. We hebben nu een veel duidelijker beeld van hoe het...'

'Oké, als Lee Moffat hier niet achter zit, wie dan?'

Opnieuw was Helen even stil, verrast door de agressie in de vraag. 'Dat weten we nog niet zeker, maar we zijn ervan overtuigd dat het allemaal het werk is van één individu...'

Hoofdschuddend slaakte Peters een lange, luide zucht. 'Dus we zijn geen stap verder dan de laatste keer dat we elkaar spraken.'

'Dat zeg ik niet. Mijn team werkt keihard...'

'Mag ik vragen of er ándere redenen zijn waarom je denkt dat Moffat geen serieuze verdachte is?'

'Nee, zoals ik al zei, gaat het om het bewijs en...'

'Dus het terzijde schuiven van die onderzoekslijn heeft niets te maken met je persoonlijke afkeer van rechercheur Hudson?'

'Pardon?'

'Verdomme, Helen, de tijd van leugens en uitvluchten is al lang en breed voorbij. Ik weet dat jij en Hudson iets met elkaar hebben gehad.' Peters uitte de beschuldiging bijna schreeuwend en verschillende hoofden in de recherchekamer schoten omhoog.

Helen stond doodstil, wist niet wat ze moest zeggen, verbijsterd dat Hudson dit aan Peters had opgebiecht. 'Het klopt dat we korte tijd samen zijn geweest...' stotterde ze.

'Nog iets wat je voor me verborgen hebt gehouden.'

'En dat was fout van mij. Sterker nog, de hele affaire was een domme, domme vergis...'

'Een vergissing die de verhoudingen binnen het team heeft verziekt,' onderbrak Peters haar. 'Die op een wezenlijk moment binnen het politiewerk in de stad de effectiviteit van het team heeft ondermijnd, met rampzalige gevolgen.'

'Nee, chef, dat is niet waar...'

'En allemaal omdat jij boos was omdat hij het had uitgemaakt, omdat je verbitterd en kwaad was...'

'Nee, zo is het helemaal niet gegaan.'

'En vastbesloten was om rechercheur Hudson eruit te werken.'

En toen werd het Helen duidelijk. De eenvoudige doortraptheid van Hudsons plan. Eerst Peters aan zijn kant krijgen, het slachtoffer spelen en haar afschilderen als een wraakzuchtige afgewezen vrouw. Toen zag ze de volle omvang van de krachten die tegenover haar stonden en hoe zwak haar eigen positie was.

'Moet u horen, chef, ik weet niet wat brigadier Hudson heeft verteld, maar ík was degene die een eind aan de relatie heeft gemaakt, vanwege datgene wat ik over Joseph Hudsons karakter te weten was gekomen. En daar was ik blij om, gelooft u me...'

'Dus je hebt hem nooit bedreigd?'

'Absoluut niet.'

'Hem nooit gezegd dat hij weg moest?'

Helen was even stil, opnieuw in de verdediging gedrongen. 'Een paar keer heb ik voorgesteld dat het misschien beter was als hij overplaatsing zou aanvragen naar een ander bureau of terug zou gaan naar Cheshire.'

'Met andere woorden, hij vertelt de waarheid.'

'Nee, ik... ik heb hem nooit bedreigd. Het was een suggestie, meer niet.'

Het klonk zwak en Peters maakte er korte metten mee. 'Ik ben bang dat ik je niet geloof, inspecteur Grace. Brigadier Hudson heeft zich open en berouwvol getoond, terwijl jij ontwijkend, leugenachtig en weinig behulpzaam bent geweest. Om je eigen carrière te bevorderen, heb je geprobeerd de carrière van een fatsoenlijke man te vernietigen, hebt daarbij het team meegesleept in een vruchteloze zoektocht en hebt de reputatie van dit bureau door het slijk gehaald.'

Hij smeet de *Southampton Evening News* op het bureau. Helen had de koppen de vorige avond gezien, maar had ze genegeerd. Nu was het moeilijk om niet te staren naar de hatelijke karaktermoord, Emilia Garanita's belastende kop BENEVELD EN ONBEKWAAM die haar vanaf haar bureau ophitste.

‘En daarom heb ik geen andere keus. Bij deze ben je officieel geschorst, in afwachting van een…’

‘Nee, chef, dat kunt u niet doen, alstublieft…’

‘Mijn besluit staat vast,’ concludeerde hij bruusk. ‘Brigadier Hudson neemt het over, jij ligt eruit.’

104

'Dat meen je niet.'

Emilia Garanita zei het lachend, verbijsterd door wat Hudson haar zojuist had toevertrouwd.

'Waarom niet? Vind je het vreemd dat iemand zich tot mij aangetrokken zou voelen?'

'Nee, natuurlijk niet.' Emilia herstelde zich snel. 'Ik wist alleen niet dat Helen Grace tot een betekenisvolle relatie met een ander mens in staat was.'

'Nou, dat is ze dus. En het was betekenisvol… een tijdje.'

'Hoelang heeft het geduurd?'

Emilia maakte een snelle aantekening op haar notitieblok, maar bleef naar Hudson kijken. Ze hadden zich teruggetrokken in haar auto, uit het zicht. Ze wist zeker dat hij eigenlijk ergens anders zou moeten zijn, maar hij leek steeds minder geïnteresseerd in zijn werk, erop gebrand om zijn meerdere ten val te brengen.

'Een maand of acht, negen…'

'Goh,' mompelde Emilia oprecht verrast. 'En dat hebben jullie al die tijd verborgen weten te houden voor jullie collega's?'

'Voor collega's, vrienden, zelfs jóú,' antwoordde hij op licht triomfantelijke toon. 'Relaties tussen politiemensen zijn niet helemaal verboden, maar ze worden wel afgekeurd, vooral als je bij hetzelfde bureau werkt. En als je dan ook nog in hetzelfde team zit, is het nog erger, omdat je elke dag moet samenwerken.'

'Natuurlijk, ik snap dat dat… ingewikkeld kan worden. Maar waarom ging het uit, als ik zo vrij mag zijn?'

Haar beleefdheid was alleen voor de vorm. Nu ze op deze roddel was gestuit, was ze vast van plan hem helemaal uit te melken.

'Ik heb het uitgemaakt,' antwoordde Hudson zacht. 'Ik dacht dat ik wist wie ze was, maar ik had het mis. Ze bleek overheersend, paranoïde, zelfs gewelddadig te zijn…'

'Ga door,' koerde Emilia, terwijl ze verwoed zat te schrijven.

'Nou ja, ze was woedend toen het uit ging, maakte me duidelijk dat ik geen toekomst op het bureau had. Ze gaf me alleen nog maar rotklusjes, te min voor een brigadier. Ze kleineerde me ook openlijk in het bijzijn van collega's en verspreidde roddels achter mijn rug in een poging het team tegen me op te hitsen.'

Emilia betwijfelde of dat waar was, maar noteerde het. Een getuigenis uit de eerste hand zoals deze was goud waard, hoe twijfelachtig ook. 'Wat heb je toen gedaan?'

'Ik heb haar erop aangesproken, gezegd dat ik naar PZ zou gaan, en toen bedreigde ze me.'

'Hoe heeft ze je bedreigd?'

'Ze bezwoer dat ze me kapot zou maken. Dat ze me niet alleen het hoofdbureau van politie uit zou werken, maar ervoor zou zorgen dat ik nooit meer bij de politie zou werken.'

'Maar waarom? Waarom die agressie tegen jou?'

'Omdat ik me niet zomaar opzij liet zetten. Omdat ik bereid was op te komen voor het goede. Vergeet niet dat ik niets verkeerd had gedaan. We hadden een relatie, en toen niet meer. Dat kan, die dingen gebeuren. Maar om me zo te straffen, me eruit te werken, me kapot te maken, gewoon omdat ik genoeg van haar had? Stel je voor dat de situatie omgekeerd was, dat een man een vrouwelijke ondergeschikte zo zou behandelen. Hij zou het nog geen tien minuten uithouden.'

'En datzelfde zou voor inspecteur Grace moeten gelden,' reageerde Emilia uitgekookt. 'We leven tegenwoordig in een wereld van gelijke kansen.'

'Los daarvan,' ging Hudson verder, 'is ze schuldig aan misbruik van haar ambt en positie, het creëren van een vijandige werksfeer, pesterijen. Ze gaat maximaal gestraft worden. Ik ben al bij Peters geweest om te klagen, en het een en ander is in gang gezet...'

'Welke kant gaat hij kiezen, denk je? Zal hij haar steunen?'

'Ik betwijfel het. Hij is een man van regeltjes, een jaknikker. Hij heeft Helen nooit gemogen omdat ze geen respect heeft voor de gevestigde protocollen en regels. Als je het mij vraagt, zal hij blij zijn als hij van haar af is.'

Emilia stopte met schrijven, verbijsterd door wat ze hoorde. Ze was vandaag gekomen in de hoop wat smeuïge roddels te zullen horen, maar had veel meer gekregen dan ze had durven hopen. Ongeoorloofde relaties, machtsmisbruik, een gevierd politievrouw die was losgeslagen... Hier zat een verhaal in waar ze nog lang uit zou kunnen putten, een verhaal dat wel eens voorgoed het einde zou kunnen betekenen van Helen Grace.

105

'Alstublieft, chef. Kunt u me meer tijd geven? Een dag, twee dagen maximaal, om dit op te lossen.'

Helen had een meerdere nog nooit om iets gesmeekt, maar ze had geen andere keus. Haar carrière, haar toekomst, hing aan een zijden draadje.

'Dat zal niet gaan. Ik heb deze kwestie al veel te lang door laten sudderen.'

Zijn toon duldde geen tegenspraak, maar Helen moest het proberen. 'Luister, chef, het is allemaal niet waar wat u hebt gehoord. Rechercheur Hudson heeft de feiten voor zijn eigen doeleinden verdraaid. Ik ben degene die de relatie heeft verbroken, ik ben degene die vervolgens is bedreigd. Toen ben ik naar Grace Simmons gestapt en zij heeft met rechercheur Hudson gesproken en er een rapport van gemaakt voor PZ waarin ze míj steunde...'

'En waar is dat rapport dan? Ik heb het niet gezien.'

'Joseph Hudson heeft het onderschept en vernietigd, voordat het doorgestuurd kon worden.'

Het klonk vergezocht, belachelijk zelfs, en Peters schudde vermoeid en ongelovig zijn hoofd. 'Zelfs als dat waar zou zijn, waarom ben je dan niet naar mij toe gekomen?'

'Omdat ik dacht dat ik het zelf kon oplossen. Maar ik heb rechercheur Hudsons vastberadenheid en wanhoop om mij ten val te brengen duidelijk onderschat.'

'En ik moet je maar op je woord geloven?'

'Natuurlijk niet, chef, maar ik ben wel de hoofdrechercheur, en ik heb veel bereikt sinds ik de leiding van het team heb overgenomen...'

'En je hebt herhaaldelijk de regels overtreden, protocollen genegeerd, jezelf en collega's in gevaar gebracht...'

'Ja, mijn methodes zijn wat onorthodox.'

'Je bent méérmaals ternauwernood onder een schorsing uit gekomen, je doodt verdachten liever dan dat je ze arresteert...'

'Dat is niet eerlijk,' zei Helen, woedend om deze beschuldiging.

'Je bent losgeslagen, Helen. Een ongeleid projectiel. En daarom zitten we nu dus met dit soort koppen...' Hij wierp een boze blik op de krant op het bureau tussen hen.

'Maar u ziet toch wel wat er speelt?' vroeg Helen dwingend. 'Wat dit is?'

'Het is een godvergeten pr-ramp,' antwoordde Peters kortaf. 'Dat is het.'

'De afgelopen maanden heeft rechercheur Hudson een hetze tegen me gevoerd. Híj is de reden dat dit soort verhalen in de pers terechtkomen, dat Emilia Garanita altijd op de juiste plek is om een lelijke foto te maken en met een mes in de wond te wroeten...'

'Dat is een ernstige beschuldiging, inspecteur Grace,' zei Peters waarschuwend.

'Chef, u hebt me een paar dagen geleden gevraagd of ik twijfels had over iemand in het team, of ik het gevoel had dat een van mijn rechercheurs informatie aan haar lekte. Ik moet toegeven dat ik toen niet helemaal open tegen u ben geweest. Ik had inderdaad twijfels en inmiddels weet ik het heel zeker... Joseph Hudson is het lek.'

Peters leek niet van plan deze aanklacht te accepteren. Hij had zijn eigen visie op de gebeurtenissen en wilde die niet laten vertroebelen door haar tegenbeschuldigingen.

'Hij heeft deze situatie vanaf het begin gemanipuleerd...' Ze gebaarde in de richting van het schrijfbord. '... heeft gewacht op het juiste moment om toe te slaan en heeft al het bloedvergieten en alle tragedie voor zijn eigen egoïstische doeleinden gebruikt. Dat alles omdat hij het niet kan hebben dat hij door een vrouw geklopt wordt, en omdat hij er niet tegen kan afgewezen te worden.'

'Zoals ik al zei, inspecteur Grace, brigadier Hudson vertelt een heel ander verhaal.'

'Vast.'

'Volgens hem heb jij hem twee dagen geleden op de parkeerplaats aangesproken en openlijk gedreigd hem uit het hoofdbureau van politie te zullen verjagen...'

'Nee, dat is niet waar. Daar is geen woord van waar.' Helen flapte het eruit, hard en stellig, en ze walste over Peters heen. 'Hij heeft míj bedreigd. Zo'n man is hij. Een man die z'n vrouw en kind in de steek laat, z'n collega's en vrienden opoffert op het altaar van zijn eigen ambitie. Tegen de tijd dat ik hem daarmee confronteerde op de parkeerplaats, besefte ik dat maar al te goed, en daarom heb ik het tijdens onze ruzie die avond expres over het drinken gehad.'

'Ik kan je niet volgen,' zei Peters kortaf, en hij keek verward en boos.

'Ik vermoedde dat Hudson informatie aan Garanita doorspeelde, dus besloot ik die theorie te testen. Ik was niet helemaal onvoorbereid toen ik in die hinderlaag liep.'

'Wil je zeggen dat je bewust loog over het drinken?'

'Natúúrlijk. Ik heb in geen dertig jaar een druppel gedronken, dat moet u toch weten.'

'Je bent daar alleen over begonnen om te zien of die "informatie" aan Garanita gelekt zou worden?'

'Precies. En dit is het resultaat.' Ze gebaarde naar de krant, maar Peters bleef haar strak aankijken.

'Desalniettemin,' ging hij verder, en voor het eerst leek hij niet helemaal zeker van zijn zaak, 'heb ik alleen jouw woord daarvoor, en dat helpt ons geen steek verder.'

'Niet helemaal,' zei Helen. 'Joseph Hudson liegt, hij ís het lek. En ik kan het bewijzen.'

'Hoe?' wilde Peters wantrouwig weten.

Daarop legde Helen haar telefoon op het bureau. 'Omdat ik het hele gesprek op de parkeerplaats heb opgenomen, omdat ik Joseph Hudson wilde ontmaskeren. Dat was al die tijd al mijn bedoeling.'

Peters keek haar ongelovig aan, maar voordat hij kon reageren, ging Helen verder. 'Wilt u het horen?'

106

Helen verliet haar kantoor met grote stappen en liet een verbijsterde Peters achter. Haar meerdere had twee keer naar de opname geluisterd en was nog steeds aan het verwerken wat hij had gehoord, maar Helen kon het zich niet veroorloven nog langer tijd te verspillen. Ze moest een moordenaar oppakken.

In de recherchekamer liep ze regelrecht naar het schrijfbord. Ze had een ogenblik nodig om zichzelf te vermannen, haar gedachten weer op de lopende onderzoeken te richten, om het leiderschap te bieden dat haar team zo hard nodig had. Maar ze wist dat het verre van gemakkelijk zou zijn. Als ze heel eerlijk was, duizelde het haar nog van de gebeurtenissen van de afgelopen paar uur.

Ze was het slachtoffer geworden van de ergste vorm van verraad: een couppoging door haar rechterhand. De gevolgen hiervan zouden heftig en schadelijk zijn, niet in de laatste plaats voor haar eigen rechercheurs, van wie enkele mogelijk waren verleid hem te steunen in zijn poging de macht naar zich toe te trekken. Ze had zo haar vermoedens wie dat waren en met hen zou ze later wel afrekenen; haar belangrijkste doel was om Joseph Hudson uit te schakelen. Het was nog maar de vraag of Alan Peters haar zou helpen, die was nog steeds bezig de onthullingen van die ochtend te verwerken, maar had haar in elk geval uitstel van executie gegund. Wat betekende dat ze nog steeds de vrijheid had om zelf met Joseph Hudson af te rekenen, mocht dat nodig zijn.

Vastberaden en met hernieuwde moed arriveerde ze bij het bord en bracht haar gedachten met een ruk terug naar de zaak, naar haar gesprek met Blythe, naar de veelzeggende vragen die vooralsnog onbeantwoord waren. Op hetzelfde moment zag ze rechercheur Bentham met een opgewonden blik op zijn gezicht naar haar toe komen.

'Goed nieuws, chef. We hebben haar. We weten waar Belinda Raeburn is.'

107

Helen reed met bulderend geraas door de stad en zigzagde tussen het drukke verkeer door.

Het team had z'n huiswerk gedaan, had een vriend in de buurt gevonden bij wie Raeburn logeerde, en via hem hadden ze ontdekt dat Raeburn op dit moment haar wekelijkse sportles had bij Pure Box aan Ogle Road. Volgens de receptioniste had Raeburn zich gemeld voor de les van elf uur, net als anders, en stond ze op het punt om te vertrekken nu de les net was afgelopen.

Helen wierp een blik op haar display en zag dat het twee minuten over twaalf was. Alle gedachten aan Hudson, Peters en de rest waren nu verdwenen, ze gaf gas en reed met een boog om een busje heen, voordat ze een wilde bocht van honderdtachtig graden maakte en terugreed, zodat ze nu in de juiste richting over de Western Esplanade reed. Het was geen manoeuvre die ze normaal gesproken zou uitvoeren, maar het eenrichtingsverkeer in het centrum van Southampton was ontworpen om snelheid te minderen en ze kon zich geen vertraging veroorloven. Als ze Raeburn nu kwijtraakten, waren ze de rest van de dag bezig haar weer te vinden. Ze had haar telefoon al meer dan vierentwintig uur geleden uit gezet, waarschijnlijk in een poging haar problemen te ontlopen, waardoor het moeilijk was haar te volgen. En dus was het cruciaal dat ze haar oppakten. Met wat strategisch toegepaste milde druk zou dit onderzoek open kunnen breken, daar was Helen van overtuigd. Raeburn had niets te verliezen en Helen had alle kaarten in handen, alle macht, niet in de laatste plaats de dreiging van tenlasteleggingen betreffende de moord op Martin Hill en haar ongepaste relatie met Eve Sutcliffe.

Met een zwaai reed Helen Portland Terrace in en scheurde over de brede weg. Ogle Road lag voor haar en Helen deed haar richtingaanwijzer aan en bad dat Raeburn nog in de buurt was. Op hetzelfde moment zag ze de docente de straat uit komen, terwijl ze haar sporttas over haar schouder slingerde en in de richting van Portland Terrace liep.

Het was overduidelijk Raeburn – het slanke postuur, het halflange blonde haar, de soepele, wiegende gang – en dus gaf Helen gas. Zou Raeburn direct opgeven of zou dit een zware krachtmeting worden? Hoe dan ook, Helen wilde haar in de verhoorkamer hebben, achter slot en grendel, zodat ze de vele vragen kon beantwoorden die op haar wachtten.

Helen reed snel op haar af, de docente had niets in de gaten, maar toen verraste Raeburn haar; ze keek naar links en vervolgens naar rechts en maakte aanstalten om over te steken. Helen was ervan uitgegaan dat ze in de richting van het centrum zou lopen, maar nu leek het erop dat ze op weg was naar de NCP-parkeergarage. Stond ze daar geparkeerd, ging ze ergens anders naartoe? Of wilde ze doorsteken naar Westquay? In dat geval zou Helen haar motor moeten dumpen om haar te voet te volgen, wat het er niet eenvoudiger op maakte. Bezorgd zocht ze een plek om te parkeren, maar zag op hetzelfde moment iets anders.

Toen Raeburn had gekeken, was de weg verlaten geweest, maar nu ze het warme asfalt op stapte, kwam er een auto uit een zijstraat. Een kleine rode auto. Eén absurd moment lang dacht

Helen dat het misschien Emilia Garanita was, maar toen zag ze dat het een Fiat was, geen Corsa. Dat zou haar moeten geruststellen, maar het tegendeel was waar, want de auto was behoorlijk hard de zijstraat uit gekomen en scheurde nu vanaf de andere kant op Raeburn af. Het leek een bizarre actie en Helen verwachtte dat de chauffeur Raeburn elk moment zou zien en zou afremmen. Maar de chauffeur trapte op het gas en maakte nog meer snelheid op het moment dat ze Raeburn naderde. Die laatste had een koptelefoon op en leek in haar eigen wereld op te gaan, zich niet bewust van het naderende gevaar. Helen, daarentegen, zag het allemaal razendsnel gebeuren – een beeld van wat er gaande was, drong zich opeens aan haar op. Hoe had ze zo dom kunnen zijn? Zo traag van begrip?

Ze rukte aan het gas en joeg de motor verder. Sneller en sneller – tachtig kilometer per uur, vijfennegentig, honderdvijf – en terwijl ze op Raeburn af raasde, deed ze haar vizier omhoog. 'Belinda!' Haar schreeuw was schor en niet doeltreffend, hij ging verloren in het geraas van haar motor. 'Belinda! Ga aan de kant!'

Maar het was te laat. Nu pas keek Raeburn op en zag de auto op zich afkomen. Helen kon alleen nog vol afschuw toekijken hoe de Fiat op de doodsbange docente inreed en hoe haar tere lichaam door de lucht slingerde.

108

De auto raasde verder terwijl een ontzette Helen keek hoe Raeburns gebroken lichaam op het asfalt klapte, stuiterde en daarna stil bleef liggen. Onmiddellijk volgde er een doordringende kreet van een voorbijganger die zich wezenloos was geschrokken van wat ze zojuist had gezien, maar Helens aandacht werd niet naar deze onverwachte onderbreking getrokken, maar naar de rode Fiat die nu recht op haar afkwam.

Ze was zo geschrokken van wat ze net had gezien, dat ze niet aan haar eigen veiligheid had gedacht en ze had haar motor uitgezet toen de aanval op Raeburn plaatsvond. Helen spande haar lichaam, legde haar hand op het gas en maakte zich klaar om de naderende auto te ontwijken, maar terwijl ze dat deed, kwam de Fiat met piepende remmen tot stilstand. De auto stond nog maar drie meter bij haar vandaan en de chauffeur knipperde geschokt met haar ogen toen ze een motorrijder zag die haar weg blokkeerde. Helen was niet verrast. Er zat een akelige logica in deze aanrijding die ze had kunnen voorzien, ze had die zelfs kunnen voorkomen als ze wat sneller van begrip was geweest. En daarom staarde ze Lilah Hill door de gebarsten voorruit eerder minachtend dan geschrokken aan. Het team had de hele ochtend twee verdachten gezocht, maar had geen idee gehad dat het stel elkaar op zo'n gruwelijke manier zou vinden.

De tijd leek stil te staan, de twee vrouwen staarden elkaar aan, tot meer kreten tot hen doordrongen en het moment doorbraken. Lilah Hill leek tot leven te komen, zich opeens bewust van het gevaar. Ze zette de auto met veel lawaai in z'n achteruit, keerde en schoot weg in de richting van waar ze zojuist vandaan was gekomen. Daar lag haar slachtoffer languit op straat lag, maar gelukkig was ontsnappen het enige waar Hill aan dacht en ze reed om de aangereden docente heen en scheurde weg.

Helen had een fractie van een seconde om een beslissing te nemen. Bij Raeburn blijven of Hill achtervolgen? Winkelend publiek rende al op de gewonde vrouw af, telefoons tegen hun oren, en dat gaf de doorslag voor Helen. Ze klapte haar vizier dicht en scheurde weg, vast van plan de dader te achtervolgen. De Fiat was al een eind verderop, maar Helen was er zeker van dat ze haar te pakken kon krijgen… als ze snel was.

Haar wielen beten in het asfalt, haar snelheid nam toe. Terwijl ze door de straat reed, flitsten haar ogen van links naar rechts. Dit was een druk winkelgebied vol tieners, gezinnen en bejaarden, en een van hen kon zo de straat oversteken, dus bleef ze alert, alert op gevaar.

Hill leek zich daar niet druk om te maken, zij dacht alleen aan ontsnappen. Ze racete door Castle Way, die overging in French Street. Die laatste was een stuk smaller, een overblijfsel van de Tudorstijl en populair bij toeristen en inwoners. De kans op een botsing was hier een stuk groter, en met haar hart in haar keel volgde Helen de vluchtende verdachte hobbelend over de keienstraat. Gelukkig bereikte Hill zonder ongelukken te veroorzaken het einde van de straat en Helen slaakte een zucht van verlichting.

Maar nu zou Hill problemen tegenkomen. Ze kwam vrijwel recht tegenover de Red Funnel Ferry terminal uit. Daar stonden verkeerslichten, maar er was ook een aanhoudende stroom verkeer, vakantiegangers op weg naar de haven. Zelfs op deze afstand kon Helen zien dat het licht op rood stond, maar tot haar verbazing aarzelde Hill geen moment, reed ze door en schoot met een wilde slinger de ringweg op.

Een vrachtwagen miste haar ternauwernood en toeterend scheerde hij langs. Hill trok zich er niets van aan, schampte een auto in de andere baan, maar slaagde erin de auto recht te krijgen en gas te geven. Helen daarentegen moest hard remmen, waarmee ze kostbare seconden verloor, voordat er wat ruimte in het verkeer ontstond.

Vloekend tikte ze op haar bluetoothsysteem om de recherchekamer te bellen. Eindelijk was er voldoende ruimte en ze schoot naar voren, net op het moment dat de verbinding tot stand kwam.

'Recherchekamer?'

Ze herkende de karakteristieke stem van rechercheur Osbourne boven het geluid van de motor. 'Met inspecteur Grace. Ik achtervolg op dit moment een rode Fiat, kenteken KR 19 RFF, in noordelijke richting op de A33. Verdachte is zojuist Red Funnel Port gepasseerd. Verzoek versterking en onderschepping.'

'Meteen. Om wie gaat het?'

'Lilah Hill. Zo snel mogelijk, alsjeblieft.'

Ze beëindigde het telefoongesprek en richtte haar blik weer op de Fiat. Hill reed ruim vijftig meter voor haar en slingerde tussen het verkeer door in een wanhopige poging haar voorsprong te behouden. Helen verhoogde haar snelheid, vast van plan de afstand tussen hen te overbruggen. Maar de achtervolging was zojuist een stuk gevaarlijker geworden. De ringweg die rond Southampton liep voordat hij samenkwam bij de M27, was een van de grote verkeersaders van de stad en dus was het er altijd druk. Dat zou in Helens voordeel kunnen werken, het zou Hill vertragen of zelfs tot stilstand kunnen brengen, maar het zou ook slachtoffers kunnen betekenen, iets waar Helen zich scherp van bewust was.

Het verstandigste zou zijn om afstand te bewaren en de situatie te monitoren, in de buurt van Hill te blijven en geduldig te wachten tot ze veilig aangehouden kon worden. Het zou moeilijk worden om haar op zo'n drukke verkeersweg te stoppen, maar Helens gevoel zei haar dat ze Hill van de ringweg af wilde hebben voordat ze bij Mountbatten Way waren. Ze keek op haar kilometerteller, zag dat ze al bijna honderd reed, maar gooide er nog dertig kilometer per uur bovenop, vastbesloten de afstand tussen hen te overbruggen.

Het was alsof Hill dit merkte, want ook zij versnelde, maar toch begon Helen haar gaandeweg in te halen. De Fiat was snel, maar niet gebouwd voor achtervolgingen op hoge snelheid en was geen partij voor Helens Kawasaki. Terwijl ze de vluchtende auto naderde, zag Helen haar kans schoon. Ze gaf nog meer gas, raasde langs Hill en ging voor haar in dezelfde baan rijden. De Mayflower-rotonde lag voor hen en een ongeluk daar was niet onwaarschijnlijk, maar toch probeerde Helen Hill af te snijden door drastisch snelheid terug te nemen, zodat de Fiat hard moest remmen. Hill begon te slippen, haar wielen protesteerden luid terwijl de auto Helens kant op zwenkte. Even dacht Helen dat ze geraakt zou worden, en ze zette zich schrap voor de klap, maar op het laatste moment gaf Hill een ruk aan het stuur, schoot de hoofdweg af en reed de ventweg langs het water op.

Helen had haar belangrijkste doel bereikt, maar Hill reed opnieuw snel weg, dus keerde ze en volgde haar de hoofdweg af. Ze raasde achter de vluchtende Fiat aan en zag vanuit haar ooghoek dat mensen in Mayflower Park hun hoofd omdraaiden, jonge ouders en hun peuters die nieuwsgierig waren naar de achtervolging die zich voor hun ogen afspeelde. Maar Helen hield haar blik strak op de auto voor zich. Er volgde nu een minder druk deel van de stad dat voornamelijk bestond uit opslagplaatsen en bedrijventerreinen, maar nog altijd loerde er gevaar en de Fiat maakte een slinger om een koeriersbusje te ontwijken. Helen reed met een wijde bocht om het busje heen en gaf weer gas.

Ze vlogen langs het oude Odeon, daarna langs een serie vakhandels, beide voertuigen nu nek aan nek. Helen verwachtte dat Hill elk moment op haar in zou kunnen rijden door een ruk aan het stuur te geven, maar de vrouw bleef strak voor zich kijken, en ze zag nu waarom. Zo'n zestig meter verderop was een rotonde. Als Hill daar rechts aanhield, kwam ze weer op de ringweg uit die de stad uit liep. De verdachte leek dit aan te voelen en ze keek naar het viaduct. Ze trapte hard op het gaspedaal, racete in de richting van de rotonde, remde amper, vloog eroverheen en nam de derde afslag, terug in de richting van de A33.

Helen had dit al verwacht en was sneller, hing in de bocht en ging met gevaar voor eigen leven tegen het verkeer in over de rotonde om eerder bij de afslag te zijn. Ze haalde het – nog net – en de bumper van de Fiat raakte haar wiel bijna toen Hill de rotonde verliet. Nu lag de weg voor hen – dertig meter open asfalt tot aan de ringweg. Ze gaf een ruk aan haar gashendel, liep uit op de Fiat en creëerde een voorsprong van drie meter. Hill verhoogde haar inzet, vastbesloten om te ontsnappen, iets waar Helen op rekende. Toen ze bijna bij de kruising was, trok ze hard aan haar remmen en gaf tegelijkertijd een ruk aan haar stuur. Zoals ze had gehoopt, kwam de motor met een elegante sliding tot stilstand, zodat ze nu een menselijke wegversperring vormde bij de toerit. Het was een dwaze, roekeloze actie, Helen kon zien dat Hill schrok, besefte dat ze slechts een fractie van een seconde had om een beslissing te nemen. Zou ze proberen een botsing te voorkomen of zou ze recht op haar af rijden en nog een slachtoffer aan haar dodenlijst toevoegen? Het was een gestoorde strategie, Helen zette haar eigen leven op het spel om de vluchtende verdachte aan te houden, maar haar intuïtie klopte. Hill was geen doorgewinterde moordenaar en de jonge vrouw trok het stuur hard naar rechts, waardoor de auto een wilde slinger die kant op maakte en Helen ternauwernood miste.

Haar snelheid was nog altijd hoog, haar radeloze verlangen om te ontsnappen nog even groot, en dus verbaasde het Helen niet dat Hill het stuur nu een ruk de andere kant op gaf om uit de slip te komen en de ringweg te bereiken. Maar Hill was te laat. De massief betonnen muur van het viaduct kwam snel dichterbij – te snel – en de snelheid van de auto was onverbiddelijk. Seconden later klonk er een enorme klap, gekraak van metaal en kunststof, toen de auto tegen de muur knalde en abrupt tot stilstand kwam.

109

'Weet je het absoluut zeker?'

'Ja, chef. Inspecteur Grace meldde het nog geen vijf minuten geleden.'

Sprakeloos greep bureauchef Peters zijn telefoon wat steviger vast. Hij kon nauwelijks geloven wat rechercheur Malik zei. Lilah Hill had zojuist nog een verdachte, Belinda Raeburn, vermoord bij een aanrijding in het centrum van de stad. Wat nog merkwaardiger was, was dat inspecteur Grace in de buurt was geweest om de dader over de A33 te achtervolgen, totdat Hill haar auto total loss had gereden tegen een betonnen muur. Het leek onwaarschijnlijk, om niet te zeggen onmogelijk. Nog geen uur geleden had hij een verhitte discussie met de inspecteur gehad.

'Wat is de toestand van de verdachte?' vroeg hij uiteindelijk, toen hij zijn kalmte had hervonden.

'Redelijk, geloof ik. Ze wordt op dit moment nagekeken door het ambulancepersoneel, maar het lijkt erop dat de airbag zijn werk heeft gedaan. Zodra ze gezond is verklaard, brengt inspecteur Grace haar naar het hoofdbureau.'

'Akkoord, houd me op de hoogte,' concludeerde Peters, rustiger dan hij zich voelde. Hij hing op, liet zich in zijn stoel zakken en staarde nietszeggend naar de telefoon, alsof hij zich afvroeg welke bizarre, onverwachte ontwikkeling het ding hem nu weer voor de voeten zou gooien. De afgelopen weken hadden een nachtmerrie geleken, elke schokkende ontwikkeling was gevolgd door nog iets ergers. Ze hadden een reeks onopgeloste moorden, vervolgens een bont zooitje verdachten die niets met elkaar te maken leken te hebben en nu een reeks moordenaars die zich tegen elkaar leken te keren. Zat Robert Downing op dit moment in zijn cel een vreemde en bijzondere manier te bedenken om Amanda Davis in Australië aan te vallen? Of andersom? Het leek idioot, absurd, maar Peters kon niet ontkennen dat het erop leek dat Helen Grace gelijk had gehad, dat haar ogenschijnlijk vergezochte theorieën kennelijk toch ergens op gebaseerd waren.

Het was verbijsterend, maar in combinatie met de bizarre voorvallen binnen het team was dit een zaak van het soort dat Peters nog nooit had meegemaakt. Was er ook maar iets aan deze situatie voorspelbaar of logisch? Kennelijk niet, en om de complexiteit nog eens te onderstrepen, meldde zijn secretaresse zich via de intercom.

'Rechercheur Hudson is er, chef.'

'Dank je wel, Jackie.'

Even later kwam Joseph Hudson binnengeslenterd. Hij zag er niet uit als een man die onder druk stond. Sterker nog, hij leek opgewekt.

'Ik neem aan dat u het nieuws hebt gehoord, chef.'

Peters knikte afwezig.

'We hebben wel een deuk opgelopen,' ging Hudson ingetogen verder. 'Een dode, een gewonde, een gestolen auto die is afgeschreven. Maar de positieve kant is dat Hill in hechtenis is. Alleen jammer dat we haar niet iets eerder te pakken konden krijgen.'

Hij keek berouwvol, maar zijn kritiek op Grace was te onhandig gebracht om te missen. Peters was geneigd het met hem eens te zijn – de achtervolging was roekeloos geweest, typisch Grace – maar hij had Hudson hier niet laten komen om olie op dat vuur te gooien, dus liet hij niets merken.

'Mijn voorstel is dat ik de ondervraging leid zodra Lilah Hill hier is,' ging Hudson verder. 'Inspecteur Grace heeft wel genoeg gedaan voor vandaag...'

'Tja, dat is erg grootmoedig van je,' antwoordde Peters snel, 'maar dat is misschien niet mogelijk.'

'Chef?'

'Ik heb je niet gevraagd hier te komen om over de zaak te praten. Rechercheur Malik heeft me al op de hoogte gebracht van de ontwikkelingen van vandaag.'

Hudson knikte gespannen, waarmee hij Peters vermoeden versterkte dat de brigadier en zijn jonge Aziatische collega niet met elkaar konden opschieten.

'Nee, ik wilde met je praten over de beschuldigingen die je hebt geuit tegen inspecteur Grace. Ik wil vanaf het begin benadrukken dat ons gesprek kan eindigen in een tuchtprocedure, dus als je de aanwezigheid van een vakbondsvertegenwoordiger op prijs stelt...'

'Dat is niet nodig. Ik heb niets te verbergen.'

'Goed, dan beginnen we. Ik heb jouw versie van het gebeuren gehoord en nu ook die van inspecteur Grace. En ik moet zeggen dat haar verhaal zeer verhelderend was.'

'Ze zal zich ongetwijfeld hebben willen verdedigen.'

'Inderdaad. En met succes, moet ik zeggen.'

Rechercheur Hudson zei niets, maar keek Alan Peters ongemakkelijk aan.

'We hebben jullie gezamenlijke geschiedenis besproken, de breuk in jullie relatie en in het bijzonder jullie gesprek op het parkeerterrein. Wat ik niet wist, en jij waarschijnlijk ook niet, is dat inspecteur Grace jullie babbeltje heeft opgenomen om te bewijzen dat jij informatie hebt gelekt aan Emilia Garanita. Ik wil de opname met alle plezier in zijn geheel voor je afspelen, als je dat wilt, maar laat ik eerst even tegen het einde beginnen...'

Peters opende de dictafoonapp op zijn telefoon en even later klonk Hudsons stem luid en duidelijk.

'Dat zou je wel willen, hè, dat ik op een holletje terugga naar mama? Als een braaf jongetje, omdat jij de druk voelt. Nou, dat kun je vergeten, Helen, ik zou nog niet op je pissen als je in brand stond.'

'Wát?'

'Ik meen het. We hadden iets samen, het had geweldig kunnen zijn, maar daar maakte jij een einde aan met je onbeholpen beschuldigingen, je paranoia, je leugens. En daarom ga ik je kapotmaken.'

Peters zette de opname stil en keek naar Hudson. Hij verwachtte woede, ontkenningen en beschuldigingen, maar bij hoge uitzondering was de beschuldiger van Helen Grace sprakeloos. Sterker nog, hij zag eruit alsof hij een spook had gezien.

110

'Waar haalt u het lef vandaan om hier zo binnen te stormen en vragen op me af te vuren?'

De politieman van de afdeling Integriteit keek vanaf de andere kant van de vergadertafel koeltjes naar Emilia Garanita, terwijl hij langzaam zijn penning weer in zijn jas stopte. 'Ik was me niet bewust van enig stormen of zelfs afvuren,' antwoordde hij rustig. 'We willen u eenvoudigweg wat vragen stellen.'

'Maar toch, dit is het kantoor van de *Southampton Evening News*, dit is mijn werk...'

'En daarom willen we dit ook zo snel mogelijk afronden,' antwoordde de politieman, 'dus kunnen we nu even een prettig gesprek voeren en dit oplossen, of we kunnen morgen terugkomen, maar ik moet u waarschuwen, als we noodgedwongen terug moeten komen, zal dat met een huiszoekingsbevel zijn dat toegang biedt tot al uw computers, telefoons, elektronische apparaten evenals geschreven dossiers, notitieboeken of post-its waarvan wij denken dat ze relevant zijn voor ons onderzoek. Het verwerven van vertrouwelijke politie-informatie voor persoonlijk of beroepsmatig gewin is naar slot van rekening een zeer ernstig misdrijf.'

Hij glimlachte nog steeds vriendelijk, maar het was een vernietigende lach. Emilia was ervan overtuigd dat brigadier Cooper dit tientallen keren eerder had gedaan en waarschijnlijk elke mogelijke leugenachtige, ontwijkende en bedrieglijke reactie al eens eerder had gehoord. Het kwam niet vaak voor, maar ze voelde zich geïntimideerd door deze man en zijn gelikte partner met de nietszeggende blik.

'Wat wilt u weten?' vroeg ze resoluut, haar ongemak verbergend.

'Laat ik erbij zeggen,' voegde hij er snel aan toe, 'dat dit vooralsnog niet officieel is. Ik zal ons gesprek niet opnemen, maar het zou natuurlijk kunnen dat er een vervolggesprek onder ede plaatsvindt op het hoofdbureau, mocht dat nodig blijken te zijn.'

'Tja, dat is nogal lastig in te schatten, of niet? Aangezien jullie me nog helemaal niets hebben gevraagd...'

Daar was die glimlach weer, onoprecht, maar goed geoefend.

'We onderzoeken een aantijging van politiecorruptie. Namelijk dat een politieagent in actieve dienst bij het team Zware Misdrijven via u vertrouwelijke informatie over lopende onderzoeken heeft doorgespeeld aan de krant. Hebt u daar iets op te zeggen?'

'Ik ben bang van niet,' was Emilia's weerwoord. 'Dat is nieuws voor mij... sorry voor de woordspeling.'

'Dus u hebt voor zover u weet geen rechtstreeks contact gehad met brigadier Joseph Hudson, per telefoon of persoonlijk, waarbij hij u vertrouwelijke informatie heeft toegespeeld?'

Er was geen inleiding, geen uitleg vooraf, alleen een onverwachte en directe beschuldiging. Emilia had het gevoel dat het uitlokking was, alsof ze haar uitdaagden om 'nee' te zeggen, zodat ze zich op haar leugens konden storten. Ze had dit misdrijf zo vaak gepleegd, met tientallen politieagenten en eigenlijk was ze geneigd het weg te lachen. Maar toch... het was wel een ernstig misdrijf, dat een bedreiging zou kunnen vormen voor haar carrière, om nog maar te zwijgen van haar vrijheid.

'Ik zal het u nogmaals vragen,' herhaalde Cooper, en met een ruk haalde hij haar uit haar innerlijke discussie. 'Heeft rechercheur Joseph Hudson ooit rechtstreeks contact met u opgenomen om aan u of deze krant vertrouwelijke informatie te lekken?'

Nogmaals verschoof Emilia op haar stoel. Ze was een doorgewinterde journaliste, heel goed in het ontwijken van de stenen en pijlen die op haar afgevuurd werden, maar vandaag leek er weinig speelruimte te zijn. Ze had veel verwacht van haar contact met Hudson, maar hun verbond was nu voorbij, en om haar eigen hachje te redden zou ze hem voor de wolven moeten gooien. Nogmaals vervloekte ze haar eigen pech én de schijnbare onaantastbaarheid van Helen Grace. Ze had haar best gedaan om haar vijand ten val te brengen, had gedacht dat ze haar eindelijk had verslagen, maar opnieuw had ze gefaald. Met een gelaten houding richtte ze zich tot brigadier Cooper en vroeg: 'Wat wilt u weten?'

111

Lilah Hill staarde haar stuurs en vijandig aan.

Helen keek naar de verdachte die in elkaar gedoken op een stoel in de verhoorkamer zat en vroeg zich opnieuw af hoe verstandig het was om haar zo kort na de botsing te ondervragen. Hill zag asgrauw, leek nog steeds erg overstuur en haar adem rook sterk naar alcohol. Aan de andere kant had Hill geen ernstige verwondingen opgelopen, leek ze ontnuchterd na de traumatische gebeurtenissen van de dag en keek ze tegen een moordaanklacht aan. En dus wist Helen dat ze, ondanks haar twijfels, de vrouw wel moest verhoren. Lilah Hill had nog geen drie uur geleden iemand vermoord, vlak voor haar neus. Bovendien zou ze de cruciale schakel in deze zaak kunnen blijken te zijn, áls ze bereid was te praten.

Ondanks haar verlangen naar antwoorden wist Helen dat ze het verhoor voorzichtig moest aanpakken. Dit was een vrouw die ogenschijnlijk op het punt stond in te storten, ze zat eindeloos te wiebelen op haar stoel, pulkte aan haar nagels, haar kleren, haar haar. Een vrouw die op de rand van een totale zenuwinzinking stond.

'Lilah, je moet met me praten.'

Hill bleef aan haar nagels pulken.

'Ik weet dat je geen koelbloedige moordenaar bent, dat je Belinda Raeburn nooit zou hebben vermoord als je je er niet toe gedwongen voelde...'

Hill reageerde niet, ze knipperde niet eens met haar ogen, haar blik op haar vingers gericht.

'Ik weet niet wie jou heeft gemanipuleerd, wat diegene heeft gezegd of gedaan waardoor je bent gaan moorden, maar het heeft geen zin om voor de daden van een ander op te draaien. Als je onder druk bent gezet door middel van chantage of bedreigingen, als iemand je gedwongen heeft, dan zal de rechtbank dat in acht moeten nemen.'

Het was een goed aanbod, het beste wat ze haar kon doen, maar nog altijd keek Hill niet op. Helen wist zeker dat de verdachte begreep wat ze zei, maar dat iets haar ervan weerhield om vrijuit te praten. Ondanks de gruwelijke gebeurtenissen van die ochtend werd Helen hier verdrietig van. Ze was ervan overtuigd dat Hill diep vanbinnen een goed mens was en dat ze op de een of andere manier in een afschuwelijke situatie terecht was gekomen.

'Probeer alsjeblieft te begrijpen hoe ernstig dit is, Lilah...'

Helen verzachtte haar toon en probeerde zo vriendelijk en toegankelijk mogelijk over te komen.

Eindelijk stopte Hill met friemelen.

'Je komt echt niet onder een moordaanklacht uit, je kunt met geen mogelijkheid beweren dat het een ongeluk was. Ik was erbij, ik heb het je zien doen. Bovendien hebben we twee getuigen die zullen bevestigen dat de auto die gebruikt is bij de aanval, gisteren is gestolen bij het Hertz-depot door iemand in een bordeauxrode hoody. Dezelfde hoody die je droeg toen je gisteren bewust door al die rode stoplichten reed. Dezelfde hoody die je vandaag draagt.'

Hill knipperde met haar ogen toen de bewijslast voelbaar begon te worden.

'Het was geen ongeluk. Het was niet eens doodslag. Het was met voorbedachten rade, een koelbloedige moord.'

Weer een reactie toen dat laatste woord tot haar doordrong.

'Dat is de zwaarste aanklacht die er is. Daar kun je niet omheen. Maar je bent nog jong, Lilah, wat betekent dat je een keus hebt...'

Als Helen de hand van de jonge vrouw in de hare had kunnen nemen, zou ze dat hebben gedaan. Ze meende elk woord, wilde hun kwetsbare verdachte wanhopig graag helpen om de juiste beslissing te nemen.

'Je kunt ervoor kiezen de rest van je leven achter de tralies te slijten, gehaat, beschimpt, niet begrepen. Of je kunt een bekentenis afleggen.'

Helen liet dit tot haar doordringen, voordat ze verderging. 'Vertel me wat er is gebeurd, vertel me wat jou in deze akelige hoek heeft gedreven, dan kan ik je helpen. Dit hoeft niet het einde te betekenen, Lilah...'

Hills schouders begonnen te schokken, tranen sprongen in haar ogen.

Helen kon de opgekropte ellende en wanhoop voelen. Ze had nog nooit iemand gezien die er zo wanhopig, zo verslagen, zo leeg uitzag. 'Als je ons nu helpt, als je je tijd uitzit, genoegdoening biedt, dan heb je nog steeds een kans, een kans op een leven, een betekenisvol leven...'

Een onderdrukte snik, half hoorbaar, half ingeslikt. Hill zag eruit als een vrouw die verwikkeld was in een innerlijke strijd, verscheurd tussen bekennen en ontkennen.

'Neem gerust de tijd en begin bij het begin. Vertel me wie je hiertoe gedwongen heeft.'

Helen legde haar hand met de palm omhoog op tafel alsof ze Hill wilde aanmoedigen te delen. Helen wilde dolgraag dat dit voorbij zou zijn, dat hun verdachte eindelijk haar ziel blootlegde.

'Dat kan ik niet...'

Helen voelde hoe Hill zich terugtrok, terwijl ze de woorden hakkelend uitsprak.

'Waarom niet?'

'Ik kan het niet, het spijt me.'

'Als je bang bent, als je je zorgen maakt om je veiligheid, dan kunnen we je helpen...'

Hill sloeg haar blik neer en pulkte verwoed aan haar nagels. Ze leek radeloos, bijna bezeten, alsof ze de huid van haar vingers wilde trekken, tot bloedens toe.

'Lilah, praat met me. Ik ben je enige hoop, de enige die je kan helpen...'

Weer een onderdrukte snik, terwijl ze zich nog meer verwondde. Het was alsof de jonge vrouw zichzelf kapot wilde maken, maar Helen voelde de noodzaak haar de hand reiken, haar nog een laatste kans geven.

'Wat er ook gebeurd is, we lossen het wel op. Jij en ik samen. Vertel me alsjeblieft waar je je zo'n zorgen om maakt.' Ze schoof wat dichterbij, fluisterde bijna. 'Vertel me waar je bang voor bent.'

Het bleef lang stil. Helen keek ingespannen naar Hill, hoopte op een teken van overgave, iets van bereidheid om mee te werken. Maar toen de jonge vrouw opkeek, met een matte, doodse blik in haar nu droge ogen, besefte Helen dat ze haar beslissing had genomen.

'Ik kán het niet.'

112

'Waarom zegt ze niets? Ze moet toch beseffen dat ze hier niet onderuit komt.'

Helen stond weer in de recherchekamer, omringd door de leden van haar team. Ze hadden allemaal duidelijk op een bekentenis gehoopt, op een doorbraak in dit zorgwekkende onderzoek. Helen had hen moeten teleurstellen, maar was nog niet bereid haar nederlaag te accepteren en had het hele team bij elkaar geroepen om het bewijs nogmaals te bestuderen en zich te beraden over hun volgende stap. Iedereen had aan haar oproep gehoor gegeven, behalve Joseph Hudson die van de aardbodem leek te zijn verdwenen. Helen miste hem niet. Ze had op dit kritieke moment een team nodig dat op één lijn stond en ze was blij dat het rechercheur Reid was die de vraag had gesteld, een voormalige bondgenoot van Hudson.

'Dat weet ik niet zeker,' antwoordde Helen. 'Mogelijk denkt ze echt dat ze dit af kan doen als doodslag, als een soort ongeluk, en dat ze minder verdenking op zichzelf laadt als ze haar mond houdt. Maar ik denk niet dat dat het is. Je kunt aan de opname horen dat ze bang is. Wie hier ook achter zit, die persoon heeft haar in zijn greep.'

'Omdat ze het gevoel heeft dat diegene in staat is haar te manipuleren, ook al zit ze vast?' vroeg Malik.

'Dat zou kunnen, maar er zijn andere manieren om iemand onder druk te zetten of trouw te eisen.'

'Denk je dat ze de persoon die hier achter zit dankbaar is?' vroeg rechercheur Edwards. 'Dat ze blij is dat haar partner is vermoord?'

'Misschien, al heb ik wel het gevoel dat ze daar verscheurd over is, deels opgelucht, deels schuldig. Dus als het geen dankbaarheid is en het is niet alleen angst, dan moet het zijn omdat het bekennen van de moord op Belinda Raeburn op de een of ander manier beter, draaglijker, is dan de waarheid.'

'Dat snap ik niet helemaal.'

'Ga maar na. Amar Goj had alles te verliezen en dus ondernam hij actie. Belinda Raeburn en Robert Downing ook. Lilah Hill daarentegen leek haar leven redelijk op orde te hebben. Ze had verdriet om haar man, dat is zeker, maar zijn dood was ook een bevrijding. De moord op hem heeft geen duidelijk verband met haar, we hebben geen bewijs dat zij er opdracht voor heeft gegeven, dus zelfs als er een tegenprestatie was, zelfs als ze had beloofd om Raeburn te vermoorden in ruil voor Martin Hills dood, zou ze het niet hebben hoeven doen, tenzij ze daadwerkelijk vreesde voor haar leven als ze weigerde, of als er een ander zwaard van Damocles boven haar hoofd hing waardoor ze werd gedwongen om over te gaan tot zo'n wanhoopsdaad.'

'Denk je dat we iets hebben gemist?'

'Ik denk dat we het topje van de ijsberg nog niet eens zien. We moeten helemaal terug, naar oude geliefden, vrienden, banen, familieproblemen. We moeten haar leven op z'n kop zetten. Ze heeft geen strafblad, is nooit in aanraking geweest met de politie, maar er moet iets zijn wat we gemist hebben, een schandaal, misdrijf of tragedie. Ik kan anders niet bedenken waarom een anderszins fatsoenlijke, doodnormale vrouw bereid is een vreemde te vermoorden.'

'En waarom Raeburn, eigenlijk?' Edwards waagde het een vraag te stellen. 'Waarom was zij het doelwit? Het gaat er toch juist om dat geen van de schakels in de keten met elkaar verbonden kunnen worden? De daders kennen hun slachtoffers niet en kunnen op geen enkele manier met elkaar in verband worden gebracht. Maar deze twee wel. Ze waren allebei verdachten in lopende onderzoeken, nu daders. Het lijkt slordig, past niet in het patroon. Waarom zou het brein achter al deze ellende aandacht op hun plan willen vestigen?'

'Misschien hebben ze geen keus,' antwoordde Helen resoluut. 'Misschien hebben we ze bang gemaakt. Het plan werkt alleen perfect zolang de daders nooit geïdentificeerd worden. In het oorspronkelijke plan moesten de moorden onopgelost blijven, op een willekeurige carjacking, aanrijding of racistische aanval lijken, maar zodra de echte motieven en echte daders bekend worden, valt het geheel uit elkaar. Belinda Raeburn vormde een potentiële zwakke schakel. Ze pleegde een moord om haar baan, haar relatie, haar middelen van bestaan te beschermen, maar raakte toch alles kwijt. Niets weerhield ons ervan haar te benaderen, of ervan te overtuigen alles op te biechten, dus kon haar beter het zwijgen opgelegd worden. Misschien werd ze als kwetsbaar gezien, zouden Hill en Downing het langer kunnen volhouden. Ik denk dat degene die hierachter zit aan het opruimen is...'

Het werd even stil terwijl de teamleden hierover nadachten, waarna Malik slagvaardig vroeg: 'Wat nu, chef?'

'Tja, ik denk dat we het er allemaal over eens zijn dat deze hele onderneming het werk is van één persoon. Dat Downing, Hill en Raeburn niet samen een of ander sinister collectief vormden om hun problemen op te lossen...'

'Daar hebben we uitgebreid naar gekeken,' zei Bentham. 'Er is geen bewijs van enig contact tussen de drie daders.'

'Dan trekt iemand anders dus aan de touwtjes, iemand die contact met ze opneemt, ze bedreigt, ze doelwitten geeft, tijden en cruciale informatie over de dagelijkse routine van hun slachtoffers. Raeburn kon niet weten dat Martin Hill elke dag door die steeg rende, en Lilah Hill kon niet weten naar welke sportschool Raeburn ging. Iemand moet hun die informatie hebben gegeven, moet hun instructies hebben gegeven. Hoe?'

'We hebben hun belgeschiedenis, berichten en e-mails bekeken,' zei McAndrew. 'Ik heb geen gemeenschappelijk contact kunnen vinden, geen overlap ergens. Misschien hadden ze een geheime manier van communiceren, een prepaid telefoon of zo. In dat geval is het vrijwel onmogelijk te achterhalen.'

'Maar iemand moest ze die telefoons altijd nog hebben gegéven,' drong Helen aan. 'Of de gegevens van een chatroom op het dark web, wat dan ook. Iemand moest met hen communiceren, rechtstreeks of digitaal. Hoe heeft dat eerste contact plaatsgevonden?'

Het bleef stil terwijl ze over deze ideeën nadachten, naar antwoorden zochten.

'Het móét toch haast Blythe zijn,' opperde Malik aarzelend.

Dat idee had Helen ook gehad, maar ze was blij dat iemand anders het zei. 'Ga door.'

'Nou ja, ze hadden allemaal wekelijkse afspraken met hem. Vertrouwelijk, privé...'

'In zijn zeer discrete stadspraktijk,' voegde Reid eraan toe.

'Hij heeft geen secretaresse, hè?' vroeg McAndrew.

'Dus is er geen getuige van wie er kwam en ging, wie hij allemaal als patiënt zag,' beaamde Malik. 'Of in welke toestand ze weer vertrokken. Of ze boos, overstuur of bang waren...'

'En als ze slim waren,' zei Helen, die iets nieuws bedacht, 'zouden ze hem naderhand blijven opzoeken. Om hun wekelijkse schema niet in de war te gooien en op die manier aandacht op zichzelf te vestigen... wat betekent dat hij ze nog in de gaten kon houden of misschien zelfs kon genieten van hun ongemak en angst na de moord.'

Het was een onaangename gedachte, maar intuïtief wist Helen direct dat het klopte.

'Hoever zijn we met Blythes vermeende datalek?' ging ze verder.

'Tot nu toe geen geluk. Rond die tijd zijn geen andere lekken of cyberaanvallen gemeld, dus tenzij het een eenmalige actie was... We moeten Blythes systeem natuurlijk onderzoeken, maar tot nu toe hebben we hem niet te pakken gekregen.'

'Met andere woorden, op dit moment is hij de enige die zegt dat hij gehackt is. Misschien wilde hij tijd rekken. Wat weten we over Blythe zelf?'

Die vraag was aan Bentham gericht.

'Niet veel, eerlijk gezegd. Komt uit Southampton, opgevoed door zijn moeder nadat zijn ouders waren gescheiden. Deed het goed op school en tijdens zijn studie en werkt al bijna vijftien jaar als psychiater. Geen partner, geen kinderen, woont in een flat in Upper Shirley. Zit niet op Facebook, Twitter of Instagram. Is erg op zichzelf.'

'Strafblad?'

'Nee. Geen veroordelingen, geen waarschuwingen, niets. Hij is een paar jaar geleden ondervraagd vanwege een incident met zijn ex, maar dat is echt het enige interessante aan hem.'

'Wie was de ex?'

'Gina Brown.'

'En wat weten we over haar?'

'Eh... ze is met een zekere Mark James getrouwd, ze wonen in Bournemouth, maar daarvoor was ze met Blythe verloofd. Het liep slecht af, om het zachtjes uit te drukken. Zij verbrak de relatie en Blythe was niet blij, voelde zich kennelijk verraden, afgewezen. Een paar maanden later gebeurde dit...'

Hij gaf haar een afdruk van een artikel uit de *Southampton Evening News*. Helen zag dat het artikel van juli 2018 was, zag de naam onder de foto – Gina Brown – voordat ze haar blik op de foto zelf richtte. Toen ze dat deed, vloog haar hand naar haar mond.

Ze zag dezelfde jonge vrouw wier foto ze liefdevol ingelijst in Alex Blythes praktijk had zien staan. Deze keer poseerde ze niet lachend voor de camera, maar staarde ze recht voor zich uit, geschokt, vol wanhoop, gekweld. De onderste helft van haar gezicht zag rauw en zat onder de blaren door een gruwelijke zuuraanval.

113

'Ik kan nu niet met u praten. Sorry, ik kán het gewoon niet...'

Gina Brown stond half verscholen achter de voordeur in de hoop dat Helen zou omkeren en weggaan als ze niet op haar verzoek inging. Maar dat ging niet gebeuren – Helen had meerdere records en wetten gebroken om in recordtijd naar Bournemouth te rijden. Ze liet zich niet wegsturen, hoe schokkend of verontrustend haar plotselinge verschijning ook was.

'Het is heel belangrijk dat ik met je praat, Gina. Over wat jou is overkomen, over je relatie met Alex Blythe...'

Alleen het horen van zijn naam leek Brown al fysiek pijn te doen, haar hele lichaam reageerde, terwijl ze zich aan de deur bleef vastklampen. 'Daar heb ik niets over te zeggen en zoals je kunt horen, wilde ik net de baby in bed leggen...'

Het hese krijsen van een baby klonk van boven.

'Zou je man misschien voor de baby kunnen zorgen? Is hij thuis?'

Gina aarzelde, wat Helen de kans gaf die ze nodig had.

'Alsjeblieft, Gina. Ik zou hier niet zijn als het niet echt nodig was. Het is een kwestie van leven en dood.'

Eindelijk leek de ernst van de situatie tot haar door te dringen. De angstige vrouw deed aarzelend een stap opzij om haar binnen te laten.

'Laat ik beginnen met zeggen dat niemand weet dat ik hier ben. En dat alles wat je mij vertelt onder ons blijft...'

Gina knikte, maar zei niets, had haar beide handen om haar beker thee gevouwen.

Ze zaten met z'n tweeën in haar bescheiden woonkamer, omgeven door snuisterijen, foto's en aandenkens aan een gelukkig gezinsleven. Wat ze ook had doorstaan, wat ze ook had moeten verdragen, Gina Brown had het overleefd, had een goed leven en wat geluk voor zichzelf weten te creëren. Maar vanavond zag ze er verre van gelukkig uit, leek ze onderdrukt, huilerig, zelfs bang.

'Alex Blythe weet niet dat wij onderzoek naar hem doen of dat ik dit gesprek met jou heb. Het laatste wat we willen is jou overstuur of bang maken. Ik meen het, je bent helemaal veilig, Gina. Ik heb alleen wat informatie van je nodig.'

Gina staarde naar haar thee, maar deed geen moeite om een slok te nemen. 'Wat wil je weten?' mompelde ze, kennelijk vastbesloten om geen oogcontact te maken.

'Hoe hebben jullie elkaar leren kennen?'

Weer een reactie, maar deze keer zag Helen geen angst. Het was schaamte.

'Ik was zijn patiënt...'

'Aha, en je ging naar hem toe omdat...'

'Omdat ik een probleem had. Ik... ik had het jaar daarvoor een akelig motorongeluk gehad. Ik gebruikte tijdens mijn herstel behoorlijk sterke pijnstillers en... nou ja, het kostte moeite om daarvan af te komen.'

'Je maakte van zijn diensten gebruik om je te helpen bij je verslaving?'

Ze knikte bedroefd.

'Hoelang kwam je bij hem?'

'Als patiënt, drie maanden of zo. Privé, veel langer...'

'Ga verder.'

'Ik was erg gemotiveerd om van de medicijnen af te komen, dus de behandeling werkte. Ik was hem zo dankbaar, had het gevoel dat hij me mijn leven had teruggegeven. Hij bleek hetzelfde te voelen.'

'Hoe bedoel je?'

'Hij voelde zich verloren, stuurloos...'

'Hoe kwam dat?'

'Hij miste richting in zijn leven, was ongelukkig. Je moet weten dat hij vanaf zijn zesde alleen is opgevoed door zijn moeder. Ze had jarenlang geprobeerd een kind te krijgen, had verschillende ivf-pogingen gedaan en de laatste keer werd ze zwanger. Alex was haar wondertje en ze aanbad hem, gaf hem dag in, dag uit alles wat hij wilde, vertelde hem alles wat hij wilde horen. En toen opeens was ze er niet meer. Te laat ontdekte borstkanker. Ze stierf vlak voor zijn tweeëntwintigste verjaardag.'

'En liet hem alleen in de wereld achter.'

'Het was alsof hij niemand meer had. Hier en daar een kortstondige relatie, denk ik, maar niet serieus. En toen leerden wij elkaar kennen. Ik was zó opgelucht, zó blij dat ik weer "normaal" was, dat ik hem verafgoodde. Een tijdlang dacht ik dat we gelukkig waren, dat er een toekomst voor ons samen was weggelegd, en daarom liet ik me overhalen tot die verloving.'

'Maar eigenlijk wilde je niet?'

Ze schudde haar hoofd. 'Alex wilde niet bemind worden, hij wilde aanbeden worden, en hij was erg dominant, kon verschrikkelijk boos worden als ik me niet precies gedroeg zoals hij het wilde...'

'Omdat niemand zijn gedrag ooit had gecorrigeerd, omdat hij altijd zijn zin had gekregen?'

'Misschien, ik weet het niet. Ik ben geen psychiater...'

Bittere humor, doorspekt met boosheid en verdriet.

'Dus besloot je het uit te maken?'

'Ik was heel ongelukkig, voelde me gevangen, het was verstikkend. En toen ontmoette ik Mark op een dag bij mijn zanggroep. En hij was zo open en vriendelijk en lief... Ik werd verliefd, écht verliefd op hem.' Een zweem van een glimlach.

Helen wierp een blik op het plafond. De baby werd steeds stiller en ze kon Mark heen en weer horen lopen in een poging de kleine rustig te krijgen. 'En toen?'

Gina aarzelde nu, alsof ze bang was om die herinneringen op te halen.

'Gina?'

'Hoor eens, ik had het beter kunnen aanpakken. Ik... ik had iets met Mark toen ik nog met Alex was. Ik wist gewoon niet wat ik anders moest. Alex was zo blij, zo enthousiast over de bruiloft, vertelde collega's, kennissen, iedereen die het maar wilde horen wat een geweldig stel we waren, wat een fantastische dag het zou worden. Hij maakte steeds meer plannen, gaf steeds meer geld uit, dus heb ik hem op een dag gewoon gezegd dat ik weg wilde.'

'Hoe reageerde hij?'

'Eerst geloofde hij me niet. Dacht dat ik hem boos wilde maken, wilde misleiden. Toen het uiteindelijk tot hem doordrong, ging hij door het lint. Maakte me voor van alles en nog wat uit, zei echt afschuwelijke dingen, heeft me zelfs een keer geslagen. Het was alsof hij een zenuwinzinking had, dus pakte ik mijn spullen en wilde vertrekken. Toen was hij opeens in tranen, zei dat hij kon veranderen, maar ik wist dat hij dat toch niet zou doen. Alex houdt maar van één iemand. Dus ben ik vertrokken.'

'En toen?'

'Toen...' zei ze, en ze haalde diep, gepijnigd adem. '... werd het nog erger. Telefoontjes, berichten, hij noemde me een hoer, beschuldigde me ervan dat ik hem aan het lijntje had gehouden, dat ik hem expres had vernederd. Ik probeerde een redelijk gesprek met hem te voeren, maar dat leek het alleen maar erger te maken. Mijn auto werd kapotgeslagen, mijn kantoor vernield...' Ze had moeite met ademhalen, alsof ze op het punt stond een paniekaanval te krijgen.

Helen had het idee dat ze haar moest afkappen, maar Gina leek vastbesloten haar verhaal af te maken.

'Het ging maar door, dag in, dag uit, en toen opeens stopte het. Eerst dacht ik dat hij misschien iemand had ontmoet of eindelijk voor rede vatbaar was. Maar achteraf gezien besef ik dat het kwam door iets wat ík had gedaan.'

'Wat dan?'

'Ik... ik had op Facebook gepost dat ik verloofd was. Mark had me ten huwelijk gevraagd en ik had natuurlijk ja gezegd.'

'En dus begreep Alex dat het zinloos was? Dat jullie relatie echt voorbij was?'

'In zekere zin. Maar het was ook het begin van iets anders...'

'Wraak?'

Gina slaakte een lange, diepe zucht en knikte toen. 'Hij verbrak bewust het contact, probeerde zich van mij, van de situatie te distantiëren, maar in feite wachtte hij gewoon het juiste moment af.'

Ze keek Helen aan met treurige opstandigheid op haar gezicht. Gina zag er goed uit, dat was een feit, ze had een nieuw leven, een nieuw imago voor zichzelf opgebouwd, maar het verdriet, de schade van het verleden stonden nog steeds op haar gelaat geëtst.

'Weet je zeker dat hij het was?'

'Wat denk je zelf?' was haar weerwoord, en ze gebaarde naar haar gezicht. 'Dit gebeurde de avond voordat ik zou trouwen.'

Helen staarde haar aan, verafschuwd door de walgelijke timing van de aanval. 'Zijn er ooit andere verdachten, andere verklaringen geweest?'

‘Doe niet zo absurd. Wie zou er anders zoiets doen?’

‘Is hij ondervraagd?’

‘O ja, toen hij weer in het land was.’

‘Dat begrijp ik niet.’

‘Tja, je kunt veel van Alex zeggen, maar hij is niet dom. Hij was de avond van de aanval voor een congres in Kopenhagen.’

‘Dus hij had een waterdicht alibi.’

‘Hij zou nooit iets aan toeval overlaten.’

‘En de persoon die de aanval heeft uitgevoerd?’

‘Die hebben ze nooit gevonden,’ zei ze verbitterd. ‘Een of andere vent in een hoody, met een pet op. Hij kwam van achteren, ik heb hem amper gezien.’

‘En de politie kon de aanval niet in verband brengen met Blythe?’

‘Natuurlijk niet. Alex had geen vrienden, geen familie, niemand die zoiets voor hem zou doen. Dus de politie kon geen kant op.’

Allerlei mogelijkheden raasden door Helens hoofd toen Gina concludeerde: ‘Maar hij zat erachter, ik weet het zeker. Hij heeft het gedaan.’

114

Helen liep haastig en diep in gedachten verzonken naar haar motor. Wat eerst een hopeloze situatie had geleken, een hele rits onsamenhangende moorden, leek nu allesbehalve dat. De verschillende puzzelstukjes schoven steeds dichter naar elkaar toe, dansten voor haar ogen. Nu moest ze ze zien te pakken en op hun plek leggen.

Het leek zeer waarschijnlijk dat Blythes verwrongen plan zijn oorsprong had in de aanval op Brown: een afgewezen geliefde neemt op gruwelijke wijze wraak op zijn ex-verloofde, verminkt haar gezicht, haar lot, terwijl zij aan de vooravond van haar grote geluk staat. Helen zag het voor zich – een jongere, onervarener Alex Blythe die een wanhopige, kwetsbare patiënt ervan overtuigde een drastische daad te plegen en zwavelzuur in het gezicht van een vreemde te gooien. Was die patiënt overgehaald, omgekocht, misschien zelfs bedreigd? Nee, dat leek niet waarschijnlijk en onnodig. Chantage zou waarschijnlijk veel eenvoudiger zijn geweest, aangezien de onwetende patiënt zijn diepste geheimen, zijn grootste schande al had opgebiecht aan zijn vertrouwde verslavingshulpverlener. Het was gruwelijk boosaardig en tegelijk merkwaardig geniaal. Blythes slachtoffers gaven hem deze informatie vrijwillig, vertelden hun psychiater dingen die ze nooit aan hun familie, vrienden of collega's zouden zeggen. Ze vertrouwden hem en Blythe had dat vertrouwen op de ergst mogelijke manier tegen hen gebruikt.

Helen had geen idee wat Gina's aanvaller had gedaan waardoor Blythe in staat was geweest hem op die manier te manipuleren. Maar waar ze zeker van was, was dat dit allemaal daaruit voort was gekomen. Wat moest Blythe hebben genoten van zijn macht, in de wetenschap dat hij een van zijn patiënten zover had gekregen een ander mens te verminken, zonder dat het naar hem te herleiden was. Het was een onfeilbaar plan. Als de patiënt Blythe wilde verlinken zou hij moeten bekennen wat hij had gedaan en waarom zou hij dat doen, als de politie geen aanwijzingen had? Dan kon hij beter zijn mond houden, geen slapende honden wakker maken.

Dat was dus de vonk die de vlam had aangewakkerd. De aanval op Gina Brown was waarschijnlijk persoonlijk heel bevredigend geweest, maar waarom daar stoppen? Waarom niet die arme, kwetsbare stumpers die zichzelf in zijn aanwezigheid zo hadden vernederd dwingen om nog een stap verder te gaan? Om de ultieme geweldsdaad te plegen? Het moest bedwelmend, machtig, onweerstaanbaar zijn. Voor God spelen.

Er was een zorgvuldige planning voor nodig, want geen van de mensen die zijn hulp zochten was een koelbloedige moordenaar. De dreiging van ontmaskering was ook niet waterdicht. Misschien waren sommigen over te halen om iemand te vermoorden, maar anderen zouden zich vast verzetten tot alle hoop verloren was. Waarom dan niet nog een extra aanmoediging toevoegen door de persoon die hun geluk, hun leven, zelfs hun vrijheid blokkeerde uit de weg te ruimen? Op die manier zaten ze dubbel vast, stonden ze in de schuld bij Blythe voor hun onverwachte bevrijding, maar waren ze ook totaal in de greep van het feit dat hij als enige op de hoogte was van hun gebreken, hun pekelzonden, hun misdrijven.

Als een bliksemschicht drongen Blythes eigen woorden opeens tot Helen door. Toen ze elkaar die eerste keer hadden gesproken, had hij het over de onrealistische verwachtingen van zijn patiënten gehad. Wat had hij ook alweer over hen gezegd? 'Ze willen dat je met je toverstokje zwaait en ervoor zorgt dat hun problemen verdwijnen.' Had hij dat voor ze gedaan? Ervoor gezorgd dat de problemen van de ene patiënt verdwenen door een andere patiënt opdracht te geven hun kwelgeest te vermoorden? Helen rilde weer. Dit was meer dan crimineel, een complot dat ze nog nooit eerder was tegengekomen. Het was een manier voor Blythe om zijn arme patiënten te martelen, Southampton in bloed te drenken, zonder zelf ooit een vinger uit te steken. Het was echt alsof hij God was, ontzagwekkend, maar ook ijzingwekkend.

Helen stapte op haar motor en haalde haar telefoon uit haar zak. Eindelijk begon het plaatje duidelijk te worden, en het was nu van het grootste belang dat het team in actie kwam. Wekenlang hadden ze achter de feiten aan gelopen, doodlopende sporen verkend, valse aanwijzingen opgevolgd, onschuldige mensen nagejaagd, terwijl de situatie in werkelijkheid heel eenvoudig was. Dit hele gebeuren was het werk van slechts één man.

Dokter Alex Blythe.

115

Hij stond doodstil en staarde naar de duisternis. De grijze Opel Astra stond al sinds even voor middernacht tegenover zijn kantoor, maar vreemd genoeg waren de inzittenden niet uitgestapt en zaten ze nog altijd in de schaduw te wachten en te kijken. Vandaar waren ze niet in staat om hem te zien – de jaloezieën waren neergelaten en binnen was het licht uit – maar Alex Blythe kon hen wel zien door tussen de stof en het raam door te kijken. Het was een vreemde impasse, een merkwaardige verbondenheid tussen jager en prooi, terwijl de wereld nietsvermoedend verder draaide. Dronken kantoormedewerkers die zwalkend naar huis liepen, groepjes pubers die door de straat renden, geliefden arm in arm – allerlei mensen passeerden zonder in de gaten te hebben dat er zich een drama van leven en dood afspeelde.

De politieagenten waren twee uur geleden gearriveerd en hadden sindsdien niets ondernomen, ze zaten er met een doel, maar zonder het vertrouwen of misschien de verbeeldingskracht om iets te doen. Toen hij zichzelf ervan had overtuigd dat ze niet op het punt stonden het gebouw te bestormen, liep Alex Blythe weg bij het raam en ging weer achter zijn bureau zitten. Een snelle blik op zijn laptop liet zien dat het schoonmaakprogramma bijna klaar was, alle documenten waren vernietigd, de harde schijf van de computer was volledig gewist en dus liep hij naar de papierversnipperaar. Hij pakte de laatste stapel papieren dossiers, duwde ze in het apparaat en keek met meedogenloze voldoening hoe de achterkant de dunne sliertjes papier uitspuugde. Het zien van deze vernietiging was merkwaardig plezierig, maar ook een beetje verdrietig. Jarenlang had hij deze schat aan geheimen, bekentenissen en misdrijven opgebouwd. Wat zonde om die nu allemaal weg te gooien. Al die pijn, al die schaamte, al die mácht.

Maar goed, hij mocht nu geen risico nemen – alle aantoonbare verbanden met Raeburn, Hill, Downing en de tientallen andere arme sloebers die hij had behandeld moesten vernietigd worden. Het was jammer, heiligschennis eigenlijk, maar het was niet anders. Het enige lichtpuntje was de kracht van zijn geheugen en dat was buitengewoon, bijna fotografisch. Dat zou nog wel eens van pas kunnen komen en zou op z'n minst voor vermaak en afleiding kunnen zorgen als hij hun betraande bekentenissen en smeekbedes in gedachten opnieuw afspeelde.

De laatste papiersnippers vielen in de bak. Hij zette de versnipperaar uit, deed hetzelfde met zijn laptop, pakte deze toen op en smeet hem door de kamer. Het apparaat raakte de tegels, die barstten toen de machine uit elkaar viel. Het toetsenbord brak los en het binnenwerk werd zichtbaar. Nu aarzelde hij niet meer, hij liep naar voren en trapte er meerdere keren vol woede met zijn voet op, tot het alleen nog een hoop gebroken glas en een kapotte printplaat was.

Uitgeput en vloekend leunde Alex achterover tegen zijn bureau om even op adem te komen. In de hoek van de kamer zat Bella klaaglijk te janken, opeens bang voor haar baasje, maar hij negeerde haar, was met belangrijker zaken bezig. Hij stond op de drempel van het eindspel en nam een ogenblik om zijn omgeving in zich op te nemen. Deze plek was heel lang zijn toevluchtsoord en speelterrein geweest. Hij had plezier beleefd aan zijn tijd in deze afgeschermde biechtruimte en zwolg in de herinneringen, ademde de pijn en het verdriet in waar deze vier muren door de jaren heen getuige van waren geweest. Hij was hier opgebloeid, het was hem hier goed gegaan, terwijl de geesteloze wereld om hem heen tekeer was gegaan, onwetend en blind, en geen idee had gehad van de reikwijdte van zijn ambitie. Hij had ze allemaal verslagen, had de slappe figuren die zich vrijwillig in zijn armen hadden gestort mishandeld, gemarteld en in zijn greep gehad. En hij had ervan genoten, maar elke show had zijn hoogtepunt, een moment waarop het doek moest vallen. Dat moment was nu aangebroken en hij zou zich zonder spijt terugtrekken. Het was leuk geweest zolang het duurde, maar zoals het oude gezegde luidde: aan al het goede kwam een einde.

DAG 7

116

Helen ijsbeerde door haar flat. De vloerdelen kraakten terwijl ze heen en weer liep. Na haar gesprek met Gina Brown was ze naar huis gegaan om de nieuwe informatie te verwerken, een plan te bedenken, maar ze bleef rusteloos en ontevreden. Ze waren zo dicht bij een ontknoping en tóch konden ze nog niet de genadeslag uitdelen.

Ze liep naar haar balkon, keek uit over de stad en probeerde haar gedachten en de onrust die vanbinnen groeiden te kalmeren. De dageraad brak aan, de eerste lichtstralen glinsterden op de daken, luidden een nieuwe dag in. Helen vroeg zich af wat de komende vierentwintig uur zouden brengen. Overwinning en verlossing? Of meer dood en verderf?

Ze was ervan overtuigd dat ze wist waarom deze misdrijven plaatsvonden en wie ze had beraamd, maar hem ter verantwoording roepen voor zijn daden zou niet makkelijk worden. Ze was nooit een tegenstander zoals hij tegengekomen, iemand die zo goed in de schaduw wist te blijven. In Helens ogen was hij verantwoordelijk voor ten minste zeven moorden, maar ze kon er niet omheen dat geen enkele getuige, geen enkele dader hem had aangewezen als het brein achter het bloedvergieten en het lijden. Amanda Davis was ergens in Australië, Amar Goj en Belinda

Raeburn waren dood, en Robert Downing en Lilah Hill weigerden om onduidelijke redenen hun mond open te doen.

Als er geen getuige of slachtoffer bereid was de psychiater van chantage, dwang en aanzetting te beschuldigen, zou de officier van justitie nooit tot vervolging overgaan. Zelfs als Helen Blythe nu aanhield, wat ze wel geneigd was te doen, zouden ze met lege handen staan. Misschien zouden ze Blythe via zijn dossiers in verband kunnen brengen met de daders van de moorden – ervan uitgaande dat hij ze nog niet had vernietigd – of via zijn agenda en de locatievoorzieningen op de telefoons van de slachtoffers, maar als ze hem ter verantwoording wilden roepen, zou de bewijslast veel hoger liggen, véél hoger. Dan hadden ze onomstotelijk bewijs nodig – een stem, of een reeks stemmen die Blythe beschuldigden, die volhielden dat het de verknipte psychiater was die deze afschuwelijke reeks gebeurtenissen in gang had gezet.

Ze liep terug naar de keukentafel en keek naar haar dossiers. Lilah Hills politiefoto staarde haar aan. Ze had de afgelopen paar uur door het leven van de vrouw zitten spitten. Helen had zich niet verkleed, had niet eens gedoucht toen ze thuis was gekomen, maar was direct in de informatie gedoken die rechercheurs Malik en McAndrew hadden verzameld over de vrouw die nu in de cel zat. Ze had geweigerd mee te werken, had alle vragen met 'geen commentaar' beantwoord, maar in Helens gedachten was ze nog altijd hun beste hoop op een doorbraak.

Downing was een succesvol advocaat en een geduchte tegenstander. Hij zou onder elke betrokkenheid uit proberen te komen, ondanks de groeiende hoeveelheid forensisch bewijsmateriaal tegen hem. Hij kon zich goed verdedigen, bovendien had hij veel te verliezen, niet in de laatste plaats zijn kinderen. Lilah Hill daarentegen was een amateur, een brave marketingmedewerker die nooit problemen met de politie had gehad. Daarbij was ze helemaal alleen op de wereld, kwetsbaar en overstuur, en was er niemand die haar in deze moeilijke tijd bijstond.

Als ze haar konden breken, als ze haar aan het praten konden krijgen, zouden ze Alex Blythe misschien kunnen opsluiten. Wat ze nu nodig hadden, was iets om haar mee onder druk te zetten, een goede onderhandelingspositie. Helen had uren zitten piekeren, door haar dossiers zitten bladeren, op zoek naar iets, wat dan ook, waardoor Hill bereid zou zijn te praten, maar toch kon ze nog altijd niets bedenken. Lilahs had een vrij normaal leven geleid, had na haar twintigste prioriteit gegeven aan romantiek, genotzucht en haar carrière, en na haar dertigste had ze een thuis gecreëerd en aandacht besteed aan lichaam en geest. Doodnormaal, behalve dan dat alcohol altijd een rol in haar leven had gespeeld, zelfs in haar latere, gezondere jaren waarin ze uit alle macht fietste, mediteerde en naar de sportschool ging. De verontschuldigende berichten aan vrienden als ze weer eens ruzie had staan maken, de vele creditcardtransacties bij de slijter en de eindeloze zoekopdrachten naar organisaties als Anonieme Alcoholisten waren allemaal bewijs van de macht van haar verslaving. Ze had er duidelijk jaren mee geworsteld, voordat ze uiteindelijk in een laatste wanhoopspoging contact had gezocht met Alex Blythe.

In zekere zin was het volkomen logisch. De reclamewereld was genadeloos. Managers slingerden voortdurend tussen succes en falen, tussen een klant aanbrengen en verliezen, wat betekende dat er een stevige feestcultuur – met andere woorden, drankcultuur – was. Drank, drugs, seks, het maakte allemaal onderdeel uit van de met adrenaline gevulde, mannelijke houding van 'hard werken, hard feesten'. En Lilah Hill had zich er ogenschijnlijk in gestort, had met volle teugen deelgenomen aan het drinkgelag.

Het team had meerdere foto's van Hills Facebook-pagina gedownload en de foto's uit haar twintiger jaren waren heel verhelderend. Er was een hele verzameling foto's van Hill als jonge vrouw, waarop ze shots dronk in een drukke bar, bezitterig op een gloednieuwe Mercedes zat, een collega wellustig op de wang kuste en knipoogde naar de camera. Het was een periode van tomeloze genotzucht, een plaatje van zorgeloze jaren, iets totaal anders dan de ellende waar Hill zich nu in bevond. Hoe had haar leven zo fout kunnen lopen?

Als je naar die foto's uit haar jonge jaren keek, was het onvoorstelbaar dat ze nu in een cel zat en zou worden aangeklaagd voor moord. Want Hill had duidelijk haar best gedaan om haar leven op orde te krijgen, om lichaamsbeweging en gezond leven aandacht te geven en tegen haar drankverslaving te vechten. Dat maakte haar betrokkenheid bij Blythe, of liever gezegd haar onderwerping aan hem, des te verwarrender. Er waren talloze alcoholisten die tegen hun verslaving vochten, dus hoe had hij uitgerekend haar kunnen manipuleren, dwingen iets te doen dat helemaal niet bij haar paste? Elk ander aspect van haar leven – haar fietstochten voor het goede doel, haar liefde voor gemeenschapsprojecten, haar betrokkenheid bij lokale kerkgroepen – leek erop te wijzen dat ze een voorbeeldige burger was. Waarmee had hij haar kunnen chanteren?

Lilah was altijd een bingedrinker geweest, dat was duidelijk. Maar vreemd genoeg was het pas echt erg geworden nadat ze bepaalde veranderingen in haar leven had doorgevoerd – meer fietsen in plaats van autorijden, lokale biologische producten gebruiken in plaats van supermarktproducten, afvallen. Toen ze in de twintig was, dronk ze een paar dagen bovenmatig en dan weer een paar dagen niet, aan haar uitgavepatroon te zien. Maar daarna dronk ze dagelijks, en gezien de bedragen die er doorheen gingen, leek ze een voorkeur te hebben voor sterkedrank. Waarom was dat? Waardoor was haar toestand verslechterd, terwijl ze juist haar best deed om op andere aspecten van haar leven meer grip te krijgen? En waar had Blythe misbruik van gemaakt?

Vermoeid gleed Helens blik naar de foto's van het drama van gisterochtend. Raeburns gebroken lichaam op straat, haar bezittingen om haar heen, de zwarte remsporen van de Fiat toen Hill vlak voor Helens motor had geremd. Ze was in gedachten weer terug op die plek op het moment dat zij en Hill elkaar recht in de ogen hadden gekeken. Wat haar toen was opgevallen en waar ze ook nu weer aan moest denken, was het feit dat er geen blik van triomf of woede in Hills ogen had gelegen. Nee, het was doodsangst geweest.

Helen kreeg een idee dat opeens heel logisch leek, maar dat tot nu toe niet bij haar was opgekomen. Ze pakte haar telefoon, belde de recherchekamer en was blij dat McAndrew opnam.

'Kun je het landelijke computernetwerk voor me raadplegen?' vroeg ze zonder inleiding.

'Tuurlijk. Wat zoeken we?'

Helen wierp een blik op de foto waarop Hill poseerde, zittend op haar gloednieuwe Mercedes en antwoordde: 'Auto-ongelukken met een Mercedes SLR, kenteken BG14 JYB...'

Het bleef even stil, en toen: 'Niet met dat voertuig, ben ik bang.'

Helen dacht na. 'Oké, dan een bredere zoekopdracht. Auto-ongelukken en aanrijdingen in Southampton, waarbij de chauffeur is doorgereden, en waarbij dat merk en type auto betrokken was...'

McAndrew was al aan het typen. Helen keek naar de dossiers voor zich, maar het was alleen ter afleiding. Gespannen wachtte ze op McAndrews antwoord.

'Ik heb er hier eentje die mogelijk in aanmerking komt. Een aanrijding in Freemantle, in december 2015, waarbij de chauffeur is doorgereden. Een tiener die dood achterbleef op straat, vlak bij zijn huis.'

'Dat kan ik me herinneren,' antwoordde Helen opeens opgewonden. 'Daar is nooit iemand voor gepakt. Zijn ouders doen nog elk jaar een oproep. Hoe heette hij ook alweer? Billy… Billy…'

'Billy Anderson.'

'Dat was het, Billy Anderson…'

'Maar goed, er was maar één getuige, een bejaarde buurvrouw. Ze had het niet zien gebeuren, maar dacht dat ze een donkerblauwe Mercedes sedan op hoge snelheid weg had zien rijden.'

'Welke straat in Freemantle?'

'Barrow Road.'

'En Hill werkte in Ocean Village… dus als zij laat op de avond op weg was naar huis, na een kerstborrel of zo, was dat misschien haar route.'

'O ja, het is een bekende sluiproute, veel sneller dan de hoofdwegen.'

'En als ze haast had, misschien had gedronken…'

Helen keek naar Hills Facebook-pagina en scrolde langs de posts van 2015, 2016, 2017… Hills plotselinge beslissing om voor alles de fiets te pakken en de toename van haar drankgebruik waren rond Kerstmis 2015 geweest. Daarna waren er geen foto's meer van Hill met die auto of met een andere.

'Hebben de Hills die auto nog steeds?'

'Even wachten… Nee, volgens de Dienst Wegverkeer hebben ze de Mercedes in januari 2016 verkocht. Vreemd eigenlijk, want ze hadden hem pas vijf maanden. Daar zullen ze behoorlijk verlies op hebben geleden…'

'Zijn er garagerekeningen uit die tijd? Als Hill de dader was, moet er behoorlijke schade aan de auto zijn geweest.'

Er klonk weer getyp: 'Niets wat eruit springt op haar rekening... al zijn er begin december wel grote kasopnames van in totaal... tweeduizendvijfhonderd pond. Als ze de reparaties discreet wilde laten uitvoeren, zou ze waarschijnlijk contant hebben betaald.'

Het laatste puzzelstukje viel op z'n plek. Iedereen in de buurt kon zich de aanrijding nog herinneren, Billy's ontredderde ouders vochten nog steeds voor gerechtigheid, deden elk jaar op zijn sterfdag opnieuw een oproep voor getuigen en hoopten tegen beter weten in dat iemands geweten zou opspelen. Maar Lilah Hill had ervoor gekozen haar mond te houden, had haar schuldgevoel weggeslikt om haar eigen hachje te redden. Wat had dat van haar geëist? En hoe kwetsbaar had het haar gemaakt? Had Martin Hill ervan geweten, had hij het tegen haar gebruikt, haar gedwongen in een relatie te blijven die zij verstikkend, zelfs verwoestend vond? En Blythe? Had zij het hem opgebiecht tijdens een van hun sessies, had ze hem haar ziel op een presenteerblaadje aangereikt? Helen was er opeens van overtuigd dat het inderdaad zo was gegaan en dat dit de sleutel was om Blythes macht over Hill te begrijpen.

Nu waren de rollen omgekeerd. Nu was Helen degene die de kennis en de macht had, en ze was van plan die maximaal te gebruiken.

117

De tl-buizen sprongen aan toen ze over de vuile betonnen vloer naar haar motor liep. Helen was ervan overtuigd dat ze nu de middelen hadden om Lilah tot een bekentenis te dwingen en ze wilde geen seconde verspillen. De arrestantenverzorgers en haar advocaat zouden misschien protesteren, erop staan dat ze voorlopig genoeg was ondervraagd, maar Helen wist dat het haar recht was om haar nogmaals naar de verhoorkamer te halen.

Met grote passen liep ze door de groezelige kelder en sprong op haar Kawasaki. Ze zette haar helm op, startte de motor, trapte de standaard weg en vertrok. Enkele seconden later gingen de automatische hekken omhoog en dook ze eronderdoor.

De weg lag er verlaten bij en Helen scheurde over de verbindingsweg en genoot van de bries die rond haar lichaam tolde. Hoewel het nog vroeg was, was het nu al warm, na een klamme, bedrukkende nacht. Na weken van frustratie, angst en bezorgdheid, was Helen overtuigd van de overwinning, wist ze zeker dat het recht zou zegevieren, dat Blythe eindelijk ter verantwoording zou worden geroepen. Veel levens waren kapotgemaakt, er was veel bloed vergoten, maar nu kwam daar eindelijk een einde aan.

Helen naderde een kruising, sloeg links af naar Oswald Road, gaf gas en reageerde op de schok van de motor die naar voren schoot. Het hoofdbureau was nog maar een paar minuten rijden vanwege het weinige verkeer. Het was een soepele, snelle rit die paste bij haar humeur. Ze kon niet wachten om Lilah weer voor zich te hebben, deze zaak op te lossen. Elke meter was weer een meter dichter bij het bureau, bij het hervatten van de strijd.

Ze stak Fairfax Road over en zag in de verte het hoofdbureau. Het hoge granieten en kalkstenen gebouw tegen de horizon lonkte naar haar. Ze wilde net weer gas geven toen haar geluk op was en de verkeerslichten plotseling op rood sprongen, de eerste hindernis in een verder zo makkelijke rit.

Helen liet haar snelheid terugvallen en kwam bij de streep tot stilstand. Ze slaakte een zucht en probeerde haar gedachten op een rijtje te zetten om zich voor te bereiden op wat ging komen. Maar zelfs nu was haar dit moment van rust niet gegund; haar telefoon zoemde in haar zak, eiste aandacht. Ze drukte op de knop op haar helm om op te nemen: 'Grace.'

'Chef, met rechercheur Bentham.'

Hij klonk gespannen, wat haar direct zorgen baarde.

'Alles goed?'

'Ja, maar ik wilde iets bespreken.'

'Ga door...' antwoordde Helen, die opkeek en zag dat het nog steeds rood was.

'Nou, ik heb de informatie bekeken die op Gary Bleechers micro-SD-kaart stond, die we hebben gevond...'

'In het medaillon, ja. En?'

'Nou, daar stond een kopie van zijn dossiers op, iedereen die hem geld schuldig was, allemaal in verschillende spreadsheets en lijsten...'

'En?' moedigde Helen hem aan.

'Het is vast niets, maar een van de namen op de lijst deed een belletje rinkelen. Anthony Parks.'

Helen kreeg het ijskoud. Als iemand die werkzaam was op het hoofdbureau van politie schulden had bij Gary Bleecher, dan was het mogelijk dat Blythe hem op de een of andere manier in zijn greep had en hem mogelijk op dit moment tot handelen dwong.

'Hij werkt in de arrestantenruim...'

'Ik weet wie hij is,' onderbrak Helen hem bars. 'Waar is hij? Heeft hij vandaag dienst?'

Er viel een beladen stilte en Bentham antwoordde: 'Ja, hij is een half uur geleden begonnen.'

118

De deur ging met een zwaai open, maar ze verroerde zich niet. Lilah Hill bleef zitten waar ze zat, op de rand van het bed, en staarde naar de grond. Zo zat ze al sinds het licht was geworden, toen ze eindelijk haar vruchteloze poging om te slapen had opgegeven en ervoor had gekozen haar ondergang zittend te overdenken. Zo voelde ze zich minder lusteloos, minder verslagen, ook al was dat een illusie. Hoe ze het ook bekeek, haar situatie was uitzichtloos.

Sinds haar verhoor door inspecteur Grace was haar leven ingestort, was ze niet in staat geweest te begrijpen hoe snel en hoe diep ze gezonken was. Een week geleden had ze zich heel slecht gevoeld – claustrofobisch, gevangen, verpletterd door schuldgevoelens – maar het was draaglijk geweest. Ze had haar baan, een handjevol vrienden en zo nu en dan een moment van bedwelmende bevrijding. Wat zou ze daar nu blij mee zijn, wat verlangde ze naar die ontberingen, de pijn, het verdriet. Maar die mogelijkheid was er niet meer, nu moest ze een leven achter de tralies onder ogen zien. Wat was ze naïef geweest om te denken dat ze met iets als dit zou kunnen wegkomen; nu had ze een dubbele smet op haar geweten. Ze zou net zozeer gekweld worden door Raeburns dood als door die van Billy Anderson, dat wist ze. Die laatste beïnvloedde haar leven al jaren – ze was als verlamd geweest toen ze zijn gebroken ouders een paar dagen geleden in Westquay had gezien – en Raeburns dood zou hetzelfde doen. Waarschijnlijk had Raeburn ouders, vrienden, een partner, een leven gehad. Een leven waar zij een einde aan had gemaakt. Andersons dood was tenminste nog een ongeluk geweest, ook al was haar lafheid toen en in de jaren daarna onvergeeflijk geweest, maar de dood van Raeburn was van een heel ander kaliber, veel en veel erger.

Er viel een schaduw over haar heen en ze was zich bewust van de arrestantenverzorger die boven haar hing.

'Kom, Hill. Je kent de procedure.'

De woorden werden haar boos en gespannen toegesnauwd. Ze verafschuwde hem om zijn agressie, zijn kilheid, maar de waarheid was dat ze het verdiende, dus hees ze zichzelf van het bed, ging met haar gezicht naar de muur staan en spreidde haar armen. Ze haatte dit gedoe, de vernedering, het niet zo toevallige strijken langs haar borsten, terwijl ze werd onderzocht op wapens, smokkelwaar of iets wat gebruikt kon worden om te ontsnappen. Hoe lachwekkend, zij ging nergens naartoe.

Hij stond pal achter haar. Ze deed haar ogen dicht, zette zich schrap voor wat ging komen en hoopte maar dat het snel voorbij was. Ze wist dat haar boven nog meer verhoren te wachten stonden, maar op de een of andere manier was zelfs dat beter dan hier zitten. Elke vorm van gezelschap, zelfs dat van inspecteur Grace, was beter dan dit.

'Schiet nou maar op...' zei ze. Ze was boos. Waarom duurde het zo lang?

'Oké,' was de gemompelde reactie.

Lilahs ogen schoten open. Opeens stonden haar zintuigen op scherp, ook al kon ze het niet verklaren. Er lag iets zwaars in de stem van de man, een gespannen toon, iets berouwvols zelfs? Angst bekroop haar, maar voordat ze kon reageren, voelde ze iets om haar hals glijden. Ze probeerde het vast te pakken, het was glad en leerachtig, een riem of zo, maar haar aanvaller trok het strak en dwong de lucht uit haar keel. Doodsbang probeerde ze naar adem te happen, trapte ze wild met haar benen en graaide ze naar de riem, maar de man trok alleen maar harder. Wat ze ook deed, ze kon hem niet vastpakken en kon zich niet omdraaien omdat hij haar tegen zich aan trok en de druk op haar keel steeds meer toenam. Het werd zwart voor haar ogen, ze zag sterretjes, en voelde haar kracht wegsijpelen terwijl de wereld om haar heen verdween. Ze had geweten dat ze gevaar liep, maar had niet verwacht dat het zo snel zou komen. Nu moest ze de prijs betalen. Ze kon niets doen, was machteloos in zijn greep, niet in staat terug te vechten.

Dit was het einde.

119

Op hoge snelheid reed ze de helling op en stak het parkeerterrein over. Ze negeerde de rij motoren rechts van haar en racete regelrecht naar de personeelsingang. Ze reed te hard, bracht iedereen die nu overstak in gevaar, maar ze kon maar aan één ding denken. Ze moest naar Lilah Hill.

De deuren kwamen dichterbij en Helen sprong van haar motor nog voor deze stilstond. Haar geliefde Kawasaki schraapte over het beton, het voorwiel tolde rond, maar zij rende al naar de deuren. Een paar seconden later was ze binnen en sprintte door de gang in de richting van het trappenhuis. Bentham kwam ongetwijfeld vanuit de recherchekamer op de zevende verdieping. Het was een kwestie van wie er het eerst was. En of ze te laat zouden zijn.

Waarom hadden ze dit niet eerder gezien? Helen kon niet zeker weten of Parks er door Blythe toe was gebracht om Hill te doden, maar iets zei haar dat dit precies was wat er gebeurde, dat deze nauwgezette, planmatig werkende seriemoordenaar zich door niets zou laten weerhouden om de losse eindjes weg te werken. Helen werd misselijk bij de gedachte, ze wilde niet weten wat Hill op dit moment moest doorstaan, maar er was nu geen tijd voor beschuldigingen of spijt. De klok tikte.

Ze rukte de deur open. De trap naar de arrestantenruimte was kort, niet meer dan vijftien treden, en Helen nam hem in één keer, met haar hand op de leuning om haar evenwicht te bewaren. Ze kwam hard neer, maar schoot direct overeind en rende door de gang. Ze stoof door een volgende deur, bevond zich nu in de arrestantenruimte en was nog maar een paar meter van de toegang tot de cellen. Bentham was er zo te zien nog niet, en terwijl ze haar weg vervolgde, hoorde ze het belletje van de lift. Hij was snel geweest, maar niet snel genoeg, wat betekende dat zij Lilah Hills enige hoop was.

Ze schreeuwde naar de arrestantenverzorger. 'Maak open!'

De man keek haar vragend, zelfs geschrokken, aan.

Helen zag dat zijn arm naar de alarmknop gleed en besefte haar fout. Snel zette ze haar helm af. 'Ik ben het. Inspecteur Grace...' Boos rukte ze haar penning uit haar zak en duwde hem onder het plexiglas scherm door dat hen scheidde.

'Ik moet nú naar Lilah Hill toe...'

'Oké, oké...' antwoordde de man zenuwachtig. 'Maar als u even wacht, dan wordt ze zo gebracht. Agent Parks is haar net gaan...'

'NU!' bulderde Helen, en ze trapte tegen het scherm.

Bentham kwam aangerend en dit leek de doorslag te geven voor de arrestantenverzorger, die een klap op de knop gaf waardoor de deur openging. Helen rende langs hem heen de gang in.

'Cel 10...'

De paniekerige roep van de arrestantenverzorger stierf weg, terwijl Helen verder rende. Dit was het dan... Parks was al bij Lilah. Zouden ze haar nog kunnen redden? Of zou Blythe opnieuw zegevieren?

'Lilah?'

Helens kreet klonk schril en boos en leverde geen reactie op.

'Lilah?'

Luider deze keer, ademloos, bijna overstemd door het geluid van haar voetstappen. Maar nu kwam er wel een reactie. De deur naar cel 10 vloog open en er rende iemand weg. Helen had een fractie van een seconde om een besluit te nemen. Slippend kwam ze tot stilstaan en gebaarde dat Bentham de vluchtende verdachte moest volgen, terwijl ze zelf de kleine cel binnenging.

Hill lag op de grond, daar was Helen al bang voor geweest, en er lag een leren riem naast haar. Helen gooide haar helm op bed, ging op haar knieën naast Hill zitten en draaide voorzichtig het hoofd van de vrouw naar haar toe. Het was een gruwelijk gezicht, niet alleen de vurige rauwe plek rond haar hals, maar ook haar lijkbleke kleur. Wanhopig en bang voelde Helen of de vrouw een hartslag had... maar vond niets. Ze voelde nog een keer, maar ook deze keer niets. Waarom was ze verdomme zo stom geweest? Waarom had ze dit niet zien aankomen?

Ze liet Lilahs hoofd op de grond zakken en ging schrijlings op haar zitten, legde haar handen op de borstkas van de vrouw en begon te duwen.

'Een, twee, drie, vier...'

Helen leunde voorover, kneep de neusgaten van de vrouw dicht, lichtte haar kin op en blies lucht in haar longen. Daarna ging ze verder met de borstcompressies.

'Kom op, Lilah, kom terug...'

Opnieuw ademde ze in haar mond, maar de vrouw bleef roerloos onder haar liggen.

'Alsjeblieft, Lilah...'

Tot Helens eigen verbazing prikten er tranen in haar ogen. Ze was wanhopig, in paniek, wilde niets liever dan deze vrouw, dit ene leven, redden van Blythes grimmige circus van de dood. Hill had afschuwelijke dingen gedaan, verdorven dingen, maar toch verdiende ze het niet om zo te sterven, gewurgd door een volslagen vreemde in een benauwde, kleine cel, als speelbal van een man die ze eens had vertrouwd.

'Alsjeblieft...'

Nog altijd duwde ze op de borst van de jonge vrouw, maar met weinig hoop op een reactie. Ze leunde naar voren, blies weer lucht in de longen van de vrouw, een laatste wanhoopspoging om leven in het lijk onder haar te blazen. Ze wist dat het zinloos was, dat ze zichzelf voor de gek hield, maar ze moest het proberen.

Tot haar grote verbazing begon Hills rechterooglid te trillen en deed ze het langzaam open. Ze keek verdwaasd, haar oogbol schoot wild heen en weer, maar er was een vonkje, een teken van leven.

'Lieve god...' fluisterde Helen buiten adem, toen Hill haar andere oog opende.

Even staarden de twee vrouwen elkaar aan, de een half buiten westen en duizelig, de ander opgelucht en met tranen in haar ogen. Een geluid achter hen deed Helen omkijken. Bentham stond bezweet en met een sombere blik op zijn gezicht in de deuropening.

'Geen geluk, helaas...' Hij leek volkomen teleurgesteld en ontgoocheld. 'Ik heb al een opsporingsbevel uitgevaardigd. Hoe gaat het hier?' Hij vroeg het aarzelend, alsof hij het ergste vreesde.

Oprecht geëmotioneerd antwoordde Helen. 'Het gaat goed, ze redt het wel...'

En het was waar. Hill had van heel dichtbij de dood in de ogen gekeken, maar ze zou het overleven. Na al het bloedvergieten en de chaos van de afgelopen weken was het misschien een schrale troost, maar het was niettemin een overwinning, de eerste keer sinds het begin van dit alles dat ze op voorsprong stonden, de eerste keer dat ze de onheilspellende intenties van Alex Blythe hadden gedwarsboomd.

120

De stormram sloeg tegen de deur en versplinterde het zware slot. De agent trok de stormram naar achteren, zwaaide weer naar voren, en deze keer kwam de deur los uit de sponningen en landde met een oorverdovende klap op de grond. Hij deed een stap naar achteren en liet vier gewapende politiemensen passeren.

Rechercheur Ellie McAndrew volgde hen op de voet en rende achter hen aan de trap op. Haar hart ging tekeer, haar zintuigen stonden op scherp. Normaal gesproken nam ze niet deel aan invallen, dat was de taak van rechercheur Brooks en, de laatste tijd, van rechercheur Hudson. Hij zou hier vandaag moeten zijn, in de voorhoede, maar was onverwachts en om onduidelijke redenen uitgesloten van het onderzoek. Er deden geruchten de ronde, dat er disciplinaire maatregelen tegen hem waren genomen, dat hij mogelijk zelfs geschorst was, maar dat deed er nu niet toe. Waar het om ging was dat zij de taak overnam en het team leidde tijdens de arrestatie van dokter Alex Blythe.

Haar aandacht werd getrokken door lawaai boven haar hoofd, de zware voetstappen van de gewapende agenten en de agressieve roep naar Blythe om zich over te geven. Zou Blythe rustig meegaan? Of zou hij vechten? Gezien zijn postuur en beroep vormde hij waarschijnlijk geen grote bedreiging, maar wie zou het zeggen, hij was per slot van rekening een productieve moordenaar gebleken. Je kon nooit goed voorspellen hoe die dingen zouden gaan, en daarom had McAndrew een knoop in haar maag.

Boven aan de trap liep ze verder naar de hoofdruimte. Het was een eenvoudige, uitnodigende kamer met een tafel en stoelen en een waterkoeler. Aan weerszijden waren een paar kleinere ruimtes, waaronder het toilet en een opslagruimte. De jaloezieën zaten dicht, waardoor het moeilijk was geweest om de man zelf te zien, maar de bureaulamp brandde nog steeds, en dus had het surveillanceteam het vermoeden gehad dat Blythe wel aanwezig was. Ze hadden hem enkele uren daarvoor het gebouw binnen zien gaan, maar hadden sindsdien niets meer gezien of gehoord. McAndrew was bang geweest dat hij hen zou opwachten voor een laatste confrontatie of dat hij misschien wel zelfmoord had gepleegd, zich ervan bewust dat het net zich om hem heen aan het sluiten was.

Maar terwijl ze om zich heen keek in de grote kamer die als kantoor en spreekkamer dienstdeed, besefte McAndrew dat ze het op beide fronten mis had gehad. Er lag een laptop in stukken op de grond en overal lagen bergen papiersnippers, als confetti bij een bruiloft. Blythe had geweten dat hij gevolgd werd, dat hij gearresteerd zou worden, en hij had maatregelen genomen.

De gewapende politiemensen kwamen uit de verschillende zijruimtes en gaven stuk voor stuk aan dat ze niemand hadden aangetroffen. Nu was er nog maar één mogelijkheid en deze keer nam McAndrew de leiding. Ze rende naar het achterste raam dat toegang bood tot de brandtrap van het gebouw en was niet verbaasd dat het niet op slot zat. Ze trok het open en stapte op de metalen vlonder. De ene trap leidde naar beneden, naar een binnenterrein en een steeg daarachter, maar als Blythe die had genomen zou hij regelrecht in de armen van het surveillanceteam zijn gelopen en dus ging ze naar boven.

Met drie treden tegelijk stoof ze de trap op, joeg zichzelf voort. Eén verdieping, twee, drie, en opeens stond ze op het dak en zag ze het majestueuze uitzicht over Southampton bij dageraad. Maar het was geen vergezicht waar ze vandaag blij van werd, integendeel zelfs. Want nu werd duidelijk dat er meer dan tien verschillende routes waren, via verschillende daken van aangrenzende gebouwen, die Blythe had kunnen kiezen om zichzelf een veilige aftocht te garanderen.

Vloekend pakte McAndrew haar portofoon. Ze was hier met hoge verwachtingen gekomen, had dolgraag de eerste grote arrestatie van haar carrière willen verrichten, maar nu stond ze met lege handen. Ze waren niet voorzichtig genoeg geweest, ook niet snel genoeg, met als gevolg dat de sluwe psychiater meer dan genoeg tijd had gehad om te ontsnappen.

De vogel was gevlogen.

121

Ze raakte haar kwijt. Helen wist dat ze snel moest handelen.

'Hoor eens, Lilah, ik weet dat je pijn hebt. Ik weet dat je bang bent. Maar je moet me vertrouwen. We kunnen je beschermen en dat doen we ook. Dat beloof ik je.'

Lilah Hill lag in een ziekenhuisbed in het Southampton General Hospital. Vastgesteld was dat ze niet in direct levensgevaar verkeerde, en nu wachtte ze op onderzoeken om de schade aan haar hals en nek vast te stellen. Het medisch personeel had, met zekere tegenzin, toegestaan dat Helen haar zou ondervragen, maar haar belangrijkste getuige leek daar niet veel voor te voelen.

'Ik zal daar hoogstpersoonlijk de leiding in nemen. We zoeken een medische instelling waar je kunt herstellen en daarna een veilig onderkomen in afwachting van je rechtszaak. Dan word je de klok rond bewaakt en beschermd. Verder kan ik je geen toezeggingen doen, maar geloof me, het heeft geen zin om Alex Blythe nog langer te beschermen. Hij wil jou dood hebben. Ik denk dat de gebeurtenissen van vanmorgen dat wel duidelijk hebben gemaakt.'

Lilah Hill knipperde met haar ogen, maar zei niets. Langzaam begonnen tranen over haar wangen te stromen. Ze probeerde nog steeds te verwerken dat Alex Blythe opdracht had gegeven haar te vermoorden… en dat het bijna was gelukt.

'Het is nu het beste voor je als je ons helpt om hem te vinden. Als we hem eenmaal hebben opgepakt, achter slot en grendel hebben, zodat hij terecht kan staan, kan hij jou niets meer doen. Maar zolang hij daarbuiten ergens rondloopt, met god weet wie praat, god weet wat doet, blijft de dreiging bestaan. Misschien minimaal, gezien alles wat we kunnen doen om jou te beschermen, maar toch...'

Eindelijk begonnen Helens woorden door te dringen en de beschadigde jonge vrouw knikte.

'Goed. Ik beloof je dat ik het niet te lang zal maken, ik weet dat je je rust nodig hebt, maar ik heb eerlijke antwoorden nodig op een aantal duidelijke vragen. Akkoord?'

Weer een knikje.

'Heeft Alex Blythe jou opdracht gegeven die auto te stelen en door rood te rijden?'

'Ja.'

Eén woord, hees en met veel moeite uitgesproken, maar het was wat Helen wilde horen.

'Heeft hij je gezegd dat je Belinda Raeburn moest vermoorden?'

'Ja.' Ze liet haar hoofd zakken terwijl ze het zei, te gejaagd, te beschaamd om het oogcontact vast te houden.

Helen leunde naar voren, bracht Lilahs kin omhoog en dwong de vrouw om haar aan te kijken. 'Ik ben hier niet om jou een rotgevoel te geven, Lilah. Ik wil alleen de waarheid weten.'

Hill keek haar deze keer aan zonder met haar ogen te knipperen, en een flard van haar oude vastberadenheid leek boven te komen.

'Heeft hij je verteld waar ze zou zijn? Wanneer je het moest doen?'

Hill knikte. 'Hij... wist alles van haar.'

'En wanneer heeft hij jou dat gezegd?'

'Hij zei me drie dagen geleden dat ik de auto moest stelen.'

'Tijdens jullie normale wekelijkse sessie?'

'Ja.'

'En de rest?'

'Hij... hij belde. Hij had me een prepaid gegeven. Die... die heb ik in een prullenbak gegooid voordat...'

Ze hoefde haar zin niet af te maken.

'En waarom ben je ermee akkoord gegaan?'

Een beladen stilte, toen ze de opkomende emotie wegslikte. Ze grimaste toen de pijn in haar keel opvlamde.

'Vanwege Billy Anderson?'

Haar lichaam schokte, haar tranen parelden aan haar wimpers.

'Ben jij verantwoordelijk voor zijn dood?'

Hill maakte een geluid, en half woord, een halve snik, maar haar bedoeling was duidelijk. Ze was niet van plan haar schuld te ontkennen, maar kon de woorden niet vinden.

'Was Alex Blythe de enige die dat wist, naast Martin?'

Deze keer liet Hill haar hoofd zakken, ze durfde niets te zeggen.

Opnieuw werd Helen getroffen door de briljante eenvoud van Blythes operatie. Zijn patiënten stortten hun hart bij hem uit om vervolgens gestraft te worden voor hun eerlijkheid. 'Blythe dreigde deze informatie over jou openbaar te maken, tenzij je ermee instemde om Belinda Raeburn te vermoorden?'

'Ja. Hij... hij zei dat hij het mijn familie, mijn vrienden, de politie zou vertellen...'

'Dus in jouw gedachten had je geen andere keus.'

Ze keek beschaamd, diep beschaamd, maar wist mompelend uit te brengen: 'Inderdaad.'

'En als het tot een rechtszaak komt, ben jij dan bereid dit onder ede te vertellen? Dat hij je gedwongen heeft om een vreemde te vermoorden, iemand die je nooit eerder had gezien, iemand tegen wie je helemaal geen persoonlijke wrok koesterde?'

'Ja, ja.' Haar antwoord was krachtiger deze keer, haar boosheid kwam naar voren.

'Goed. Laatste vraag, dan. Zag je hem altijd in zijn praktijk aan Church Street?'

'Ja.'

'Nooit ergens anders? Een café? Een flat? Een schuilplaats ergens?'

'Nee, altijd in zijn praktijk.'

Dat had Helen al vermoed. Blythe was te slim om iets van zijn leven buiten de rustige omgeving van zijn praktijk bloot te geven. Zijn zelfbeheersing en discipline waren indrukwekkend, maar ze maakten hun leven nu een stuk moeilijker. Het brein achter al dit bloedvergieten was op vrije voeten, ongetwijfeld vast van plan Southampton voorgoed te verlaten, misschien zelfs wel het Verenigd Koninkrijk. Wat moesten ze doen, nu hij nergens was gesignaleerd en ze geen concrete aanwijzingen hadden wat betreft zijn verblijfplaats?

Waar moesten ze dit dodelijke spel van verstoppertje beginnen?

122

Hij keek hoe ze het ziekenhuis uit kwam. Haar Kawasaki stond in een hoek van de bezoekersparkeerplaats, aan de andere kant, een bakbeest in een zee van bromfietsen, en zonder aarzelen liep Helen ernaartoe. Zelf stond hij bij een parkeerautomaat, klaar om haar te onderscheppen. Ontspannen volgde hij haar. Ze leek niets in de gaten te hebben, hoofd omlaag, in gedachten verzonken.

Met grote passen liep ze naar haar motor en klapte het zadel op. Ze had duidelijk haast, wat betekende dat hij nu iets moest doen. Hij tuurde over het parkeerterrein op zoek naar mogelijke getuigen, kwam uit zijn schuilplaats tevoorschijn en stapte op haar af.

De tijd leek te versnellen – hij legde de afstand in enkele seconden af – en opeens was hij bij haar. Hij stak zijn arm uit en pakte haar schouder vast, maar op hetzelfde moment draaide ze zich om, greep zijn arm vast en slingerde hem rond totdat hij met zijn gezicht in het hete leer van het zadel gedrukt werd.

'Godsamme, Joseph. Waar ben jij verdomme mee bezig?'

'Ik moet met je praten...' protesteerde hij, met zijn gezicht nog steeds tegen de zitting.

'We hebben alles al gezegd.'

'Alsjeblieft, Helen...'

Even dacht Joseph dat ze hem niet zou loslaten, dat ze hem in die vernederende positie zou houden, maar uiteindelijk liet ze hem gaan, deed een stap naar achteren en keek hem wantrouwig aan.

'Jezus, Helen, ik ben hier niet om je aan te vallen.'

'Je kunt maar beter voorzichtig zijn.'

'Zoals ik net zei, ik wil alleen met je praten...' Hij stak verzoenend zijn handen op. Nu leek ze zich iets te ontspannen, maar ze bleef op veilige afstand.

'Schiet dan maar op, want ik moet weg.'

'Hoor eens, de situatie is uit de hand gelopen. We hebben allebei dingen gezegd waar we spijt van hebben...'

'Pardon?'

'En als ik je boos heb gemaakt of heb laten schrikken, dan spijt me dat. Wat ik allemaal gezegd heb... dat was gewoon gebral. Ik was kwaad, voelde me vernederd. Ik wilde dat onze relatie zou slagen, echt waar, maar opeens ging alles mis.'

'Dat is eersteklas gelul, Joseph, en dat weet je. Je hebt me bedreigd.'

'Ik sloeg van me af, meer was het niet. Maar je hebt gelijk, het was ongepast. Dus wil ik mijn excuses aanbieden, gemeend...'

Hij had niet oprechter, openhartiger kunnen zijn, maar ze leek hem nog steeds niet te geloven. Haar lichaam was gespannen, haar gezicht stond strak.

'Niet goed genoeg en veel te laat, Joseph. Maar ik aanvaard je excuses.'

Ze wilde vertrekken, maar hij hield haar tegen.

'Alsjeblieft, Helen, ik weet dat de laatste maanden moeilijk zijn geweest, voor ons allebei, maar het hoeft toch niet zo te eindigen? Ik ben een goede politieman en ik kan een goede bondgenoot voor jou zijn.' Hij had geen idee of dat zo was, maar moest het zeggen. 'We kunnen opnieuw beginnen, het team zijn dat we eerst waren. God weet dat het alle hens aan dek is op het moment...'

Ze keek hem aan alsof ze hem wilde onderbreken en dus ging hij snel verder.

'Dat is wat ik wil. Laten we al die andere onzin gewoon achter ons laten. Ik wil een goede politieman zijn, een bijdrage leveren. En daar ben ik toe in staat, met jouw hulp. Als jij het over je hart kunt verkrijgen om met Peters te praten, hem op andere gedachten kunt brengen...'

Tot zijn afgrijzen begon Helen nu te lachen.

'Jij bent echt niet te geloven, weet je dat?'

'Ik zie niet waarom...'

'Het is te laat.'

Vier eenvoudige woorden die vernietigend waren om te horen.

'De afdeling Integriteit is een onderzoek naar jou gestart, Joseph. Betreffende meerdere gevallen van politiecorruptie. Ik kan niets voor je doen, zelfs al zou ik het willen. Dat is een gepasseerd station.'

'Maar met inmenging van iemand van jouw kaliber...'

'Nee, echt niet. Dat zou geen zin hebben, bovendien wil ik het niet. Het zou niet juist zijn.'

'Wat bedoel je daarmee?'

'Je bent een slechte politieman, Joseph. Je hebt geen zelfbeheersing, je hebt een gebrek aan empathie en je bent nooit een teamspeler geweest. Je plaatst je eigenbelang altijd voorop en dat is het tégengestelde van wat een goede politieman doet. Je bent hier om te dienen, niet om te doen waar je zelf zin in hebt.'

'Helen, alsjeblieft...'

'Bespaar me je zielige verhaal, Joseph. Je hebt precies gekregen wat je verdiende.' Ze draaide zich om en stapte op haar motor. Even later raasde ze in de richting van de uitgang.

Joseph Hudson bleef alleen achter op het parkeerterrein om zijn totale ondergang te overpeinzen.

123

Hij stond aan de rand van de drukke snelweg en keek hoe de vrachtwagens bulderend voorbijraasden. Hij was anoniem, viel niet op, een vlekje in de achteruitkijkspiegel van mensen, maar dat zou hij niet lang blijven. Straks was zijn naam berucht, stond die gelijk aan criminaliteit, corruptie en bedrog.

Een politieauto met blauwe zwaailichten raasde langs in de buitenste baan. Intuïtief deed Anthony Parks een stap naar achteren, bang om ontdekt te worden, maar ze waren niet in hem geïnteresseerd, raceten naar een ander spoedgeval. Zijn rust was maar tijdelijk. Er was vast en zeker een opsporingsbevel voor hem uitgevaardigd en elke agent, elke rechercheur, elke data-analist zou ervan weten. Ongetwijfeld zouden ze nu verkeerscamerabeelden bekijken, zijn telefoon pingen, zijn huis overhoophalen, met zijn familie praten. Hij werd misselijk bij de gedachte. Wat zouden zijn arme ouders ervan maken, zijn lieve, onschuldige, hartelijke ouders die zo trots waren op hun zoon? Ze hadden niets gedaan om de afkeuring, de veroordeling en het verdriet te verdienen die nu hun kant op kwamen. Het was zijn fout en alleen de zijne.

Hoe was het ooit zo ver gekomen? Hoe had hij het zo kunnen verknallen? Het was bijna niet te geloven dat hij tien jaar geleden een vrolijke tiener was geweest, met van alles bezig was geweest, elke kans had aangegrepen. Hij wist dat daar de bron van zijn lijden lag, een voorliefde voor gokken die erger was geworden in de speelhallen aan de boulevard, maar toch was het een spannende tijd, een goede tijd geweest. Kon hij maar terug naar die tijd, andere keuzes maken, een ander pad kiezen. Maar daar was het te laat voor, hij had de kansen die hij in zijn leven had gekregen verpest, had het bescheiden salaris dat hij als gevangenbewaarder in opleiding verdiende uitgegeven aan zijn uitstapjes naar het gokkantoor. De honden- en paardenraces hadden hem geen geluk gebracht en dus had hij geprobeerd zijn verlies goed te maken op de wedautomaten, met voorspelbaar resultaat. Binnen de kortste keren joeg hij zijn maandsalaris er in enkele dagen doorheen, waardoor hij steeds dieper in de schulden raakte. Hij had de limiet van zijn creditcards bereikt, had van vrienden geleend en daarna gestolen, en toen hij eindelijk geen opties meer had, was hij naar een woekeraar gegaan.

Zijn contact met Gary Bleecher was niet prettig geweest, de zweterige parasiet had gedaan alsof hij zijn vriend was om vervolgens opeens de rente te verhogen. Hij had al snel in de penarie gezeten en gevreesd voor zijn leven toen Bleecher beloofde zijn dreigementen uit te voeren.

Maar opeens was het gevaar op wonderbaarlijke wijze geweken en was Bleecher doodgeslagen door een onbekende dader. Hij was verrukt geweest, in de wolken, maar het had niet lang geduurd voordat duidelijk werd wat de adder onder het gras was. De meedogenloze dokter Blythe had hem opdracht gegeven Lilah Hill te vermoorden. Hij had het eerst niet willen geloven, maar zijn nieuwe verslavingstherapeut was onverbiddelijk geweest en leek een invloed te hebben die zowel indrukwekkend als beangstigend was. Er was ogenschijnlijk geen grens aan wie deze man kon laten vermoorden, dus kón hij toch niet anders dan het akelige verzoek inwilligen?

Hij had het afschuwelijk gevonden, met elke cel in zijn lichaam, maar toch was hij vastbesloten geweest de taak te volbrengen. En vanmorgen had het eigenlijk heel simpel geleken, zo gemakkelijk. Hij zou haar cel binnengaan en even later naar buiten rennen, het alarm in werking stellen en een melding maken van een suïcidepoging. Dat was het natuurlijk niet; hij zou Hill kort daarvoor hebben gewurgd en zich ervan hebben vergewist dat ze dood was voordat hij de cel verliet. Misschien had hij moeten weten dat er iets mis zou gaan, al had hij geen moment verwacht dat inspecteur Grace door de gang zou komen sprinten, vast van plan om de ongelukkige vrouw te redden. Hoe had ze in vredesnaam geweten wat hij van plan was?

Hij was ontsnapt, had een paar verraste collega's opzijgeduwd en was het hoofdbureau van politie uitgestormd. Sindsdien had hij zich in de schaduw schuilgehouden, rondgeslopen als een ordinaire crimineel, onzeker, opgejaagd, bang. Hij wist dat hij het onvermijdelijke uitstelde. Hij had geen geld, weinig vrienden, niemand die hem zou beschermen als de ernst van zijn daden duidelijk werd. Nee, hij had alles kapotgemaakt, zijn hele leven van begin tot eind verkloot, had nooit de juiste beslissing genomen, altijd het verkeerde pad gekozen.

Maar daar kwam vandaag een einde aan. Eindelijk zou hij eens iets goed doen, iets wat het voor iedereen beter zou maken. En dus mompelde hij een schietgebedje, smeekte hij in stilte om vergeving, kneep zijn betraande ogen dicht en liep de snelweg op.

124

'Weten we zeker dat hij het zelf heeft gedaan?'

Helen kon het nieuws amper geloven, was volkomen verbijsterd door het bericht dat Anthony Parks dood was, maar ze wist dat ze zich moest blijven concentreren op de jacht naar Alex Blythe.

'Er was niemand bij hem?'

Bureauchef Alan Peters schudde mistroostig zijn hoofd. 'Een handjevol getuigen zag dat Parks op de A23 bewust voor een vrachtwagen stapte. Het was zelfmoord, zonder twijfel.'

Helen deed haar ogen dicht en probeerde dit beeld uit te bannen. Het was een gruwelijke manier om te sterven, wát voor misdrijven iemand ook op zijn geweten had.

'Ik zal zijn familie straks zelf bellen,' ging Peters verder, 'al mag God weten wat ik tegen ze moet zeggen. Anthony Parks heeft verraad gepleegd tegenover zijn beroep, zijn collega's en de mensen die hij hoorde te beschermen. Hij is een schande, verdomme, een schande.'

Helen was het eigenlijk wel met hem eens, al ging haar ontzetting gepaard met verdriet, zelfs medelijden. Parks was altijd een innemende aanwezigheid op het bureau geweest en zou zo'n laffe aanslag op Lilah Hills leven vast nooit hebben gepleegd als hij er niet toe gedreven was.

'Maak ik uit jouw vragen van daarstraks correct op dat we nog niet dichter bij de verblijfplaats van Blythe zijn?'

Helen verwonderde zich over het feit dat Peters in staat was om zonder een greintje emotie van Parks dood over te gaan op operationele aangelegenheden. 'Nog niets concreets, chef. Maar de grenspolitie is op de hoogte en elke beschikbare agent in het graafschap is op zoek naar hem. Blythe heeft geen auto en zodra hij ergens een kaartje voor het ov koopt of een auto huurt, krijgen wij het te horen. Het is een kwestie van tijd voordat we hem hebben.' In werkelijkheid was Helen daar een stuk minder zeker van dan ze deed voorkomen.

Peters had dat in de gaten, want zijn reactie was vol spot. 'Nou, ik ben blij dat jíj er vertrouwen in hebt, inspecteur Grace. Al zou ik op het eerste gezicht niet weten waarom. Blythe is ons al die tijd voor geweest.'

Helen accepteerde deze treffer. Er zat meer dan een kern van waarheid in zijn beschuldiging en ze had geen tijd om ruzie te maken, niet zolang de psychiater op vrije voeten was. 'Goed, als dat alles is, chef, dan moet ik maar eens terug naar de recherche...'

'Nee, nog niet.'

Helen had zich al omgedraaid, maar bleef nu staan.

'Ik heb je hier niet gevraagd om deelneming te betuigen voor het verlies van Anthony Parks...'

Elk spoor van medeleven was verdwenen. Er lag nu een harde klank in zijn stem die Helen een ongemakkelijk gevoel gaf.

'Je zult wel weten dat brigadier Hudson is geschorst en dat de afdeling Integriteit onderzoek doet naar de gebeurtenissen van de afgelopen maanden.'

'Ja, chef,' antwoordde Helen behoedzaam.

'Ik heb jouw verklaring van het gebeuren geaccepteerd omdat het beschikbare bewijsmateriaal me die kant op stuurt, hoewel brigadier Cooper ongetwijfeld mettertijd alles met jou zal willen doornemen. Maar vooralsnog blijf je in functie, in de hoop dat je deze trieste geschiedenis tot een succesvol einde brengt. Maar ik wil dat je iets weet. Ik keur jouw handelen van de afgelopen maanden niet goed, sterker nog, ik ben geschokt en teleurgesteld dat mijn hoofdrechercheur zo onachtzaam is geweest.'

Helen zei niets, maar bleef hem aankijken en weigerde haar hoofd te laten hangen. Ze liet zich niet intimideren door deze man.

'Je bent buitengewoon roekeloos geweest en hebt een gebrek aan inzicht getoond in de manier waarop je zowel je privéleven als je werk hebt uitgevoerd. Je hebt je meerderen voorgelogen, de teamgeest aangetast en al doende onderzoeken in gevaar gebracht...'

'Met alle respect, chef, we zouden nog steeds op nul staan als ik...'

'GENOEG!'

Peters bulderde het woord en Helen hield direct haar mond.

Hij staarde haar aan. 'De reputatie van dit bureau was al aan diggelen, en nu moeten we omgaan met het feit dat een van onze arrestantenverzorgers ons heeft verraden en een verdachte in onze zorg heeft geprobeerd te vermoorden. Het is een ramp, één grote ellende die een bedreiging vormt voor iedereen die op het hoofdbureau van politie werkt. Dus laat mij heel duidelijk zijn, inspecteur Grace. We kunnen ons geen fouten en blamages veroorloven, en het laatste, het allerlaatste, dat dit bureau nodig heeft is een losgeslagen hoofdrechercheur die geen respect heeft voor protocol en procedure. Van nu af aan gebeurt álles volgens het boekje en naar de letter van de wet, want anders is dat het laatste wat je doet onder mijn bevel, geloof mij. Maak je geen illusies, Helen...' Zijn ogen boorden zich met indringende woede in de hare. '... dit is je laatste waarschuwing.'

125

Terwijl de emoties door haar lijf kolkten, stormde Helen door de deuren van de recherchekamer. Haar onaangename confrontatie met Hudson was gevolgd door het nieuws van Parks' tragische zelfmoord, en vervolgens had ze die vernederende uitbrander gekregen. Helen was woest over de slechte timing en oneerlijkheid van Peters beschuldigingen, en ze was er nog steeds door van slag. Voor het eerst had ze echt het gevoel dat haar carrière bij het hoofdbureau van politie in Southampton in gevaar was.

Ze negeerde de nieuwsgierige blikken van haar teamleden en beende naar het schrijfbord in een wanhopige poging haar concentratie te hervinden. Alan Peters had haar een stevige waarschuwing gegeven, was misschien wel op zoek naar een excuus om haar te lozen. Daar kon ze weinig aan doen, ze zou niet van de ene op de andere dag een brave politievrouw worden, maar één ding dat haar mogelijk wat tijd en lucht zou geven, was de arrestatie en vervolging van Alex Blythe. Ze moest nu al haar energie, al haar woede, op hem richten.

Ze bleef staan en keek naar de foto van Anthony Parks die nu samen met de andere deel was van een bonte vertoning. Nog maar een paar dagen geleden had Helen naar vrijwel dezelfde collage van gezichten en incidenten gestaard, verbijsterd door de ogenschijnlijk willekeurige toename van gewelddadigheid en bloedvergieten. Nu zag het wandkleed van verwoesting er heel anders uit; nu waren de slachtoffers, de verdachten, de verschillende onderzoekslijnen met elkaar verbonden, een afzichtelijk maar elegant diagram dat naar één man leidde, wiens foto midden op het bord prijkte.

Wat wilde ze graag de foto van Blythe van het bord rukken en in honderd stukjes scheuren. Sinds haar ontredderende confrontatie met Marianne al die jaren geleden had ze geen tegenstander gehad die zo klinisch, zo nauwkeurig en zo effectief was. Hij moordde gewetenloos en zonder wroeging, voedde zich met de pijn van degenen die hij dwong hun geweten opzij te zetten. Wat moest hij hebben genoten van de martelgang van zijn marionetten, nadat hij in een verwrongen spel had gedreigd ze te ontmaskeren en ze had gedwongen een trio van steeds zwaardere criminele daden te plegen. Hiermee had hij ze steeds verder in zijn web getrokken en met elke stap ongevoeliger gemaakt. Ze hadden bij hem hulp gezocht, op zoek naar hun redding, en hij had moordenaars van ze gemaakt.

Maar hoewel Helen intens boos was, wist ze dat ze haar emoties moest beheersen, haar concentratie moest vasthouden en het team moest aansporen in hun jacht op de voortvluchtige. Ze hadden nu wat ze nodig hadden: een verklaring op papier van Lilah Hill waarin Blythes rol in deze afschuwelijke cyclus van geweld werd geschetst. Als Robert Downing dit hoorde, als hij eenmaal was geconfronteerd met datgene wat het duikteam in de Itchen had gevonden, zou ook hij misschien verstandig worden nu het bewijsmateriaal tegen de psychiater zich opstapelde. Dat betekende nog niet het einde, ze hadden nog steeds geen idee wie Blythes andere patiënten waren en wat er in het verleden mogelijk nog meer was gebeurd, maar ze hadden in elk geval antwoorden.

Maar wat ze werkelijk nodig hadden was de man zelf. Hij was de afgelopen uren nergens gesignaleerd en volgens de grenspolitie had hij niet geprobeerd het land te verlaten. Hij was ergens, maar waar? Had hij een netwerk? Een vriend of geliefde die hem onderdak zou bieden? Vast niet, als eenmaal bekend werd dat hij gezocht werd. Een voormalige patiënt misschien, die hij kon chanteren? In dat geval zou hij zich eindeloos kunnen schuilhouden, want zijn macht over zijn patiënten leek absoluut.

Het was een verontrustende gedachte en Helen haastte zich naar haar kamer. Ze moest het team over twintig minuten briefen en ervoor zorgen dat haar instructies zelfverzekerd en helder waren. Het was cruciaal dat ze besluitvaardig was en geen tijd verspilde aan voor de hand liggende opties, omdat Blythe zich niet zo gemakkelijk in de val zou laten lokken. Als ze deze bloeddorstige moordenaar wilde pakken, zou ze onconventioneel moeten zijn.

Ze deed de deur achter zich dicht, liep om haar bureau en pakte de kaart van de kustlijn. Haar telefoon zoemde, maar ze negeerde hem en zocht naar mogelijke smokkelroutes, afgelegen aanlegmogelijkheden vanwaar Blythe zou kunnen proberen het vaste land van Europa te bereiken. Het was een godsonmogelijk gebied om te patrouilleren, maar de patrouilles waren de laatste tijd opgevoerd in verband met een toevloed aan illegale migranten. Zou Blythe zo'n oversteek willen riskeren, zijn leven toevertrouwen aan de grillen van de zee? Op de een of andere manier betwijfelde ze het; dit was een man die altijd, tot in het extreme, de touwtjes in handen wilde hebben.

Haar telefoon rinkelde en ze drukte de beller weg. Even later rinkelde hij opnieuw en geërgerd griste ze hem van haar bureau en vroeg wie het was. Tot haar verrassing reageerde de beller in eerste instantie niet en dus herhaalde ze haar vraag. Maar nog voordat ze was uitgesproken, wist ze al wat het antwoord zou zijn.

'Dag, Helen. Met Alex Blythe.'

126

'Ik moet het helaas kort houden, want ik heb plannen...' Blythe kon gerommel aan de andere kant van de lijn horen en stelde zich voor dat Helen verwoed haar collega's probeerde te wenken om ze in te seinen dat ze het telefoongesprek moesten traceren. 'Ik wilde je alleen even gedag zeggen. En bedanken. Het was leuk.'

'Je moet jezelf aangeven, Alex. Je kunt hier niet voor vluchten.'

Ze klonk ademloos, volhardend, maar hij moest haar uiteraard teleurstellen. 'Dat is nu precies wat ik van plan ben. Maar niet zonder jou nog een kleinigheidje aan te bieden. En je wat wijze raad te geven.'

'Dit is geen tijd voor spelletjes,' onderbrak ze hem. 'Je moet de feiten onder ogen zien. Zeg me waar je bent en wat je...'

'Dat is niet moeilijk, Helen. Ik ben in jouw flat.'

Een geschokte stilte aan de andere kant van de lijn, haar reactie net zo leuk als hij had gehoopt.

'Je hebt het gezellig ingericht, hoor, vooral de slaapkamer. Wat een mooie kleuren, wat een sfeer...'

Hij liet zijn blik door de sobere kamer glijden, met de kale muren en neutrale kleuren die op een afwezigheid van liefde, emotie, zekerheid duidden. Een leeg canvas voor een ondoorgrondelijke vrouw.

'Blijf waar je bent,' zei Helen dringend. 'Als je met mij wilt praten...'

'Dat zou ik enig vinden, maar mijn werk hier zit erop. Zoals ik al zei, heb ik een cadeautje voor je achtergelaten, een bescheiden blijk van mijn genegenheid.' Zijn blik bleef op het bed rusten. Bella lag midden op het dekbed en de kop van de spaniël lag in een vreemde hoek. Wat was het merkwaardig simpel geweest om een einde aan haar leven te maken, terwijl ze met haar grote domme ogen naar hem had opgekeken. 'Je vindt het wel als je hier met de hulptroepen arriveert.'

'Alex, ik meende wat ik zei...'

'Laten we geen woorden verspillen, Helen. Ik heb haast, ik wilde je alleen dit zeggen: ik heb respect voor je, dat meen ik...' Ondertussen liep hij de slaapkamer uit en ging door de woonkamer in de richting van de deur. De patrouillewagens waren ongetwijfeld al onderweg. Het was tijd om te gaan. '... maar het is een onweerlegbaar feit dat je mijn plannen hebt doorkruist. Ik had zulke grootse ideeën, zulke uitgebreide dromen, maar daar heb je een einde aan gemaakt. En hoewel dat prijzenswaardig is, kan ik je niet vergeven voor het ongerief dat je mij daarmee hebt bezorgd en nog maanden en jaren zult bezorgen. Daar moet vergelding voor komen, dus zie dit maar als een waarschuwing.'

'Waag het niet om mij te bedreigen, klootzak...'

'Je kunt tegen me tekeer gaan, Helen, maar ik ben degene die hier de macht heeft, niet jij. Ik heb tientallen patiënten, vele tientallen zelfs, die op dit moment allemaal in angst leven, doodsbang dat ik opgepakt word, dat hun smerige geheimpjes zullen uitkomen. Moet je horen, ik ben niet van plan me gevangen te laten nemen en reken maar dat ik ten volle gebruik zal maken van de macht die ik heb...'

Hij legde extra nadruk op het woord 'macht', genoot van de klank, de betekenis.

'Ik ga een geschikte kandidaat uitkiezen. Die bedreig ik met de ondergang. En dan zal ik die persoon een uitweg bieden. In ruil voor zijn vrijheid hoeft hij alleen maar een politieagent te vermoorden. Een heel bekende politieagent. Begrijp je me, Helen?'

'Loop naar de hel.'

'Ach, misschien eindig ik daar wel, maar in dat geval verwacht ik jou daar tegen te komen. Want ontsnappen is niet mogelijk. Ik heb tientallen gewillige slachtoffers in gedachten, mensen die je een mes in je oog steken zodra ze je zien.' Hij keek nog één keer door de smetteloze flat. 'Maak je geen illusies, Helen, dit is het begin van het einde.' En daarmee hing hij op, verliet de gedempte stilte van de flat en deed de deur behoedzaam achter zich dicht.

127

Ze stormde door de klapdeuren en rende de trap af in de richting van de parkeerplaats. Haar longen brandden, maar ze gaf niet op en sprintte over het asfalt naar haar Kawasaki. Ze wist dat het waarschijnlijk zinloos was, dat Blythe vast al verdwenen was, maar nu hij zo dichtbij was, moest ze het proberen.

In de verte werden patrouillewagens gestart en begonnen sirenes te gillen. Helen was vastbesloten hen voor te zijn, kwam slippend tot stilstand bij haar motor en maakte met één vloeiende beweging haar helm los. Ze zwaaide haar been over het zadel en wilde net de sleutel in het contact steken toen ze plotseling bleef staan. Even wist ze niet wat ze zag – de rampzalige timing ervan – maar ze beeldde het zich niet in. Haar voorband was lek.

Ze stapte af en bukte zich om de schade te bekijken. Nu veranderde Helens verbijstering in woede – er was een lange dunne snee in het rubber zichtbaar, waarschijnlijk in het afgelopen uur gemaakt. Ze kwam overeind en keek over de parkeerplaats in de volle verwachting Joseph Hudson te zien wegsluipen. Ze stond helemaal klaar om zich op hem af te reageren, haar frustratie en woede op haar voormalige minnaar los te laten, maar toen bedacht ze zich. Hudson was nergens te bekennen, en trouwens, hoe wist ze zo zeker dat hij dit had gedaan? Misschien was het wel iemand anders die haar wilde tegenhouden. Iemand die hiernaartoe was gestuurd om haar tegen te werken, te dwarsbomen, misschien zelfs te vermoorden.

'Hebt u een lift nodig, chef?'

Helen keek op en zag een patrouillewagen met zwaailicht dichterbij komen.

'Straks mist u alle lol.' De agent staarde naar haar lekke band.

Ze kende hem van gezicht en zou normaal gesproken in de auto zijn gesprongen... alles om zo snel mogelijk bij haar flat te zijn. Maar nu aarzelde ze. Ze kon zich de naam van de man niet herinneren, en ook niet van zijn collega die met een onbewogen gezicht naast hem zat. En zelfs al wist ze hun namen wel, zou ze hun aanbod dan accepteren? De gebeurtenissen van de laatste tijd hadden laten zien dat je onmogelijk iedereen echt kon kennen.

'Ik red me wel,' antwoordde ze snel, en ze rende weg. Ze kon merken dat de agenten verbaasd, zelfs verbijsterd waren en zich afvroegen waarom ze per se te voet wilde gaan, maar ze had geen tijd om het uit te leggen. Ook wilde ze hun niet vertellen waar ze bang voor was, haar gevoel dat iedereen die ze van nu af aan tegenkwam potentieel kwade bedoelingen had. Ze had geen idee hoe ver Blythes invloed reikte, maar opeens leek die grenzeloos en loerde overal gevaar.

Eenmaal op straat keek Helen wantrouwig om zich heen, maar er was niemand in haar buurt. Ze was helemaal alleen. En terwijl de patrouillewagens de parkeerplaats van het bureau uit raasden, ging zij op pad, eerst joggend, daarna sprintend. Ze was geconcentreerd, vastberaden en werd gedreven door adrenaline en angst. Maar ondanks haar inspanningen en onverbiddelijke tempo, bleef ze haar omgeving in de gaten houden, bleven haar zintuigen op scherp staan. Ze zou het niet opgeven, liet zich niet breken door zijn dreigement, maar naarmate de volle betekenis van Blythes ijzingwekkende ultimatum tot haar doordrong en zich voelbaar maakte, werd één ding pijnlijk duidelijk.

Van nu af aan zou ze constant over haar schouder moeten kijken.